VITTORIA O SCONFITTA

UN ROMANZO DELLA SERIE "MANIPOLARE IL SISTEMA"

Brenna Aubrey

Traduzione: Mirella Banfi

SILVER GRIFFON ASSOCIATES
ORANGE, CA, USA

Copertina: ©Sarah Hansen, Okay Creations
Foto di copertina: © Lindee Robinson Photography
Modelli in copertina: Madison Wayne e Chad Feyrer

ISBN 978-1-940951-58-4
Silver Griffon Associates
P.O. Box 7383
Orange, CA, USA 92863
www.BrennaAubrey.it

Per Kate, la Lucy per la mia Ethel (e a volte viceversa, a seconda della giornata)

RICONOSCIMENTI

Ci vuole un villaggio per scrivere un libro. Davvero. E il mio villaggio è pieno di gente super intelligente, disponibile e amorevole che ho la fortuna di conoscere o di aver conosciuto mentre scrivevo.

Un enorme grazie alle mie prime lettrici, Kate McKinley e Sabrina Darby, che mi danno filo da torcere tutti i giorni (perché glielo chiedo io) e rendono migliori questi libri.

Per questo libro le ricerche sono state più approfondite che per qualunque altro libro abbia scritto. A parte leggere e visionare un mucchio di materiale, ho anche consultato degli esperti. Grazie a Peter McGonigle, Olivia Devon, Elizabeth Varlet (a suo marito), Aleksandra Adamovic, Adnan Nurkanovic, Carey Baldwin, Laney Jordan, Lyra Marlowe, Cindy Kinnard, Sabyna Aydon, e Temple Grandin (che è decisamente un'esperta, anche se non l'ho consultata direttamente!).

Al mio team di produzione, che prende un grumo di creta e lo trasforma in una bella storia scintillante: S.G. Thomas, Eliza Dee, Sarah Hansen, Lindee Robinson.

Alla sezione di sostegno morale: Tessa Dare, Kate McKinley, Sabrina Darby, Natasha Boyd, Bria Quinlan, Cora Seton, Julia Kent, Bev Kendall, Zoe York. Il Novel Spot Lounge su Facebook. Membri del mio gruppo di lettore, Brenna Aubrey Books su Facebook. Il Selfpub

Warriors, Il Chatzy authors, i forum Romance Divas e Romance Writers of America.

E tanta gratitudine a tutti voi che, con i vostri blog, le recensioni e i post, condividete e parlare dei miei libri. Siete voi che rendete possibile l'esistenza di queste storie. Ai miei meravigliosi lettori: grazie per le vostre recensioni, i vostri messaggi, i vostri post, i tweet, le condivisioni, l'entusiasmo. Grazie per l'amore che avete dimostrato per questi personaggi e queste storie.

E questo ci porta agli ultimi ma più importanti: le persone adorabili con cui condivido la vita quotidiana. Vi voglio bene, più di quanto possa esprimere a parole (ed è tutto dire, visto che sono una scrittrice!), fino alla luna e ritorno, fino alla seconda stella sulla destra, all'infinito e oltre. So che non è facile vivere con una scrittrice, nemmeno lontanamente. Ma grazie perché mi rendete possibile fare ciò che faccio e sopportate tutta quella follia continuando a volermi bene. Baci.

CAPITOLO UNO
Jenna

A VOLTE NON C'È UN'ALTRA PAROLA PER DESCRIVERE LA mia vita, se non *assurda*. È una bella parola, in effetti. Scivola bene sulla lingua. Suona meglio quando la dici a voce alta che non quando la senti nella mente. E, a volte, è proprio la parola giusta quando sei nel bel mezzo di una situazione in cui ti senti fuori dal tuo corpo e guardi gli eventi succedere intorno a te.

Era la parola che mi balenava per la mente in quell'afoso sabato mattina di marzo. Ero seduta nella prima fila di un anfiteatro all'aperto in un parco vicino a casa a guardare due uomini adulti, con un'armatura completa in stile medievale, che si battevano a colpi di spada. Il riflesso del sole basso del mattino si riverberava sul metallo e mi faceva bruciare gli occhi mentre si affrontavano. L'uomo più basso era Doug, il tizio che frequentavo da qualche mese. La cotta d'arme che copriva il suo pettorale era scarlatta, bordata d'oro. L'altro uomo era più alto e anche se la sua testa era nascosta sotto l'elmo di metallo e la visiera, sapevo che era William Drake.

«Urrà, sir William. Potete farcela!» gridò Shannon. Faceva parte del gruppo di donne che mi piaceva chiamare il suo fanclub. Senza rendersene conto, William sembrava aver raccolto la sua piccola collezione, e le ragazze si alternavano a cercare di uscire con lui e a fargli da madre, fallendo in entrambi i tentativi.

Comunque non sembrava mostrare molto interesse per le donne del gruppo, per quante volte gli si buttassero addosso. Era facile capire perché lo facessero. In effetti, era quasi troppo attraente per essere vero, alto, forte, con i capelli scuri, una mascella squadrata e una struttura ossea eccellente. I suoi lineamenti erano guastati solo da una piccolissima cicatrice sul mento, che riusciva però solo ad aggiungere un briciolo di ruvidezza alla sua bellezza.

Le armature risuonavano e le spade sbattevano l'una contro l'altra a velocità sorprendente. Non erano spade imbottite o di legno, le tipiche armi scelte per le rievocazioni delle battaglie medievali. No, quelle erano vere.

Le regole dell'organizzazione per la ricostruzione dei combattimenti storici medievali, esigevano l'uso di armi reali ma non affilate. Le ferite, comunque potevano essere fin troppo vere. Visto il modo in cui la spalla di Doug cedeva nel punto in cui William l'aveva colpita durante il primo incontro, ero sicura che stesse sperimentando esattamente quanto potevano essere vere.

Al momento, Doug era sotto di uno e stavano combattendo il secondo incontro di tre. Li guardavo con ben poco interesse. Non avevo niente in gioco in quel combattimento.

Beh, no, non era del tutto esatto. Avevo qualcosa in gioco: Doug. Volevo che vincesse in modo che quando avessi rotto con lui più tardi, quello stesso giorno, il colpo per il suo enorme ego non sarebbe stato così duro.

Clang! L'arma di William sbatté sull'armatura di Doug, in una serie di colpi aggressivi. Sembrava sopraffare Doug, che chiaramente non si era aspettato che William fosse così dotato. In effetti, Doug me lo aveva detto quella mattina, prima del duello, aveva perfino riso e fatto qualche commento dispregiativo sull'avversario che, come aveva detto sogghignando, "non si poteva nemmeno considerare tale".

A volte Doug era un coglione, ma quella era solo una parte dei motivi per cui avrei rotto con lui. Il vento era cambiato ed io sentivo quella sensazione penosamente familiare di dover tagliare la corda e partire. Il mio destino era di non restare mai prigioniera, specialmente in una relazione mediocre.

Dietro di me, un altro gruppo di persone stava facendo il tifo per William. Erano anche amici miei e di sicuro non facevano parte del fanclub. Mia, una delle mie migliori amiche, stava esultando e fischiando, sovrastando la folla e Alejandra, la mia coinquilina, aveva cominciato a cantare, battendo ritmicamente le mani: "Sir William! Sir William!"

Sospirai. A Doug avrebbe fatto bene imparare un po' di umiltà per mano di William. Ma non potevo veramente rompere con lui lo stesso giorno in cui era stato sconfitto in battaglia, no? Che cosa avrebbe fatto una dama del Medioevo?

Grazie alla dea, non avrei mai veramente saputo la risposta a quella domanda. Ero una donna del ventunesimo secolo e avevo molte più scelte di quella proverbiale dama medievale.

Doug si raddrizzò dopo essere stato spinto indietro dai colpi di William e cominciò a sferrare selvaggiamente colpi con il braccio buono, facendo arretrare William. Puntò alla vita e quando William fece per bloccarlo con il suo scudo, Doug con il proprio colpì il volto di William coperto dall'elmo. Una mossa perfettamente legale, anche se degna di uno stronzo. Doug era chiaramente incazzato che non solo quell'avversario "facile" l'avesse ferito a una spalla, ma che avesse anche vinto il primo incontro.

Il secondo incontro finì dopo pochi minuti e il giudice dichiarò Doug vincitore. Erano alla pari, con un altro incontro da fare. Il primo combattente a toccare tre volte l'avversario sarebbe stato dichiarato vincitore dell'ultimo incontro e quindi dell'intero duello.

William e Doug ebbero qualche minuto per riprendere fiato. Doug si diresse deciso verso la balaustra, fermandosi davanti a me. S'inchinò con un forte rumore metallico, poi sollevò la visiera dell'elmo. *Assurdo.*

«Milady» disse, respirando ancora pesantemente. «Un vostro pegno, per favore.»

Alzai un sopracciglio. Non credeva veramente che un mio nastro o un foulard lo avrebbero aiutato, vero? Strinse le labbra quando Caitlyn, alla mia destra, mi diede una gomitata nelle costole, ridacchiando. «Fortunella. Dagli qualcosa.»

Mi tolsi un nastro dai capelli, che mi ricaddero immediatamente sugli occhi, e lo tesi verso Doug, facendolo penzolare tra il pollice e l'indice. Lui tese la spada, con l'elsa verso di me.

«Legalo intorno al pomolo, *amore mio*» disse a voce alta e cantilenante.

Sentii l'acido riempirmi lo stomaco a quel termine affettuoso, e al suo stupido gesto melodrammatico. Mi bruciavano le guance per l'imbarazzo. Mi chiamava così da qualche giorno, a voce alta, e solo in pubblico. Era circa il cinquanta percento del motivo per cui avevo deciso di darci un taglio e scappare subito invece di aspettare.

Mi cadde lo sguardo sull'altra figura nell'arena. William aveva scambiato il piccolo scudo rotondo per uno scudo alto, che era quello che usavano sempre nel terzo incontro di un duello. Era fermo come un masso e ci guardava in silenzio attraverso la celata.

Mi alzai e legai in fretta il nastro intorno al pomolo dell'arma di Doug. Poi mi sedetti di nuovo prima che diventasse veramente insopportabile e chiedesse un bacio o qualcosa del genere.

Doug poi alzò la spada, guardando la folla. La gente acclamò forte. «Più forte! Non vi sentiamo attraverso gli elmi.»

William non si era mosso e la sua testa coperta dall'elmo era ancora voltata nella mia direzione. Inquieta, battei pacatamente le mani e il mio applauso si perse nel clamore dietro di me. La gente batteva i piedi sulle tribune di legno e fischiava. William voltò la testa verso le gradinate, abbassando appena lo scudo. Poi si girò di colpo, voltando le spalle alla folla e abbassando la testa.

Doug si era voltato a guardare William mentre aspettava che l'arbitro li richiamasse. Strinsi gli occhi osservandolo. Sembrava che anche lui stesse studiando William. Una tattica intimidatoria?

Dopo aver raccolto lo scudo, Doug si avviò al centro del campo di battaglia, dove c'era l'arbitro. Esitante, William si volse verso di loro, inciampando mentre prendeva posto. Che cosa stava succedendo? Era sembrato così sicuro di sé durante il primo scontro. Forse la sconfitta nel secondo incontro lo aveva scosso.

I due cavalieri si affrontarono di nuovo, con le spade in posizione mentre aspettavano il segnale di cominciare. Appena la bandiera gialla si alzò tra di loro, cominciarono a colpirsi. Era così surreale guardare quegli uomini adulti che simulavano giochi di guerra quando io avevo veramente vissuto una guerra.

In effetti, ero nata nel bel mezzo di una zona di guerra ed ero sopravvissuta per anni in una città sotto assedio.

Rabbrividii, scacciando quegli orribili ricordi dalla mia mente.

William stava andando ancora una volta verso Doug ma i suoi movimenti erano esitanti e scoordinati. Sferrò un colpo, ma colpì solo l'aria e teneva lo scudo a un angolo strano, quasi volesse impedire agli spettatori di guardarlo combattere. La folla applaudì e batté i piedi ancora più forte.

William inciampò a poca distanza da Doug e la sua spada cadde forte sulla spalla ferita di quest'ultimo. Doug emise una lunga sfilza d'imprecazioni che si sentirono oltre il fragore della folla. L'arbitro fischiò e ordinò loro di dividersi. Entrambi i cavalieri abbassarono le armi e alzarono la visiera.

«Fallo, Nero e Argento, per aver attaccato una parte già ferita del corpo dell'avversario, in modo poco cavalleresco. Nero e Argento, questo è un cartellino giallo! Un altro fallo simile vi farà squalificare. E voi, Rosso e Oro. Voglio richiamarvi riguardo al vostro linguaggio poco consono. State attento, sir.»

William annuì, con gli occhi fissi sul terreno ma Doug lo fissava a occhi stretti. Non riuscivo a capire se fosse arrabbiato o stesse macchinando qualcosa. Strinse le labbra voltandosi verso la folla e alzando la spada, incoraggiandola a fare più rumore. E la folla lo ascoltò volentieri.

William s'irrigidì completamente, se una cosa simile poteva essere visibile sotto tutta quell'armatura. Mi chiesi che cosa diavolo stesse tramando Doug. Prima aveva detto qualcosa sul fatto che conoscere le debolezze di un avversario era la chiave per vincere un duello. Fino a qualche minuto prima, William non aveva mostrato nessuna debolezza.

Chiaramente, la folla disturbava William. Non lo avevo notato finché Doug non si era avvicinato, chiedendomi un pegno e poi aveva chiesto alla folla di fare il tifo. Era stata una mossa calcolata da parte di Doug? Di sicuro non era stato un gesto sentimentale. Doug non si comportava così. Aveva avuto un motivo per chiedermi il pegno quando l'aveva fatto e nel fare tutta quella scena.

Doug si fece avanti nell'attimo in cui l'arbitro diede il segnale. Colpì due volte in rapida successione. William fu costretto a retrocedere senza fare un solo tentativo di bloccare. La folla ruggì. Un'altra stoccata e Doug avrebbe vinto l'incontro, e il duello. E anche se originariamente avevo pensato che sarebbe stato meglio per me se lui avesse vinto, di colpo desideravo che perdesse.

William risistemò il grande scudo contro il fianco. Doug alzò di nuovo la spada ma questa volta per segnalare alla folla di gridare più forte. E la folla lo fece, gridando, fischiando e battendo i piedi con un fervore ancora maggiore. Io, al contrario, ero concentrata su William. Era difficile leggere il linguaggio del corpo sotto uno strato d'acciaio, ma lo scudo abbassato e la spada che sporgeva a un angolo strano, sembrava chiaramente a disagio.

Doug si mosse verso di lui e William caricò di colpo, muovendosi più velocemente di quanto avesse fatto prima. Riuscì a colpirlo prima di bloccare quella che sarebbe stata la stoccata finale. La folla, adesso, era tutta in piedi, io compresa. Eravamo così *vicini*.

L'arbitro fermò nuovamente l'incontro e William camminò in circolo, stringendo e rilasciando lungo il fianco il pugno coperto dalla manopola, con l'elmo che girava come se stesse scuotendo la testa. Doug si voltò verso la folla, alzando una mano come per invitarla a gridare più forte. Un brivido percorse l'intero corpo di William.

Quando l'arbitro sollevò la bandiera tra di loro, William si lanciò quasi troppo presto e cominciò a sferrare colpi a casaccio. Sparito lo stile preciso, ordinato di combattimento che aveva logorato Doug durante il primo incontro. Ora l'energia di William sembrava quasi caotica e Doug lo stava respingendo con facilità.

Finché la spada di William lo colpì di nuovo… alla giunzione tra il pettorale e l'elmo. Saltammo tutti, urlando, William aveva sferrato la stoccata finale.

E sì, probabilmente ero più contenta di quanto avrei dovuto essere. Tutti stavano acclamandolo così forte che nessuno sentì il fischietto dell'arbitro finché entrambi i contendenti alzarono la visiera. Ci volle qualche minuto, ma la folla si acquietò.

C'era qualcosa che non andava. L'arbitro non stava dichiarando William vincitore.

«A causa di un altro fallo da cartellino giallo, un colpo contro la goletta, dichiaro squalificato il cavaliere Nero e Argento. Rosso e Oro, siete il vincitore di questo duello.»

Il gruppo di persone dietro di me, gli amici e la famiglia di William, si stavano ponendo domande con la voce tesa. Mi voltai a guardarli. Mia stava osservando attentamente William, con la fronte aggrottata. Alex si stava lamentando a voce alta e Adam e Heath avevano le teste vicine e stavano parlando. Altri erano altrettanto confusi. Gli amici di Doug, ovviamente, erano entusiasti e Caitlyn e Ann, che erano sedute di fianco a me, stavano applaudendo. «Ha vinto! Il tuo uomo ha vinto!»

Doug alzò la visiera, mostrando un sorriso tetro sul volto. Sembrava estremamente soddisfatto. Si alzò un canto. «Sir Douglas! Sir Douglas!» Inspiegabilmente, sentii un nodo allo stomaco. Non riuscivo a evitare di sentirmi male per William. Aveva combattuto così bene, con colpi potenti e veloci.

Qualche minuto dopo c'era una folla intorno a Doug e William se ne andò, dirigendosi verso il campeggio dove c'erano le tende. Avevamo piantato le tende, in gruppo, la sera prima, in preparazione per gli eventi del fine settimana. Oltre a guardare i duelli, noi, non-combattenti avevamo del lavoro da fare. Dopo il pranzo ci sarebbe stata una riunione per formulare il programma annuale del nostro club, tradizionalmente tenuta all'inizio di ogni primavera.

Altri due cavalieri scesero nel ring per un duello di allenamento. Sospirai. Tanto valeva farla finita. Forse non l'avrebbe presa così male dopo quella "grande vittoria".

Le due amiche più intime che avevo nel clan, Caitlyn e Ann, vennero con me. Ann parlava del duello mentre Caitlyn chiamava e salutava la gente lungo la strada, a volte allontanandosi per andare ad abbracciare o salutare qualcuno.

Io, d'altro canto, ero silenziosa e stavo ripetendo mentalmente il mio discorso di rottura.

«Non sei felice che il tuo uomo abbia vinto?» chiese all'improvviso Ann.

Le diedi un'occhiata di sottecchi. In passato, Ann era stata piuttosto franca nel dirmi che non era una fan di Doug e che lui "non mi meritava". Feci qualche passo in silenzio prima di rispondere. «Certo.»

Non la guardai negli occhi, temendo che potesse indovinare. Non avevo ancora parlato a nessuna delle due del declino del mio interesse per Doug.

«È un vero peccato» disse con quel suo melodioso accento somalo che mi piaceva tanto ascoltare. «Per sir William. È una persona gentile.»

«È vero…» Alzai le spalle. «Ma in ogni battaglia ci deve essere un vincitore e un perdente.» Aggrottai la fronte. Era sembrata una frase migliore nella mia testa che non detta ad alta voce. William non era un perdente.

Caitlyn tornò a camminare accanto a me, trattenendo un po' la sua abituale vivacità per unirsi alla nostra conversazione.

Ann mi aveva dato un'altra occhiata e aveva risucchiato le guance, mettendo ancor più in evidenza la sua stupenda struttura ossea. «Prova qualcosa per te.»

«Doug? Ovvio» disse Caitlyn.

Alzai di colpo le sopracciglia e anche se sapevo che Ann si riferiva a William, rimasi zitta, sperando che Caitlyn cambiasse argomento. Non ne ebbe la possibilità.

«Intendevo dire William» le spiegò Ann. «Lo colgo continuamente a guardare Jenna.»

«Sir Sexy MacFine ha una cotta per Jenna?» disse Caitlyn, a voce molto più alta di quanto avrei voluto.

La zittii. «Non è vero. Discutiamo continuamente. Contraddice costantemente tutto quello che dico.»

Ann alzò le spalle. «Tensione sessuale. Non è irragionevole, tesoro. Ha sfidato lui Doug a duello, se ricordi bene.»

Scossi la testa. «Quella era una gara per vedere chi ce l'aveva più lungo, niente di più.»

Caitlyn scoppiò a ridere. «Allora era la manifestazione fisica di una discussione per vedere chi aveva la… mhmm… spada più lunga?»

Annuii sorridendo. «Esattamente. Una cosa tutta maschile. E loro hanno un'alta considerazione per le loro *spade*.»

«Perché poi?» chiese Ann. Come sempre trovavo tenera la sua ingenuità. Lei ed io ci eravamo avvicinate per via del nostro passato simile; eravamo entrambe immigrate negli Stati Uniti. In effetti, ci eravamo conosciute lavorando insieme al Centro Internazionale Profughi.

«Chi lo sa? Noi non siamo uomini. Li teniamo vicini solo per il nostro piacere» dissi.

Se si fosse potuto vedere il rossore sotto la liscia pelle scura di Ann, suppongo che in quel momento stesse arrossendo.

Caitlyn si chinò e le toccò il braccio. «Quando Rodrigo si deciderà finalmente a tirar fuori le palle e chiederti di uscire, vedrai.»

Ann si portò la mano alla bocca. «Caitlyn, non dire cose simili!»

Continuai quello che aveva cominciato Caitlyn, lieta che l'attenzione si fosse spostata. «Ti aaaama, Ann. È solo troppo timido.»

«Mi ama allo stesso modo in cui William ama te?» ribatté Ann. Accidenti. Alla faccia del piano. Ora era la *mia* faccia che bruciava con l'immagine di un uomo alto e perfetto, letteralmente un cavaliere nella scintillante armatura, che mi passava davanti agli occhi.

«Lei ha Doug. Non ha bisogno di *un altro* uomo. Lasciane qualcuno per noi ragazze così così.» Caitlyn indicò se stessa con una risata.

«Lo stai facendolo di nuovo. Smettila» la rimproverai dolcemente, riferendomi alla sua tendenza a darsi all'autocritica.

Ma non era possibile fermare Ann. «So che Doug non ti piace. Non *veramente*.»

«È il tuo potentissimo intuito africano che parla?» scherzò Caitlyn.

«Si chiama percezione» ribatté Ann. «Dovresti provarla qualche volta.»

Caitlyn alzò le spalle e tornò da me. «Che cosa dice la *tua* intuizione?»

«Non mi sono mai fidata della mia intuizione. Continuerò a basarmi sui miei Tarocchi.»

Ann si voltò a guardarmi. «Perché non hai rotto con Doug? Lui non ti merita.»

Il mio sopracciglio destro si alzò, imitando perfettamente il signor Spock, ma riuscii a evitare di menzionare che il suo intuito, potente o meno che fosse, sembrava aver centrato perfettamente il segno.

Caitlyn mi diede di gomito. «Non farlo. Non tutti detestano Doug.»

Ann scrollò le spalle. «Mi dispiace. Detesto il fatto che abbia vinto. Sarà ancora più insopportabile del solito.»

Accennai un sorrisino. «Posso garantirvi che Doug non si vanterà troppo di questa particolare vittoria. Dopotutto ha vinto solo per un cavillo tecnico.»

Ann sembrò pensarci un attimo. «William sembrava a disagio sul campo.»

«Forse non gli piacciono le folle?» chiese Caitlyn.

Ann annuì. «È molto riservato. Forse è stato quello. Si è lasciato distrarre.»

Ci riflettei. Era più di una semplice distrazione, però. William aveva la sindrome di Asperger, che voleva dire che era nello spettro dell'autismo. Era logico pensare che le folle lo disturbassero, almeno dal poco che sapevo di quella condizione.

Ann mi guardò con un sorriso malizioso. «Penso che abbia sfidato Doug a duello perché prova qualcosa per te. E non sbuffare!»

«Tu pensi che tutti provino qualcosa per me» le dissi. «Penso che siano gli ormoni e il mio fedele corsetto push-up.» Indicai il mio notevole davanzale che appariva solo quando indossavo abiti dell'epoca. Forse era per quello che mi piaceva tanto vestirmi in quel modo. «Non ero nemmeno lì il giorno in cui William l'ha sfidato a duello.»

«Sì, ma...»

Non la lasciai parlare. «Penso che William si sia stancato di ascoltare Doug vantarsi costantemente di essere il miglior combattente del nostro clan. Ha solo deciso di dargli una lezione.»

Caitlyn salutò un amico dall'altra parte del complesso. Poi si voltò verso di noi. «Allora avresti voluto che vincesse?»

Alzai le spalle. Il fatto che William non avesse vinto avrebbe reso più facile la mia imminente rottura con Doug, o almeno lo speravo.

Quando arrivammo alla tenda di Doug, dissi loro che avrei raccolto la mia roba. Loro se ne andarono, dicendo che ci saremmo riviste alla riunione, dopo il pranzo.

Entrai nella tenda e mi tolsi gli abiti medievali, il corsetto stringato, la blusa frivola e due strati di sottane dai colori vivaci. Ero pronta a ritrasformarmi in una donna del ventunesimo secolo e lo stavo facendo in fretta, prima che arrivasse l'altro occupante della tenda.

In effetti, mi ero appena rimessa i jeans e li avevo allacciati quando Doug entrò. Si era già tolto l'armatura e l'imbottitura sottostante. Come la maggior parte dei guerrieri del gruppo, indossava indumenti sotto-armatura fatti come quelli dell'epoca. E sotto tutto quello che aveva indossato apparve piccolo, sudato... esausto.

Gli rivolsi un sorriso appena accennato, chinandomi per infilare la mia roba nella borsa. «Congratulazioni per la vittoria. È stato un combattimento eccitante.»

Doug strinse gli occhi. «È stato un combattimento irritante. Quell'idiota deve essersi allenato e addestrato. È migliorato praticamente di botto. Chi diavolo lo fa, a parte Capitan America?»

«Non è successo di botto. Ha avuto mesi per lavorarci» dissi con un tono di voce leggero per calmarlo, nonostante fossi risentita per quel commento sull'"idiota". Più fosse stato rilassato meglio sarebbe stato per me. «Tu eri più che preparato. Dopotutto hai vinto.»

«Solo per un cavillo tecnico. Non ho *veramente* vinto. C'è andato vicino. Troppo vicino per i miei gusti. E ha inferto qualche colpo basso.»

«Sono sicura che non intendesse ferirti. Sembrava a disagio.»

«Già. Me ne sono reso conto dopo il primo incontro. È talmente stupido che ha rivelato, proprio a me, che la folla lo spaventa. Naturalmente ho usato l'informazione a mio vantaggio.»

Sentii la gola bruciare per la bile. «Parlando di colpi bassi...»

Doug spalancò gli occhi. «Ehi, *io* ho rispettato le regole. È lui che le ha infrante. Ho vinto onestamente.»

«Per un cavillo tecnico.»

Divenne scuro in volto e si tolse la maglia sudata, usandola per asciugarsi la faccia. «Comunque...» Merda. La mia boccaccia aveva preso il sopravvento e adesso era irritato. *Mossa stupida, Jenna.*

Chiusi la borsa. Mi ero preparata a scappare subito dopo il combattimento, quindi ero praticamente pronta. Tutto quello che mancava adesso era il discorsetto.

Nessun problema. L'avevo fatto altre volte... bastava cambiare le specifiche e far arrivare il messaggio generico che avevo già usato in passato.

«Allora, Doug... dobbiamo parlare e immagino che questo sia un momento buono come un altro.»

Doug lasciò cadere la camicia e mi guardò. «Sembra una cosa seria.»

«Beh, sai che mi sto preparando per viaggiare con la Fiera Rinascimentale quando comincerà per la stagione. Pensavo... pensavo che sarebbe meglio se...»

Lui tese una mano verso di me per interrompermi, con gli occhi verdi che luccicavano. «Aspetta... cosa? Non stai rompendo con me, vero?»

Io esitai, guardandolo.

Lasciò cadere la mano lungo il fianco, stringendo il pugno. «Non riesco a crederci! Ho appena vinto un duello. Avevo intenzione di convincerti a *non* partire con la gente della Fiera. Per restare con me.»

Strinsi i denti. «Oh? E come avevi intenzione di farlo?»

Lui cominciò a contare sulle dita. «Ti ho aiutato parecchio, Jen. Anche se non lo sapevi. Tutte le volte che siamo usciti insieme ho sempre pagato io per tutto. Ti ho comprato della roba…»

Squallido. Adesso non mi sembrava più così brutto farlo. «Fermati lì, okay? Tu non puoi comprami e non puoi *convincermi* a fare qualcosa usando i tuoi soldi.»

Lui sogghignò. «Ah, davvero? Allora non t'importerebbe se, diciamo, io avessi ricomprato un certo gingillo che tu hai tanto cinicamente impegnato e decidessi di tenerlo invece di darlo a te, per fare un gesto carino, sai, quello che farebbe il tuo boyfriend?»

Mi sentii gelare. La tiara? Che diavolo? L'aveva riscattata? Doug, come amava ripetere, era un ingegnere e aveva un lavoro sicuro e fantastico e più soldi di quanti gli servissero. Stava dicendo la verità? E avrebbe avuto le palle di usarla per ricattarmi, anche se *l'aveva* effettivamente ricomprata?

«Sarà meglio che tu stia scherzando e, se è così, è uno scherzo veramente ignobile.»

Scosse la testa. «Non sto scherzando. Te l'avrei data stasera a cena, per celebrare la mia vittoria.» Mi voltò le spalle per prendere un asciugamano. «Ma adesso non ho più intenzione di farlo.»

Lo shock mi tolse il fiato e sentii il sangue che ruggiva nelle orecchie. Chiusi i pugni. «La rivoglio.»

«Allora forse non avresti dovuto impegnarla da Tim.»

Le parole indifferenti di Doug mi colpirono al cuore. Quando mi aveva accompagnato nel negozio di un suo conoscente, non aveva parlato ma era chiaro che mi stava giudicando. Quando si trattava di soldi e se ne avevano più che abbastanza, era sempre facile giudicare i mezzi disperati a cui ricorrevano gli altri.

«Stai mentendo» sbuffai. «Tim non te l'avrebbe venduta. Ho firmato *io* le carte e mi ha promesso di darmi sei mesi per ricomprarla prima che potesse farlo chiunque altro.»

Doug alzò le spalle. «Eri in ritardo con l'ultimo pagamento e quindi ho pensato di ricomprarla. Ero già abbastanza imbarazzato che fossi in ritardo. Non volevo che diventassi insolvente.»

«Ero in ritardo di quattro giorni! Dovevo aspettare la busta paga...»

«Ti stavo facendo un favore.» Sogghignò, cattivo. «Bella gratitudine...»

Avrei ululato per la frustrazione. Quando avevo detto di aver bisogno di impegnare la tiara, Doug si era offerto di prestarmi lui i soldi. Avevo capito subito che sarebbe stata una pessima idea, quindi avevo declinato la sua offerta. Era stato allora che aveva menzionato quel gioielliere che avrebbe potuto offrirmi un trattamento migliore rispetto a un negozio di pegni, e che avrebbe tenuto l'oggetto per me finché avessi potuto ripagarlo.

Stupida, stupida Jenna. Perché ci ero cascata?

«Per favore...» squittii. «Vuoi veramente che le cose finiscano in questo modo?»

Doug frugò nella borsa cercando una camicia pulita e poi si raddrizzò. «Io non voglio che finiscano. Te l'ho detto, avevo intenzione di convincerti a restare.»

«Tenendo in ostaggio la mia tiara?» Quella sensazione di nausea alla bocca dello stomaco stava aumentando di momento in momento e sentivo le lacrime bruciarmi in fondo agli occhi. «Sei un bastardo. Non sai nemmeno che cosa significa la tiara per me. È... è...» Mi fermai. Non meritava di conoscere le preziose, private emozioni connesse a quell'oggetto inanimato... ricordi delle speranze e delle paure di una bambina terrorizzata su un aereo che la stringeva al petto mentre atterrava in un paese completamente nuovo del quale non parlava nemmeno la lingua.

Doug fece spallucce. «Sei tu quella che vuole rompere. Come ho detto…»

«Quindi stai dicendo che se non rompo con te, riavrò la mia tiara.»

«Sì… prima o poi.»

Avrei voluto picchiarlo a sangue con la sua stessa arma. «Che cosa significa *prima o poi?*»

«Significa che *ero* dell'umore giusto per festeggiare stasera e *avevo* intenzione di dartela. Ho prenotato a La Terminale e tutto quanto. Ti porto in posti carini, Jen. Devi ammettere…»

«Quella tiara è una *mia* proprietà. Un cimelio di famiglia. Sarà *meglio* che me la restituisca, Doug.»

«Credo di avere una ricevuta che dice che al momento è una *mia* proprietà.»

Quasi picchiai il piede. «Non fare lo stronzo. Non ho intenzione di restare con te perché stai cercando di ricattarmi, okay. Quella tiara…» Mi mancò la voce, travolta da un'emozione inaspettata. Non serviva a niente. Più sembravo sconvolta, più Doug sembrava compiaciuto.

Non gli avrei permesso di vedermi piangere. Se fosse stato in mio potere, non gli avrei permesso di farmi piangere. L'ultimo uomo che mi aveva fatto piangere era Brock, e allora la mia intera anima si era riversata nell'oceano di lacrime che avevo sparso per lui. *Solo* lui. Non potevo permettermi di ridurmi un'altra volta così.

«Fottiti, Doug. Non finisce qui. Porterò la faccenda al consiglio del clan.»

«Melodrammatica, come sempre.» Sbuffò ed io bruciavo talmente d'odio che avrei voluto schiaffeggiarlo. «Sono sicuro che il consiglio del clan penserà come me che sei senza cuore per aver venduto *un'eredità inestimabile* che ti aveva dato il tuo papà.»

Feci un passo verso di lui, minacciosa e per un secondo netto vidi la paura nei suoi occhi. Ma non riuscii a dire niente perché avevo gli occhi pieni di lacrime e tutto era sfuocato.

L'avrebbe pagata. Gliel'avrei fatta pagare.

Presi la borsa e mi precipitai fuori dalla tenda, correndo verso il margine dell'accampamento. Le lacrime stavano arrivando in fretta e non potevo permettere che qualcuno le vedesse. Con la testa bassa, la borsa sulla spalla, accelerai, con i pugni stretti lungo i fianchi. Ero quasi riuscita a fuggire...

Solo per sbattere contro un corpo solido mentre giravo intorno all'ultima tenda della fila. Stavo muovendomi così in fretta che non riuscii a fermarmi e quindi ricaddi sul sedere.

Rimasi lì seduta, sotto shock, prendendomi qualche secondo per raccogliere le idee. Quando alzai gli occhi, mi trovai a guardare diritto in faccia alla nemesi di Doug. Nonostante i miei sforzi, le lacrime mi rigavano le guance ed ero sicura che l'espressione sul mio volto urlasse al mondo la mia impotenza.

Da parte sua, William sembrò sconvolto e si chinò immediatamente per aiutarmi. Fissai gli occhi sulla robusta colonna del suo collo, visibile sopra la tunica aperta, che metteva in mostra anche la parte alta del suo torace. C'era un ciuffetto di peli scuri sui muscoli duri.

Doug aveva ragione. William si era allenato per mesi e si vedeva.

Sembrava... impressionante. Specialmente con così pochi vestiti addosso. William era sempre stato attraente, ma prepararsi per il duello lo aveva perfezionato. Ora era alto, scuro, bello *e* muscoloso. E mentre Doug era sembrato piccolo e stanco, William era vibrante e potente.

Tese la mano e il suo avambraccio gonfio di muscoli spuntò dalla manica arrotolata. *Accidenti.* Era difficile da ignorare, perfino attraverso le lacrime.

«Mistress Kovac. Perdonatemi.» Si rivolse a me come facevano in molti durante i giochi di ruolo nel nostro clan. Sì, era maledettamente geek, ma era anche divertente. Almeno era quello che pensavo la maggior parte del tempo, cioè quando non ero pazza di rabbia.

Abbassai in fretta la testa per nascondere la faccia. «Va tutto bene, William. Va bene.» Presi la sua mano e lasciai che mi tirasse in piedi. Poi mi piegai per prendere la borsa ma lui fu più veloce, e la afferrò per primo. «Ve la porterò io.»

Com'era sua abitudine, evitava di guardarmi direttamente. Per me andava bene, perché non avevo nessuna voglia che qualcuno mi vedesse in quello stato. Feci per prendere la borsa, tenendo la testa bassa. «Non serve. Grazie. Mi dispiace veramente tanto per la tua sconfitta. Non meritavi di perdere.» William mi passò lentamente la borsa, con riluttanza, ed io l'appesi alla spalla.

Tirando su col naso, mi voltai per andare, ma William mi appoggiò la sua mano grande sul braccio, appena sotto la spalla e il calore che sentii attraverso il tessuto sottile della mia camicia mi fece qualcosa. Deglutii, resistendo al desiderio di staccare il braccio. Decisi che non dovevo essere scortese con lui solo perché ero incazzata con un altro.

«Scusate» disse continuando nel suo ruolo. «Ma perché dite una cosa simile?»

Scossi la testa, con l'irritazione che montava. «Cosa? Perché ho detto che cosa?»

«Che meritavo di vincere. Ho violato le regole.»

«Eri nervoso.»

Tolse la mano dal mio braccio. Diedi un'occhiata di sottecchi al suo volto. Stava fissando la mia spalla, probabilmente era il punto più vicino cui era arrivato a guardarmi in faccia, con una smorfia sul viso.

«Come facevate a saperlo?»

Alzai le spalle. «È plausibile. Ti eri allenato duramente. Per mesi. Si capisce…» mi stava colando il naso per le lacrime, quindi tirai su, più forte di quanto avrei voluto. Irritata, mi passai la manica sulla faccia, come un bambino dell'asilo.

«Devo andare.» William mi rimise la mano sul braccio in un decimo di secondo. «*Che c'è?*» sibilai.

«Stai piangendo.»

Cercai di sopprimere un sospiro. «Grazie, Capitan Ovvio», sbuffai.

William fece una smorfia e ignorò il commento sarcastico, un'altra delle sue abitudini. «Perché?»

Mi chiesi quanto potevo dirgli. «Uhm. Qualcuno ha una cosa che mi appartiene e non me la vuole ridare.»

«Chi te l'ha rubata?»

«Non è stato esattamente un furto. Guarda, so che è ancora mattina, ma la mia giornata è già cominciata male ed è veramente una lunga storia.»

«Allora accorciala.»

Digrignai i denti, riflettendo. Agli anziani del clan William piaceva. Aveva una certa influenza con loro, da quanto potevo vedere. Era un valido membro del gruppo e si era attirato il rispetto di tutti con le sue capacità di fabbro. Forse parlargliene sarebbe stato un buon punto di partenza. Forse sarebbe riuscito a far sì che ordinassero a quello stronzo di ridarmi la tiara.

«Doug ha qualcosa di mio.»

S'irrigidì e ricordai solo in quel momento l'osservazione di Ann che piacevo a William. Non ci credevo ancora, ma... nel caso in cui avesse potuto prenderla sul personale, dovevo andarci cauta. Mi morsi il labbro. Che cosa potevo fare?

«Che cosa ti ha preso Doug?» il suo bel volto divenne scuro.

«Beh, non l'ha presa da me. L'ha comprato da un intermediario.»

«Ma appartiene a te?»

«Sì.» Tossii. «Avevo bisogno in fretta di un po' di soldi ed era l'unica cosa che possedevo che avesse abbastanza valore da far da garanzia a un prestito.»

«L'ha comprato dall'intermediario...» ripeté, con la voce più bassa. Non riuscivo a capire che cosa stesse pensando. Forse stava per sostenere l'affermazione di Doug che, visto che l'aveva comprata, ora apparteneva a lui.

«Lui... lui era lì il giorno in cui ho firmato i documenti. Quel tizio è un suo amico e gli ha chiesto di controfirmare il prestito nel caso io fossi inadempiente... cosa che non è successa. Doug dice di averla ricomprata per me, ma dato che ho rotto con lui ora non vuole ridarmela.»

William rifletté per un momento, con il volto duro. Stavo per rinunciare a quella linea di condotta quando finalmente si decise a parlare. «Quant'era il prestito?»

«Duemila dollari.»

Nessun cambiamento nella sua espressione, e stava ancora fissando la mia spalla.

«E quanto ha pagato Doug per riaverla?

«L'intero importo da pagare per riaverla era... cinquemila dollari.»

«Un sovrapprezzo del centocinquanta per cento?» William era rimasto a bocca aperta.

Alzai gli occhi al cielo. «Per favore non giudicarmi. Ero disperata.»

«Nessuno dovrebbe essere mai così disperato.»

Mi arrabbiai. Non riuscii a farne a meno. «Facile per te dirlo.»

Sul suo volto scese una nuvola. «Non è né facile né difficile. È solo un fatto.»

«È la tua *opinione*.»

Strinse gli occhi. «Riavrò il tuo oggetto. Che cos'è?»

Per la dea, era imbarazzante. Stavo facendo un putiferio per una tiara. Immaginavo già le battute sulla principessa, ma nessuno sapeva che cosa significasse *veramente* per me. Era il simbolo di qualcosa che avevo perso e che non avrei mai più potuto riavere. Era *mia* quando c'era ben poco che lo fosse.

«È un... gioiello» tentennai.

«Okay. Parlerò con Doug, subito.»

«Non servirà. Non cambierà idea. Speravo che potessi andare dagli anziani del clan.»

William sembrò riflettere. «Parlerò con Doug» ripeté, poi voltò sui tacchi e andò nella direzione da cui era venuta io, direttamente alla tenda di Doug.

Oh, merda.

CAPITOLO DUE
William

STO ZIGZAGANDO TRA LE TENDE E GLI ACCAMPAMENTI. Sulla mia destra c'è del pentolame, tutto costruito in modo storicamente corretto, intorno a un fuoco circondato da pietre. Sopra l'anello di pietre c'è uno spiedo di metallo che ho costruito io l'anno scorso nella mia fucina. A sinistra c'è una rastrelliera di armi con una bella mostra di prodotti in vendita. Nell'accampamento successivo, Ginny sta disponendo i suoi gioielli fatti a mano, sperando che arrivino clienti dall'arena dei combattimenti.

Riesco a sentire l'odore dei cibi che stanno preparando per il pranzo nell'area mensa. Per quanto possibile, il cibo viene cotto in modo tradizionale, secondo le usanze dell'epoca. La nostra riunione del fine settimana è appena cominciata e mi arriveranno continuamente ordini. Sarò occupato per parecchie settimane nella mia officina.

Ma in questo momento non ci sto pensando. Rifletto sulle parole che voglio dire a Doug. Ogni passo che faccio mi porta più vicino alla sua tenda, e mi viene in mente una nuova frase. È sempre più facile per me parlare se ho preparato prima tutto o quasi tutto quello che devo dire. Oppure se ho degli appunti scritti. A volte è meglio, ma non ho tempo per farlo adesso.

Jenna mi ha seguito per tutta la strada, interrompendo le mie riflessioni, cercando, per qualche motivo, di impedirmi di parlare con Doug. Sono a tre metri dalla sua tenda quando lei mi afferra il polso con entrambe le sue mani sottili, tentando di farmi voltare verso di lei. Se dovessi allenarla per un combattimento, potrei mostrarle come farlo nel modo corretto. Abbasso lo sguardo sulle sue mani, più precisamente sui suoi polsi. Ha i polsi molto delicati. Eleganti. Come le ali di una rondine. Esito ma non alzo gli occhi.

Non posso guardarla negli occhi. E spero che non me lo chieda.

«Wil... fermati.»

Mi ha chiamato Wil. Non so che cosa pensarne. Faccio una smorfia per un attimo, continuando a studiare le sue mani. Le sue dita lunghe affondano nei muscoli del mio avambraccio. Mi tiene saldamente e mi piace quella sensazione. Normalmente non mi piace che mi chiamino con un vezzeggiativo o che la gente mi tenga. Ma qui è diverso. Sembra... speciale. Come dovrei sentirmi durante le feste e i compleanni, e invece non mi sento mai così.

«Jenna» dico a bassa voce, anche se sono confuso e non so esattamente che cosa voglio dire finché le parole non escono. La cosa mi destabilizza. «Permettimi di essere il tuo campione.»

Lei resta in silenzio per un momento e ho l'opportunità di guardarla in viso. Mi fa piacere vedere che non mi sta guardando. Sta guardando per terra e ha la bocca aperta... come se stesse cercando di respirare. Smette lentamente di stringermi il braccio ed io lo tiro indietro per staccarlo da lei. E mi dispiace farlo anche mentre lo sto facendo.

Qualcosa in gola m'impedisce di deglutire. I miei occhi colgono le ciocche dei capelli biondo pallido di Jenna che svolazzano nella brezza. È così bella.

«Stai attento, okay?» dice.

Io rido. «*Non* ho paura di Doug.»

Lei sbatte le palpebre e mi guarda, ed io ho appena un secondo per evitare di essere intrappolato dal suo sguardo. So che se mi catturerà non sarò in grado di distogliere gli occhi. Ho più paura di questo che di affrontare Doug e sei dei suoi migliori amici, senza l'armatura addosso. Sento il cuore che batte forte. L'ho scampata per un pelo. *Questa volta.*

Mi volto e mi dirigo verso l'apertura della tenda di Doug. È fatta male, per assomigliare vagamente a qualcosa dell'epoca, ma non è niente in confronto con la mia tenda in stile padiglione. I tessuti che ha usato non sono autentici e sembra che non gli importi. Ho notato che l'unica cosa che gli interessa è combattere, e vincere. Non ha alcun altro interesse per il periodo storico. Passa pochissimo tempo a comportarsi secondo il suo ruolo come parte della comunità o ad aiutare i giovani combattenti a scalare i ranghi.

Alzo la mano e tiro la corda a cui è appeso il campanello all'entrata.

«Avanti» dice una voce dall'interno.

Alzo il battente di tessuto ed entro con Jenna subito dietro di me. Doug si volta di colpo e mi guarda, poi guarda lei e poi torna a guardare me. «Che cosa vuoi?»

«Sono venuto a riprendere un oggetto che appartiene a Mistress Kovac.»

La sua bocca si curva in un sorriso, ma assomiglia più a un animale che stia ringhiando. «Non ho niente che le appartiene. E se ti ha sguinzagliato contro di me per via della sua piccola tiara, quella è *mia*. L'ho comprata.»

Jenna viene avanti e si mette accanto a me. La sua testa di capelli pallidi mi arriva appena alla spalla. «Non avevi il diritto di ricomprarla da Tim. Ti avevo detto che non volevo soldi in prestito da te.»

«Sono i *miei* soldi, Jen» le dice Doug. Il suo tono di voce e come accorcia il suo nome mi fa venire voglia di prenderlo a pugni. Proprio sulla bocca. In quel modo non userà mai più quella bocca per dire qualcosa che la ferisca.

Mi faccio avanti. «La comprerò io da te. Adesso. In contanti.»

Lui mi guarda all'alto in basso. Forse sta cercando di capire dove posso aver nascosto i soldi.

«No.» Incrocia le braccia sul petto.

Quindi ha deciso di fare il difficile. Non capisco il perché. Doug ed io non abbiamo mai avuto molto da dirci. E adesso, a quanto pare, le cose non sono cambiate.

«Ti pagherò il triplo di quello che l'hai pagata tu, allora.»

Lui si limita a fissarmi e dato che non so leggere le espressioni dei visi, e non fisso nemmeno la gente, evito di guardarlo in faccia. Non ho idea di che cosa gli stia passando per la mente, ma quando alzo nuovamente gli occhi, lui sta fissando Jenna e sorridendo. Le do una breve occhiata e ho la conferma che lei non gli sta sorridendo.

Dovrebbe farmi felice sapere che lei è arrabbiata con lui e non vuole più essere la sua ragazza. Lei mi piace da tanto tempo e mi ha fatto infuriare che stesse con lui negli ultimi mesi. Non ho nessun diritto su di lei, ma un giorno... *lo avrò*.

Ma in questo momento mi preoccupa che possa cambiare idea. Che decida che, dopotutto, vuole stare con lui, anche se è solo per riavere la sua tiara. A pensarci bene, non ho mai visto Jenna portare una tiara, o qualsiasi altro tipo di gioiello costoso. Deve valere parecchio perché abbia potuto impegnarla per duemila dollari.

Doug ora mi sta guardando con la testa piegata di lato. «Capisco perché ti ha portato qui. Tu sei ricco. Tuo fratello non è un miliardario o roba simile?»

Scuoto la testa, adesso sono irritato. «Non ho fratelli. Vuoi dire mio cugino. Sì è un miliardario, ma io non spendo i suoi soldi. Ho il mio lavoro. Ora, se ti do oggi quindicimila dollari, le restituirai la sua roba?»

Lui alza il pugno in aria e fa un suono come un campanello in qualche gioco in TV. Non ho idea di che cosa significhi. «Prova di nuovo.»

Jenna ora mi sta tirando per il braccio. «Vieni, Wil. Possiamo presentare la faccenda al consiglio del clan. C'è una riunione dopo pranzo.»

«Già, vai pure, Jen» la stuzzica Doug. «Vai e porta con te il tuo idiota. Sai come dicono, i simili si attraggono.»

M'irrigidisco. Eccola di nuovo… quella parola. *Idiota.* Proprio come le altre che sento da tutta la vita. *Stupido. Ritardato.* Ma adesso è molto peggio. Ha chiamato così anche Jenna.

Jenna stringe i pugni lungo i fianchi. «Come osi…»

«Jenna» la interrompo, facendo un passo avanti e tendendo un braccio per impedirle di lanciarsi su Doug. Posso combattere da solo le mie battaglie. A Doug dico: «Io non ti ho insultato. Non m'interessa che tu insulti me perché la tua opinione non significa niente per me. Ma non puoi insultare lei. Chiedile scusa.»

«Niente da fare.»

Faccio un altro passo verso di lui, che spalanca gli occhi, ma quando penso che arretri non lo fa. Ci siamo appena scontrati entrambi con l'armatura. Questa volta sembra più reale, più immediata, a soli pochi centimetri l'uno dall'altro e senza metallo tra di noi. «Che cosa farai, ritardato?»

Di colpo, sento il calore nascere dal fondo del mio essere e ho la pelle in fiamme. Allungo la mano e afferro la maglia di Doug. «Smettila di cercare di provocarmi.»

Lui mi dà uno spintone sul petto ed io lo lascio andare. Lui fa due passi indietro, spazzolandosi. «Stai indietro, psicopatico.»

«Non ho bisogno di tirarmi indietro. Lo hai appena fatto *tu*. Ora chiedile scusa.»

Silenzio.

Sono pronto a fare un altro passo verso di lui quando lui tende la mano. «Va bene, mi dispiace. Adesso uscite dalla mia tenda.»

«Dovresti vergognarti per il tuo comportamento poco cavalleresco verso Jenna.»

Doug arriccia il naso. «Fuori.»

Jenna cerca di passarmi davanti ed io la tengo indietro. «Seguiamo le regole del clan, Jenna. Possiamo portare la faccenda al consiglio.»

Lei borbotta qualcosa sottovoce, dicendo un mucchio di parole poco gentili su Doug. Non ho intenzione di contestare la sua opinione su di lui. Non sarebbe mai diventato un mio amico anche nelle migliori delle circostanze ma ora, mai più... specialmente dopo il modo in cui le ha parlato.

E pensare che stavano insieme, fino a oggi. La chiamava la sua ragazza eppure le ha voltato le spalle e l'ha trattata in quel modo. Non riesco a capire come possa essere così crudele con una persona che una volta gli piaceva o che forse addirittura amava.

Doug non è una brava persona. E ora sono ancora più arrabbiato con me stesso per aver fatto quegli errori così stupidi durante il duello. Avrei potuto vincere. Avrei potuto dimostrare quello che volevo dimostrare mesi prima, quando lo avevo sfidato. Tutte le ore passate ad allenarmi, tutto il tempo e il denaro spesi con un istruttore privato di arti marziali. Avrei potuto essere l'uomo migliore... avrei potuto essere *degno.*

Ma non avevo dimostrato niente. Avevo fallito. Ancora una volta.

Le solite fitte dolorose di frustrazione mi attraversano il petto. Stringo i pugni e scorto Jenna fuori dalla tenda. Lei ha la testa abbassata ed è rossa in viso.

«Stai bene?» le chiedo. Non riesco a capirlo guardandola, o guardando chiunque altro, a dire il vero. Sono cose così semplici per tutti gli altri, ma io devo studiare i manierismi, i gesti e il tono di voce. E anche allora è difficile che ci azzecchi.

Jenna non dice niente per parecchio tempo, ma finalmente annuisce. Stiamo andando verso il centro del parco. C'è una grande tenda dove si riunirà tra poco il consiglio. Mi volto a guardarla. «Devi mangiare. E anch'io. Potremo parlare con il consiglio quando si riunirà dopo il pranzo.»

Lei allunga la mano per prendere la mia e, prima che riesca a tirarla via, me la stringe. «Grazie. Grazie. È stato veramente gentile da parte tua difendermi. Io...» la sua voce trema e si spezza mentre sbatte in fretta le palpebre. «Significa moltissimo avere un amico che mi sostiene.»

Lascia andare la mia mano ed io sono confuso mentre andiamo verso i fuochi per comprare qualcosa da mangiare. Che cosa voleva dire? È la seconda volta che Jenna mi prende il braccio. Le piace toccare la gente. Ma io non ho mai veramente capito perché e in quali circostanze lei li tocchi.

Ci servono pane e stufato in ciotole di legno, insieme a boccali di birra speziata. Siamo seduti ai lati opposti di un tavolo da picnic e le mie ginocchia sfiorano le sue. Lei non si tira indietro. Alzo gli occhi e lei mi sta fissando.

Oh merda. Abbasso gli occhi sulle sue mani ai lati del piatto. Ha una fila di anelli, quasi uno su ogni dito, perfino i pollici. Alcuni sono di pietre semi-preziose. Riconosco l'ematite e l'occhio di tigre. E le dita sono lunghe e snelle, metà delle mie. Mi piacerebbe sapere come sarebbe prenderle la mano e tenerla stretta.

Distoglie gli occhi e comincia a giocherellare con i suoi anelli. «Potrei andare da un giudice di pace» stava borbottando Jenna. «Potrei vincere la causa.»

Faccio una smorfia, spostando lo sguardo su di lei. «Sarebbe scortese da parte mia chiederti perché hai usato la tiara come collaterale per un prestito?»

Lei resta immobile per un momento, poi allunga la mano, spezza in due il pane e lo intinge nel sugo dello stufato. «Non è scortese chiederlo, no. Te l'ho detto. Avevo bisogno di soldi.»

Ci penso per un momento, strofinandomi il mento dove sta ricrescendo la barba. Normalmente non mi rado quando c'è una riunione che dura più di un giorno. Mi dà fastidio avere la barba che prude, ma è sempre meglio che cercare di radersi con l'acqua gelida mentre siamo nell'accampamento.

«Non sei nei guai, vero? Perché ti aiuterei se lo fossi.»

Lei si ferma di colpo, con il pane immerso nel sugo. Poi ricomincia a muovere la mano ed io seguo il percorso di quel boccone di pane inzuppato dalla ciotola alla sua bocca. Jenna ha delle belle labbra rosa pallido, eleganti e raffinate come il resto di lei. Preme il pezzo di pane su quelle labbra e apre la bocca per mangiarlo.

Sento una familiare fitta di calore ed eccitazione e adesso sto pensando a come sarebbe baciarla. Ho baciato altre donne. È stato okay. Ma penso che potrebbe essere diverso baciare Jenna.

«Non sono nei guai.» Fa una smorfia. «Non come pensi tu, comunque.»

«Ehi, gente!» Qualcuno si siede pesantemente accanto a Jenna ed io mi volto, vedendo che è la sua miglior amica, Alex. «Quello stufato ha un buon profumo. Ne prenderò un po' anch'io.»

«Ecco, prendi il resto del mio. Non ho molta fame.» Jenna spinge la ciotola verso Alex dopo aver mangiato solo tre bocconi.

Alex si rivolge a me, parlando mentre raccoglie cucchiaiate di stufato e deglutisce. «Ehi, William. È stato un bel combattimento. Mi dispiace che non abbia vinto tu.»

Alzo le spalle. «Non è il caso di scusarsi. Non sei responsabile tu perché ho perso.»

Il cucchiaio si ferma a metà strada verso la bocca. «No... io volevo dire che è un peccato che non abbia vinto tu.»

Non so come rispondere a quel commento. Devo ringraziarla o annuire? Invece, continuo la conversazione. «È stato un errore. Non ho rispettato le regole. Ero distratto dalla folla. Mi sono allenato tantissimo e penso che Doug ed io siamo alla pari in quanto ad abilità, ma la distrazione mi ha fatto fare un errore e ho ferito Doug alla spalla. Mi sono scusato con lui durante l'incontro e gli ho spiegato le mie difficoltà con la folla, ma lui sembra ancora piuttosto arrabbiato, anche se ha vinto.»

«Wil, perché hai detto a Doug che la folla ti disturbava?» chiede Jenna.

«Per spiegargli il motivo per cui avevo infranto le regole.»

«Lui l'ha usato contro di te per vincere.» La guardo perplesso, senza capire la sua logica. Jenna sospira. «Io ho eccitato apposta la folla durante il secondo e il terzo incontro, cercando di farli gridare più forte. Quando è venuto a chiedermi il pegno, ha detto che faceva fatica a sentirci con l'elmo.»

«Quello che ha fatto non è contro il regolamento.»

Jenna sbatte la mano con il palmo aperto sul tavolo. «Ma stava sfruttando la tua debolezza.»

«Continua a non essere contro il regolamento.»

«Ma lo stronzo non lo avrebbe saputo se tu non fossi stato così franco con lui.»

«È stato un gesto da coglione.» Alex spinge dietro l'orecchio una ciocca dei suoi capelli scuri e ricci, passando lo sguardo da me a Jenna e viceversa un paio di volte. Poi si rivolge a Jenna. «Tu, uhm, sembri piuttosto scontenta di Doug. Voi due avete litigato?»

Jenna mi dà un'occhiata e poi distoglie lo sguardo. «Ho rotto con Doug.»

Alex storta la bocca e si strofina il mento. Sembra che stia riflettendo ma Jenna sembra irritata... beh, almeno penso che sia un'espressione irritata. L'ho vista abbastanza spesso che dovrei probabilmente riconoscerla.

«Non dirlo, Alex.» Jenna fissa la sua coinquilina con gli occhi stretti.

«Tu lo *sai* che ho intenzione di dirlo.» Alex ride. «Che giorno è? Sono tre mesi giusti, vero?»

Jenna sbuffa. «Non sono dell'umore giusto.»

Sono completamente confuso... non una sensazione strana per me. C'è un sottinteso tra queste due che non riesco a cogliere. E dato che ho difficoltà già con gli scambi regolari, i sottintesi vanno oltre le mie scarse capacità.

Come succede spesso, Alex si accorge della mia confusione. Le sono grato. Ho notato che Alex ha una grande capacità d'interazione sociale e percepisce molto di quello che non è espresso a parole.

«Sto solo prendendo in giro Jenna per le sue abitudini» dice Alex.

«Le sue abitudini?» le chiedo io.

«Stai zitta, Alex» dice Jenna con un sospiro.

«Lei non esce mai a lungo con un tizio, ed io ho cominciato a fare dei grafici. Sei settimane qui, tre mesi lì. La sua relazione più lunga è durata cinque mesi e mezzo, perché immagino che sei sarebbero stati considerati una cosa seria.»

«Non mi piace mettere radici» dice Jenna alzando le spalle, con le guance e il collo che diventano una bella sfumatura di rosa. «Lascia perdere, okay?»

Alex e Jenna si scambiano una lunga occhiata, piena di altre parole non dette. Se si stessero toccando, potrei pensare a qualche forma di fusione mentale vulcaniana tra di loro. Ma i vulcaniani non possono leggere la mente in qualunque situazione. Hanno bisogno di un contatto pelle a pelle per scambiare i pensieri con un altro.

A volte mi chiedo se tutti abbiano la capacità di leggere i pensieri eccetto me. In un certo senso mi sembra di essere sordo, e di perdere la metà di ciò che succede intorno a me. Non riesco a capire quello che le facce e i gesti della gente stanno cercando di dire, quali parole stanno usando che non escono dalle loro bocche. Sembra un'altra lingua, che non conosco.

«Allora, se hai rotto con Doug, vuoi venire a casa con me questo pomeriggio? Sono sicura che non condividerai la sua tenda stanotte.»

Jenna distoglie gli occhi, nervosa. «Ho il mio sacco a pelo. Posso accamparmi accanto al fuoco stanotte. Mi piacerebbe restare e partecipare agli eventi di questa sera.»

«Farà troppo freddo per dormire all'aperto stanotte» dico. Entrambe voltano la testa verso di me.

La bocca di Alex si apre in un enorme sorriso. «Hai spazio nella *tua* tenda per lei, William?»

Jenna arrossisce e le dà un pugno sul braccio. «Ahi!»

«Non posso permettere che tu dorma accanto al fuoco stanotte, Jenna» dico. «Non sarebbe cavalleresco da parte mia. C'è posto nella mia tenda e ho un materassino comodo che ho fatto io. È consono al periodo ed è confortevole. Puoi dormire lì, ed io dormirò sul pavimento.»

Jenna esita. Poi apre la bocca come per rispondere, ma veniamo interrotti di nuovo, questa volta da mio cugino Adam e dalla sua fidanzata. Mia è anche la mia nuova sorellastra, ma non le piace quando la chiamo così, quindi penso a lei solo come alla futura moglie di Adam.

I due si siedono dalla mia parte della panca, ma io sto ancora guardando Jenna, aspettando la sua risposta.

Capitolo Tre
Jenna

OH, AVEVO TUTTE LE INTENZIONI DI UCCIDERE ALEX appena l'avessi trovata da sola. Pensava di essere divertente, mettendomi in quella situazione. Ma sapeva perfettamente che non ero tipo da arrabbiarmi, preferivo pareggiare i conti. Forse era passato troppo tempo dall'ultima volta che glielo avevo dimostrato. Invece di rispondere alla generosa offerta di William, nella mia testa le rotelline stavano girando per progettare la mia vendetta sulla mia maliziosa coinquilina.

William era sexy. Lo sapevano tutti. Ed era ovvio che prendesse quella faccenda della cavalleria *molto* sul serio. E questo lo rendeva ancora più attraente. Ma avevo appena rotto con Doug il Coglioncello e che da parte di William quella fosse o meno un'avance romantica, non c'era la minima possibilità che potessi accettare. Non in quel momento.

Eppure era lì, che mi guardava, aspettando che rispondessi quando apparvero Adam e Mia, come se avessero calcolato i tempi. *Fanculo la mia vita.*

«Ehi, William» disse Mia, mettendogli una mano sulla spalla. «È stato un combattimento impegnativo. Hai fatto un lavoro impressionante.»

William esitò per un momento, come se rispondendo a Mia potesse perdersi la mia risposta alla sua domanda. Sapevo che non avrei dovuto semplicemente ignorarlo, ma era più facile così. Quindi le ressi il gioco.

«Credo che avrebbe vinto» dissi.

«Certo. Che cos'è successo, William?» gli chiese Mia.

«Ho violato il regolamento» rispose William e l'ovvietà della sua risposta mi avrebbe fatto ridere, se non l'avesse detto in un modo così solenne.

«Allora qual è il piano?» gli chiese Adam. «Hai intenzione di continuare a batterti in duello?»

«Non lo so» rispose William che mi stava ancora fissando, e distogliendo gli occhi tutte le volte che lo guardavo in faccia. Cominciavo a sentire le guance calde per tutta quell'attenzione.

Forse Ann aveva ragione. E se la giornata non fosse stata così merdosa, sarei stata piuttosto lusingata dal fatto che sembrasse interessato. O forse si sentiva solo dispiaciuto per me. Era così difficile da capire con lui. Con i suoi modi distaccati e impassibili, teneva tutto per sé.

Qualche minuto dopo, ed esattamente mentre Mia stava raccontando di aver lavorato su un cadavere durante il suo primo anno alla facoltà di medicina, William controllò l'orologio e poi si alzò di colpo. Mia smise di parlare, seguendo i suoi movimenti. Grazie alla dea per l'interruzione di William, anche se rude, perché ero piuttosto schizzinosa e roba simile mi infastidiva. Mia non sembrò irritata, quindi immagino che lo scusassero perché era di famiglia.

«Devo andare al consiglio del clan.» William scavalcò la panca e raccolse i nostri piatti. «E deve venire anche Jenna» disse e lasciò il tavolo.

Io mi alzai e lo seguii, ma non prima di aver notato le sopracciglia scure di Mia che s'inarcavano. Dopo aver raggiunto in fretta William, camminai al suo fianco mentre andavamo verso la grande tenda a padiglione che apparteneva alla nostra organizzazione, la Baronia di Anaya. Era stata chiamata così unendo i nomi di due diverse città dell'Orange County: Anaheim e Santa Ana. Sopra la porta della tenda c'era un vessillo araldico, progettato molto tempo prima, un unicorno bianco sopra uno scudo argento su uno sfondo viola scuro, *purpure* nella terminologia araldica.

Le divisioni dell'Alleanza per le Rievocazioni Rinascimentali e Medievali erano impostate sul feudalesimo. Territori, chiamati "baronie", raggruppati sotto ducati e poi riuniti in un regno che rappresentava un quarto del paese.

I governanti del regno normalmente venivano scelti con un combattimento. In effetti, Doug mi aveva confidato che la sua ambizione era governare un regno. La dea ce ne scampi. Grazie al cielo, i capi locali erano stati scelti all'unanimità e confidavo che avrebbero trattato la situazione in modo giusto e intelligente.

William ed io entrammo nella tenda del centro di comando e fui lieta di trovarla vuota, eccetto le cinque persone sedute al tavolo in fondo. Una delle cose che mi piacevano di più di questi campeggi era la sensazione di vivere in un altro periodo storico. Non era tutto autentico, ma tentavamo, indossando vestiti che imitavano la moda medievale e commerciando merci e abilità individuali per aiutarci l'un l'altro. Mi sentivo maledettamente inappropriata lì, in jeans, ma dovevo fare ciò che andava fatto.

Diedi un'occhiata a William, chiedendomi se il club gli piacesse per le stesse ragioni per cui piaceva a me. La sensazione di appartenenza e il senso confortevole di comunità.

Specialmente per una persona riservata come lui. Era il posto perfetto per dei disadattati come noi, per più di una ragione.

William si avvicinò al tavolo, dove erano seduti gli anziani. Lord Richard de Bricasse, il nostro barone, nella vita reale era conosciuto come Derek Richardson, un uomo d'affari sulla cinquantina. Sua moglie, la baronessa, era seduta accanto a lui, insieme agli altri tre che gestivano gli affari del clan, tenevano riunioni e si assicuravano che tutti seguissero i regolamenti, tutta roba noiosa di cui il resto di noi non voleva preoccuparsi quando c'era da divertirsi.

«Sir William. Avete una petizione da rivolgerci?» Cominciò formalmente lord de Bricasse, come faceva di solito durante le riunioni.

William s'inchinò profondamente, com'era usanza. «Milord e milady, signori, preferirei che Mistress Kovac parlasse per sé.»

William mi fece un cenno con la mano ed io feci una maldestra riverenza, resa ancora più strana dal fatto che non avevo una gonna da allargare. Poi guardai il consiglio, trovandoli tutti che mi guardavano.

«Mistress Kovac, avete un reclamo contro sir William?»

Restai a bocca aperta, poi mi ripresi in fretta. «Non contro sir William, no. Lui è qui per darmi il suo sostegno. Il mio reclamo è contro Doug, voglio dire, sir Douglas.»

Doug scelse quel momento per arrivare, entrando con il petto in fuori. Si fermò dall'altra parte di William, come se avesse più paura di me che del tizio che l'aveva ferito con la sua spada meno di un'ora prima. Notai che aveva il braccio appeso al collo e che diede un'occhiataccia a William, che la ignorò, o non la notò.

«Sarà interessante» borbottò Doug, voltandosi a guardarmi minaccioso.

Mi schiarii la voce e poi fissai un'altra volta il consiglio, spiegando la mia situazione il più in fretta possibile e dando minori dettagli possibili.

Lady de Bricasse si schiarì la voce e si sistemò sul sedile. «Potrebbe andare al di là delle competenze del nostro consiglio se sir Douglas decidesse di non aderire al nostro arbitrato, ma sembrerebbe che l'oggetto appartenga a Mistress Kovac. Che ne dite sir Douglas?»

«È vero che ero con Mistress Kovac il giorno in questione quando ha scelto di impegnare la sua presumibilmente preziosa tiara in cambio di denaro.»

Lady de Bricasse alzò un sopracciglio. «Ma non eravate disposto a prestarglielo voi?»

Doug alzò le spalle. «Mi sono offerto. Lei ha risposto che non prendeva soldi dagli amici.»

Lady de Bricasse strinse gli occhi e cominciai a sperare. Avere la signora dalla mia parte sarebbe stato un bel colpo. Poteva ancora funzionare. «Eppure avete speso molti più soldi per ricomprarlo.»

Doug alzò la spalla sana. «Stavo cercando di fare una cosa carina.»

M'irrigidii. «Voleva qualcosa con cui ricattarmi.» Incrociai le braccia sul petto, non volendo scendere in particolari. Avevo tentato di parlare con Doug qualche settimana prima, per rompere con lui, per dirgli che non eravamo giusti l'uno per l'altro. Ma lui mi aveva pregato di dargli un'altra chance. Avrei dovuto seguire il mio istinto, ma sospettavo che Doug vedesse la tiara come merce di scambio. *Stronzo.*

Lo guardai storto. Che diavolo avevo visto in lui? Non era brutto ed era stato affascinante e affettuoso quando avevamo cominciato a uscire insieme. All'inizio era anche stato dolce e poi... era diventato appiccicoso e bizzarro. Tre mesi con lui erano stati decisamente troppi.

Il volto di Doug si contorse in una finta espressione di tristezza. «Mistress Kovac è inutilmente crudele e sta buttandomi in faccia il mio gesto generoso.»

Mi voltai verso di lui, con i pugni chiusi. «*Sarebbe stato* un gesto generoso, se avessi deciso di darmi la tiara e permettermi di ripagarti. Invece hai dichiarato che è tua.»

«Le permettereste di ricomprarla?» chiese lord de Bricasse.

«Mhmm» Doug si prese il mento con una mano, come se fosse la prima volta che sentiva quella proposta. *Coglione.*

«Mi sono offerto di ricomprarla al triplo di quello che l'aveva pagata» disse William. «Ha rifiutato.»

Doug fece la mossa di abbassare la testa, come per enfatizzare il suo "cuore infranto". Quasi emisi un gemito.

«Voglio ridargliela, ma non voglio che sia una questione di soldi. Sporcherebbe il ricordo del tempo passato con Mistress Kovac.» Smise di parlare e questa volta io feci veramente un versaccio.

Il consiglio si voltò a guardarmi. «Non provate compassione, Mistress Kovac?»

«*No.* Assolutamente no. Quell'oggetto...» Mi mancò la voce per un minuto e deglutii. Non volevo parlarne, non in quel momento e non lì.

Come potevo spiegare il nodo di panico nel mio petto al pensiero di perdere ancora un altro pezzo del mio passato? Prima che potessi evitarlo, il ricordo di mio padre che mi metteva in mano la tiara con la tristezza negli occhi mi sopraffece. «*Kci*» aveva detto, il termine bosniaco per "figlia", «*Devi essere coraggiosa, sii coraggiosa per la mamma e il papà.*»

Strinsi i pugni e fui tentata di pestare un piede. Diedi un'occhiataccia a Doug. «Se non il denaro, allora che cosa vuoi?»

Doug aveva di nuovo quell'espressione negli occhi, come se stesse riflettendo sulla risposta. Ma sapeva già che cosa voleva. O rinunciavo a piantarlo oppure... per la dea, non ne avevo veramente idea. *Sapeva* che avevo intenzione di seguire la Fiera Rinascimentale tra qualche mese. Non potevo partire senza la tiara, come non potevo partire senza un braccio. Forse la stava usando per farmi restare?

«Se sir William è disposto a essere il suo campione, allora lo sfido a un duello d'onore al Festival di Beltane, a maggio.»

Aprii la bocca per protestare, ma William fu più veloce. «Accetto la sfida. E come premio, accetterò la tiara di Mistress Kovac.»

«*Se* vincerai.» Doug sogghignò e poi si rivolse nuovamente al consiglio. «E come *mio* premio, sir William accetterà di esiliarsi in modo permanente dalla nostra comunità.»

Il silenzio fu così profondo in quella tenda che si sarebbe potuto seppellirci il mondo. La gente era entrata e si stava sedendo sulle panche e sui cuscini appoggiati sul pavimento, preparandosi per la riunione formale che sarebbe cominciata fra pochi minuti. Normalmente c'era parecchio chiacchiericcio prima delle riunioni, ma non si sentiva volare una mosca.

Lord de Bricasse era rimasto a bocca aperta e sua moglie si stava mordendo il labbro, guardando Doug furiosa. Fu allora che ricordai che William era una delle sue persone preferite.

Dopo qualche momento di silenzio imbarazzato, William si schiarì la voce per parlare. Ma prima che potesse dire qualcosa,

Lord de Bricasse alzò una mano. «È una cosa assolutamente irregolare, sir Douglas. Ciò che chiedete a un membro rispettabile è irragionevole...»

«Posso imporre i termini che voglio.» Doug voltò la testa verso William. «Tocca a sir William decidere se accettarli o meno. Gli offro la possibilità di recuperare il suo onore infangato da una sconfitta disonorevole...»

«Non è stata una sconfitta disonorevole...» ribatté Lord de Bricasse.

Doug alzò le spalle in quel suo modo esagerato. «Come volete. Preferirei batterlo invece di vincere per una formalità.» Si voltò e mi guardò in cagnesco, accertandosi che capissi che la punizione di William sarebbe stata a causa mia.

O forse no...

Forse vedeva William come una minaccia alle sue intenzioni di ottenere il regno, un giorno. William si era dimostrato un combattente valido quanto lui. Forse quello era il modo di Doug di eliminare la concorrenza.

Doug si schiarì la voce e continuò. «Sir William ha la possibilità di recuperare il gingillo, se vuole. Ma solo se accetterà i miei termini in caso di sconfitta.»

Tutti gli occhi si spostarono su William, ma fu il mio turno di parlare. «No, non permetterò a William di farlo.»

William voltò la testa verso di me con un'espressione irritata sul volto. «Non ho bisogno del tuo permesso.»

Lo ignorai e continuai. «Quell'oggetto è legalmente *mio* e ricorrerò al giudice di pace per riaverlo.» Poi mi voltai a provocare Doug. «Tu *ovviamente* non sei un uomo di parola.»

William mi guardò, scioccato. «Non puoi mettere in dubbio l'onore di un cavaliere... *mai*.»

Chiaramente offeso, Doug divenne rosso e afferrò uno dei guanti di pelle appesi alla sua cintura, sbattendolo sul pavimento ai miei piedi.

Si sentirono gridolini tutto intorno.

Ed io non avevo la minima idea di che cosa fosse appena successo.

Guardai William che stava fissando il guanto e poi si chinò e lo raccolse. Tenendolo in alto, disse a voce alta. «Sir Douglas ha lanciato il guanto di sfida a Mistress Kovac. Io accetto la sfida per suo conto e sarò il suo campione.»

Lord de Bricasse alzò le sopracciglia. «Beh, presumevo l'avreste detto anche prima della sua sceneggiata. Davvero, Doug…» disse, dimenticando per un secondo il suo ruolo.

Doug gonfiò ancora un po' il petto. «Rientra nel regolamento. Ho controllato.»

Aveva ovviamente pianificato tutto e ora appariva molto soddisfatto di sé. Mi rivolsi a William. «Non hai bisogno di farlo. È un problema mio, non *tuo*. Doug ha ovviamente un problema con *me*. Posso parlarne con il tizio che mi ha fatto il prestito.»

William scosse la testa. «Combatterò come tuo campione. La sfida è stata lanciata ed io ho accettato, ci sono regole da rispettare e sono molto chiare. Non c'è nient'altro da dire.»

Quasi urlai per la frustrazione. E se avesse *perso*? Avrei dovuto puntare il mio bene più prezioso su un combattimento che avrebbe potuto non vincere?

Trionfante, Doug s'inchinò in modo melodrammatico e tese la mano a William per riavere il suo guanto. Poi, senza nemmeno un grazie si voltò, salutò il resto degli occupanti della tenda e uscì. *Stronzo all'ennesima potenza.* Fissai furiosa la sua schiena fin quando sparì. Che cosa diavolo avevo mai visto in lui?

William era ancora davanti agli anziani e Lord de Bricasse gli stava chiedendo se avesse altre cose da discutere con il consiglio. Io mi feci avanti per mettere fine a tutta quella faccenda.

William tese un braccio per tenermi indietro. «No. Sistemeremo questa cosa alla maniera antica. Dopotutto è quello che facciamo qui.»

«Ma...» Nessuno di loro sapeva che cosa significasse quel "gingillo" per me. Non avevo intenzione lasciare il mio destino nelle mani di qualcun altro. Ma non dissi niente finché non fummo fuori dalla tenda. «Wil...»

Lui si fermò e si voltò verso di me, con gli occhi fissi sulla mia spalla. «Sì?»

«Penso che sia stato carino da parte tua offrirti di difendermi, ma...»

Aspettò mentre io raccoglievo il coraggio di mettere in dubbio la sua capacità di farlo.

«Il festival di Beltane è tra soli due mesi. Come fai a sapere che... che non ti succederà la stessa cosa che ti è successa oggi?»

Lui continuò a fissare la mia spalla. Lungo i fianchi, i pugni si chiusero e si aprirono parecchie volte. Poi si strofinò il palmo delle mani sulle gambe. Seguendo il movimento, studiai il suo fisico muscoloso, chiedendomi come sarebbe stato in un paio di jeans aderenti. Di sicuro, maledettamente sexy...

Scossi la testa per darmi una raddrizzata, dato che mi stava rispondendo. «Mi allenerò tutti i giorni. Mi eserciterò e mi allenerò. Migliorerò.»

Spostai il peso da un piede all'altro, rendendomi conto solo in quel momento che mi stavo torcendo le mani. «Ma servirà? E se dovessi innervosirti e violare le regole? Allora vincerebbe per una formalità... di nuovo.»

William fece una smorfia. «Non era nervosismo. Era...»

«Che cosa?»

«Era più come... terrore.»

Terrore... lo conoscevo bene. Era quello che succedeva a una bambina nata nel bel mezzo di una delle guerre più sanguinose della storia recente. E poi essere strappata da metà della tua famiglia ed essere spedita dall'altra parte del mondo per stare "al sicuro?". Già, sapevo perfettamente che cos'era il terrore.

Feci un respiro profondo e smisi di torcermi le mani, lasciandole ricadere lungo i fianchi. «Se vuoi potrei aiutarti. Potrebbe far parte del tuo allenamento.»

William aggrottò la fronte. «Puoi aiutarmi?»

«Già... uh... ho una certa esperienza di terrore.»

Quella notizia sembrò sorprenderlo.

«Non aggiungiamo altro, okay?» dissi prima che ponesse la domanda.

«Okay» disse lentamente, come se non avesse capito completamente quello che stavo dicendo.

«Sai, avremmo potuto evitare tutta questa faccenda se fossi semplicemente andata alla polizia. Potrei ancora andarci, in effetti.»

«Potresti farlo. Ma dovrei comunque combattere con lui.»

Mi tirai indietro, sorpresa. «Perché?»

Mi guardò come se gli avessi fatto la domanda più stupida possibile. «Perché ho accettato la sua sfida. Non mi tirerò indietro adesso. Combatterò contro di lui e, se perderò, mi ritirerò dal clan.»

Restai di sasso. «Non puoi permettergli di cacciarti in questo modo.»

«Sono queste le condizioni del duello» disse con una piccola smorfia. «Accetterò quelle condizioni, se si arriverà a tanto. Ma non intendo perdere.»

Ci pensai per un momento prima di prendere una decisione. «Voglio aiutarti a vincere, William. Non solo perché rivoglio la mia tiara, ma perché qualcuno deve far abbassare la cresta a Doug.»

La smorfia di William si accentuò. «Quale cresta?»

Mi chiesi se mi stesse prendendo in giro. Poi notai la sua espressione seria e capii che non era così. «È un modo di dire... significa che deve scendere dal suo piedestallo...»

William aprì la bocca e vidi la domanda sul suo volto. Chiaramente non aveva capito nemmeno quello.

«Significa che deve essere umiliato.»

William annuì. «Oh. Okay. Sì, sono d'accordo.»

«Allora, siamo d'accordo? Io ti aiuterò con i tuoi problemi con la folla e tu lo prenderai... cioè, vincerai il duello come un boss.»

«Come un boss» ripeté William sorridendo. «Affare fatto.» Mi prese la mano ed io gli restituii la stretta. Una scossa elettrica mi risalì lungo il braccio partendo da dove le sue dita lunghe mi solleticavano il polso. Di colpo mi sentii accaldata e il fiato mi uscì dai polmoni con un sibilo.

Sbattei le palpebre, momentaneamente stordita dal suo tocco e dal suo bell'aspetto. William non sorrideva molto, ma quando lo faceva... wow. E anche se aveva i capelli negli occhi per almeno la metà del tempo, quando non era così... beh, aveva dei bellissimi occhi castani. Anche se sembravano non guardare mai nei miei.

William era fantastico e non lo sapeva nemmeno. E questo lo rendeva ancora più favoloso.

Mi morsi il labbro. Niente ragazzi per te, Jenna. Non adesso. Non quando hai comunque intenzione di partire...

Alla fine, rinunciai educatamente all'offerta di William di restare nella sua tenda per quella notte. Ann, Caitlyn e la loro amica, Fiona, una delle maggiori fan di William, avvicinarono i loro sacchi a pelo per farmi posto nella loro tenda. William, grazie al cielo, non sembrò offeso. Probabilmente era lieto che la mia virtù restasse intatta, o qualche altro antico concetto del genere.

Notai che molti dei suoi comportamenti sociali si conformavano spesso a quelli della nostra organizzazione, e spesso si comportava come se stesse recitando un ruolo pur avendo i piedi ben piantati nel ventunesimo secolo. Immaginai che per una persona socialmente inetta, i codici più restrittivi del passato fossero un conforto. C'erano regole per tutto, mentre nella nostra epoca, si doveva agire per istinto per superare le situazioni nel miglior modo possibile, a volte offendendo gli altri senza volerlo.

Nell'insieme, il fine settimana con il clan andò bene, dopo il duello e la faccenda della tiara, cioè. Ancor meglio, Doug se n'era andato subito dopo la riunione con il consiglio, quindi non fui costretta a incontrarlo di nuovo dopo la nostra imbarazzante rottura.

Ora, se solo avessi potuto assumere un topo d'appartamento e riprendermi la mia tiara... ma dato che ero eternamente in bolletta, sembrava che avrei dovuto contare su William.

***

Parecchi giorni dopo, mi svegliai presto quando suonò il telefono, dopo essere andata a letto troppo tardi. Sbattendo gli occhi al buio, cercai sul comodino e diedi un'occhiata alla sveglia: *le cinque del mattino.* Meglio che fosse una chiamata internazionale, altrimenti mi sarei arrabbiata di brutto.

Controllai chi stava chiamando ed ebbi la conferma che la chiamata stava effettivamente arrivando dalla Bosnia. Che cosa diavolo stava pensando Maja? Sapeva bene qual era la differenza di fuso tra Los Angeles e Sarajevo. Mi schiarii la voce ma gracchiai comunque al telefono. «Pronto?»

«Janja.» La voce familiare all'orecchio mi chiamava con il mio nome di bambina, come facevano solo i membri della mia famiglia e gli amici che mi conoscevano da quando ero piccola.

Lasciai ricadere la testa sul cuscino. «Maja. Sai che ora è qui vero?»

Lei mi rispose in bosniaco, la nostra prima lingua e continuammo come facevamo sempre, lei che parlava in una lingua ed io che rispondevo in un'altra. Le conoscevamo entrambe benissimo, ma quella strana abitudine rispecchiava le nazionalità che avevamo adottato. Potevamo anche essere nate entrambe in Jugoslavia, ed essere venute entrambe negli USA da ragazzine ma ora lei era bosniaca ed io ero americana.

«Mi dispiace per l'ora, ma volevo chiamarti prima che la mamma tornasse dal lavoro.»

«Perché? C'è qualcosa che non va?»

«Niente. Va tutto benissimo, in effetti va meravigliosamente. Sanjin ed io ci sposeremo!»

Mi misi seduta, senza riuscire a sopprimere un sorriso sonnacchioso. «Sono così contenta.»

«Ed è tutto grazie a te. Non so che cosa avrei fatto senza il denaro che hai mandato. La sua famiglia ha finalmente accettato di lasciarci sposare.»

La famiglia di Sanjin era ridicolmente tradizionalista e aveva insistito che la famiglia della sposa pagasse le spese del matrimonio. Anche nel vecchio paese, era una cosa da diciannovesimo secolo. Ma, come al solito, mi morsi la lingua e rimasi zitta. Non era il caso di far arrabbiare mia sorella da migliaia di chilometri di distanza.

«Oh, Maja, è meraviglioso. *Čestitke*» dissi, concedendole di congratularmi con lei nella nostra lingua madre.

«Ci sposeremo in giugno, qui in città, ma poi andremo in luna di miele sulla costa. Ricordi quella vecchia città in Croazia, da cui viene la famiglia della mamma?»

«No, mi dispiace. Non ricordo. Avevo solo cinque anni.»

«Scusa, dimentico che non ricordi tutto quello che ricordo io.»

Maja aveva cinque anni più di me e ricordi molto più sostanziosi della nostra infanzia in Bosnia. E dato che era tornata là da nove anni, la sua conoscenza del paese era immediata, mentre la mia era piena di ricordi sbiaditi della prima infanzia e di qualche occasionale viaggio, in estate, per vedere mia madre e il resto dei parenti.

«Tu puoi venire, vero?» chiese ed io mi sentii stringere lo stomaco.

Pensai in fretta a tutte le possibilità e che cosa avrebbe comportato trovare i soldi per comprare il biglietto aereo. Le avevo già mandato gli ultimi soldi che avevo messo da parte per pagare il college, venduto l'auto e impegnato la tiara. Di che cos'altro potevo fare a meno?

Cercai in fretta qualcosa da dire che non fosse una bugia, una scusa o una promessa che sapevo di non poter mantenere. «Tenterò. È... ho parecchie cose in ballo qui. E il lavoro. Vedrò se potrò allontanarmi.»

Un matrimonio a giugno. Proprio nel bel mezzo della stagione della Fiera del Rinascimento. La fiera viaggiava per tutto l'ovest degli Stati Uniti durante tutto l'anno, cominciando e finendo il suo ciclo nella California del Sud per due mesi, maggio e giugno.

Il mio piano era di unirmi a loro per il prossimo anno, viaggiare e vedere posti nuovi facendo un bel po' di soldi nel frattempo leggendo i tarocchi ai visitatori della fiera. Era parte del mio piano per accumulare un gruzzolo e finire prima o poi il college, se era quella la direzione in cui mi avrebbe portato il vento.

L'unico modo in cui avrei potuto permettermi un biglietto per la Bosnia era se avessi smesso di pagare l'affitto ma in quel modo avrei fottuto la mia coinquilina, Alex. Oltre a tutto, dovevo dei soldi anche a *lei*.

Maja sembrava una scolaretta mentre mi raccontava dei suoi programmi per il matrimonio, parlando della torta, dei fiori, dei vestiti e di come il suo sogno fosse di avere me come damigella d'onore. Ascoltai, annuii e feci le domande giusto al momento opportuno.

Il mio corpo mi chiedeva di tornare a dormire, ma avevo il cervello in fiamme. Che diavolo potevo fare? La mia famiglia non aveva idea che avessi passato gli ultimi anni impoverendomi lentamente per mandar loro dei soldi. La mamma lavorava come segretaria in un'agenzia assicurativa e Maja era un'infermiera, ma i loro salari coprivano appena i bisogni essenziali. I soldi che mandavo loro le aiutavano per gli extra, riparazioni di emergenza, compleanni, feste… e ora un matrimonio.

Ero riuscita a malapena a restare a galla. Fino a questo matrimonio. Mesi prima Maja, in lacrime, mi aveva detto che lei e Sanjin probabilmente non sarebbero mai stati in grado di sposarsi perché non riuscivano a mettere insieme i soldi per pagare il matrimonio. Avevo fatto tutto quello che potevo, perfino rinunciando alla tiara… temporaneamente.

«Janjica?» disse Maja e per un momento fui assalita da ricordi di abbracci di papà, di mordere un dolce di Natale e trovare una moneta d'argento, di lunghe ore seduta in chiesa la domenica mentre avrei voluto correre fuori e giocare. «So che è chiederti molto, ma… potresti portare la tiara di Baba con te? Ho sempre sognato di portarla con il velo per le mie nozze. Il mio "qualcosa di vecchio", sai.»

Il senso di colpa quasi mi soffocò e le lacrime mi bruciarono immediatamente gli occhi. Il giorno in cui avevo portato a valutare la tiara, piccoli pezzi del mio cuore erano morti a ogni battito. Il gioielliere aveva spassionatamente ispezionato ogni antico cristallo, ogni piccola perlina d'ambra, perfino la qualità dell'oro mentre io bruciavo di vergogna. *Kci, devi essere coraggiosa...*

In quel preciso momento, avrei voluto raggomitolarmi e morire.

«Janja? Sei ancora lì?»

Mi schiarii la gola qualche volta prima di parlare. «Sì… sì, sono qui. Certo. Ovviamente porterò la tiara. Devi averla.»

«Solo per portarla quel giorno. Papà l'ha data a *te*. E so che è uno dei pochi ricordi che hai di lui.» Maja smise di parlare per un momento e mentre cercavo di ricompormi, doveva aver frainteso la mia esitazione. «Non ho mai avuto intenzione di tenerla. Voglio solo indossarla. Per avere la benedizione di Baba e di papà per il nostro matrimonio.»

Papà l'ha data a te...

Ah, l'ironia. Avevo sacrificato la tiara per pagare il suo matrimonio e ora lei voleva indossarla proprio a quel matrimonio. L'ultima cosa che avevo che mi collegava a quel passato sfuocato, sbiadito, a quei ricordi di mio padre. E adesso era irraggiungibile.

Dovevo continuare a far credere loro che tutto andasse bene. Perché non avrebbero mai e poi mai accettato il denaro se avessero saputo tutto ciò che mi era costato.

Riappesi qualche minuto dopo, poi mi girai e singhiozzai nel cuscino per un buon quarto d'ora prima di riprendere finalmente il controllo.

Ma non c'era proprio modo che tornassi a dormire.

Capitolo Quattro
William

I L LUNEDÌ È LA MIA GIORNATA PREFERITA. LA MAGGIOR parte della gente ritiene che dovrebbe essere il venerdì a godere di quell'onore perché non vede l'ora che arrivi il fine settimana. *Vivono* per il fine settimana. Ma io preferisco il senso di conforto e d'ordine che un giorno feriale porta alla mia vita. I miei giorni sembrano più difficili da riempire nei fine settimana, perfino quando partecipo alle rievocazioni rinascimentali o medievali. Si può solo dedicare un tempo limitato agli acquisti e alla preparazione del cibo, all'organizzazione della casa e ai miei vari hobby ed è difficile occupare quel blocco di otto ore di solito trascorse lavorando.

E dato che non mi interessa guardare la TV, c'è un mucchio di tempo da riempire.

Il lunedì l'ordine torna nella mia vita. Arrivo alla mia postazione circa cinque o dieci minuti prima dell'inizio del mio turno. Non devo timbrare un cartellino, ma sono sempre stato puntuale, e non solo perché lavoro per la ditta di mio cugino. Tutto è più facile quando si è puntuali. Non c'è stress, non c'è fretta. Si prova la soddisfazione di essere arrivati in orario, pronti a cominciare la giornata lavorativa.

Questo lunedì, però, nonostante sia cominciato bene, prende una piega irritante non molto prima del pranzo. Sono al mio tavolo nel reparto artistico quando mi accorgo di colpo che c'è qualcuno accanto a me. E dato che sono concentrato su quello che devo fare, un rendering computerizzato di modellazione di sfondo in 3D, ignoro chiunque sia finché questi non si schiarisce rumorosamente la gola.

Mi prendo ancora un paio di minuti per salvare e fare il backup del lavoro complesso e particolareggiato, mi tolgo gli occhiali speciali progettati per aiutare in quel compito e alzo gli occhi.

Jordan, il direttore finanziario della società, è dall'altra parte della scrivania, con le mani in tasca. «Ehi, William. Mi dispiace averti interrotto.»

No, non gli dispiace, altrimenti non lo avrebbe fatto. Sento l'irritazione che ribolle dentro di me. Jordan non è una delle mie persone preferite e non lo è da un bel po'. Sono passati pochi mesi da quando un suo consiglio del cavolo mi ha fatto perdere l'opportunità di chiedere a Jenna di uscire con me.

Avevo commesso l'errore di chiedere consiglio a Jordan su come avvicinare Jenna, dato che per lui è facile avvicinare le donne. Avevo seguito il suo suggerimento e invitato Jenna a partecipare alle rievocazioni storiche, e le era piaciuto, e mi *aveva* dato l'opportunità di vederla più spesso. Prima era stata semplicemente una delle amiche di Mia, ma poi aveva cominciato a essere una delle mie. Proprio mentre stavo progettando il mio piano di attacco, lei aveva incontrato Doug e avevano cominciato *loro* quell'esasperante relazione.

D'abitudine, impreco ancora mentalmente contro Jordan con parole che di solito non mi piace dire a voce alta. Mi hanno detto che ho un carattere duro, inflessibile e forse è così con Jordan, e, lo ammetto, potrebbe essere imbarazzante vista la nostra situazione lavorativa. Ma lui non ha fatto niente per rendermi la vita più facile ed io non mi fido di lui.

Jenna potrà anche essere tornata single, ma non è ancora mia. E niente di ciò che Jordan mi ha suggerito di fare ha fatto qualche differenza.

«Sì? Che c'è?»

Jordan esita e poi sorride. «Solo per sapere come stai. Ho sentito del duello GRV. Me ne ha parlato Adam.»

Quasi gli rispondo con un ringhio. «Non è assolutamente GRV.»

Lui sbatte gli occhi. «Non fate giochi di ruolo e roba simile? Non è quello che sono i GRV?»

«GRV significa giochi di ruolo dal vivo. Non è quello che facciamo noi. Noi facciamo rievocazione storiche. Abbiamo un personaggio, ma ricreiamo la storia in modo autentico, non facciamo dei giochi di fantasia. Quello lo tengo per quando sono a un tavolo e gioco a D&D.»

«Oh, mi dispiace. Non intendevo offenderti. In effetti, avrei voluto assistere al duello ma April aveva una faccenda di famiglia giù a San Diego.»

Cerco di trattenere l'amarezza. Certo, lui è felicemente innamorato, con una ragazza molto piacevole e carina, e dà consigli schifosi a quelli di noi che non sono nati con le sue mosse seduttive. Lui non la merita.

Non rispondo e Jordan continua: «Mi dispiace per il duello, amico. Ero con te per tutto il tempo.»

«Non ti ho visto dietro di me» dico, cercando di scacciare l'immagine mentale di Jordan dietro di me durante il duello.

«No. Volevo dire che speravo che vincessi.»

Metto le braccia conserte e ruoto sullo sgabello. «Perché, per non sentirti più in colpa?»

Jordan stringe le labbra e gli occhi. «Capisco. Sei ancora incazzato con me.»

«Ho un'ottima memoria.»

«Oh, lo so bene. Mi sono già offerto di farmi perdonare. Potrei procurarti un appuntamento con qualcuno...»

Stringo i denti e sento la faccia che brucia. Mi alzo rigidamente dallo sgabello. «Forse per te le donne sono intercambiabili, ma *non* per me!»

Jordan sbatte le palpebre. «William, amico, calmati. Sono serio. Voglio veramente scusarmi con te. Forse potrei mostrarti come...»

Gli punto un dito addosso. «Non ho intenzione di accettare i tuoi consigli! Pensi che sia stupido? È chiaro che pensi che sia stupido.»

Jordan tende una mano con il palmo in su. «William, tranquillizzati, okay? Andiamo a parlare in magazzino o nel mio ufficio. O posso offrirti un caffè.»

«No. Il caffè nemmeno mi piace.» Rimetto le braccia conserte.

Jordan si strofina la guancia e mi guarda per un lungo momento in silenzio. «Che cosa posso fare per farmi perdonare? Dimmelo...»

«È stato Adam a chiederti di venire qua e parlare con me? Perché t'interessa?»

Lui alza gli occhi verso il soffitto e soffia fuori il fiato. «Perché mi dispiace che non sia riuscito a conquistare la tua ragazza.»

Stringo le braccia intorno al petto. «E pensi che qualunque cosa *tu* possa fare riesca a rimediare?»

Lui si stringe nelle spalle. «Non lo so. Guarda... chiamami quando te la sentirai di parlarne.»

«Ho cancellato il tuo numero dai miei contatti» gli dico.

Lui alza di nuovo gli occhi verso il soffitto. Mi chiedo se ci sia qualcosa lassù... un insetto o un ragno. «Amico, dammi una mano» dice.

Le immagini mi attraversano la mente, mani che si stringono, mani che salutano, mani...

«*Cosa?*»

Lui sospira, agitando una mano. «Non importa. Qui c'è il mio numero.»

Si piega, prende un blocchetto di bigliettini adesivi dalla scrivania e la mia matita preferita. Sto quasi per gridargli di lasciar stare la matita, ma mi fermo. Mi viene in mente, nitida, l'immagine di me contro Doug durante il duello. Sto fissando attraverso la griglia dell'elmo e sferro furiosamente colpi. Le spade si scontrano, il riverbero del metallo al sole mi acceca. Riesco a sentire il sapore della polvere in bocca. Doug mi blocca con la sua spada... tenuta saldamente nella mano sinistra.

Jordan sta usando la mano sinistra, piegata a un angolo strano, per scribacchiare il suo numero con la sua tipica grafia disordinata. Lo studio mentre lo fa. Sapevo che è mancino ma finora quell'informazione per me non era importante.

Jordan sta dicendo ancora qualcosa e lo sento appena nel bailamme d'immagini che mi passano per la mente. Doug ed io siamo alla pari, dal punto di vista dell'abilità. Ma il suo vantaggio è che lui combatte contro uomini destrimani molto più spesso di quanto mi alleni io con i mancini. Allenarmi e battermi contro un mancino, anche se non abile quanto Doug, potrebbe darmi quel qualcosa in più contro di lui. I mancini rappresentano più o meno il dodici percento della popolazione. Non conosco nessuno che sia fisicamente in forma per adattarsi al mio regime di allenamento e che sia anche mancino. *Finora, cioè.*

Jordan si raddrizza e si volta per uscire quando parlo. «Fermati. Ho appena pensato a come potresti farti perdonare.»

Jordan mi guarda di sottecchi, sospettoso. «Sì, come?»

«Puoi venire ad aiutarmi durante le sessioni di allenamento con l'istruttore di arti marziali europee.»

Lui aggrotta le sopracciglia. «Arti marziali? Cioè karate o *tae kwon do*?»

Sospiro. Jordan è intelligente, la maggior parte del tempo, ma a volte può essere ottuso. «Quelle sono arti marziali asiatiche. Sto parlando di arti marziali europee. Spada, arco, scherma ecc. Sto specificatamente parlando di combattimenti con la spada e il brocchiero.»

«Spada e... brocchiero?»

«Un altro modo per dire scudo. Ho bisogno di un mancino per allenarmi per il combattimento.»

«Hai intenzione di fare un altro duello?»

«Sì, ed è molto importante che vinca. Lei dipende da me. Se vuoi farti perdonare, è ciò che voglio che tu faccia. Forse, dopo, ti perdonerò.»

Lui stringe le labbra per un minuto come se avesse appena succhiato un limone. «Non sono responsabile se ti riempio di botte, vero?»

«Se ci riesci, no. Questa tua eccessiva fiducia in te stesso è il tuo punto debole» dico, ripetendo la battuta di Luke Skywalker nel *Il ritorno dello Jedi.*

«E la fede nei tuoi amici è il tuo» cita anche lui. «Bene, lo farò. Diavolo, potrebbe anche piacermi.»

«E se vinco posso uscire con April?» Quando apre la bocca per protestare, comincio a ridere. «Scherzo.» È veramente uno scherzo. April è molto carina ma non è niente in confronto a Jenna. Per quanto mi riguarda, Jenna è l'unica. Da quanto ho posato gli occhi su di lei la prima volta, non ho più pensato a un'altra donna. Solo a lei.

Non ho intenzione di deluderla. Farò tutto quello che serve per vincere. Per lei.

***

Più tardi quella sera, continuo con la mia routine del lunedì. Dopo la cena, mi cambio, mettendomi la tenuta da allenamento, pronto per una corsetta. Faccio cinque chilometri in circa venti minuti e poi, dopo altri quaranta minuti di plank, affondi e pesi, comincio a lavorare sulle mosse di combattimento.

Guardo il calendario sulla parete. Siamo nella seconda metà di marzo. Al festival di Beltane, e quindi il secondo duello, mancano esattamente quarantuno giorni.

Oltre all'allenamento con il mio istruttore di arti marziali, ho guardato parecchi video per studiare la strategia del combattimento con la spada. Ho anche classificato a colori il mio schema di allenamento e assegnato il tempo da passare facendo ciascuna delle attività. Negli ultimi mesi sono riuscito ad affinare il mio regime di allenamento. Il mio grasso corporeo è al livello ottimale, tutto calcolato secondo la valutazione più precisa del mio IMC. Perfino mio cugino, che è in ottima forma, lo ha notato e si è complimentato per i miei sforzi.

Sto per cominciare la mia routine con la spada quando suona il telefono. È la suoneria meno fastidiosa possibile tra quelle disponibili… ho controllato nelle impostazioni.

Con un sospiro, vado a controllare chi sta chiamando. Non sono mai stato capace di ignorare una telefonata, motivo per cui di solito spengo il telefono mentre sono nella mia officina o nel mio studio artistico. Preferisco anche rispondere al secondo squillo. Questa volta, riesce quasi a suonare una terza volta prima che riesca a rispondere, e mi rendo conto che nella fretta di fermare gli squilli non ho controllato chi mi sta chiamando. Entrambe le cose m'infastidiscono. Sono già due cose fuori dalla routine e mi fanno venire il prurito.

«William Drake» sbotto.

«Uh… ehi, William. Come stai? Sono Jenna.»

Jenna. Provo una sensazione, come se un'intera nave stesse affondando nel mio stomaco. Mi si stringe la gola.

Per un momento non riesco a trovare una risposta appropriata e immagino la prima volta che l'ho vista. Era una festa a sorpresa che Adam aveva organizzato per Mia a casa sua, più di due anni fa. Stavano festeggiando il fatto che fosse stata accettata alla facoltà di medicina. Io detesto le feste ed ero rimasto accanto alla parete, come faccio di solito in occasioni simili. Ma era stato quando l'avevo vista.

Bella.

Così bella che tutto il resto si bloccò quando la guardai. Ho quella visione davanti agli occhi adesso come se fosse di nuovo davanti a me. Indossa una camicetta turchese e viola e una gonna nera. Gambe lunghe e snelle. Ha la pelle chiara e i capelli sono così biondi da essere quasi bianchi. E i suoi occhi… così azzurri.

Pallidi, ma con una sfumatura viola. Qualcosa tra il fiordaliso e il ceruleo.

«Pronto? William? Sei ancora lì?»

«Sì. Non sono andato da nessuna parte. Salve, Jenna.» Obbligo con la forza l'immagine a sparire dalla mente.

«Oh, okay. Bene. Mi stavo chiedendo se potevo venire lì un momento per parlare.»

«Possiamo parlare adesso. In effetti, *stiamo* parlando.»

Jenna ride. Qualcosa che ho detto deve essere stato divertente. Poi mi rendo conto che chiedermi se potevamo parlare significa che vuole vedermi faccia a faccia.

«Beh, pensavo che avremmo potuto cominciare con quelle tecniche di rilassamento per aiutarti con il tuo disagio con la folla. Stasera ti andrebbe bene? Dopo cena?»

«Ho già cenato, ma vieni pure dopo aver mangiato anche tu. Sto allenandomi in questo momento. Poi sarò nella mia officina. Puoi venire allora.»

«Uh... okay... la tua officina? È a casa tua?»

«Sì. Suona il campanello ed entra. Sentirò il campanello dall'officina. Lascerò la porta d'ingresso aperta e l'officina è sul retro.»

«Mhmm. Okay. Sarò lì alle sette e mezza.»

Do un'occhiata all'orologio. «Allora ci vedremo tra novantaquattro minuti.»

Lei ride di nuovo. «Sì... più o meno.»

Quando Jenna riappende, cammino avanti e indietro sul pavimento della mia palestra. Che cosa le dirò? Come farò a parlarle? Non sono mai stato da solo con lei. *Mai.* Non ho idea di che cosa aspettarmi.

Prendo il telefono e chiamo in fretta mio cugino. Lui risponde al terzo squillo.

«Liam» dice Adam, chiamandomi con il mio nomignolo da bambino. «Che c'è?»

«Ho bisogno del tuo aiuto per una situazione che mi è capitata.»

Continuo a camminare in cerchi sempre più stretti intorno alla mia palestra finché alla fine sto dondolando da un piede all'altro.

«Una situazione? Stai bene. Vuoi che venga lì?»

«Sei ancora al lavoro?» dico guardando l'orologio. «Mia sarà arrabbiata con te.»

«No, va tutto bene. Lei starà a scuola fino a tardi oggi, a studiare. Che cosa posso fare per te?»

«Non mi serve che venga qui, ma ho bisogno di un consiglio. Jenna mi ha appena chiamato. Sta venendo a casa mia.»

Pausa. «Lo dici come se fosse una brutta cosa.»

«Non è né brutta né bella.»

«Allora che cosa ti serve?» mi chiede.

«Ho bisogno di capire che cosa dirle. Non so mai che cosa sta pensando.»

Adam ridacchia. «Beh... nonostante tutte le mie impressionanti capacità, io non so leggere nella mente delle donne. *Specialmente* della donna con cui vivo. Quindi dubito che sarei in grado di far luce sulla tua situazione.» Anche se capisco la figura retorica, Adam la usa spesso, lo immagino immediatamente che accende la lampada rossa in camera sua nella casa in cui vivevamo insieme da adolescenti.

«Okay, ma potrei aver bisogno di richiamarti, dopo. Sono sicuro che avrò un mucchio di domande.»

«Se non risponderò ti richiamerò appena possibile. Ma qualunque cosa succeda, per favore ricordati di non agitarti troppo.»

«Io ricordo sempre che non devo agitarmi, Adam. Ma non influisce sul fatto di agitarmi o meno.»

Adam sospira di nuovo. «Già, lo so. Buona fortuna.»

Riappendo. Perché dovrei aver bisogno di fortuna? La fortuna non esiste. Adam è un programmatore e lo sa benissimo. Usa comunque spesso quell'espressione.

Controllo l'orologio, restano solo pochi minuti della sessione di allenamento. Sono rigido per la frustrazione quando mi rendo conto che non avrò tempo di esercitarmi con la spada.

Mi cambio, mettendomi un paio di jeans, mi fermo in cucina e prendere un po' di acqua ghiacciata per placare la sete mentre realizzo il mio prossimo progetto. Poi è ora di tornare fuori.

La mia fucina di fabbro è dentro un grande capanno in cortile. È abbastanza grande da contenere la forgia, i mantici e l'altra attrezzatura che uso. Nell'attimo in cui entro, dalla forgia mi viene incontro un muro di calore. Ho acceso il fuoco quando sono arrivato a casa dall'ufficio in modo che la forgia fosse pronta per quando fosse arrivata l'ora di lavorare.

Tiro la catenella per accendere la luce in alto e controllo la lista degli ordini ricevuti dai membri del nostro clan durante il fine settimana. Fortunatamente avevo programmato di fare solo dei piccoli lavori, quindi la visita di Jenna non disturberà esageratamente la mia agenda. Almeno questo mi conforta.

È troppo tardi per abbandonare completamente i piani per lavorare stasera, dato che non voglio sprecare il fuoco e tutta la legna servita per arrivare alla temperatura ottimale. Inoltre è una serata perfetta per lavorare in officina. Fresca ma non fredda.

Abbiamo avuto un inverno caldo e qualche volta rende decisamente spiacevole lavorare in officina. Ma questo lavoro mi piace veramente… il modo in cui mi fa sentire, come mi rilassa.

Essendomi già tolto i vestiti da palestra per mettermi i jeans, indosso gli occhiali protettivi, un grembiule di cuoio e guanti spessi. Anche se caldissimo, il fuoco è piccolo, perfetto per un semplice riscaldamento e martellamento.

Prendo i miei attrezzi e li allineo accanto all'incudine, riempio d'acqua la tinozza e sono pronto a lavorare. Sì. Così va molto meglio. La concentrazione richiesta dal lavoro m'impedirà di continuare a pensare in modo ossessivo all'imminente visita di Jenna.

Prendo un badile piatto, commissionatomi da Goodman Meyer, un giardiniere del clan. Tenendolo con un paio di pinze, lo ficco nel fuoco, guardando l'orologio per contare i minuti. Sono intento a martellare, e il ritmo e la forza dei colpi del metallo sul metallo si riverberano nelle mie braccia, quando alzò gli occhi di nuovo verso l'orologio. Noto che è passata da un bel po' l'ora in cui Jenna mi aveva detto che sarebbe arrivata.

È in ritardo? Non verrà? Forse ha cambiato idea e non vuole aiutarmi. Sbaglio il colpo e il martello finisce sull'incudine. Stringo i denti e cerco di focalizzarmi, tentando di riguadagnare la concentrazione persa.

Ricomincio a martellare, cercando di non pensare a lei ma a ogni colpo sento *"Non. Qui"*, come fosse una voce nella mia testa che mi sta deridendo. Comincio a sentirmi frustrato e arrabbiato.

Perché mi ha detto che sarebbe venuta alle sette e mezza e poi non è venuta? Avrebbe richiamato? Do un'occhiata al telefono sul banco e non vedo aggiornamenti sulla schermata di blocco. Sono sicuro di non averlo spento.

Qualche minuto dopo provo quella strana ma familiare sensazione di avere un peso sulla nuca e sulle spalle. Qualcuno mi sta osservando.

Deglutisco e i muscoli della schiena si contraggono. Mi raddrizzo, ma non mi volto.

CAPITOLO CINQUE
Jenna

ERO ARRIVATA A CASA DI WILLIAM GRAZIE ALLA CORTESE offerta di Alex di accompagnarmi mentre andava a casa di sua madre. Diedi un'occhiata al telefono, vedendo che erano quasi le otto.

Bussai, chiedendomi se si sarebbe irritato per il ritardo. *Oh, diavolo.* Alzai le spalle e poi dopo essere rimasta lì per qualche minuto senza che nessuno arrivasse, ricordai che mi aveva detto di entrare e andare nel cortile posteriore.

Seguendo le istruzioni di William, attraversai la casa. Aveva cortesemente lasciato accese tutte le luci dall'ingresso fino alla porta sul retro, anch'essa lasciata accostata. Aveva fatto praticamente tutto per me, eccetto lasciarmi un sentiero di briciole di pane.

La sua casa era grande ma modesta. Parecchi dei mobili non erano abbinati ma sembravano comodi. Pur essendo un artista, non aveva il minimo senso dello stile per l'arredamento d'interni. Non che potessi giudicarlo. Usavo ancora i poster con le cornici di plastica e mobili di seconda mano nella stanza che avevo in affitto.

Fui lieta di aver indossato una felpa mentre attraversavo il cortile dalla cucina e sentii una brezza fresca. Ai lati del sentiero che portava all'officina di William c'erano delle lampade solari e mi diressi verso la porta aperta da cui usciva un bagliore. Una parte birichina di me voleva sorprenderlo quindi camminai in punta di piedi. Con le sneakers non era difficile non fare rumore sul vialetto di mattoni.

Un martello risuonava sul metallo a un ritmo così preciso che avrebbe potuto venire da una macchina. Sapevo che William era il fabbro del clan. Da parecchi anni, in effetti, e avevo ammirato i pezzi che aveva costruito. Dopo il fine settimana, immaginai che avesse parecchio lavoro da fare.

Niente più lavoro da fabbro quella sera. Avevamo un lavoro importante da fare. William aveva un duello da vincere.

Entrai nell'officina dalla porta aperta e, come speravo, lo colsi di sorpresa. Era piegato sull'incudine, con le pinze in una mano e un martello nell'altra. Aveva gli occhiali protettivi e i jeans con sopra un grembiule di cuoio. Mi ricordò brevemente Efesto, fabbro degli dei greci. Ma lui era stato deforme e da quanto potevo vedere, non c'era niente nel corpo di William che si potesse nemmeno lontanamente descrivere come deforme.

Le braccia e la schiena erano scoperte e vederlo così mi colpì come un pugno nello stomaco. Un pugno gradevole, in effetti. Inspirai a fondo, ammirando i suoi bicipiti e tricipiti contrarsi e allungarsi al ritmo del martello. Aveva le braccia scolpite, forti… superbe. Sotto tutta l'armatura non avevo notato in che forma fisica stupenda fosse William. Non era mai stato fuori forma, ma con tutto l'allenamento cui si era sottoposto negli ultimi quattro mesi… adesso era davvero *appetitoso*.

Mi si seccò la bocca immaginando quelle braccia robuste, solide, che mi tenevano. Mi leccai distrattamente le labbra, distogliendo gli occhi, sorpresa e anche un po' destabilizzata da quella potente fitta di attrazione. Avevo sempre pensato che

William fosse attraente e sapevo di essere attratta da lui. Ma non era mai stato un desiderio così forte, la voglia di possederlo. Almeno non fino a quel momento.

Di colpo il martello si fermò, insieme a quell'attraente movimento dei muscoli della schiena che accompagnava il movimento. Senza voltarsi, William si raddrizzò e disse: «Sei in ritardo di trentatré minuti.»

Restai a bocca aperta. Come diavolo aveva fatto? Avevo respirato troppo pesantemente o roba simile? *Accidenti.* «Ah, uh. Mi dispiace.»

Lui corresse la posizione in cui il martello poggiava sul pezzo in lavorazione, continuando a non guardarmi. «E non hai suonato il campanello.»

Oh, merda. L'avevo colto completamente di sorpresa... e sembrava incazzato. Anche se, sinceramente, con lui era sempre difficile capirlo. Era come un vulcaniano sotto steroidi per la maggior parte del tempo.

«Colpa mia» dissi, cercando di tenere la voce calma, per evitare di rivelare l'imbarazzo e l'irritazione.

«Colpa per che cosa?»

«Uh...» Okay, adesso ero completamente persa. «Uh?»

William sospirò. «Arriverò subito. Questo pezzo richiede ancora un po' di lavoro prima che il metallo si raffreddi.» Si piegò di nuovo sul suo lavoro e poi aggiunse. «Oh, buona sera. Spero che tu stia bene.» Recitò le parole come se avesse imparato che era quello in modo in cui si salutava una persona, come se fosse effettivamente un vulcaniano appena atterrato sul pianeta Terra con in mano la sua fedele guida: *Usi e costumi dei terrestri.*

Sbattei gli occhi, chiedendomi in che cosa mi ero cacciata.

Mentre guardavo William finire il pezzo, continuava a turbarmi il fatto che mi affascinasse il movimento della sua schiena e del braccio muscoloso. Mi obbligai a distogliere gli occhi, voltandomi per osservare gli scaffali nella sua officina. Su ogni ripiano c'erano dei pezzi, alcuni finiti e altri ancora in lavorazione, tutti meticolosamente etichettati con la loro destinazione. Erano pezzi dall'aspetto semplice, attrezzi da giardino e un mucchio di fibbie di metallo secondo lo stile dell'epoca per le cinture, le cinghie delle armature, i foderi delle armi e le tende di tela. La gente che costruiva questi altri oggetti dipendeva da William per le parti metalliche.

C'erano anche pezzi più complicati che ovviamente aveva usato per far pratica. Avevo letto da qualche parte che ci volevano anni e anni di lavoro a tempo pieno per padroneggiare l'arte del fabbro. Per William era un hobby, ma a giudicare dalla sua officina, completamente equipaggiata con la sua fucina e i mantici, era un hobby serio.

Vidi anche un'armatura completa su un supporto in un angolo. Non assomigliava all'armatura che aveva indossato per il duello e mi avvicinai per dare un'occhiata. Passando gli diedi un'occhiata, notando il gioco di luci sul torso coperto di sudore mentre si piegava sulla tinozza per lasciar cadere il pezzo, che affondò con un lieve sibilo mentre William si toglieva gli occhiali protettivi e il grembiule di cuoio.

Mi fermai di colpo. Ora il torace era completamente visibile e quasi ingoiai la lingua. Sentii il calore salirmi al volto. Per Artemide, era sexy. Il suo torace era tutto piani lisci e angoli virili e sembrava molto, *molto* duro. Smisi di fantasticare di toccarlo, e magari anche leccarlo, quando mi resi conto che lo stavo fissando e che lui stava guardando me che lo fissavo. Mi voltai di colpo, puntando di nuovo i miei occhi vagabondi sull'armatura.

«Non toccarla» disse quando la mia mano era a metà strada verso il pettorale. Mi tirai indietro, agitata.

«Quel pezzo è rotto e deve essere sistemato... è troppo delicato da maneggiare adesso.»

«Ah. Mi stavo solo chiedendo dove fosse il reattore ad arco...» ribattei irritata, continuando a fissare la parete. «Ovviamente non è, mhmm, sul tuo torace...» Smisi di parlare lieta che non potesse vedermi in volto.

Accidenti. Mostratemi qualche bel muscolo e un fisico maschile forte e mi perdo come una scolaretta. Deglutii il nodo che avevo in gola.

William tolse il pezzo dalla tinozza, o almeno era ciò che mi sembrava stesse facendo. «Non è un'armatura da Iron Man. Quelle nella realtà non esistono.»

Mi misi a ridere. «Già, lo sapevo. Non mi aspettavo che volassi in giro o roba simile.» Lo guardai di nuovo, sforzandomi di tenere gli occhi all'altezza del volto. «Hai intenzione di finire presto? Non abbiamo tutta la sera, sai.»

Lui sbatté le palpebre. «Ho finito. Devo solo coprire il fuoco. Non ci vorrà tutta la sera. Solo una piccola parte.»

Avrei riso se avessi pensato che stesse scherzando. Ma non era così, quindi quando sospirai mi servì solo per scaricare un po' di tensione. Ero turbata e imbarazzata, sia per la mia reazione nei suoi confronti sia per la sua mancanza di reazione verso di me.

Se fosse stato un qualunque altro tizio, a quel punto mi avrebbe dato almeno una bella occhiata. Invece lui non mi aveva quasi guardato da quando ero arrivata.

Qualche minuto dopo aveva finito e si stava asciugando la faccia con un asciugamano che aveva preso dal piano di lavoro. Diedi un'altra occhiata al suo torace… pettorali ben sviluppati e chiaramente definiti, addome sodo, pelle chiara ma non bianchiccia, con una leggera spolverata di peli scuri.

Feci un respiro profondo e distolsi gli occhi, sperando di non dovergli chiedere di mettersi una maglietta. Fu come se mi avesse letto nella mente. «Ti chiedo scusa per non aver indossato una maglietta. La fucina è molto calda…»

«Non hai paura di scottarti?»

«Non con questo tipo di lavoro. Quando faccio dei pezzi più grandi indosso indumenti protettivi migliori, ma qui si trattava solo di un piccolo lavoro di formatura e finitura.»

«Hai costruito tu la tua armatura?»

William scosse la testa. «Sono solo un principiante. Realizzo dei pezzi semplici. L'armatura per allenarmi e quella vera per la battaglia sono state fatte apposta per me da un maestro artigiano.» Feci un passo verso di lui, che alzò una mano. «Non avvicinarti. Ho una norma per quelli che vengono nella mia officina. Non possono avvicinarsi a meno di cinque metri dalla forgia.»

«Di solito a me piace infrangere le regole. Dammi una norma ed io la infrangerò.»

William fece una smorfia e poi indicò un cartello sopra il suo tavolo da lavoro. Era scritto perfettamente, in corsivo antico e con un fregio decorativo intorno ai bordi. Dichiarava esattamente quella norma: *Visitatori, per favore restate ad almeno cinque metri dal fuoco.*

«Non violare le mie norme» disse con voce solenne.

Lo studiai a lungo, senza sapere che cosa mi ero aspettata che dicesse. *Stavo scherzando.* Oppure. *Ci sei cascata!* Entrambe le frasi sarebbero andate bene. Ma lui era serio. Sicuro. E accidenti se non mi fece venire voglia di fare un passo avanti, solo per vedere che cosa avrebbe fatto. Ma non saremmo partiti con il piede giusto.

«Bene, allora cercherò di trattenermi. Per il tuo bene.»

Nessuna risposta. Era come se non avessi parlato. Stava coprendo il fuoco e una volta finito, cominciò a pulire meticolosamente gli attrezzi prima di metterli esattamente al loro posto. Come facevo a saperlo? Perché c'erano le loro *sagome* disegnate sulla parete dietro il tavolo da lavoro.

Ripiegai le braccia sul petto e sospirai forte. Ne avevo quasi avuto abbastanza dell'officina di William e delle sue maniere brusche.

Mentre continuava, tornai a guardare il cartello. Non avevo visto molti dei suoi lavori, ma sapevo che era un artista di professione. Mia mi aveva detto che aveva un enorme talento. Mi chiesi se mi avrebbe mostrato alcune delle sue opere se glielo avessi chiesto.

Venti minuti dopo, mi scortò fuori dall'officina, dicendo: «La mia palestra è in soggiorno. Possiamo lavorare lì.» Si voltò e chiuse i tre chiavistelli, tutti con il loro lucchetto.

Senza aspettare la mia risposta, voltò sui tacchi e mi fece strada. Chi aveva una palestra in soggiorno? A quanto pareva, un tizio che viveva da solo e che non riceveva spesso. *Buon per lui.*

William entrò in casa e mi condusse in un grande soggiorno, che sembrava piuttosto normale, con un divano, un tavolino da gioco e poltrone. Mancava palesemente un televisore, di qualunque tipo. Forse guardava la TV nella sua stanza?

Lungo la parete della zona dedicata alla palestra c'erano un set di pesi, un tapis roulant, un vogatore e materassini arrotolati. Si chinò a prendere la maglietta che si era tolto in precedenza e se la infilò. Fui al contempo delusa e sollevata, delusa perché aveva coperto un bello spettacolo, sollevata perché non dovevo sforzarmi di evitare di perdermi nel suo torace virile.

La mia reazione al suo aspetto era un po' eccessiva quella sera. Stavo forse avendo un eccesso di produzione ormonale? Non è che fossi andata in bianco per troppo tempo, quando avrei rischiato di eccitarmi per tutto e tutti.

Solo che in precedenza non avevo veramente mai pensato a William in quel modo. Alto e bello, sì. Era ovvio per chiunque avesse gli occhi. Ma forse la sua epica riservatezza mi aveva sempre scoraggiato dal vederlo come oggetto di desiderio.

Mi schiarii la voce, tentando di liberare la mente da pensieri sexy. «Allora... hai mai fatto esercizi di meditazione o conosci qualche tecnica di rilassamento?»

William andò alla parete, srotolò un grande materassino e lo stese sul pavimento. Si sedette da una parte, a gambe incrociate, senza dire una parola. Io mi sedetti di fronte a lui.

«No» rispose dopo un po'.

«Okay... Allora, vuoi dirmi che cos'è successo durante il duello?»

«Non eri là?»

«Sì. Ma non ero nei tuoi panni.»

«Non indossavo panni. Avevo un'armatura.»

Stava scherzando? William non mi era mai sembrato stupido, tutto il contrario, in effetti. Forse mi stava prendendo in giro nel suo solito modo impassibile che mi faceva pensare che fosse serio. «Voglio dire, raccontamelo passo a passo...»

«Camminando?»

Sbuffai, con il livello di frustrazione che cresceva. «Mi stai prendendo per il culo?»

Le sue sopracciglia scure si unirono. «Sei irritata. Probabilmente dovrei spiegarti che ho dei problemi con il linguaggio. Gli NT usano sempre modi di dire invece di parlare in modo chiaro.»

«NT? È come dire ET?»

«No. ET significa extra-terrestri. NT significa neurotipici.»

«Neuro... cosa?»

«Significa che il vostro cervello funziona in modo tipico. Il mio no, l'inglese non è la mia prima lingua.»

Sorrisi, felice di trovare finalmente qualcosa a cui potermi rapportare. «Non è nemmeno la mia. La mia prima lingua è il serbo-croato-bosniaco. Qual è la tua?»

«Figure, immagini. Altri tipi di input sensoriali. Ma non le parole. Le parole sono venute dopo.» Alzò le spalle, abbassando gli occhi sul materassino appena sotto le mie ginocchia.

«Mhmm, è interessante. È una cosa di cui non si parla mai veramente... il modo in cui vengono elaborati i pensieri nel cervello.»

«È una cosa a cui io *devo* pensare. Continuamente.»

«Io penso in inglese quando parlo in inglese e bosniaco quando parlo in bosniaco. Ma non me ne devo preoccupare. Penso che sia quello il grosso vantaggio che hanno gli NT, senza nemmeno sapere di averlo.»

William sembrò concentrarsi su un punto del pavimento mentre mi ascoltava.   «Quando pensi nella stessa lingua in cui stai parlando, non devi tradurre. Ma per me, tutto arriva innanzitutto come un'immagine. Quindi, per esempio, quando hai detto "nei tuoi panni" la mia prima reazione è stata vederti con i miei vestiti.» Scosse la testa, spostando lo sguardo sui miei piedi. «Non ti andrebbero bene. È un'immagine molto buffa.»

Non riuscii a farne a meno… scoppiai a ridere. William era adorabile nonostante mi esasperasse.

I suoi occhi marrone scuro salirono lentamente lungo il mio corpo, fermandosi appena sopra il petto e dove si posava il suo sguardo, la mia pelle si scaldava. *Accidenti, Jenna... stasera sei fuori controllo.*

«Comunque…» dissi, tornando all'argomento della conversazione. Mi obbligai a non pensare a quanto più intrigante mi apparisse William man mano che passavano i minuti. «Voglio sapere che cosa stava succedendo nella tua testa mentre combattevi il duello. Qual è stata esattamente la causa del nervosismo?»

Lui fece un respiro profondo e poi espirò lentamente. «Era la folla. Non l'avevo presa in considerazione. Sapevo esattamente ciò che stavo facendo. Avevo un piano e avrei vinto, ma…» Scosse la testa. «Non mi ero aspettato tutte quelle facce e il rumore.»

«E Doug ha peggiorato le cose una volta scoperto il tuo punto debole.»

Annuì, ma non disse niente. Le mani si agitavano nervosamente, appoggiate alle ginocchia.

«Significa che non sopporti la folla? Teatri? Eventi sportivi? Concerti?»

«No.»

«Davvero? Come fai a vedere i film?»

«Aspetto che escano in Blue-Ray, o vado a vederli a casa di Adam. Lui ha la sua saletta cinematografica.»

«Wow. Ma i grandi film che proprio non puoi aspettare di vedere? Tipo il nuovo film di Guerre Stellari?»

Scosse la testa. «Non posso. Anche se è un film che mi piacerebbe veramente, veramente vedere.»

Aggrottai la fronte, chiedendomi come doveva essere. «Oh, deve essere dura. Ma forse andare in posti del genere ed esporti a gruppi più vasti di persone potrebbe aiutarti ad abituarti?»

William sembrò pensarci per un momento e poi scosse la testa, come se il pensiero lo terrorizzasse.

«Okay... beh. Ci sono delle tecniche che puoi usare per calmarti. La visualizzazione, la respirazione. Quando ero più giovane, avevo degli attacchi di panico veramente brutti. Di solito erano causati dai rumori forti, quindi avevo problemi anche con certi tipi di film.»

Lui alzò gli occhi dal pavimento, sembrando sorpreso. «Avevi paura dei rumori forti? Perché?»

Esitai. «Perché, quando ero piccola, la città in cui vivevo veniva bombardata praticamente di continuo.» Il suo sguardo si alzò lentamente dal mento, fino al naso e poi si fermò.

«Vivevi a Sarajevo?»

«Sì. È da lì che viene la mia famiglia. Come hai fatto a capirlo?»

«Non era difficile. Hai detto che la tua prima lingua era il bosniaco. Sarajevo è la capitale della Bosnia Erzegovina, in quella che una volta era la Jugoslavia.»

«E tu ne sai più del novanta percento degli americani.»

«La città è rimasta sotto assedio per quasi quattro anni. La tua famiglia è venuta qui per sfuggire a quella guerra?»

Accantonai quella piccola fitta di dolore a cui mi ero abituata da tempo. Ora era solo un'ombra lontana, sullo sfondo. «Sì...

beh, solo mia sorella ed io. Siamo vissute là finché avevo cinque anni, poi siamo riuscite a partire per andare in Croazia per poi alla fine venire qui con mia zia. Ma… i miei genitori sono rimasti là. Mia nonna era vecchia e malata e non volevano lasciarla. Ma, al contempo volevano che noi ragazze fossimo al sicuro, quindi dovettero fare una scelta difficile.»

William si strofinò la barba che stava ricrescendo sulle guance ed io seguii il movimento, notando com'erano squadrati e virili i suoi lineamenti. Il mento perfetto con la fossetta era attraversato da una cicatrice in rilievo che mi fece pensare a che sapore potesse avere. Deglutii, ascoltando appena le sue parole quando continuò. «È stata una guerra terribile. Ne ho letto parecchio e ho guardato i documentari. Non sapevo che venissi da là.»

Annuii. «Ero piccola quando venni qua. Non parlavo inglese ma avevo solo cinque anni, quindi imparai in fretta.»

«E le tecniche che hai imparato? Le hai già insegnate a qualcun altro?»

Sorrisi. «Stai cercando di capire se so di che cosa sto parlando?» Sul suo viso scese un'ombra e prima che potesse chiedere, continuai. «Sì, lavoro con altri profughi di guerra. Sai che è il mio lavoro, vero? Ann ed io lavoriamo entrambe al Centro Internazionale Profughi.» Almeno finché non fossi partita con la fiera, a giugno. Il pensiero di lasciare il centro era un'ombra che oscurava l'aspetto positivo di voltar pagina. «Aiutiamo i profughi da posti come l'Iran, la Cina, la Cambogia e ora la Siria, con tutto quello che sta succedendo là.»

«Io non sono un profugo.»

«Non è necessario che lo sia perché le stesse tecniche funzionino anche con te. Hai un grilletto, qualcosa che scatena il panico. Per me erano i rumori forti... qualunque cosa che assomigliasse a una bomba o al rumore di un fucile. Per te sono le folle. Possiamo lavorarci.»

Mi spostai sul materassino finché quasi le nostre ginocchia si toccarono. «Ecco... permettimi di mostrartelo. È semplice respirazione.»

«So già come respirare.»

Risi. «Okay, vero. Tutti sanno come si respira, altrimenti non saremmo qui. Ma c'è il modo *giusto* di respirare.»

Sembrava scettico. Mi guardò negli occhi per un brevissimo istante, distogliendo poi immediatamente lo sguardo. «Non sapevo che ci fosse il modo "giusto" per respirare.»

«Beh, c'è. È il modo salutare per il tuo diaframma e i muscoli addominali. Probabilmente è l'opposto di quello che hai sempre pensato. Quando inspiri, il tuo torace si espande e quando espiri si contrae. Ma dovrebbe effettivamente essere il contrario. Se respiri in modo corretto, puoi innescare un senso di tranquillità nel tuo sistema nervoso. Prova... dammi la mano.»

William allungò esitante la sua grande mano ed io la presi. Mettendomela sullo stomaco, feci un respiro profondo e poi esalai. «Hai capito che cosa intendevo dire?»

Le sue dita si mossero leggerissimamente contro il mio addome e la mia pelle reagì al suo tocco attraverso il sottile tessuto della maglietta. Reagì *veramente* al suo tocco. Formicolio, fremiti, come se avessi preso la scossa. Resistetti allo stimolo di staccarmi e gli diedi un'occhiata in volto per vedere se aveva capito quello che stavo cercando di dimostrargli.

Con la fronte aggrottata, disse: «Fallo di nuovo.»

Lo feci e lui restò zitto. Aspettai.

«Ancora una volta.»

Obbedii e non disse niente, mosse solo le dita di nuovo e poi le allargò sul mio stomaco. Erano così lunghe che la sua mano copriva la maggior parte della mia pancia. Dopo un altro momento senza commenti da parte sua, alzai gli occhi. Aveva un sorriso enorme sul volto.

Beh, poteva anche pensare che il suo cervello non si comportasse in modo tipico, ma in quel momento si stava comportando proprio come un tipico maschio.

Gli schiaffeggiai via la mano. «Hai capito.»

Lui sbatté le palpebre. «Potrei avere bisogno di un ripasso più tardi.»

«Non farmi venire voglia di prenderti a schiaffi, Wil.» Gli passò brevemente un'ombra sul viso e mi resi conto che forse non aveva capito che stavo scherzando. Mi sentii immediatamente una stronza. «Sto scherzando.»

Lui annuì. «Ora dimmi se sto respirando in modo corretto.»

Inspirò ed espirò. Mi chinai in avanti per vedere meglio il suo addome. «Di nuovo?»

«Forse dovresti mettere la mano qui.» Indicò il suo addome sodo e scolpito che ora era, fortunatamente, coperto dalla maglietta. «Per capire.»

Lo guardai in faccia per vedere se per caso non stesse cercando di imbrogliarmi, ma sembrava mortalmente serio. Allungai esitante la mano e, con il più leggero dei tocchi, misi la punta delle dita sull'area appena sotto lo sterno. Lui inspirò ed espirò e la sensazione del suo torace muscoloso e duro come la roccia, mi fece formicolare la punta delle dita. *Un'altra volta.*

Tirai indietro di colpo la mano. «Va bene.»

«Quindi abbiamo stabilito che so come respirare. E adesso?»

Sorrisi. «Adesso ci ancoriamo e ci focalizziamo.»

«Sembra che parli di baseball.»

«È una tecnica di visualizzazione che dovrebbe funzionare bene con il tuo modo di pensare. Quindi è il momento di mettere alla prova il tuo cervello immagine-centrico. Chiudi gli occhi e appoggia il dorso delle mani aperte sulle ginocchia, con il palmo in su.» Lui obbedì esitando, chiudendo gli occhi solo dopo averlo fatto, come se non riuscisse a capire come muovere o posizionare le mani senza guardarle.

Cominciai a parlare a voce bassa, mantenendola calma e uniforme. «Okay. Adesso devi rilassare ogni parte del tuo corpo. Con ogni respiro diventerai sempre più rilassato. I tuoi muscoli si distenderanno. Il battito del cuore rallenterà. Ogni respiro sarà più distanziato.»

Una lunga pausa. «Stai usando un trucco mentale Jedi per farmi smettere di respirare, vero?»

«Wil! Sii serio. Fai quello che ti dico.»

«Farò quello che dici.»

«Bene.»

«Molto bene.»

Aprii un occhio e lo guardai, ma aveva gli occhi chiusi ed era seduto esattamente come l'avevo lasciato. Mhmm. Stava scherzando? Era così difficile capirlo!

Decisi di metterlo alla prova. «Svuota la mente.»

«La mia mente è vuota.»

«Questi non sono i droidi che stai cercando.»

«Questi non sono i droidi che sto cercando...»

Gli diedi un colpetto sulla gamba con il dorso della mano. «Smettila di fare lo scemo. È importante!» Il sorriso svanì dal suo volto e mi sentii immediatamente in colpa. Mi schiarii la voce continuando con un tono meno bisbetico. «Devi prenderlo sul serio. *Devi* vincere. C'è il mio onore in ballo, ricordi?»

Lo dissi in tono leggero, ma lui annuì, serio. «Il tuo onore, la tua tiara, il mio posto nel clan e il mio… valore. C'è parecchio in ballo. Non scherzerò più.»

Mi aveva sconcertato. «Mhmm… il tuo *valore*?»

«Sì.»

Sbattei gli occhi. «Che cosa intendi dire esattamente? Pensi di aver perso perché non valevi abbastanza?»

Mi fissò per un attimo negli occhi, poi distolse in fretta lo sguardo. «Ho perso per colpa dei miei difetti.»

«Tutti abbiamo dei difetti. Tu non sei diverso. Non ha niente a che vedere con il tuo valore.»

Non sembrava convinto. «Nel Medioevo, le dispute venivano risolte con i duelli. Il cavaliere più valoroso era quello che vinceva il duello.»

«Bene, adesso siamo nel ventunesimo secolo, non nel periodo medievale, e non sei immeritevole. Chi diavolo ti ha messo in testa quell'idea?»

Gli passò un'ombra negli occhi… dolore profondo e scuro. Strinse talmente forte le labbra che divennero bianche, ma non rispose. Avevo colpito un nervo e nella maschera da vulcaniano si era aperta qualche piccola crepa.

Tesi una mano per tranquillizzarlo. «Mhmm, mi dispiace. Non intendo ficcare il naso. Se vuoi che questa battaglia sia per il tuo valore… se è quello che ti spinge… allora dovresti poterlo credere.»

«Ci credo perché è vero» dichiarò.

E lo disse in un modo talmente serio che qualcosa dentro di me si contorse e si strinse. Capivo che stava usando quelle parole per dire qualcosa di diverso. Quelle parole avevano un peso. Caddero come monete, tintinnando sul pavimento tra di noi finché restarono immobili e la loro eco svanì.

«Non lo pensi a causa di Doug, vero?»

Sembrò profondamente confuso. «Doug?»

«Intendevo dire perché Doug è stato meschino con te e ti ha insultato?»

William si morse il labbro. «Non penso mai a Doug. Lui non significa niente.»

«Oh… credo di essere un po' confusa.» Avevo veramente voglia di discutere con lui. Perché avrebbe dovuto pensare di essere immeritevole, se non a causa di Doug?

«Doug non può sminuirmi perché io non lo rispetto. Perché dovrei credere alla sua opinione o lasciare che influenzi la mia opinione su me stesso?»

Annuii. «Bene. È l'atteggiamento giusto da avere. Ma perché allora ti credi immeritevole?» Il dolore che avevo visto nei suoi occhi risaliva al passato. Volevo sapere che cos'era.

Lui distolse lo sguardo. «Ho le mie ragioni.»

Quindi era così.

Strinsi le labbra, lottando contro il desiderio di insistere. Ma non potevo permettermi di lasciarmi coinvolgere. Me ne sarei andata tra poco e non potevo che m'inchiodasse qui. Avrei aiutato William perché avevo qualcosa da perdere, e poi basta.

Feci un respiro profondo e alzai il mento, pronta a cominciare. «È ora che ricominciamo con la faccenda della respirazione, okay? Basta parlare di essere o meno meritevoli.»

Lui alzò brevemente gli occhi e annuì, ma ciò che colsi nei suoi occhi mi stupì. Perché assomigliava molto alla paura.

Capitolo Sei
William

«ORA» DICE ED IO CERCO DI NON GUARDARE IL modo in cui le sue labbra formano la parola, il modo in cui si toglie i capelli pallidi dalle spalle. Cerco di ignorare quella sensazione di tensione, di costrizione che provo tutte le volte che sono vicino a lei. Passo di nuovo il palmo delle mani sui jeans e lei si china in avanti per correggermi. «No, palmo in su. Appoggia le mani sulle ginocchia.»

Mi afferra i polsi nelle sue mani piccole, le sue dita non sono nemmeno abbastanza lunghe da circondarmi completamente i polsi, e mi gira le mani verso l'alto.

A volte lo faccio. Strofinare il palmo delle mani sulle gambe dei pantaloni mi calma. Rigiro le mani e le strofino ancora qualche volta sui jeans. Sta già cominciando a funzionare.

Lei ripiega le mani sul petto. «Che c'è? Non vuoi farlo?»

«A me piace sapere che cosa mi aspetta ed essere in grado di controllarlo.» Mi strofino di nuovo le mani sulle cosce, la frizione mi tranquillizza.

I suoi occhi seguono il movimento. «Devo andarmene?»

Mi blocco. «No.»

«Non voglio che la mia presenza ti metta a disagio, William.»

Raddrizzo la schiena e tendo i muscoli. Anche se sono agitato per la sua vicinanza, di colpo ho paura che se ne vada. Ha un profumo così buono, come la cannella appena macinata. Ma è tutto ciò che riesco a odorare, e lei è l'unica cosa a cui riesco a pensare. E veramente non mi importa un accidente di respirare correttamente. Voglio solo farla contenta.

Mi costringo a smettere di strofinare le mani sui jeans chiudendo i pugni. «Andiamo avanti.»

«Quindi lo fai per calmarti?»

Annuisco.

«Allora hai trovato un modo per reagire quando sei stressato. Assomiglia parecchio a quello che stiamo cercando di fare: usare un meccanismo per superare la paura della folla.»

«Non è una cosa che posso fare quando ho l'armatura. E non mi servirebbe nemmeno se potessi farlo.»

Lei ci pensa per un minuto con gli occhi che vagano verso sinistra mentre si morde il labbro superiore con i denti diritti e bianchi. La lingua rosa scuro esce a bagnare le labbra e di colpo sono colpito da una violenta eccitazione. Mi chiedo se si renda conto di quando sia adorabile. Quanto desideri baciarla, toccarla…

Lei riporta la testa verso di me. Mentre parla, comincia a giocherellare con gli anelli sulle dita. «Come ti senti quando indossi l'armatura?»

«Mi piace indossare l'armatura. Ha un effetto calmante.»

Lei piega la testa di lato. «Davvero? Avrei pensato che ti avrebbe fatto sentire stressato o a disagio, dato che mettersi l'armatura è come prepararsi per andare a uccidere.»

«Io non uccido nessuno nella mia armatura.»

Jenna soffia fuori il fiato con gli occhi che vanno al soffitto. «Ovviamente no, ma... ti prepari a combattere. Non ti stressa?»

«No, l'armatura mi appesantisce.» Lei sembra non capire ed io non ho veramente idea di come fare a spiegarglielo. Vorrei poter fare un disegno per farle capire, per passare il messaggio direttamente dal mio cervello al suo.

C'è silenzio tra di noi e lei ricade all'indietro sul materassino. Con un lungo sospiro fissa il soffitto. «Devi voler lavorare con me, William.»

«Voglio lavorare con te.»

«No. Stai resistendo a ogni passo. Incontriamoci a metà strada, per favore.»

Immagino cinque diverse possibilità per "metà": mezza torta di zucca alla cena di famiglia a casa di mio padre, il mezzo bicchiere d'acqua che ho lasciato sul ripiano della cucina accanto al lavandino prima di andare nella mia officina, metà strada verso...

Jenna si rialza così di colpo che mi distoglie bruscamente dai miei pensieri. «Mi stai facendo incazzare, William. Mi dispiace, ma devo dirlo. *Ho bisogno* di quella tiara.»

«Perché?»

Le sue sopracciglia pallide si uniscono. «Il perché non conta. È importante per me.»

Annuisco. «Capisco.»

«No. Non capisci. Non voglio essere cattiva ma... beh, mia sorella si sposerà a giugno e vuole indossarla al suo matrimonio.»

Ho la sensazione che non sia tutta la storia, ma non so che cosa dire davanti alla sua evidente rabbia.

Lei sospira di nuovo. «Non ti importa che non sarai più in grado di stare con il clan se Doug vince? Dice che dovrai esiliarti.»

Abbasso gli occhi sul pavimento, e le sue parole mi travolgono come una forte corrente. Mi trascinano e mi tolgono il fiato. Come se fossi intrappolato sotto le rapide. «Ci tengo ai miei amici. Non ne ho molti.»

Lei non dice niente, quindi mi appoggio all'indietro sulle braccia e la osservo.

«Perché avevi sfidato Doug la prima volta? Non ti era mai interessato combattere prima di sfidarlo. Hai sorpreso tutti.»

Deglutisco quello che mi sembra un grosso nodo in gola. Non posso dirle il vero motivo. Non so come reagirebbe se le dicessi: *«Perché Doug aveva te ed io ti volevo per me.»*

Ma non voglio nemmeno mentire. «Doug è arrogante e insulta la gente. Ero stufo.» È la verità… almeno in parte.

Lei sembra pensarci per un momento prima di alzare gli occhi. «È… è l'unico motivo?»

Sento il viso che si scalda. Dovrei mentire? *Posso* mentire?

«Per dimostrare a me stesso che potevo farlo» butto lì, perché, sì, anche quello era un motivo. Probabilmente il motivo più grande per cui comincio ed eccello in tutte le cose che cerco di fare. L'arte, la fucina, combattere con la spada. Tutto.

Non ho forse deciso io stesso lo standard per valutare il mio valore per tutta la mia vita? Se solo avessi preso dei voti migliori, lei sarebbe stata fiera di me. Mi avrebbe voluto bene. Se fossi diventato un bravo artista, lei si sarebbe vantata di suo figlio con i suoi amici. Non sarebbe rimasta lontano…

Quando riprendo a respirare mi fa male. Ma metto da parte quel vecchio dolore, ordinandogli di andarsene.

Jenna si stringe nelle spalle. «Dobbiamo fare in modo che ti abitui alle folle. Un evento sportivo, per esempio. Ti piace il baseball?»

«No.»

«Beh, meglio così. Non c'è il baseball a marzo. Ma l'hockey... potremmo andare a una partita dei Ducks?»

Scuoto la testa.

«Dai. Sarà divertente. I giocatori di hockey sono come cavalieri neri moderni. Indossano, mhmm, una specie di armatura, portano dei bastoni, come lance, e si picchiano un sacco.»

Rido all'idea di paragonare i giocatori di hockey ai cavalieri. Ho visto parti di partite di hockey in passato e non le avrei mai considerate in quel modo. Do un'occhiata di straforo agli occhi di Jenna e vedo che non mi sta guardando in faccia. Sta fissando il mio torace. Quindi colgo l'occasione per studiare quell'anello blu scuro intorno alle iridi color fiordaliso circondate da ciglia pallide. Ha il viso pulito e quasi niente trucco e penso che sia più bella così. Sento caldo, come quando esce il sole in una giornata nuvolosa.

I suoi occhi si fissano nei miei senza preavviso ed io distolgo in fretta lo sguardo. Non posso guardare troppo intensamente o in profondità. Mi sembra di vedere cose che non dovrei vedere.

«Ti fidi di me, William?» Io esito a rispondere. In tutta sincerità, Jenna non mi ha dato ragioni per fidarmi di lei. Lei aspetta e poi sospira. «Se vieni con me, possiamo far pratica. Non riesco a pensare a un altro modo per farti abituare alle folle.»

«È quello che hai fatto tu? Per la tua paura dei rumori forti?»

Lei annuisce. «Sì... sono andata a vedere dei film. Sulla guerra. E...» Rabbrividisce mentre continua a parlare, «Sono andata in un poligono di tiro. *Quello* è stato difficile. Ho sclerato di brutto.»

Io alzo gli occhi, desiderando sapere di più su di lei, di quando lottava contro il panico come me.

«Come hai fatto a superarlo?»

«Mi sono detta e ridetta che è la mente che domina il corpo.»

Sta nuovamente parlando per metafore. Ho già sentito quell'espressione, ma non riesco ancora a capirla ed è perfino difficile visualizzarla. Lei sembra capirlo dalla mia reazione.

«Significa che ho dovuto rammentare a me stessa che sono più forte della paura.»

Annuisco, guardando in basso, pensando alle sue parole. Com'è stata incredibilmente coraggiosa ad affrontare quella paura. Solo il pensiero di lei che "sclerava di brutto" a un poligono di tiro fa nascere qualcosa in me, un fiero istinto protettivo, credo. M'immagino là con lei, che la abbraccio, sussurrandole che andrà tutto bene, che la proteggo.

Se lei è tanto coraggiosa da farlo... allora posso esserlo anch'io.

«E se volessi andarmene?»

«Allora ce ne andremo» risponde lei semplicemente.

«Perché hai sclerato al poligono di tiro?»

«Mi ha riportato alla mente... dei ricordi. Mi hanno colto di sorpresa.»

«Che ricordi?»

La sua faccia cambia, insieme a tutta la sua postura. «Brutti ricordi. Preferirei non rattristarti dicendotelo.» Sta ridendo mentre lo dice e agita una mano davanti a sé. Non vuole scendere nei particolari perché, qualunque cosa sia, è brutta. Ricordo le fotografie e il film che ho visto su quella guerra. Mi vengono in mente immagini orribili.

E, da piccola, lei era là... in mezzo a tutto quello. Mi meraviglia che abbia scelto di esporsi al rumore degli spari nonostante il terrore.

Mi schiarisco la voce. «Allora ci andrò. Se verrai con me. Ma...»

«Ce ne andremo, se vorrai. Se dovesse diventare insopportabile. E non ti giudicherò. Okay?»

Annuisco, ma ho il cuore che sta battendo furiosamente. Non so se è l'idea di espormi in quel modo o il fatto che potrò passare più tempo con Jenna.

****

Ho comprato i biglietti per la partita di hockey e ci andremo quando uscirà dall'ufficio. Ho espresso dei dubbi, con dei messaggi, sul fatto di dover affrontare il traffico intorno al palazzetto. Lei ha avuto l'idea di lasciare l'auto nel parcheggio di un cinema lì vicino e proseguire a piedi. Quindi è quello il nostro piano.

Aspetto sul marciapiedi fuori dal suo appartamento. Le ho mandato due messaggi per dirle che sono qui e finalmente mi ha fatto sapere che sta arrivando. Qualche minuto dopo appare con dei jeans e una maglia a maniche lunghe che accentua le sue curve. Sorride quando intravede la mia auto. Ha i capelli pallidi che fuoriescono da un cappellino scuro di lana. Più mi concentro su di lei, più è difficile concentrarmi su qualcos'altro, quindi sbatto le palpebre e distolgo in fretta lo sguardo.

«Giusto in tempo. Scusami se sono in ritardo...» dice salendo in auto.

«Di nuovo.»

Quando allungo la mano per regolare la temperatura in auto, noto che ha le sopracciglia aggrottate, ma non risponde. Mi allontano dal marciapiede mentre lei rimane in silenzio.

Mi assale il suo profumo di cannella appena si sistema accanto a me. Mi distrae talmente che riesco a malapena a tenere d'occhio la strada.

Mi schiarisco la voce. «Io sono sempre puntuale. O, se non lo sono, c'è un buon motivo.»

Lei si sposta sul sedile. «Non so perché, ma lo sapevo già.» Rifletto sulle sue parole, chiedendomi come può saperlo. «Allora, come ti senti?»

Io alzo le spalle. «Avrò più informazioni da darti quando arriveremo.»

«Sei nervoso?»

«Sto cercando di non pensarci. Se ci penso, continuo a immaginare orde massicce di gente che si spingono...» E di nuovo quell'immagine mi riempie la mente. Riesco praticamente a sentire la pressione dei corpi e non riesco a vedere nient'altro che teste e braccia tutte intorno a me. Scuoto la testa per liberarmi dall'immagine.

«Non pensarci.» Mi mette la mano sul braccio. «Cerca di non immaginarlo in quel modo.» Scrollo la spalla, facendo scivolare via la sua mano, ma lei non fa commenti.

«Non posso farci niente. È il modo in cui penso io. *Tutto* è per immagini.»

«Ma ci sono altri modi per stare in una folla, modi controllati. Come una partita di hockey dove tutti hanno il loro posto a sedere e restano più o meno nel loro spazio. Non deve essere tutto come la ressa a un concerto rock. Puoi immaginarti in un museo, a guardare belle opere d'arte, con tutti che rispettano il proprio spazio.»

Lei mi guarda a lungo, ma ho le mani sul volante e gli occhi sulla strada. Cerco di ignorare la sensazione che provo quando è vicina. A volte è così travolgente che mi distrae e devo lottare per restare concentrato sulla guida.

Qualche minuto dopo arriviamo ad Anaheim e parcheggio. Camminiamo sul marciapiede lungo l'affollata Katella Avenue. Quando attraversiamo sul ponte, il fiume Santa Ana è appena un rivolo, nonostante sia inverno. Do un'occhiata alle montagne da sopra la spalla destra e vedo che c'è pochissima neve. I meteorologi hanno previsto una delle siccità peggiori quest'anno e penso che abbiano ragione.

Quando penso alla siccità immagino di colpo l'altopiano desertico lungo l'interstatale 15 verso Las Vegas. Ma l'immagine sparisce quando sento qualcuno che mi prende la mano e la stringe. Volto di colpo la testa per guardare.

Jenna mi sta tenendo per mano e tutto accelera, il battito del mio cuore, la velocità del sangue nelle mie vene, la frequenza del mio respiro. Non ho idea del significato di questo gesto. Alzo le mani unite per fissarle.

«Scusa... non ti piace? Stavo solo cercando di darti un po' di sostegno morale.»

«Sostegno? Come... tenermi su?»

«In modo figurato, sì.»

Ci rifletto. «È quello che significa tenersi per mano?»

«A volte. A volte è di più. Dipende dal contesto... dal rapporto.»

Mi rendo conto che mi sto concentrando di più per capire lei che non sulla fila ordinata di esseri umani che vanno verso l'entrata dell'imponente Honda Center, casa degli Anaheim Ducks. Quindi le stringo anch'io la mano.

«Grazie per la tua dimostrazione di sostegno. Finora funziona.»

«Dovremmo avere una parola in codice.»

«Una parola in codice?»

«In modo che tu possa dirmi quando non ti senti a posto.»

«Non posso semplicemente dirti che non mi sento a posto?»

Lei alza le spalle. «Sì. Ma una parola in codice sarebbe più divertente. Potremmo farlo diventare un gioco. Ad esempio, quando non ti senti granché potresti dire "sottaceti". E quando vuoi veramente, *veramente*, uscire, puoi dire "agrodolce".»

«Mi piace la salsa agrodolce.»

«Non importa di che parola si tratta. Possiamo sceglierne altre se vuoi.»

A quel punto, siamo davanti alle porte di vetro che portano all'interno. Purtroppo devo lasciarle la mano per prendere i biglietti dal portafogli e passarli all'addetto.

Il palazzetto incombe su di noi mentre entriamo. È grande, veramente grande, sto cercando in tutti i modi di respirare nel modo che mi ha insegnato, ma non sono sicuro che serva. Continuo a tentare, però, perché me l'ha mostrato lei e sembra crederci. Ciò che mi aiuta è che stiamo dirigendoci in una direzione diversa dalla maggior parte della gente. Ho comprato i biglietti più costosi, sperando che sarebbe stato così.

Jenna guarda i biglietti per capire dove sono i nostri posti. «Wow, hai speso un mucchio di soldi. Non mi sono mai seduta nei posti buoni prima d'ora.»

«Vieni spesso alle partite di hockey?»

Lei alza le spalle. «Uscivo con un tizio a cui piaceva l'hockey. Aveva dei biglietti stagionali in società con altri, quindi venivo spesso con lui.»

Mentre andiamo dal lato opposto del palazzetto cercando il nostro settore, sono travolto da una sensazione sgradevole per quello che ha appena detto. Non posso fare a meno di chiedermi chi era il trizio con cui usciva. Non era Doug. Per quanto ne so, a lui non piace l'hockey e lei non è uscita a lungo con lui.

Di colpo mi sento furioso quando mi vengono in mente ricordi di loro due insieme, seduti l'uno accanto all'altro alle riunioni dell'ARRM, che si tenevano per mano e perfino che si baciavano. Quella sensazione di calore dentro di me è gelosia e non è razionale perché lei non è più con Doug. Ma detesto quei ricordi perché mi rammentano che era con Doug e non con me. Non ha senso, ma sono comunque arrabbiato.

«Hai avuto molti boyfriend?» le chiedo. Mi sorprende il modo in cui l'ho detto. Negli anni ho imparato a tenere la bocca chiusa e a obbligarmi a riflettere su ciò che devo dire prima che mi esca dalla bocca. Per circa la metà delle volte, le parole restano inespresse. Ma queste mi sono sfuggite mentre avevo la guardia abbassata e cercavo di combattere la mia gelosia irrazionale.

«Mhmm. Ne ho avuti alcuni.»

«Alex dice che non frequenti mai qualcuno per molto tempo.»

Lei fissa gli occhi sul soffitto. «Alex è fin troppo critica sulle mie abitudini. In effetti, non capisce.»

Beh, siamo in due. Non capisco nemmeno *io*.

Lei si ferma e si volta verso di me. «Questo è il nostro settore. Sei pronto?»

Mi fermo accanto a lei e mi guardo intorno mentre la gente va verso la nostra porta. È abbastanza presto, quindi non c'è ancora molta ressa. «Sì.»

Quando entriamo, mi sento immediatamente sopraffatto dall'enorme arena intorno e sopra di noi, tanto da sentirmi stordito. Ma alcune persone sono già sedute e non sembra oppressivo come mi ero aspettato, quindi mi sento sollevato. Jenna mi sta osservando con attenzione mentre scendiamo le scale per trovare i nostri posti. «Wow, William, devi aver pagato una fortuna per questi posti. Di solito sono abituata ai posti da sangue dal naso.»

Alzo gli occhi verso la parte più alta dell'arena che Jenna sta indicando. «Sanguina veramente il naso lassù?»

Lei si mette a ridere. «No, scusami. È solo un modo di dire. Significa solo che sono talmente in alto che potrebbe uscirti il sangue dal naso.»

Visualizzo l'ultima volta che ho avuto un'epistassi. Mi avevano aggredito alle superiori e un ragazzo mi aveva dato una testata proprio sul naso, chiamandomi "ritardato senza speranza". Il sangue era caldo e aveva un sapore metallico.

Torno a guardare Jenna, che ha gli occhi puntati sul mio viso. Distolgo in fretta lo sguardo.

«Stai immaginando che ti esca il sangue dal naso, vero?»

«Sì.»

«Penso di aver cominciato a capire come pensi. Cercherò di essere più letterale.»

Si siede, con un sorrisino. «Vuoi lavorare su un po' di roba mentre aspettiamo la partita?»

«Ancora visualizzazione?»

Lei alza le spalle. «Se vuoi. Altrimenti possiamo semplicemente parlare.»

«Di che cosa vorresti parlare?

«Beh... stavo pensando alla tua armatura. Hai detto che portare l'armatura ti calma per via del suo peso.»

Annuisco. «La pressione mi fa sentire meglio.»

«Penso di capire. È come quando sei dal dentista e ti mettono la coperta di piombo per i raggi X. Mi fa sentire rilassata.»

Visualizzo la mia ultima visita dal dentista. L'igienista, Nancy, mi aveva detto che le piacevo perché non tentavo di parlare mentre mi puliva i denti. Lei ha i capelli corti, biondi e la sua lacca per i capelli ha un odore terribile. «Sì. Non esattamente, ma quasi.»

La gente sta entrando poco per volta, parlando a voce alta e ridendo ancora più forte. Gli odori dei cibi portati in giro dai venditori mi travolgono. Ho fame, ma non ho voglia di mangiare.

E intanto Jenna mi sta parlando. Cerco di concentrarmi su quello che dice, ma colgo solo qualche sprazzo. Spostandomi sul mio sedile, tendo l'orecchio verso di lei, ma tutto quello che riesco a sentire è la gente che entra, che preme intorno a noi, riempiendo l'arena. I Ducks sono andati bene, mi dice Jenna, e la stagione è avanzata. C'è un mucchio di gente che è venuta a vedere queste ultime gare.

«Come te la stai cavando? Ci stiamo avvicinando ai sottaceti?»

Le do un'occhiata e poi ricordo che è una parola in codice. «Starò bene se riuscirò a prendere il mio album da disegno. È una cosa che faccio in pubblico e che mi aiuta.»

Prendo un piccolo album dalla tasca posteriore e un portamine che uso quando sono fuori. Lei china la testa e mi guarda con la coda dell'occhio. Alzo la testa e incrocio il suo sguardo.

È molto più facile quando mi sta guardando in questo modo meno diretto. È meno come se stessi fissando un faro o il sole. Jenna è decisamente il sole paragonata ai fari di tutti gli altri.

«Che cosa stai disegnando?»

Apro l'album. Ovviamente alla pagina sbagliata. C'è già un disegno su quella pagina, ma prima che possa passare alla pagina bianca successiva, lei mi ferma, inclinando il foglio per guardarlo. «Wow, l'hai disegnato tu? È così bello.»

Guardo la mano che ho disegnato. È uno dei miei schizzi più veloci, fatti a memoria invece che guardando un modello. È una delle mie capacità. In quelle poche lezioni formali di arte che ho preso, tutto ciò che mi serviva era studiare il modello per qualche minuto da diverse angolazioni. Dopo, potevo riportare alla mente l'immagine tutte le volte che ne avevo bisogno. Mi permetteva di fare con calma i miei disegni.

«Di chi è quella mano? Ogni dettaglio è così…» Poi alza la sua mano e la mette accanto al disegno. Immagino che stia indovinando che è lei il modello.

«È la mia mano?»

«Beh…» Non so come potrebbe prenderla, quindi non rispondo.

Lei indica il dito medio nel disegno, notando l'unghia scheggiata. «L'ho scheggiata l'altro giorno… il giorno in cui sono venuta a casa tua. Quando hai fatto il disegno?»

«Questa mattina.»

Lei viene avanti sul sedile, curvandosi sul disegno mentre s'infila una ciocca di capelli dorati dietro l'orecchio. E adesso non riesco a togliere gli occhi da quell'orecchio... la forma, la consistenza. Sembra morbido e delicato come il resto di lei. Il prossimo disegno sarà del suo orecchio.

«Come diavolo fai, Wil? È un disegno così particolareggiato per averlo fatto a memoria.»

«Quando sono nello stato d'animo giusto, ricordo tutto ciò che vedo. E se mi concentro, riesco a vedere anche tutti i dettagli.»

Lei sta scuotendo la testa come se non mi credesse. Deglutisco. Sento la gola stretta. Non si fida, sta dicendo che sono un bugiardo.

«È veramente... incredibile.»

Sbatto le palpebre. «È vero.»

Mi guarda nuovamente con la coda dell'occhio. «Sì. Ti credo William. Solo, è così affascinante. Impressionante, davvero. Mi piacerebbe poterlo fare. I miei ricordi di alcune cose sembrano svanire così facilmente. Cose che vorrei poter ricordare meglio.»

«Per esempio?»

Lei si risucchia il labbro inferiore in bocca per morderlo. Le sue labbra sono rosa chiaro e un po' lucide per il prodotto che ha usato. Mi viene in mente che mi piacerebbe sapere come sarebbe premere le mie labbra contro le sue. Non ho mai desiderato tanto baciare una donna come desidero baciare Jenna.

Stasera. Quando saremo da soli. La bacerò.

Non posso continuare a pensarci, però, perché sarei veramente tentato di farlo adesso invece di aspettare. «Che cosa ti piacerebbe ricordare meglio?» Ripeto la domanda.

Lei alza le spalle, distogliendo gli occhi. Una gamba rimbalza su e giù. «Mio padre.»

«Non lo vedi da molto tempo?»

Lei si lecca le labbra e si passa la mano sui jeans come per togliere qualcosa che non c'è. «Vent'anni. È morto durante la guerra.»

«E tu eri... piccola.»

«Avevo cinque anni l'ultima volta che l'ho visto. Prima di venire negli Stati Uniti.»

La cosa mi disturba. Sarei molto, molto triste se mio padre fosse morto. È un grande padre, un uomo eccezionale. Mi sento di colpo perso in quelle emozioni deprimenti, col terrore improvviso di poterlo perdere. Come dev'essere perdere il proprio padre? Mio padre... sono fortunato di averlo. Suo fratello è morto giovane. E se morisse *lui*?

«Ti ho rattristato. Vedi... non dovrei mai parlare della mia infanzia. È un argomento deprimente.»

Faccio una smorfia. «Sei cresciuta in mezzo a una guerra. Non puoi farci niente se è un argomento deprimente.»

Jenna si schiarisce la gola e fa rimbalzare ancora qualche volta la gamba prima di concentrarsi di nuovo sul mio album. «Allora, torniamo allo schizzo... perché hai disegnato la mia mano? Non è una cosa particolarmente degna di nota.»

Traccio le linee del disegno, stando attento a non sbavare i segni di matita. «I tuoi polsi... sembrano delicati, ma sono forti. Guarda qui...» Sul disegno, indico la protuberanza nella parte esterna del polso. «Hai un processo stiloideo dell'ulna prominente ma un'articolazione radio-ulnare distale sottile. E qui...»

«Conosci tutta l'anatomia?»

Annuisco. «Disegno le persone... è necessario conoscere l'anatomia.»

«Wow. Scommetto che Mia ti usa come compagno di studi, vero?»

«A volte. Ma la mia conoscenza non è approfondita come la sua.»

Lei rialza la manica lunga per studiarsi il polso, poi guarda il disegno come se volesse confrontarli. «Non avrei mai pensato, in un milione di anni, che i miei polsi fossero degni di nota.»

«Beh, non vivrai un milione di anni, quindi...»

Lei alza una mano ridendo ed io mi rendo conto di aver fatto la solita cosa. «Scusa, non sono stata letterale. Volevo solo dire che sono sorpresa.»

Passo a una pagina vuota e comincio a disegnare mentre parliamo. Questa volta sto scegliendo un soggetto più innocuo: il tabellone appeso al centro sopra la pista di pattinaggio. Per un po' mi aiuta. Con Jenna accanto a me, riesco a farcela per tutto il tempo in cui la gente entra, supera la nostra fila, si siede di fronte e dietro a noi, e perfino quando presentano i giocatori con il loro numero di maglia e il nome. Sto bene, finché riesco a concentrarmi sull'album e alzo gli occhi solo ogni tanto.

È più difficile bloccare le luci forti, l'odore del cibo, il rumore dei piedi che si muovono tutto intorno a noi. È forte e Jenna deve chinarsi verso di me quando vuole dirmi qualcosa. Però voglio che continui a farlo. Mi piace il modo in cui i suoi capelli mi sfiorano la guancia. Mi piace il suo odore questa sera... come di pioggia sull'erba. Come le pere mature.

Ma dopo un po' è troppo difficile, l'arena troppo buia per concentrarmi sul mio album quindi sono obbligato a rimetterlo nella tasca posteriore. Il rumore mi distrae e anche la presenza della folla. Mi sembra di avere le formiche che mi camminano sulla pelle. Mi strofino le mani sulle cosce per calmarmi, ma non funziona nemmeno quello.

Jenna, però, mi sta tenendo d'occhio. Si china verso di me di nuovo e dice: «Stai bene?»

«Mhmm...»

«Ti senti un po'... sottaceti?»

La sua frase non ha assolutamente senso ma ricordo perché è il nostro codice. Quindi annuisco. «Sì, sottaceti. Sottaceti all'aneto.»

Lei alza le sopracciglia. «Non vogliamo i sottaceti all'aneto. Mhmm, ho un'idea. Forse potrebbe distrarti in modo da poter guardare la partita.»

«Okay.»

«Bene, non sarà utile come un'armatura o perfino una coperta di piombo dal dentista.»

Si alza e poi mi si siede in fretta in braccio. Poi si sistema cautamente sulle mie cosce. Io mi blocco, completamente perso, non so che cosa fare. In effetti, sono talmente confuso in questo momento che mi dimentico di preoccuparmi della folla intorno a noi o perfino del rumore della partita di hockey.

Lei si volta e dice: «Così va bene? Stai bene?»

Io mi chino un po' perché possa sentire la mia risposta. «Sì.»

Una bella donna seduta in braccio a me. Come direbbe Jordan? *A chi non piacerebbe?*

Lentamente, lei si china all'indietro, appoggiandosi al mio torace. Ora ci stiamo toccando dalle sue caviglie, su lungo le gambe fino alle anche, che sono appoggiate alle mie cosce, e la schiena è premuta contro il mio petto. Tiene la testa china da una parte in modo che io possa continuare a vedere la partita, se volessi guardarla. Cosa che non voglio. In questo momento non potrei concentrarmi sulla partita nemmeno se tentassi.

Ho il cuore che batte fortissimo. La sensazione di averla lì, e quel profumo. Adesso è perfino più forte. È il suo shampoo? Il sapone? Oppure è il *suo* odore?

«Sei comodo?» mi chiede, voltando di nuovo la testa, con i capelli setosi che mi sfiorano il volto. Chiudo gli occhi, contento. Non c'è bisogno di dire "agrodolce".

Ora non sarebbe un buon momento per usare la parola in codice. Potrei restare seduto qui per tutta la notte.

Sto stringendo forte i braccioli, ma poco per volta allento la stretta. Jenna si appoggia alle mie braccia, mettendo le mani sopra le mie. Le sue sono molto più piccole, ma le dita s'insinuano negli spazi tra le mie. Riesco a sentire il battito del mio cuore in ogni centimetro del mio corpo premuto contro il suo.

Il suo collo è a tre centimetri dalla mia bocca. Sembra morbido... succulento. Vorrei assaggiarlo. Saprebbe di buono come il suo profumo? Come sarebbe la sua pelle sotto le mie mani?

Potrebbe non piacerle che lo facessi. Ho le mani callose per via del lavoro da fabbro e i disegni. Sarebbero ruvide e dure sulla sua pelle liscia e morbida.

Di colpo immagino di assaggiarla *e* toccarla e il mio corpo sta cominciando a reagire. Sto diventando duro proprio dove è seduta su di me e non voglio che lo capisca.

Quindi le dico all'orecchio: «Agrodolce.»

Non volevo *veramente* dire quella parola, ma non voglio nemmeno che senta la mia erezione. Penserà che sono un pervertito o roba simile. Ma la sua reazione è lenta e mi chiede di ripetere. Nello stesso momento, la folla balza in piedi, facendo il tifo per due giocatori che stanno litigando in campo.

Io mi giro e le passo il braccio sotto le ginocchia, sollevandola con un gesto veloce.

«Che ca...?» dice l'uomo accanto a me, ma non lo ascolto. Devo uscire da lì e lei verrà con me.

«Wil!» esclama Jenna, ma il resto delle parole si perde nella folla. Mi faccio strada a spallate lungo la fila fino al corridoio. Poi su per le scale fino all'area ristoro deserta, dove mi fermo e riesco finalmente a riprendere a respirare.

Jenna mi sta fissando a occhi sgranati, ma non fa niente per farsi rimettere a terra, quindi continuo a tenerla. «Pensavo che sedermi in braccio a te potesse servire» dice con una smorfia.

«Mi stava aiutando.» Per *alcuni* versi. Ma lo stava rendendo difficile in altri modi.

«Beh, siamo riusciti ad arrivare fino al primo intervallo. È un buon risultato.» Smette per un attimo di parlare, e il volto le diventa una sfumatura di rosa. «È una buona cosa che tu sia così forte, che sia riuscito a prendermi in braccio e andare in quel modo.» Si lecca le labbra e mi guarda in faccia. Fisso la porta più vicina e mi dirigo verso quella.

«Non serve essere molto forte per portarti. Non puoi pesare più di quarantacinque chili.»

«Alle donne non piace discutere del loro peso.»

«Sì, ricordo di averlo sentito dire, ma non lo capisco.»

«Le donne sono complicate, Wil. Ad esempio, non dovresti nemmeno parlare di come sembriamo con i jeans.»

Sposto gli occhi sulle sue gambe, notando come i jeans aderiscono alle sue cosce femminili. Sta veramente bene. Non dovrei dirlo? Mi *ha* avvertito.

La sua vicinanza, la sensazione del suo corpo premuto contro il mio torace, il suo odore e quella maglia stretta che fascia le curve del suo seno… non c'è niente che possa rimediare al mio stato di eccitazione. Nemmeno un po'.

Ora che siamo fuori dalle porte di vetro, posso lasciarla andare. Lascio andare le sue gambe e lei atterra sui piedi con un tonfo.

«Oh!» esclama e si afferra al mio braccio per riprendere l'equilibrio. Dato che non mi aspettavo che mi toccasse, m'irrigidisco e strattono via il braccio, tirandola con me finché quasi cade.

«Mi hai sorpreso» le dico.

Lei sbuffa. «Beh. *Tu* hai sorpreso *me* per primo! Non puoi semplicemente prendere in braccio qualcuno in mezzo alla gente e poi scaricarlo a terra nel parcheggio senza tante cerimonie, senza dire una parola.»

«Ho detto delle parole. Più di una.»

Lei alza le braccia. «Non posso nemmeno… non posso!»

«Non puoi che cosa?»

Lei stringe i pugni lungo i fianchi e adesso sta parlando a denti stretti. «Mi stai facendo incazzare.»

Sbatto gli occhi e mi allontano da lei.

Lei ripiega le braccia sul petto e tutto quello a cui riesco a pensare è come si tende il tessuto sul seno e a come riesco a vedere ogni curva. Sono ossessionato e non riesco a pensare ad altro che a com'è sotto quella maglia. Sembra che abbia veramente un bel seno. Bello come il resto di lei. «Beh… non dovrei essere incazzata?»

Penso per un minuto alla sua domanda, ma sono sorpreso quando mi colpisce il braccio.

«Smettila di guardarmi le tette!»

Distolgo in fretta lo sguardo da quel petto perfetto.

Poi lei la dice. Quella frase che odio più di ogni altra cosa. «Guardami negli occhi, Wil.»

Sento lo stomaco che si annoda e la nausea. Detesto quando le persone me lo dicono. Lo detesto più di quando mi chiamano ritardato o Rain Man o in qualunque altro modo mi abbiano chiamato. Perché le persone che me lo dicono non sono miei nemici. Sono le persone cui tengo, i miei amici, perfino la mia famiglia. Deglutisco e mi ficco le mani in tasca, ma continuo a fissare per terra.

«Guardami!» ripete Jenna.

Faccio un respiro profondo e poi, dato che non mi fido della mia voce, scuoto la testa, stringendo i pugni dentro le tasche.

Capitolo Sette
Jenna

NON SAPEVO ESATTAMENTE CHE COSA STESSE succedendo. Era cominciato tutto come un'uscita piuttosto gradevole per andare a una partita di hockey, ma le cose erano precipitate in fretta. Adesso William ed io ci stavamo scontrando nel parcheggio dell'Honda Center e ricevendo occhiate curiose dal personale della sicurezza.

«Alza gli occhi, Wil.»

Invece, lui strofinò le mani lungo le cosce, poi voltò sui tacchi e se ne andò.

Proprio così. A tutta velocità. Come se non volesse nemmeno, o non si aspettasse che stessi al passo.

Dovetti correre per raggiungerlo e a quel punto eravamo su uno stretto marciapiede lungo una strada affollata. Mi tenni vicino a lui mentre attraversavamo il fiume ed entravamo nel parcheggio del cinema.

Lui accelerò quando arrivammo al parcheggio, come per evitare la possibilità che camminassi di fianco a lui. Dio ce ne scampi. «William Drake. Fermati immediatamente!»

Ma lui non si fermò e non si voltò.

Lo raggiunsi e mi misi dove poteva vedermi. «Allora?» dissi.

«Allora che cosa?»

«Che cosa diavolo è successo? Perché te ne sei andato in quel modo?»

«Perché non volevo dire niente di scortese e tu mi hai fatto arrabbiare.»

«Perché ti ho chiesto di guardarmi negli occhi?»

«Sì.»

«Beh, forse sono stufa che guardi dappertutto eccetto che negli occhi.»

Lui sbatté le palpebre. «È difficile.»

«Perché?»

Lui scosse la testa. «Perché quando ti guardo negli occhi, sono troppo distratto per sentire ciò che dici. È troppo intenso.»

«Che cosa è troppo intenso? Voglio dire, so di essere bella ma...» Scherzo nel tentativo di alleggerire l'atmosfera.

«Sì. Sei bella. Sei la donna più bella che abbia mai visto.»

Risucchiai il fiato. *Wow.* Lo aveva detto in un tono deciso, come se stesse dichiarando che il cielo era innegabilmente azzurro. Non c'era artificio nelle sue parole, nessun tentativo evidente di adulazione. *Perché la gola mi si stava chiudendo in quel modo?*

«Stavo scherzando.» Risi, imbarazzata. «Non sono veramente così piena di me.»

«Non so che cosa significhi. Ma non dovresti scherzare sul fatto di essere bella. Non è uno scherzo.» Si ficcò di nuovo le mani in tasca e aspettò.

Mi sentii a disagio e compiaciuta allo stesso tempo. Avevo le guance in fiamme e, ironicamente, adesso non sarei riuscita a guardarlo negli occhi nemmeno se lo avesse voluto lui.

«Non me n'ero resa conto» esclamai di colpo, con la voce che tremava dal dispiacere.

«Cosa?»

«Che fosse così difficile per te guardarmi negli occhi. Pensavo che fosse un mito. Non passo molto tempo con le persone autistiche.»

«È difficile guardare chiunque negli occhi, ma è più facile se conosco la persona.» Mi sentii invadere dal sollievo perché sembrava disposto a discuterne. «Più che altro mi impedisce di concentrarmi su ciò che dicono. Mi sembra anche di violare l'intimità di quella persona.»

«Guardandola negli occhi?»

«Come se vedessi cose che non dovrei vedere.» Scosse la testa. «Sono stufo di doverlo spiegare alla gente. E comunque non lo capiresti, quindi...»

«Gli occhi sono le finestre dell'anima» lo interruppi dolcemente.

«Gli occhi non sono finestre.»

«È una metafora, Wil. Significa che gli occhi di una persona possono mostrarti che cosa sta succedendo sotto la superficie. Quindi forse ti senti come un voyeur?»

Rimase zitto a lungo, spostandosi da un piede all'altro. «Già, quindi forse se ti guardassi negli occhi come vuoi, mi lasceresti guardare nella tua finestra.»

Aprii la bocca, pronta a protestare, quando lo vidi sorridere. Era piuttosto compiaciuto per la sua battuta. «Ah ah. Comunque fissi abbastanza le mie tette.»

«Mi piace il tuo seno.» Abbassò per un attimo gli occhi sul mio petto e i miei capezzoli s'indurirono sotto la maglia.

Misi le braccia conserte per nascondere la mia reazione inconscia e risi. «Si vede.»

«E il tuo sedere. E le tue gambe. E...»

«Okay. Okay. Ho capito. Andiamo in macchina» dissi con un sospiro esasperato. *Classico maschio.*

William aprì la portiera dall'auto per me e poi fece il giro prima di mettersi al volante. Mentre uscivamo dal parcheggio, rubai un'occhiata al suo profilo cesellato.

Ovvio che mi sentissi gratificata quando un uomo sexy mi notava. Ed era evidente che William mi *aveva* notato. Pensava che fossi la donna più bella che avesse mai visto. Il suo complimento, espresso come un dato di un fatto, mi fece sentire più splendida e radiosa di Afrodite quando Adone l'aveva preferita alla dea Persefone.

Comprammo da mangiare in un fast food e mangiammo in auto per evitare la ressa per la cena. Poi William mi portò a casa e, prendendo sul serio i suoi doveri cavallereschi, insistette ad accompagnarmi per i due piani di scale fino alla mia porta.

Non sapevo esattamente perché desiderassi tanto che William mi baciasse, beh, forse era perché era fottutamente sexy, ma se mai c'era stata un'occasione era proprio quella. Quindi mi avvicinai per dargli il bacio della buona notte. Era talmente più alto di me che dovetti alzarmi sulla punta dei piedi, aspettandomi che lui si chinasse.

Niente da fare.

Doveva aver capito che cosa stavo tentando di fare, e avrebbe spiegato perché fece un passo indietro quando vide che mi stavo inclinando io verso di lui. Persi l'equilibrio ma mi afferrò e le sue braccia forti restarono avvolte intorno a me un po' più a lungo di quanto fosse necessario. C'era qualcosa di elettrico in quell'abbraccio, una pesantezza nell'aria, come prima di un temporale.

«Va tutto bene?» mi chiese.

«Uh, sì» risposi, sentendo la faccia che bruciava. Grazie alla dea era buio. «Volevo solo darti il bacio della buonanotte.»

Una pausa. «Oh.» William si schiarì la voce. «Avresti dovuto dirmelo.»

Lentamente, rigidamente si chinò ed io, ora imbarazzata da morire, voltai la testa e gli diedi in fretta un bacio sulla guancia. Poi allungai la mano verso la maniglia per scappare nel mio appartamento e leccarmi le ferite.

Mi fermai quando vidi la mano grande di William intorno al mio braccio.

«Quello non era un bacio della buonanotte» disse.

«Oh? Quindi…» E fu tutto quello che riuscii a dire prima che la sua bocca scendesse sulla mia. Ebbi appena il tempo di tirare il fiato prima che cominciasse il momento migliore della mia vita…

Aprii le labbra e di colpo scattò qualcosa dentro di me, come un carrello delle montagne russe che colpisse la rotaia a tutta velocità. Lo shock fu tale che quasi mi tirai indietro.

Fui veramente lieta di non averlo fatto quando William appoggiò il palmo delle mani dietro la mia testa, infilandomi le dita tra i capelli. Io premetti le mani sul suo torace mentre lui mi spingeva contro il metallo freddo della porta. Cercando disperatamente di respirare, sentii quel bacio non solo dove le nostre labbra si toccavano, ma in tutto il corpo. Dalla cima del cuoio capelluto che fremeva, dove aveva appoggiato le dita, senza più toglierle, fino alle dita dei piedi che formicolavano.

Era quasi *troppo*. Eppure volevo *di più*. Come un picco di adrenalina sulle montagne russe dopo la prima discesa mozzafiato, non mi sarei fermata finché la corsa non fosse arrivata al suo brusco stop.

Quasi come avesse sentito i miei pensieri, William mi passò la lingua sulle labbra, lentamente, chiedendo invitante il permesso di entrare.

Per la dea, i fremiti si trasformarono di colpo in una pressione… ora non era più solo *volere*. Era diventato un bisogno.

Permesso accordato.

In pochi secondi il bacio crebbe d'intensità e la pressione della sua bocca aumentò. La lingua scivolò nella mia bocca e duellò con la mia, come se ci stessimo affrontando sul campo di battaglia. Mio malgrado, mi sfuggì un piccolo sospiro.

Erano secoli che non ricevevo un bacio così. Era bruciante, luminoso, potente, pura emozione. Tremavo per la paura e per il desiderio, tutto in una volta. Avrei voluto tirarmi indietro e farlo finire e anche che non finisse mai.

William decise per me, e quando si tirò lentamente indietro, il distacco mi colpì come quando era cominciato il bacio. Dopo un lungo silenzioso momento si schiarì la voce. «Ecco, *questo* era un bacio della buonanotte.»

Scoppiai a ridere. Non potei farne a meno. E il suo sorriso si fece più deciso ed io sentii una fitta… *di qualcosa*, pensando a com'era adorabile pur restando incredibilmente sexy. Mi si strinse la gola e il cuore accelerò quando un timore distante arrivò a turbare i miei pensieri.

Non potevo impegnarmi con William per tantissime ragioni, non da ultimo perché sarei partita presto. E anche se *avevo bisogno* di riavere la tiara, non potevo permettere che s'immischiassero i sentimenti. Non con lui. Mai, con nessuno. Il mio cuore era stato ucciso e sepolto molto tempo prima.

Ma non mi ci era voluto molto per rendermi conto che William era diverso dagli altri. E se Ann aveva ragione e lui provava qualcosa per me, allora non potevo andare oltre.

Feci un passo indietro per entrare in casa, solo per sbattere rumorosamente la testa contro la porta chiusa. «Ahi! Merda.» Avevo dimenticato di aprire la porta e nel mio stato di stordimento avevo cercato di attraversare la materia solida. Non occorreva essere uno studente di fisica per sapere che era impossibile.

William mi chiese se stavo bene ed io mormorai appena qualcosa per alleviare la sua preoccupazione prima di salutarlo il più in fretta possibile. Poi aprii la porta ed entrai prima che potesse dire un'altra parola.

No, non potevo abbassare quel ponte levatoio e lasciarlo entrare. Dovevo tenere tutto chiuso e serrato, armare le torri di guardia, sbarrare le porte della città. Lui poteva assediarmi, aspettare fuori dal fossato, ma non sarei stata in giro abbastanza a lungo perché l'assedio avesse successo. Diversamente da una fortezza medievale, Jenna Kovac era un essere mobile, di passaggio.

E lo sarei sempre stata.

Non mi addormentai fino quasi all'alba perché potrei aver passato qualche ora a rivivere quel bacio. Mi girai e rigirai nel letto e mi dissi che ero un'idiota. Non era la prima volta che un bell'uomo mi baciava, dopotutto.

Quando mi svegliai sabato mattina, era quasi mezzogiorno. *Non grazie alla mia coinquilina.* Ci dovrebbero essere leggi contro l'uso dell'aspirapolvere prima delle nove durante i fine settimana. E se ci fosse stata una legge simile, sarei stata la prima a scatenare la polizia contro Alex.

Fortunatamente per lei, era già uscita quando mi alzai, e mi aveva lasciato un biglietto sul frigorifero, spiegandomi che avrebbe passato la giornata ad aiutare sua madre a fare un mercatino dell'usato. Stavo mangiando rumorosamente una tazza di cereali quando suonò il mio telefono.

Controllai chi era e risposi immediatamente. Non avrei mai rinunciato a rispondere a quella telefonata, mezza addormentata o no.

«Ćao, Helena» dissi con un sorriso sul volto.

«Janja! Come stai? Sei libera questo pomeriggio? Questa sera sarò nell'Orange County per incontrare alcuni amici. Pensavo di arrivare prima e portarti fuori a pranzo. Hai qualche impegno?»

«Adesso sì. Non ti vedo da un mucchio di tempo.»

«Sì, è passato più di un mese ed è tutta colpa mia. Ma parleremo a pranzo, okay?»

«Certamente.»

«Okay, passerò a prenderti fra un'ora.»

Dopo aver riappeso, premetti il tasto sul mio telefono e notai la data. Il ventotto marzo. Non era un caso che Helena volesse vedermi oggi, mancava meno di una settimana alla data dell'anniversario.

Sette anni. Sbattei le palpebre per togliermi il bruciore dagli occhi, decisa a tirar fuori il mio vestito migliore da indossare quando avrei visto Helena. Lei era sempre così elegante, così raffinata. Per anni avevo desiderato essere esattamente come lei, da adulta.

La mia mente fu invasa dai ricordi. La notte in cui l'avevo conosciuta era il ballo del primo anno alle superiori. Il mio terzo appuntamento con Brock. Mi aveva portato a casa sua per fare le foto e conoscere i suoi genitori ed erano stati così entusiasti che stesse uscendo con una ragazza "del vecchio paese".

Ripensai a quella sera, mentre passavo il doppio del tempo che ci mettevo di solito a sistemarmi i capelli e a truccarmi. Mi feci una treccia alla francese e la legai con un nastro ricamato che mi aveva regalato Caitlyn all'ultimo mercato regionale. Era stata così felice di sentire che avevo accettato di viaggiare con la Fiera Rinascimentale come cartomante che mi aveva regalato il nastro per festeggiare.

Helena fu puntuale e la stavo aspettando sul marciapiede… esattamente nello stesso punto dove era venuto a prendermi William la sera prima. Probabilmente era stato scioccato ed entusiasta per la mia puntualità. Sorrisi a quel pensiero.

Helena, come sempre, era impeccabile. A quarantanove anni, sembrava un decennio, o forse due più giovane; aveva i capelli scuri e la pelle olivastra e mi ricordava sempre un'attrice sofisticata degli anni Ottanta.

Aveva gli zigomi alti e un viso dalle linee eleganti, un collo da cigno e una bella figura. Gli abiti che indossava erano costosi ma sobri, e attirava sguardi ammirati dovunque andasse.

Non c'erano dubbi che fosse stata lei a passare la bellezza a suo figlio. Con i suoi capelli scuri ricciuti e i gli occhi azzurrissimi, era stato il ragazzo più bello della nostra scuola. E aveva scelto me. O meglio, aveva ascoltato quando il Fato ci aveva scelto per stare insieme.

«Janja!» Come sempre, Helena mi salutava baciandomi su entrambe le guance, tenendo vive le tradizioni del vecchio paese. Come me, Helena era nata nell'ex Jugoslavia. Diversamente da me, Helena era etnicamente serba, mentre io era bosniacocroata. Ma ci eravamo conosciute qui, in California, e ora lei e suo marito erano come una famiglia per me.

Nessuna di noi aveva trovato in zona un ristorante in stile balcanico che soddisfacesse il nostro desiderio di cibo del nostro paese natio, quindi quel pomeriggio mi portò in uno dei bistrò alla moda in centro a Fullerton.

«Come sta Vuk?» le chiesi quando ci consegnarono il menu, portandoci l'acqua ghiacciata. «Si sente meglio?»

«L'ultimo spavento l'ha veramente cambiato» disse Helena, parlando della recente diagnosi di diabete di suo marito. «Facciamo ginnastica tutti i giorni e finalmente sta attento a ciò che mangia. Ti ho detto che andremo a Belgrado a giugno, per vedere sua madre? Vuole perdere peso prima che lei lo veda.»

«Oh, sono così contenta per voi. Ho appena scoperto che Maja si sposerà a giugno.»

La sua forchetta si fermò a metà strada verso la bocca e lei alzò gli occhi, inarcando le sopracciglia. «Dove? A Sarajevo?»

Annuii.

«Quando? Magari potremmo andarci insieme. Vuk ed io non abbiamo ancora comprato i biglietti aerei.»

Io giocherellai con la mia insalata per un momento, schiarendomi la gola, mentre cercavo di capire come fare a cambiare argomento. Non avevo voglia di parlarne con lei, eppure era colpa mia perché avevo tirato in ballo il matrimonio.

«All'inizio di giugno, credo.»

«Andrai là prima?»

Altro silenzio, mentre continuavo a giocherellare con l'insalata.

«Janja...»

Sospirai e distolsi gli occhi. «Non ho i soldi per comprare il biglietto adesso. Sto cercando di capire come riuscire ad andarci.»

«È semplice. Verrai con me e Vuk a Belgrado e poi prenderai l'autobus per Sarajevo per stare con la tua famiglia.»

Nascosti un sorriso. «Grazie, vedrò quello che riesco a fare.»

«No, niente *vedrò*. Vuk ha una montagna di miglia, con tutto il viaggiare per lavoro che fa. Non ci costerà niente prendere un altro biglietto.»

Ero quasi senza parole per la gratitudine. Era talmente generoso da parte sua offrirlo, ma anche assolutamente normale. Mi faceva solo male il pensiero di essere seduta accanto a lei su quell'aereo senza la tiara in grembo.

Dovevo riaverla. Non era proprio possibile che potessi presentarmi al matrimonio a mani vuote. Deludere Maja sarebbe stato esattamente come la volta in cui avevo deluso la mamma, tanti anni prima.

Finimmo di mangiare e stavo usando un pezzo di pane per raccogliere il sugo dal piatto. Helena mi prendeva in giro per i miei modi da vecchio mondo ed io risi, incolpando suo figlio per quell'abitudine.

I nostri sorrisi sbiadirono solo un po' quando accennai al fantasma tra di noi. Senza guardarla, presi il calice d'acqua. «Non riesco a credere che la settimana prossima saranno sette anni…»

Le eleganti sopracciglia scure di Helena erano lisce, ma riuscivo a leggere il dolore in fondo ai suoi occhi azzurri. Quel dolore unico, acuto che, immaginavo, poteva essere veramente capito solo da altri genitori maledetti con il più orribile dei destini, sopravvivere a un figlio. Ma Helena non era la mitica regina Niobe che piangeva incessantemente per i suoi figli perduti. Helena, in effetti, era l'immagine stessa della forza dignitosa. Era una delle cose per cui l'ammiravo moltissimo.

Risucchiò le labbra in bocca e poi lisciò il tovagliolo che aveva in grembo. «Andrò domani al cimitero. La settimana prossima sarò fuori città» disse con la voce spenta.

Mi raddrizzai sulla sedia. «Io ci andrò la settimana prossima. Mi assicurerò che ci siano fiori freschi sulla sua tomba.»

«Tu ci vai spesso» disse. Non era una domanda.

Annuii. «Al suo compleanno. Le feste, l'anniversario del nostro primo appuntamento. E...» Lasciai inespressa l'ultima data. L'anniversario della sua morte. La settimana prossima. Sette anni. Sette anni da quando il mio cuore lo aveva seguito in quella tomba.

Le sopracciglia scure si unirono. «Quindi che cosa significa? Tutti i mesi? Più spesso?»

Io alzai le spalle. «Qualcosa del genere.»

Helena aggrottò la fronte, studiando il cibo che era rimasto sul suo piatto, prendendo un boccone con la forchetta. «Jenna, ne abbiamo già parlato» disse, passando all'inglese.

«So che cos'hai intenzione di dire.»

«Davvero? Ma hai ancora intenzione di ignorarlo? Hai venticinque anni. Hai tutta una vita davanti a te. Io *so* che lui non vorrebbe che tu vivessi in questo modo.»

«Così come? La mia vita non è finita. Ho visto altri ragazzi.»

«Sì, come va con quello nuovo? Douglas, vero?»

Feci una smorfia, conscia che ciò che stavo per dirle sarebbe solo servito a rafforzare la sua convinzione. «Ho rotto con Douglas lo scorso fine settimana.»

«Mhmm» disse, fissandomi. Sentii il calore salirmi alle guance. Era come se lei e Alex fossero collegate psichicamente. «Braco non era perfetto. Solo che tu lo ricordi così.»

Deglutii e mi si chiuse di colpo la gola. Helena mi guardava mentre sbattevo gli occhi per liberarli dalle lacrime. «So che non era perfetto. Era solo…»

«Perfetto per te, lo so. Ma eravate entrambi ragazzini. Come fai a sapere che non vi sareste allontanati, crescendo? Jenna, lui non avrebbe voluto che la tua vita finisse con la sua. Lo dico francamente perché sto parlando con la ragazza che ritengo una figlia adottiva oramai da dieci anni.»

Allungai il braccio e coprii la mano di Helena con la mia. «Grazie. Capisco quello che stai cercando di fare.»

«Allora devi ascoltarmi. Da qualche parte c'è qualcuno per te. Questa convinzione che hai, di un'unica anima gemella… non è vera. Non è possibile che lo sia.»

Scossi la testa, senza riuscire a credere alle sue parole. «Allora non credi che Vuk sia la tua anima gemella?»

«*No*, non lo credo. È il mio amico e il mio amante e il mio compagno, ma non esistono le anime gemelle.»

«Credi che potresti essere altrettanto felice con qualcun altro come con lui?»

Lei alzò le spalle. «Forse anche di più. Forse da qualche parte c'è un Vuk che non lascia i calzini sul pavimento o che lava i piatti una volta ogni tanto. O che sa ballare.» A quella battuta ridemmo entrambe.

Rifiutammo il dessert quando tornò il cameriere e Helena chiese il conto. Come sempre, avrei voluto potermi permettere di offrire io, giurando che un giorno l'avrei portata in un bel ristorante e avrei orgogliosamente pagato io il conto.

Dopo avermi riportato al mio appartamento, Helena mi abbracciò a lungo e mi chiamò *srce moje*, che significa "cuore mio". Era il modo in cui una madre chiamava un figlio. Mi tenne stretta e quando feci per tirarmi indietro, strinse più forte.

«Per me, Janja. E per *lui*. Innamorati di nuovo. Devi uscire dalla prigione in cui ti sei rinchiusa prima che non sia più possibile.»

Le baciai le guance, e non permisi alle lacrime di scendere finché non si fu voltata. Non avevo la forza di dirle che non potevo permetterlo, che non stavo proteggendo solo me stessa, ma anche gli altri intorno a me. Troppe delle mie relazioni erano finite con la gente che si faceva male, o moriva.

Ero una vagabonda, e non avrei mai potuto mettere radici. Ero stata strappata dal mio suolo natio alla tenera età di cinque anni e da allora andavo alla deriva. Era il mio destino, in qualche modo.

Capitolo Otto
William

È DI NUOVO LUNEDÌ E SONO ALLA MIA SCRIVANIA A lavorare ancora sul rendering in 3D. Più che altro sto controllando il lavoro degli artisti che lavorano sotto di me, ma sto anche rifinendo i dettagli e perfezionando l'aspetto finale. Molti lo hanno definito un lavoro noioso, ma a me piace concentrare l'attenzione sulle minuzie.

Specialmente oggi. Non sono riuscito a pensare ad altro oltre a Jenna dal momento in cui l'ho baciata e lei mi ha restituito il bacio.

Ho passato ore la notte scorsa pensando a quel bacio. Non riuscivo a dormire. Riuscivo solo a ricordare il modo in cui le nostre bocche si erano fuse insieme, la sensazione del suo corpo premuto contro il mio. Ora cerco di scacciare quell'immagine dalla mia mente mentre mi sistemo gli occhialini. Ci sono un sacco di cose da fare oggi. Cose che non hanno niente a che vedere con la mia fissazione per Jenna.

E proprio come il lunedì precedente, mi accorgo che c'è qualcuno davanti alla mia scrivania. Ma, diversamente da Jordan, questo non aspetta che io abbia finito quello su cui sto lavorando prima di parlare.

«Liam» dice mio cugino. Avrei dovuto rendermi conto che era lui quando i colleghi vicino alla mia scrivania si erano zittiti tutti. Adam non viene spesso nel reparto artistico e anche se il nostro ufficio è piuttosto informale, la gente s'intimidisce comunque quando l'AD arriva senza preavviso.

Qualche volta m'intimidisco anch'io, anche se ero io a raccogliere i suoi pantaloncini dal pavimento del bagno quando eravamo adolescenti. Lui finiva sempre anche tutti i miei cereali preferiti. In effetti, quando venne a vivere con noi Adam m'irritava enormemente. Fortunatamente non ci era voluto molto perché la situazione cambiasse.

Mi raddrizzai e lo guardai. «Che c'è?»

«Ho bisogno di te per un attimo. Facciamo due passi.»

Facciamo due passi. Era il suo modo preferito di avere una breve, discreta conversazione con un impiegato. C'erano probabilmente anche dei meme in giro per l'ufficio. O una vignetta con mio cugino davanti alla scrivania di un impiegato, che gli chiedeva di fare due passi.

Quando Adam vuole fare due passi di solito non è una bella cosa. *È* il modo logico di ottenere un po' di privacy in un ufficio open-space, immagino. Ma se Adam ha bisogno di parlare con me, sa esattamente dove vivo e conosce bene anche il mio numero di telefono.

Senza dire una parola, salvo il lavoro e lo chiudo, mi tolgo gli occhialini e li metto sulla scrivania nel posto esatto da dove riprenderli dopo la pausa per il pranzo. Lo seguo fuori dal piano del reparto artistico, ignorando gli sguardi che ci seguono. Nessuno di loro oserà chiedermi dei particolari più tardi, quindi li ignoro.

Stiamo camminando lungo un corridoio verso il settore Ricerca e Sviluppo, quando si ferma per un attimo e si volta verso di me. «Non ho molto tempo, ma avevo bisogno di scambiare due parole con te. Qualunque diavolo di cosa ci sia tra te e Jordan deve finire.»

Metto le braccia conserte e lui sembra molto interessato a quel gesto. «Non c'è niente in ballo tra me e lui.»

«E non è una bella cosa. Mi rendo conto che ti ha fatto arrabbiare. Fa incazzare anche me, spesso, ma è un amico. Tuo e mio e, cosa ancora più importante, è il tuo capo.»

Alzo le spalle. «Anche tu.»

Lui alza gli occhi verso il soffitto e poi torna a guardarmi. «Già. Noi siamo parenti. È diverso. Noi siamo costretti a stare insieme e se mai dovessimo finire come voi due, tuo padre ci prenderebbe entrambi a calci in culo. Jordan è una brava persona. Ha fatto un casino, ma è veramente dispiaciuto. E non posso avere un'altra faida nel mio ufficio, Liam.»

Si sta riferendo alla disputa che avevo avuto con Gene, un ex co-direttore nel reparto artistico. Avevamo avuto delle divergenze artistiche, ma apparentemente quelle divergenze erano state sbandierate dappertutto. Eravamo stati etichettati entrambi come "artisti volubili" dai dipendenti degli altri reparti.

Le cose erano andate bene fino al giorno in cui si era spudoratamente preso il merito del mio lavoro. Da quel momento, mi ero rifiutato di lavorare o perfino parlare con lui. Adam aveva tentato di fare quello che poteva per risolvere il problema, ma alla fine Gene aveva trovato un lavoro altrove. Adam aveva finito per ammettere che non era stata una gran perdita.

«Ascolta, devi imparare a separare il lato professionale da quello personale.» Adam si raddrizza. «Jordan non ti ha fottuto…»

«È *così*. Mi ha dato un cattivo consiglio.»

Adam fa un profondo sospiro. «Ma sei stato tu a decidere di accettare quel consiglio. Devi lavorare su che cosa significa perdonare qualcuno. Alla fine, questa tua testa dura finirà per danneggiare te, non gli altri.»

«La mia testa non è dura.»

Adam distoglie gli occhi e ride. «No, intendevo dire… guarda, io ti voglio bene, amico, ma *tu* hai un problema. In tutti gli anni da quando ti conosco, sei sempre stato intransigente.»

«Perché non dovrei esserlo? Se qualcuno sbaglia con me, allora è fatta. È finita. Non ho bisogno di gente simile nella mia vita.»

Adam si strofina la nuca e guarda nel corridoio in entrambe le direzioni. «Quindi la gente non può semplicemente essere umana e fare una cazzata? Se qualcuno fa un errore, per te è morto per sempre?»

Scuoto la testa. «Non ho intenzione di uccidere nessuno.»

«È un modo di dire, Liam. Significa che ti comporterai come se fosse morto anche se non è così. Troncherai ogni tipo di rapporto con lui. Una cosa era quando si trattava di Gene. Ha dimostrato di non avere principi morali ed è finito a lavorare altrove, ed è risultato un vantaggio per tutti. Ma *non* è quello che succederà con Jordan, okay? Lui non andrà da nessuna parte e tu dovrai imparare ad andare d'accordo con lui.»

Quando non dico niente, lui sospira e guarda l'orologio. «Devo andare a un pranzo di lavoro fuori dal campus, ma, Liam, pensaci. Che cosa sarebbe successo se il tuo primo duello fosse stata la tua unica chance di battere l'altro tizio? Hai ottenuto una seconda chance, danne una anche a Jordan. È tutto quello che ti chiedo.»

Ci penso un attimo. «L'ho fatto.»

Lui sembra perplesso. «Sì? Che cosa significa?»

«Gli ho detto che poteva farsi perdonare aiutandomi ad allenarmi contro un mancino.»

L'espressione di Adam cambia. «Splendido.» Sorride. «Sono contento.»

Io aggrotto la fronte. «Non lo stavo facendo per farti contento, ma sono felice che tu lo sia. Spero solo che Jordan venga agli allenamenti, altrimenti *sarà* veramente come se fosse morto per me.»

«Mi assicurerò che venga. E verrò anch'io.»

«Bene» dico. «Non ho tanto tempo per prepararmi come la volta scorsa.»

Adam annuisce. «Ti aiuteremo come possiamo, però... pensaci., okay? A volte il pulpito non è il posto migliore da dove far valere le tue ragioni.»

«Huh?» dico, completamente confuso. Stava parlando in inglese? Tutto quello che riesco a vedere è una congregazione in una chiesa che ascolta una predica.

Adam sospira. «Volevo solo dire che essere testardi e portare rancore non è sempre il modo migliore di comportarsi. Ma posso restare qui e spiegartelo finché avrò la faccia blu e tu probabilmente non ascolterai. Forse quando avrai una relazione lo capirai. Altrimenti sarai molto solo, perché *nessuno* è perfetto.»

Forse si sta riferendo a se stesso e a Mia. Erano stati tutt'altro che perfetti e si erano separati parecchie volte prima di finire finalmente insieme ed essere felici. Forse sono quelle le chance di cui sta parlando. Ha dovuto perdonarla per qualcosa, o è stata lei a dover perdonare lui?

O forse entrambi? Mi fa dubitare che avere una relazione significhi imparare cose nuove su se stessi. E cambiare. Non mi piacciono i cambiamenti.

Continuo a rimuginare su questi pensieri mentre finisco la giornata di lavoro. Sulla via di casa mi fermo a un chiosco di frutta. È stagione di fragole nel sud della California e ci sono chioschi dappertutto. Le vendono appena colte e imballate in grandi scatole. Sono rosso scuro e quasi delle dimensioni di piccole mele. Finisco per comprarne una scatola intera, anche se so che non riuscirò a mangiarle tutte prima che vadano a male. Quindi mi fermo a casa di mio padre per lasciarne un po' a lui e a sua moglie, Kim.

Suono il campanello ed entro, come faccio sempre, e Kim arriva da dietro l'angolo. «Liam» dice. Non c'è voluto molto perché prendesse l'abitudine degli altri membri della mia famiglia di chiamarmi con quel soprannome. Kim è la mia matrigna da poco, solo nove mesi e mezzo. E il fatto che sia la mamma di Mia fa sì che Mia sia la mia sorellastra.

«Ho portato le fragole.» Dato che so che m'inviterà a cenare con loro (lo fa sempre), aggiungo: «Ma non posso rimanere a lungo…»

«Sì, è lunedì. Capisco… hai gli allenamenti. Va bene, ma almeno vai a salutare tuo padre. È arrivato qualche minuto prima di te.»

Dopo essersi cambiato, papà esce e parliamo per qualche minuto. Mi ringraziano per le fragole prima che mi congedi, dicendo che sono già in ritardo sulla tabella di marcia. Fortunatamente mi conoscono abbastanza bene da non insistere.

Sono quasi fuori dalla porta quando mi fermo di colpo. Sono passati solo pochi secondi da quando sono passato da lì, ma qualcosa mi salta all'occhio. C'è qualcosa di diverso. Mi volto e torno indietro dove l'ho visto... ed eccolo.

Un dipinto incorniciato appeso nell'ingresso. Sento la gola inspiegabilmente stretta. Talmente stretta che non riesco a deglutire.

«Che c'è?» chiede mio padre. Kim si scusa e se ne va ed io sono talmente sbalordito che non riesco a salutarla.

«Quel quadro. Dove l'hai preso?»

C'è una lunga pausa di silenzio. Mio padre non dice niente. Mi volto a studiare il quadro. Mi è molto familiare. L'ho dipinto quando avevo quattordici anni. È un tratto nero con acquerello, una tecnica che non uso da almeno quattro anni. Mostra una scena autunnale nelle colline fuori dalla storica città di Julian. Tengono un festival annuale della mela in quella città e avevo visitato quella zona poco prima di dipingerlo.

Ma l'avevo buttato via anni fa. C'erano troppa rabbia e dolore associati a quel quadro. Stringo i pugni lungo i fianchi mentre rivedo la scena. Riesco a vedere ogni minimo dettaglio e sentire ogni sensazione, inclusa la rabbia gelida e il dolore. Tornare nella mia stanza dopo che mi avevano chiamato in cucina per parlare al telefono con mia madre. Le sue scuse, c'erano sempre scuse, sul motivo per cui non potevamo uscire a cena come avevamo programmato.

Avevo afferrato quel quadro, che avevo intenzione di regalarle, e l'avevo ficcato nella pattumiera. Non avevo pianto, e poi avevo rifiutato ogni successivo invito a vederla.

«Beh?» chiedo a denti stretti.

«Ho una grande cartella con tutte le tue opere e le stavo mostrando a Kim. Questo le è piaciuto molto e ha voluto incorniciarlo per metterlo in mostra nell'ingresso.»

«Ma l'avevo buttato via» dico a bassa voce, dandogli un'occhiata con la coda dell'occhio.

«Liam» dice papà.

Mi volto e lui non mi sta guardando in faccia. È un bene perché non voglio che mi veda così e di sicuro non ho voglia di guardarlo negli occhi mentre mi dice una bugia.

«L'ho buttato via, papà. Che cosa ci fa sulla tua parete?»

Lui fa un respiro profondo. «L'ho recuperato dalla pattumiera. Era troppo bello per buttarlo.»

Sbatto gli occhi, confuso. Non perché l'ha tolto dalla pattumiera, ma perché non so come mi sento. Quel dolore e quella rabbia sono tornati, freschi come sempre, il risentimento nei confronti di una madre per cui non sono mai importato abbastanza. Quei sentimenti sono misti alla frustrazione e anche all'ammirazione nei confronti di un padre per cui invece sono sempre importato quasi troppo.

«Ti dà fastidio?» La domanda di mio padre interrompe i miei pensieri confusi. «A Kim piace veramente. In effetti, le piacciono tutte le tue opere.»

Alla mia matrigna piace ciò che mia madre non ha mai visto. Che non si è mai curata di vedere. Faccio un respiro profondo e all'improvviso mio padre mi mette una mano sulla spalla. «Liam.»

Mi irrigidisco. «Devo andare. Sono già in ritardo di trentotto minuti sulla tabella di marcia.»

La sua mano scivola via dalla spalla. «Okay, figliolo. Ti voglio bene.»

Questa volta non ripeto anch'io le parole come faccio di solito. Invece dico: «Arrivederci.»

Mentre mi alleno, seguendo la solita routine e mettendoci un po' di vigore extra per recuperare il tempo perduto e per sfogare quelle sensazioni confuse, penso a quello che è successo oggi. In particolar modo, alle parole di Adam sul perdono e sul lasciar perdere. Più tardi quella sera, quando papà mi manda un messaggio per chiedermi se sto bene, gli rispondo di sì e che dovrebbe tenere il quadro appeso alla parete.

CAPITOLO NOVE
Jenna

S ABATO MATTINA PRESTO, ANDAI AL CIMITERO COME avevo promesso. Alex era stata così gentile da prestarmi la sua auto, ma dato che non volevo lasciarla bloccata a casa per tutta la giornata, ero partita alle prime luci dell'alba.

Non avevo soldi per comprare un mazzo di fiori, quindi la sera prima al tramonto avevo fatto una passeggiata e avevo raccolto i fiori selvatici che crescevano lungo la strada. Mentre lo facevo, ricordavo cose che di solito preferivo rimanessero sepolte... il nostro primo appuntamento, il nostro primo bacio. Quella volta in cui aveva speso tutto quello che aveva risparmiato col suo lavoro part-time alla pizzeria per portarmi fuori in un bel ristorante e comprarmi una collana per il nostro anniversario. L'avevo ancora, anche se il fermaglio si era rotto e non potevo più portarla.

Avevo legato il mazzo di fiori selvatici con un bel nastro e l'avevo portato con me alla tomba di Brock. Lì, tolsi il mazzo sfiorito che Helena aveva portato la settimana prima e lo sostituii con il mio fresco.

Restai un'ora in contemplazione silenziosa prima di parlare ad alta voce. A volte lo facevo, e non solo quando ero accanto alla sua tomba. Se qualcuno mi avesse sentito avrebbero pensato che ero pazza perché stavo parlando con il mio boyfriend morto. Ma a me piaceva pensare che, ovunque fosse, mi potesse sentire. Che potesse ancora sentire, come me, il legame che avevamo. E avrebbe saputo che mi mancava.

Lasciandomi andare all'autocommiserazione, maledissi la disgrazia di trovare l'anima gemella in giovane età per poi perderla così presto. Mi lamentai di dover vivere una vita intera con solo il ricordo di lui e piansi il fatto che l'unico modo che avevo di essere vicino a Brock fosse una lastra di pietra su un prato verde dove ogni tanto posavo dei fiori.

I miei pensieri andarono alla sera prima, quando avevo fatto una lettura dei tarocchi per me. Avevo voluto la conferma di aver preso la decisione giusta di partire con la Fiera a fine giugno.

Avevo pescato il Matto. Era talmente giusto. Proprio da *me*.

Non perché fossi matta ma per ciò che il Matto rappresentava, un vagabondo, un avventuriero. Una persona che ascoltava il vento e non metteva radici in nessun posto.

La carta mostrava un uomo con tutti i suoi beni in un sacco sulla spalla, che guardava verso il sole radioso. Camminava pericolosamente vicino al bordo di una scogliera, con un cane felice che zampettava intorno a lui. Pronto a cominciare una nuova avventura.

Lo sentivo anch'io e cercai di ignorare tutte le fitte di dolore in fondo alla mente: il pensiero di lasciare Alex, gli altri amici. E, per qualche motivo, mi vennero in mente anche William e le sue labbra sorprendenti, prima di scacciare il ricordo del nostro bacio.

Ma mentre guidavo verso casa, la mia mente continuava a tornarci, la sensazione delle mani di William tra i capelli quando me le aveva messe dietro la testa, il modo in cui il mio corpo si era scaldato istantaneamente al contatto. Non riuscivo a *non* pensarci.

Con un sospiro frustrato, mi sintonizzai su uno dei miei podcast preferiti sulla mitologia, da ascoltare mentre andavo a casa.

Qualche ora dopo, ero seduta al tavolo da pranzo e studiavo la mia agenda, preparando una lista delle cose da fare per la settimana e controllando gli appuntamenti. Nonostante esitassi ad avvicinarmi troppo a William, ero decisa a riavere la mia tiara. Quindi stavo cercando di calcolare quando potevo trovare un po' di tempo per aiutarlo con i suoi problemi con la folla. Se avevo un forte motivo prima per riaverla, adesso ero ancora più decisa, da quando Helena aveva reso possibile il volo per la Serbia.

Alex si sedette davanti a me e mi mise un contenitore di alluminio di cibo davanti alla faccia. L'aroma delizioso delle enchilada di Lupe mi stuzzicò il naso.

«È ora di pranzo. Mangia, amica. Ho invitato qualcuno della banda stasera e guarderemo Doctor Who e berremo tequila.»

Nonostante quel canto di sirena, altrimenti conosciuto come il cibo meraviglioso della mamma di Alex, guardai nuovamente la mia agenda. *Ore 19.00: William, visualizzazione e respirazione.*

«È previsto che venga William questa sera.»

Lei alzò le sopracciglia. «Bello. Conosce già tutti. Verranno Heath, Kat, Mia e Adam e alcuni dei loro colleghi.»

Presi una forchettata direttamente dal contenitore, una delizia di carne e formaggio mi esplose sulla lingua e il mio stomaco brontolò per averne di più. «È per questo che stavi pulendo come una matta quando sono arrivata a casa. *Di nuovo.* Pensavo che avessi perso la testa»

Alex sorrise e s'indicò la fronte. «*Loca cómo un zorro.*»

«Pazza come Zorro?»

«Come una volpe. E sappiamo entrambe che sono bella e furba come una volpe.»

Le diedi un'occhiata, osservando la pelle liscia, bronzea, i grandi occhi scuri e gli zigomi alti. Aveva una striscia ribelle di colore rosa nei capelli quasi neri. La sua tradizionalissima madre l'aveva strigliata per quello, ma avevo convinto Alex a insistere e a tenerla. «È vero, se pendessi da quella parte saresti nei guai.»

Mi mostrò la lingua. «Allora, che cosa sta succedendo con William? Esci con *lui* adesso? Scommetto che le ragazze del clan sono incazzate.»

Mi misi a ridere. «No. Non stiamo uscendo insieme.» Ci stavamo solo scambiando baci esplosivi sull'uscio. Arrossii, ricordando il modo in cui si erano unite le nostre lingue. *Accidenti.* Il tizio sapeva baciare. Che cosa si diceva dei tipi tranquilli? *Le acque chete...*

«Mhmm. Prima vai a casa sua, poi a una partita dei Ducks la settimana scorsa. Un party stasera...»

«Non avevo idea che l'avessi in programma. Stasera dovevamo lavorare sulla visualizzazione e la respirazione.»

Lei si ringalluzzì e sorrise maliziosa. «Respirazione *pesante*?»

Sbuffai. «Calma la tua libido, per favore.»

Lei mi guardò, scettica. «Non pensi che sia carino? Specialmente da quando si allena tanto...»

«No, non penso che sia carino» risposi, tenendo il resto dei miei pensieri per me. William non era solo "carino", era *sexy*.

E baciava come Eros in persona. Quelle mani... il modo in cui le aveva infilate nei miei capelli. Deglutii e distolsi gli occhi.

Lui non era giusto per me. O, per meglio dire, *io* non ero giusta per *lui*.

Non *potevo* essere giusta per lui. Sarei partita tra tre mesi e il mio intuito mi diceva che se lo avessi permesso, il mio coinvolgimento con William sarebbe durato più di tre mesi.

Stavamo solo lavorando insieme a una causa comune. Non potevamo pasticciare con nient'altro... baci fantastici o meno.

«Sai che cosa significa per me quella tiara.» Tenni la voce bassa per evitare che tremasse per l'emozione. «Lui deve vincere il duello per poterla riavere ed io devo aiutarlo.»

«Ma ci dovrebbero essere dei baci.» Alex annuì entusiasticamente e il mio viso divenne ancora più bollente. Finsi di tossire dietro la mano, come se il cibo fosse troppo piccante per me. Comunque Alex non stava facendo attenzione. «Io *uscirei* con lui se gli piacessi.»

«Esattamente come farebbe la metà del clan, la metà femminile, almeno.»

«Vero. Ma a lui piace un'altra.» E sogghignò guardandomi.

Sbuffai in risposta. «Siamo solo amici.»

«Amici con qualcosa di più. Ti è già successo in passato.»

«Partirò tra qualche mese.»

Sul volto di Alex scese un'ombra. «Già, lo so. È ora che tu parta, come i tuoi antenati zingari.»

Mi rimproverai in silenzio. Era un tasto dolente per Alex.

«Antenati Rom. A loro non piace essere chiamati zingari. E non sono sicura di avere sangue Rom.»

Alex alzò le spalle e non mi guardò in volto. Ora era lei che giocherellava con le sue enchilada. Mangiai qualche altro boccone, osservandola attentamente.

«Tutto bene?» le dissi dopo un po', quando continuò a non parlare.

Lei alzò nuovamente le spalle. «Ho incontrato il dottor Zweitberger l'altro giorno quando ero nel dipartimento di scienze.»

Alzai le sopracciglia. «*Tu* eri nel dipartimento di scienze? Non ti fa venire l'orticaria?»

Alex sorrise. «Ci sono alcuni nerd carini lì. Qualche volta passo un po' di tempo con loro. Comunque, il tuo professore mi ha riconosciuto e mi ha chiesto quando saresti tornata per finire gli studi.»

Finito di mangiare, mi misi a pulire evitando il suo sguardo inquisitore. «Non per un bel po'... forse mai.»

«Davvero? Ti mancano, cosa? Due semestri?»

«Quattro corsi. Va tutto bene. Comunque che cosa diavolo potrei fare con una laurea in fisica?»

«Insegnare, come hai sempre detto di voler fare.»

Mi misi a ridere. «L'ho detto per gioco.»

Lei m'infilzò con un'occhiata. «Sei meravigliosa con i ragazzi al Centro Profughi e saresti una meravigliosa insegnate di scienze. So che è il tuo sogno fare in modo che più ragazze studino le materie scientifiche.»

Alzai le spalle. «Sarebbe stato bello, ma l'ho superato.»

Alex strinse le labbra. «Già, è la tua specialità, vero?»

Feci un respiro profondo, ordinandomi di non arrabbiarmi con lei. Alex aveva il cuore in mano e diceva sempre quello che pensava. Era una delle cose che mi piacevano di lei.

Scosse la testa. «*Jenna...*»

«*Alejandra*» la imitai.

Lei sbatté gli occhi. O merda. Si vedeva che era sul punto di piangere.

«*Perché* ti costringi a farlo? Perché ti punisci in questo modo?»

Io scossi la testa, ripiegando l'alluminio sopra il contenitore per rimettere gli avanzi in frigorifero.

«È il senso di colpa dei sopravvissuti, lo sai.» Le tremava la voce. «Sei sempre così quando torni dal cimitero. Hai paura che muoia altra gente a cui vuoi bene? Quindi te ne vai.»

Tornai a sedermi, lasciando uscire il fiato come uno pneumatico bucato. Mi strofinai la fronte.

Senso di colpa dei sopravvissuti. Non era la prima volta che lo sentivo dire.

«Non litighiamo, Alex.»

Lei scosse la testa. «Non voglio litigare nemmeno io. Ma devo dire che detesto quello che stai facendo. Ti stai sabotando da sola, lo sai.»

«Mi trasferisco per fare nuove esperienze di vita. Non è una punizione!»

«E tutti quelli che ti vogliono bene qui? Io, Mia, tutti gli altri? *Tutti* i tuoi amici. E che ne dici di Helena?»

«Me ne sono andata dalla casa di Helena e siamo rimaste amiche. Sarà lo stesso anche con te.»

Lei arricciò le labbra. «Sì, certo.» Si alzò e afferrò il contenitore dal tavolo correndo in cucina. Presi i nostri piatti e la seguii.

«Posso aiutarti a prepararti per il party?»

Lei rispose in fretta. «No, va bene così. La gente non comincerà ad arrivare fin verso le otto o le nove. Ho pensato che potremmo guardare un mucchio di repliche e fare un'indianata o qualcosa di simile.» Alex esitò e poi aggiunse. «Tu ci sarai, vero?»

Alzai le spalle. «Se avrò finito con William. Vedremo. Sai che non sono una grande fan di questo nuovo Dottore. È cupo e volubile.»

«Mhmm. A me piace. Devono essere le sopracciglia!»

Risi con lei, lieta che l'atmosfera tra di noi si fosse alleggerita. «Sei un tipo strano.»

Un paio d'ore dopo, William bussò alla porta dell'appartamento, esattamente alle sette. Corsi ad aprire, ma Alex fu più svelta. «William! Ehi, amico. Come stai?»

Lui fece un cenno con la testa. «Ciao, Alex. Sto bene, e tu?» Aveva nuovamente quello strano tono di voce, come se stesse recitando delle battute imparate a memoria.

«Benissimo. Spero che abbia voglia di bere un po' più tardi perché guarderemo Doctor Who.»

William fece una smorfia. «Repliche? Ho già visto tutti gli episodi due volte in Blu-Ray.»

«Non li hai visti così. Berremo e li guarderemo con la sbronzo-vista!»

Lui la guardò come se avesse detto tutto in spagnolo.

«Non importa, Wil è qui per lavorare.» Gli indicai di seguirmi nella mia stanza. «Vieni dentro, lì fuori Alex sarà rumorosa e turbolenta.»

«Wil?» disse Alex sottovoce quando le passai accanto. Le sussurrai di stare zitta e accompagnai William nella mia stanza.

«Mi dispiace, non ci sono molti mobili qui. Non posso affittare un posto carino come il tuo. Preferisci la sedia o il letto?»

«È mia» rispose lui sottovoce mentre sistemava la sua figura imponente ai piedi del mio letto. Probabilmente era meglio così perché la sedia di vimini non sembrava abbastanza robusta da sostenerlo. Conclusi che la decisione di usare il letto era stata saggia.

«Scusa, hai detto?»

«La mia casa. È mia. Ho estinto il mutuo lo scorso anno.»

«Oh... oh, splendido. È una bella casa. Molto bella, in effetti. Non sapevo che pagassero così bene gli artisti alla Draco.»

Mentre fissava una stampa di poco prezzo sulla parete, colsi l'occasione di fissare *lui*. Indossava dei jeans e una t-shirt blu, quasi dello stesso identico colore. Era un mucchio di blu, e di solito lui non abbinava bene i vestiti, ma era più smorzato quella sera perché praticamente tutto andava bene con i jeans. Comunque li riempiva molto bene con le sue gambe lunghe e muscolose. E la t-shirt sembrava maledettamente carina, tirata com'era su un torace solido e i bicipiti rigonfi, mentre si chinava all'indietro per continuare a studiare solennemente il poster. Quasi sospirai e di certo non riuscii a impedire ai miei occhi di percorrere la robusta colonna del collo e le spalle ampie.

Poi il mio sguardo cadde sulla sua bocca con il ricordo del sapore delle sue labbra. *Quello non era un bacio della buonanotte,* aveva detto. E aveva ragione. Sentii il calore che si estendeva dalle mie guance giù lungo la spina dorsale, per fermarsi nella pancia.

Deglutii e mi obbligai a distogliere gli occhi prima che mi cogliesse a guardarlo come una pazza. Come Eco che aveva guardato con desiderio lo splendido Narciso fino a quando era diventata un'ossessione.

Il poster che lo stava attualmente affascinando era una stampa che avevo comprato in un mercato delle pulci. Mostrava una giovane donna in un giardino, di notte, con una coroncina di fiori sulla fronte. Era piegata in avanti e guardava un gruppo di fate e altri piccoli personaggi delle favole che la circondavano, in mezzo a globi luminosi e colorati. Mi piaceva per la sua estrosità.

«È quello standard per il settore» rispose e mi ci vollero alcuni secondi per rendermi conto che stava rispondendo al mio commento sul salario degli artisti. «Ma non sono sempre stato pagato in denaro. All'inizio, quando non c'erano molti soldi, Adam mi pagava in azioni della società.»

Alzai di colpo le sopracciglia. «Porca vacca... davvero? Devono valere una fortuna adesso.»

Lui stava ancora fissando la stampa. Non riuscivo a capire se gli piacesse o ne fosse inorridito. «Cambia a seconda dal giorno e del valore delle azioni. Non ci faccio molta attenzione. L'ultima volta che ho sentito il mio contabile, il mio portafogli valeva un po' più di cinquantasei milioni di dollari» disse come se stessimo parlando del punteggio di una partita di hockey.

Quasi caddi dalla sedia. Sapevo che suo cugino era passato dall'essere milionario all'essere miliardario, avendo fondato lui la società, ma non avevo idea che anche William fosse un milionario.

«Uh... wow. Perché continui a lavorare?»

Finalmente distolse gli occhi dal poster e mi guardò la spalla destra. «Che altro potrei fare?»

Mi misi a ridere. «Non lo so... viaggiare per tutto l'anno? Sederti su una spiaggia diversa ogni settimana a leggere libri? Potrei pensare a un mucchio di cose.»

«I colori di quella stampa sono molto più sbiaditi di come dovrebbero essere.» Chiaramente parlare di soldi non gli interessava, visto il modo in cui aveva ignorato quello che avevo appena detto. «Quello è un famoso dipinto di E. R. Hughes, un pittore inglese della corrente preraffaellita» disse, senza guardarlo di nuovo.

«È un vecchio poster che ho comprato qualche anno fa. Lo regalerò quando mi trasferirò.»

«Quando partirai con la Fiera Rinascimentale?»

Mi spostai sulla sedia e incrociai le gambe. Lo sguardo di William seguì il movimento e i suoi occhi si posarono sui miei polpacci. Rimasi ferma per un momento, guardandolo mentre lui guardava me. Non mi stava fissando. Mi stava solo... studiando. Forse stava memorizzando com'erano le mie gambe nei pantaloncini per poterle disegnare sul suo album.

Ricordai il disegno che mi aveva mostrato alla partita di hockey, quello della mia mano. Era eccellente, così realistico. E dettagliato. Quasi fatto con amore. Non avevo mai veramente pensato che la mia mano fosse particolarmente bella, ma lui l'aveva resa nel modo migliore. L'aveva *fatta* bella.

Sbattei gli occhi, chiedendomi da dove fosse venuto quello strano pensiero.

«Non ho mai veramente vissuto in un posto molto a lungo. La mia amica dice che ho quella che chiama *želja za putovanjem*, il desiderio di vagabondare. Niente mi può inchiodare in un posto.»

«Inchiodarti? Non farebbe male?»

Risi. «Scusami, no. Intendevo dire che è difficile per me restare in un posto. Niente mi può tenere ferma.»

«Niente? E... nessuno?»

Aggrottai la fronte, pensandoci per un momento. Ripensai al dolore negli occhi di Alex quando le avevo detto che sarei partita. E Mia. In effetti, la maggior parte dei miei amici non capiva. La gente della Fiera sì, invece. Molti di loro erano come me. «Lavorerò alla Fiera per un po', leggendo i tarocchi.»

La sua espressione non cambiò. «Tu ci credi? Divinazione?»

«Credo che le carte possano insegnare alla gente a seguire il proprio intuito. Io sono lì solo per... aiutarli nel percorso. Mia zia leggeva spesso le carte. Mi ha insegnato a farlo prima di tornare in Bosnia.»

Lui parlò dopo un momento di esitazione. «Mi piacerebbe che lo facessi per me una volta. Non ci credo, però» aggiunse in fretta.

Annuii. «Le leggerò per te. Ma adesso dobbiamo lavorare sulla visualizzazione e la respirazione. Non possiamo permettere che al tuo prossimo duello succeda ciò che è successo alla partita di hockey, giusto?»

Lui mi guardò per un attimo, colse il mio sguardo e distolse in fretta gli occhi. Sembrava quasi che si sentisse in colpa.

«Che c'è, Wil?»

Lui alzò le spalle. «Non me ne sono andato a causa della folla.»

Sbattei le palpebre. *Beh, questa era una novità per me.* «Mi hai preso in braccio e mi hai portato fuori dallo stadio come se quel posto fosse in fiamme. Se ricordo bene sembravi piuttosto deciso a uscire da là.»

Aveva un sorrisino sulle labbra e poi i suoi occhi fissarono per un attimo il mio seno prima di spostarsi di nuovo in fretta. Poi arrossì, meravigliosamente. Anche se aveva gli occhi e i capelli scuri, la sua pelle era pallida e arrossiva fino a un tono di rosso scuro.

«Hai intenzione di dirmi perché sei arrossito o devo tirare a indovinare?»

William strinse i denti e guardò in lontananza, oltre la mia spalla.

«Mhmm.» Misi le braccia conserte. «Ero seduta sulle tue gambe e...» Ricordai la sensazione del suo corpo sotto il mio, la solidità del suo torace contro la schiena. Era stato maledettamente piacevole per *me*, e forse... «Oh, capisco. Sei andato su di giri.»

«Di giri?»

Gemetti mentalmente. Questa faccenda del linguaggio era un po' una rottura di palle. «Ti sei... eccitato?»

Il colore sul suo viso divenne ancora più scuro. Probabilmente si era preoccupato di come avrei reagito se avessi saputo che aveva avuto un'erezione.

Era adorabile e incredibilmente eccitante insieme. E divertente. Perché anch'io ero stata eccitata. Sentire le sue braccia forti sotto le mie, il suo fiato caldo sulla nuca. Per me era stato quasi impossibile concentrarmi sulla partita.

Di colpo scoppiai a ridere.

«Perché stai ridendo?»

«Perché è buffo. Pensavi che ti avrei schiaffeggiato?»

Lui aggrottò la fronte. «No, pensavo solo che mi avresti chiamato pervertito.»

«È stata una reazione naturale, Wil. Non ti posso certo biasimare. Sono stata io a offrirmi volontaria per sedermi in braccio a te, ricordi? E so come funziona l'anatomia maschile.»

Lui strinse gli occhi. «Quanto ne sai?»

Abbassai intenzionalmente gli occhi sul suo inguine. «Ne so abbastanza. Quindi è per *quello* che hai tagliato la corda... voglio dire che sei uscito?»

Lui si strofinò la mano sulla coscia. «Sì.»

«Beh, la prossima volta limitati a dirmelo. Siamo adulti. Non essere sciocco, okay?»

«Io non sono mai sciocco.»

Mi schiarii la voce. «Che ne dici se lavoriamo sulla visualizzazione adesso, prima che arrivino gli altri...?»

Gli dissi di sedersi a gambe incrociate sul pavimento davanti a me, con le ginocchia che si toccavano. O, almeno, le mie ginocchia toccavano i suoi stinchi, visto che le sue gambe erano più lunghe delle mie.

William sembrava concentrato sul punto dove le nostre gambe si toccavano. «Va tutto bene? Niente reazioni improvvise?»

Lui mi diede un'occhiataccia ma non rispose.

«Okay, dovrebbe essere più facile per te visto che pensi naturalmente per immagini. Cercheremo di ancorarci usando un'immagine mentale...»

«Che cosa devo immaginare? Caccia Tie? Snowspeeder? Quattropodi?»

«Un albero.»

William alzò le sopracciglia e sorrise. «Ewoks?»

«No. Niente Ewoks. Un albero. *Tu* sei un albero.»

«Ma...»

«È una finzione, Wil. Immagina di essere una grande quercia e che ti stia collegando con la terra. Sarai solido e robusto e imperturbabile come un albero. Arriverai talmente in fondo che nemmeno la tempesta più forte potrà spazzarti via. Perché le tue radici vanno in profondità nella terra.»

Lui mi stava guardando come se mi fosse spuntato un terzo occhio in mezzo alla fronte.

«No, non son pazza. Chiudi gli occhi e immagina le radici che si estendono dal tuo corpo nel terreno sotto di noi.»

«Ma non c'è la terra sotto di noi. Siamo al secondo piano.»

Sospirai. «Fallo e basta.» Chiuse gli occhi di scatto. «Bene. Tendi le mani. Potrebbe aiutarti a connetterti a me.» Appoggiai il palmo delle mani sulle sue e gliele afferrai.

«Ora inspira e manda quelle radici in profondità nel terreno sotto di noi.»

«Fuori dal sedere?»

«Che cosa?»

«Le radici devono uscire dal mio sedere?»

«Dai, William. Non lo stai prendendo sul serio!»

Cercai di tirare indietro le mani, ma le sue dita si strinsero sulle mie. In quel momento successe qualcosa di sorprendente. Sembrava che una scarica di calore fosse passata da lui a me. Se fossi stata più new-age di com'ero in effetti, lo avrei chiamato uno scambio di energia o avrei detto che avevo sentito la sua aura.

Ma no, era qualcosa di molto più primitivo. Mi leccai le labbra, riconoscendo che si trattava di attrazione fisica, pura e semplice.

William era un tipo attraente e anche se sembrava un uomo di poche, e a volte esasperanti, parole, era anche abituato ad averla vinta. Tentai di nuovo di tirare indietro le mani ma lui non le lasciò andare.

«Non voglio lasciarti andare in questo momento» disse a bassa voce.

Io inspirai a fondo attraverso il naso e colsi una traccia del suo odore. Sapeva di sapone e di qualcosa di buono e pulito. E adesso la tensione divenne più forte, mentre il mio sguardo scivolava sulla colonna del suo collo giù verso il torace. «Non dimenticarti di respirare» mormorai.

«Non lo dimenticherò.»

Non risposi. Stavo parlando a me stessa, non a lui.

«Non voglio che tu parta con la Fiera, Jenna» disse sottovoce in quel suo strano tono monocorde.

«E tu?» gli chiesi. «Non ti viene mai voglia di vagabondare?»

Scosse la testa. «Voglia sì. Di vagabondare no.»

Voglia… ce n'era parecchia in giro in quel momento mentre mi concentravo sul suo torace ampio. La sua t-shirt aveva l'immagine di un cavaliere con l'armatura e le parole *"Agghindato da morire"* sotto. Mi chiesi se avesse capito il gioco di parole, o perfino l'ironia, e immaginai che gliel'avesse regalata qualcuno.

Allentai la presa sulle sue mani quando mi resi conto dei calli sotto i miei palmi. William era un uomo che lavorava con le mani, tutto talento puro e virilità. E più me ne rendevo conto più mi sentivo calda… e più diventava difficile respirare. Lui strinse le dita, come presagendo che mi sarei tirata indietro.

Cominciai ad agitarmi mentre lui mi scrutava il collo e poi la spalla, arrivando fino al mento. «Perché dovrei volermi trasferire quando tutto e tutti quelli che amo di più sono dove sono adesso?»

Nostalgia. Perdita. *Dolore.* Qualcosa nelle sue parole mi fece male e odiavo sentirmi in quel modo, motivo per cui mi permettevo raramente di crogiolarmi in quei sentimenti.

«Potresti… potresti lasciarmi andare le mani adesso?» gli chiesi con la voce sottile. E lui lo fece, lentamente, ma senza allontanare le sue.

Tolsi le mani cercando di analizzare da dove venisse quella fitta di dolore. Il mio cervello cercava furiosamente un modo di farla smettere.

Mentre restavamo lì, seduti, gli occhi di William tornarono al poster, poi al pannello di sughero appeso accanto. Si alzò cautamente in piedi e andò direttamente a guardarlo. Qualcosa doveva aver catturato la sua attenzione.

Alzò una mano e tracciò con il lungo dito indice il motivo decorativo a volute sui margini dell'invito al matrimonio di Maja. «È un bel lavoro. Disegnato a mano.»

«È l'invito al matrimonio di mia sorella. A quanto pare al suo fidanzato piace disegnare, come hobby.»

William annuì e si spostò per dare un'occhiata più da vicino, scorrendo velocemente il testo. Erano inviti fatti con amore, a mano, invece del tipo elegante, prodotto in massa. E Maja si era premurata di scriverne alcuni in inglese, da mandare ai suoi vecchi amici negli Stati Uniti. «In giugno» disse sottovoce. «Ci andrai?»

Alzai le spalle. «Pensavo di tornare per un paio di settimane... passare un po' di tempo con la mia famiglia prima che la Fiera si sposti verso nord alla fine del mese.»

Lui annuì ma non disse niente prima di tornare verso di me.

William era diverso. Era senza pretese. Stava bene con se stesso e non cercava di sembrare quello che non era.

E non si vantava mai. Lo dimostrava il modo casuale in cui mi aveva fatto sapere di essere più che benestante. L'auto che guidava, la casa in cui viveva... belle, ma non esagerate. Niente in lui gridava *uomo dal pene piccolo che tenta di compensare*. Era l'esatto opposto di Doug, praticamente in ogni senso.

Dovevo ammetterlo, a me stessa se non con gli altri, che desideravo William. Forse la carta che avevo pescato l'atra sera mi stava veramente dicendo che ero matta. Sentii un'improvvisa ondata di tristezza.

Mi chinai all'indietro, appoggiandomi sulle mani. «Vorrei bere qualcosa. E tu? Tu bevi?»

«A volte. Ma non eccessivamente. E non quando devo guidare.»

«Ubriachiamoci, Wil.» E prima che potesse rispondere, mi alzai e mi voltai per uscire dalla stanza. Non volevo che avesse la possibilità di vedere la mia malinconia, o la forte attrazione che provavo per lui. Con l'alcol, potevo autoconvincermi che era tutto a causa del mio stato di vulnerabilità e della cieca attrazione per un tizio seducente. Niente di più.

E, come tutto il resto, anche questo sarebbe passato.

CAPITOLO DIECI
William

E RO VENUTO PER PASSARE DEL TEMPO DA SOLO CON Jenna, e lavorare sul problema della folla, anche… forse. Non avrei mai immaginato di essere seduto in cerchio con gli amici a fare un gioco a base di alcol, un'indianata, come l'aveva chiamata Jenna e osservare mio cugino che si ubriacava mentre la sua fidanzata rideva. In effetti, era la prima volta che vedevo Adam ubriaco.

«Non ho mai guardato Guerre Stellari in mutande» dice Mia con un sogghigno, guardando diritto Adam.

«Oh, merda» dice lui e poi prende il suo bicchiere di birra e lo scola. «Metà di questa dovrebbe contare come uno shottino.»

«Non secondo le indicazioni della FDA sul contenuto alcolico. Bevi, figliolo, o passa alla roba forte» dice Heath, che alza il suo shottino e fa cin-cin con il boccale di birra di Adam. Heath scola il suo shottino mentre le donne ridono.

«Bene» sospira Adam, poi alza il suo boccale ed emette un fragoroso rutto. Ridono tutti e lo prendono in giro, specialmente Mia.

«Accidenti, devo passare alla birra leggera, o al piscio d'asino. Hanno più o meno lo stesso sapore» borbotta.

«Oh no, stasera ti vogliamo sbronzo. Ho intenzione di usare ogni possibile opportunità per farti bere» dice Heath. «Forza, gente. Chi vuole vedere Adam Drake ciucco?»

Tutti alzano la mano, eccetto Adam ed io.

«Io! Io sicuramente sì!» esclama Kat ridendo e Mia le fa una boccaccia.

«La forza sia con te, giovane Bowman, ma non sei ancora uno Jedi» dice Adam a Heath. Mi chiedo che cosa abbia a che vedere quella citazione con il gioco alcolico.

E questo gioco è strano. Dobbiamo fare una dichiarazione su qualcosa che non abbiamo mai fatto e se gli altri nella stanza lo *hanno* fatto, devono bere. Mi chiedo perché abbiamo bisogno di un gioco per farlo. Perché non restare semplicemente seduti intorno al tavolo e bere?

«Adesso tocca a me» dice Adam e sul volto gli appare un'espressione buffa. L'ho già visto fare quella faccia... quando sta progettando qualcosa di subdolo. «Non ho mai succhiato un cazzo.»

«Oh, dai!» Heath e tutte le donne fanno cin-cin e bevono. Adam sembra molto contento di sé.

Io... beh non sono per niente contento. Mentre guardo Jenna ridere e bere, sento una fitta di gelosia rodermi dentro. A chi sta pensando? A Doug? Un altro uomo. Altri *uomini?* Di colpo ho voglia di colpire qualcosa. Non mi piace immaginarla con altri uomini.

Voglio solo immaginarla con *me.*

Ma mi sono addestrato a non pensarci. Se mi aspetto qualcosa, non sono bravo a gestire la delusione quando non succede. Di colpo, però, *sto* immaginandolo.

Lei ha la testa voltata verso di me, e i suoi capelli pallidi le ricadono sulle spalle. Ha la bocca aperta e mi sta baciando come ha fatto lo scorso fine settimana… come l'eroina di un film. Come Arwen baciava Aragorn nel film *La compagnia dell'anello*. Anche se non siamo in piedi accanto a una cascata gigantesca e quella musica irritante non sta suonando a volume altissimo in sottofondo.

Gli altri continuano con il gioco ed io ignoro tutto quello che succede intorno a me, preso da quell'immagine.

«Terra a William!» sta dicendo Alex. Non ho dovuto bere nemmeno una volta questa sera. Dubito che cambierà adesso.

«Che c'è?» le chiedo.

«Ho detto: "Non ho mai fatto sesso con una donna"» ripete Alex.

Mi guardano tutti, anche se sospetto che Adam conosca già la risposta perché adesso sta parlando, dicendo di passare alla prossima. Sta cercando di proteggermi. Da quando è venuto a vivere con noi quando aveva tredici anni ed io undici, è sempre stato così. Possiamo anche essere geneticamente cugini, ma per molti versi è il mio fratello maggiore.

Ma questa volta, invece di accettare il suo aiuto, scuoto la testa. «Nemmeno io» dico. E supero un altro round senza dover bere.

È il turno di Heath. Dà un'occhiataccia ad Alex. «Beh, visto che Alex ha rubato la mia, devo correggere quello che volevo dire. Quindi… non ho mai pomiciato con una pollastrella.»

Gli altri uomini bevono e anche Jenna. Tutti commentano sorpresi. Dopo aver tranguiato il suo shottino, lei alza lo sguardo, con gli occhi sgranati. «Che c'è?»

Alex comincia a ridere. «Non far caso agli uomini, stanno solo immaginandolo... ed eccitandosi.»

«Sì. Ho baciato una ragazza... e mi è piaciuto!» Comincia a cantare quella canzone di Katy Perry e tutti gli altri ridono.

Ho finalmente l'occasione di bere, quindi scolo uno shottino e comincio immediatamente a tossire e sputacchiare. Ho già assaggiato la tequila, ma non mi piace veramente. La birra va molto meglio. Forse farò come Adam e passerò alla birra.

«William!» dice Heath, biascicando un po'. «Vecchio demonio... Particolari. Voglio i particolari.»

Scuoto la testa. «Non li avrai. Fai il tuo gioco. Ti garantisco che non mi farai ubriacare prima di perdere tu i sensi.»

«Sfida accettata!» dice Heath.

Adesso è il turno di Mia. «Merda... sta diventando dura!»

«Quasi quello che diceva lei» replica Adam sogghignando.

Mia fa una smorfia, guardandolo con gli occhi stretti. «Sarà meglio che cambi pronome, mister. E alla svelta, se non voi che faccia danni alle parti del corpo che preferisci.»

«Ehi, sono anche le *tue* preferite. Okay... che ne dici di "è quello che dicevi *tu*"?»

Mia ride, grugnendo un po'. «Molto meglio. Va bene. Vediamo di dare una direzione non-sessuale a questo gioco...»

«Non è divertente» dice Jordan, che si prende una gomitata dalla sua ragazza, April. Sembra ancora rossa e furiosa per il round precedente, quando Jordan era stato l'unico a dover bere alla dichiarazione: non ho mai fatto l'amore in tre.

Finiamo per fare altri tre round e la sfida di Jordan "Non ho mai baciato la mia cuginastra" solleva un sacco d'imprecazioni e gesti volgari da parte di Adam, ora completamente sbronzo.

Proprio come avevo predetto, finisco per essere l'unica persona sobria alla fine del gioco. Sto silenziosamente gongolando, e non m'interessa nemmeno.

Dopo, restano tutti seduti, parlando o continuando a bere finché svengono (Heath) o cercano di smaltire la sbornia facendo il caffè (Adam). Io finisco per andare nella stanza di Jenna a prendere le scarpe e mi fermo di colpo quando la vedo rannicchiata sul letto, che piange.

Non sono singhiozzi rumorosi. In effetti, quasi non si sente alcun rumore e i suoni che fa sono quasi come quelli di un gattino. Non nota nemmeno che sono lì. Prendo le scarpe e me ne vado o cerco di confortarla? Non so come fare per confortarla e potrei finire per peggiorare le cose. Sono bloccato dall'indecisione finché lei si asciuga le guance con il dorso della mano e sospira. Mi rendo conto che non sta più piangendo.

Mi siedo sul letto accanto a lei e, senza capire perché lo sto facendo, le accarezzo i capelli... come se stessi accarezzando un gattino. Lei si gira e mi guarda, poi tira su col naso. «Spegni la luce e torna qui» sussurra.

Faccio quello che mi chiede e poi mi faccio strada a tentoni verso il letto. Lei allunga il braccio, mi afferra il polso e tira. Credo significhi che vuole che mi sieda di nuovo sul letto. Lo faccio, ma lei tira ancora. «Ti spiacerebbe sdraiarti accanto a me? Ho bisogno di stare con qualcuno in questo momento.»

Qualcuno? Solo qualcuno? O... *me*?

Nonostante le domande che mi frullano per la testa, mi sdraio accanto a lei. Ma non la tocco. Dopo un momento, lei si sposta e mi appoggia la testa sulla spalla e tira l'altro mio braccio intorno a sé.

Sono così teso che sono sicuro che lei riesca a sentirlo. Sposta la testa, sistemandosi più vicino a me ed io riesco a sentire di nuovo il profumo dei suoi capelli. Lo stesso odore. Mi riempie di... qualcosa. Mi fa sentire come se il sangue stesse accelerando, scorrendo più veloce nelle vene. È anche difficile deglutire.

«Rilassati, Wil. Fai un respiro profondo. O forse ti dà fastidio? Preferiresti che non ti toccassi?»

Io inspiro lentamente e poi espiro. Lei sposta la testa per guardarmi in faccia, anche se è buio e non riesco a immaginare che cosa veda. Nemmeno io riesco a vederla molto bene, ma riesco benissimo a sentire il suo profumo. La nuvola di profumo che mi avvolge. È sufficiente a farmi venire le vertigini. E sembra *veramente* che la stanza mi stia girando intorno.

Mi schiarisco la voce. «Perché stai piangendo, Jenna? Sei triste per la tua tiara?»

Lei scuote la testa e resta in silenzio a lungo, poi tira su di nuovo con il naso e si passa una mano sulla guancia prima di appoggiarsi a me. «A volte divento così quando bevo troppo.»

«Bere ti rende triste?»

«Solo se ero già triste prima di cominciare a bere. Lo amplifica.» Io immagino un microfono che risuoni in una stanza rumorosa, che stride e mi ferisce le orecchie. La sua tristezza la ferisce in quel modo?

«Allora non dovresti bere quando sei triste.»

Lei fa una risatina silenziosa, delicata. «Logica impeccabile, Wil. Avresti dovuto essere un vulcaniano.»

«Me l'hanno già detto. Perché sei triste?»

Di colpo resta immobile e silenziosa, poi alza le spalle. «Solo una lunga giornata... partita male. Andrà tutto bene quando ci avrò dormito sopra.»

Volto la testa, ma solo un po'. I suoi capelli mi solleticano il naso, quindi la scelta è tra voltarmi per non sentirli più, o premere più forte la faccia tra i suoi capelli. Scelgo la seconda alternativa. Ho sentito di gente parlare di "testa leggera", deve essere quello che stavano descrivendo.

La mano di Jenna si sta muovendo sul mio petto. È un tocco leggero, come una farfalla e detesto il fatto che mi faccia sentire a disagio. Le catturo la mano con la mia per fermarla.

«Non ti piace?»

Mi prendo un momento per pensare alla domanda e a come voglio risponderle. «Non mi piacciono i tocchi leggeri. Mi fa sentire come se qualcosa mi stesse strisciando sulla pelle.»

«Quindi significa che non ti piace essere toccato, del tutto, oppure...?»

«Non mi piacciono i tocchi leggeri.»

Di colpo, la pressione della mano aumenta e lei preme più forte. Il mio cuore comincia a galoppare direttamente sotto la sua mano, ferma premuta sul mio sterno.

«Così?»

«Meglio» le rispondo, ma la mia voce è roca. Faccio di colpo fatica a parlare e ho la bocca secca. Sono quasi ossessionato dal pensiero di baciarla di nuovo.

È una parola strana, bacio. Con tanti significati diversi, a volte mi confonde. Un bacio può essere un tipo di cioccolatino, può essere il bacio della morte, può essere il bacio del vero amore. Può essere la pressione casta delle labbra su una guancia, per salutare, o per mostrare affetto. Ma la stessa parola può anche descrivere passione incredibile, incommensurabile. Come il bacio proibito di Jack e Rose in *Titanic*, anche se il loro amore era condannato. O l'espressione di amore eterno e una promessa di abnegazione, come la promessa di Arwen ad Aragorn, quando dichiara che rinuncerà alla sua vita immortale di elfa per poter stare con lui come una mortale.

«Era vero… ciò che hai detto durante il gioco?» dice a voce bassa.

«Non ricordo di aver mentito durante il gioco.»

«Quando hai detto che non eri mai andato a letto con qualcuno… voglio dire… sei vergine?»

Penso a come voglio rispondere a quella domanda e il silenzio diventa lungo.

Lei si sposta, voltandosi verso di me. «Non penserò male di te per quello, se è il motivo per cui non mi stai rispondendo. Tutto il contrario, in realtà.»

«Davvero?»

«In effetti sono sorpresa. Sei molto attraente. Ci sono donne nel clan che coglierebbero al volo l'occasione di… saltarti addosso.» Tutte quelle parole producono nella mia mente immagini di gente che salta, su un trampolo a molla, su un trampolino, da una scogliera… anche se sono vagamente conscio che si sta riferendo al sesso e non ai veri e propri salti.

«Ne ho avuto l'opportunità. Ho scelto di non farlo.»

Lei alza la testa dal cuscino. «Davvero? Non volevi?»

«Lo volevo. Con la persona giusta.» Aspetto che lei reagisca nei modi che ho sentito in passato… incredulità o disgusto o con domande sulla mia sessualità.

«Vuol dire che il sesso per te significa di più che per la maggior parte degli uomini.»

Ha ragione e qualcosa dentro di me si contorce alle sue parole. Sembra che ammiri quella differenza, che è stata sia una benedizione sia una maledizione per me nella mia vita. Io *sono* diverso.

Ma Jenna mi capisce. È passato parecchio tempo da quando qualcuno l'ha veramente fatto.

E non riesco più a resistere. Voglio ancora quello che abbiamo condiviso lo scorso fine settimana. Mi volto verso di lei e premo la bocca sulla sua. Lei ansima leggermente e avrei potuto tirarmi indietro se non fossi tanto disperato.

CAPITOLO UNDICI
Jenna

L A LINGUA DI WILLIAM PENETRÒ TRA LE MIE LABBRA, scivolando senza sforzi e senza chiedere il permesso, questa volta. Aveva preso il comando ed io glielo avevo ceduto volentieri, perfino più volentieri quando la sua mano scese dalla mia testa, lungo la schiena, fino al fianco e poi lentamente sul sedere.

Che diavolo stava succedendo? Tremavo come se fossi stata *io* vergine, non lui. Di colpo, non riuscivo a tirare il fiato. C'era così tanto in quel momento ed io ero quasi sopraffatta dal repentino impeto di sensazioni.

Non ero più ubriaca per l'alcol. Ero ubriaca di *lui*. Il suo odore. Il suo sapore. La sensazione del suo corpo duro, virile accanto al mio.

Venti minuti prima, mi ero ritirata al buio, accompagnata solo da pensieri dolorosi sulla visita al cimitero e sulla mia potenziale vita di solitudine. Mi stavo leccando le ferite quando William era entrato e aveva immediatamente percepito il mio stato emotivo. Era mortificante averlo lì, ma era stato puro istinto chiedergli di confortarmi.

E lui lo aveva offerto senza l'obiettivo di fare nient'altro. Mi aveva accarezzato i capelli e mi aveva tenuto tra le braccia, dove mi sentivo così sicura. Avrei potuto dormire per un decennio avvolta nel suo abbraccio ferreo. Come se fossi stata Era che chiedeva a Ipno, il dio del sonno, la benedizione di un sonno pacifico e ininterrotto.

Che cosa significava? E perché mi faceva soffrire ancora più di nostalgia? Per amore della dea...

Il mio cuore batteva forte, ma non solo per il desiderio. Era paura. Pura, urlante paura che scatenava l'istinto "combatti o fuggi", facendo al contempo un tiro alla fune con un desiderio bruciante che voleva di più, di più, *di più*.

Quando la mano callosa di William mi accarezzò la pelle tenera del collo, il desiderio vinse. La sensazione ruvida delle sue dita mi faceva impazzire, aggiungendo qualche altro grado al livello già ardente dei nostri baci.

Gli appoggiai le mani sul torace sodo, facendole scivolare su ogni piano. Mi prudevano le mani dalla voglia di infilarle sotto la maglia e fargli togliere i vestiti nella mezz'ora successiva. Se avessi potuto dire la mia, questo schianto d'uomo vergine non sarebbe rimasto tale a lungo.

Volevo essergli più vicina e spinsi il seno contro il suo torace.

Lui emise un lungo respiro caldo contro la mia bocca, interrotto bruscamente da un rumore alla porta. Un'altra persona nella stanza. «Ehi Jenna, hai visto il mio...?»

Restai di ghiaccio, rendendomi conto solo in quel momento che William era sdraiato completamente sopra di me. Nella luce fioca che proveniva dal corridoio, riuscii a intravedere Mia, anche lei gelata sul posto.

Lentamente, torpidamente, mi raddrizzai, con tutto il corpo che protestava perché mi stavo staccando da William. Lui rotolò via, liberandomi e poi si mise immediatamente seduto senza guardare direttamente la fidanzata di suo cugino. Teneva gli occhi bassi, come uno scolaretto colto in flagrante, e mi diede fastidio.

Che cosa diavolo avevamo fatto di cui vergognarci? Per l'amor del cielo, eravamo entrambi adulti consenzienti che non avevano nessun tipo di relazione con altri partner.

Ci sedemmo l'uno di fianco all'altro sul letto ed io mi sistemai la maglia, pensando che se fosse stato qualunque altro tizio, avrebbe avuto le mani sotto la maglietta al primo minuto di quel bacio.

Invece mi aveva preso teneramente la testa tra le sue mani grandi. *Incredibilmente dolce.* Gli diedi un'occhiata e poi fissai la porta, dove c'era ancora Mia, a bocca aperta.

La guardai negli occhi, alzando le sopracciglia.

«Uh… oh, scusatemi. Adam ha finalmente deciso che non sarà abbastanza sobrio in tempi brevi per guidare verso casa, quindi ha fatto venire una macchina a prenderci. Heath ha perso i sensi e, per passare il tempo, gli abbiamo disegnato tutta la faccia con un pennarello indelebile. Probabilmente passerà la notte sul pavimento. Io ero venuta a cercare il mio telefono.»

«È sulla mia scrivania. L'avevi messo in carica, ricordi?»

Mia fissava la testa china del fratellastro e non rispose subito. Alla fine si diede una mossa. «Oh, sì… mhmm. Giusto. Bah… sto perdendo la memoria alla tarda età di ventiquattro anni.»

Distolsi lo sguardo e William si agitò vicino a me, coprendo con le mani il notevole rigonfio nei suoi jeans. *Tutto così strano.*

Mia andò alla mia scrivania e tolse il telefono dal caricatore, poi lo infilò nella tasca posteriore. Voltandosi verso di me disse: «Jenna, posso… parlarti per un attimo?»

William si alzò dal letto, continuando vistosamente a coprirsi l'area dell'inguine. «Scusatemi, devo andare in bagno.»

Mia lo guardò uscire con un'espressione preoccupata e poi chiuse la porta alle sue spalle. Io allungai la mano e accesi la lampada sulla scrivania, sbattendo gli occhi alla luce improvvisa. La mia *amica* mi stava fissando con un'aria di rimprovero, come una madre che avesse trovato le pillole anticoncezionali nella borsa della figlia adolescente, o roba simile.

«Posso chiederti che cosa sta succedendo tra te e William?»

Strinsi i denti. Sorellastra o no, erano affari suoi? «Puoi chiederlo.»

Lei chinò la testa di lato e fece una smorfia.

Sospirai. «Bene. L'unica cosa che hai visto è che ci stavamo baciando, giusto? Quindi è quello che sta succedendo tra di noi. Baci.»

Mia soffiò fuori il fiato, insieme a una risata imbarazzata. «Non intendevo sembrare una stronza. Sono solo… stai attenta, okay?»

«Siamo tutti adulti qui, Mia. Sappiamo quello che facciamo.»

Mia continuò a sorridere a disagio, spostando il peso da una gamba all'altra. «Lo so… lo so. È solo che te ne andrai presto. E conoscendo le tue abitudini…»

Sbattei gli occhi. Adesso Mia stava ripetendo la stessa cantilena di Alex… *e* Helena. «Il numero di uomini con cui sono uscita è irrilevante. Solo perché tu non hai mai avuto nessuno prima di Adam…»

«Non è quello che volevo dire. Mi dispiace. È ovvio che tu possa uscire con chiunque voglia e per tutto il tempo che vuoi, e sai che non ti giudicherei mai. Assolutamente. Sono solo preoccupata per la dinamica della situazione. Che cosa succederà quando romperete, dopo essere stati insieme? Facciamo parte dello stesso gruppo di amici…»

«Oh? È quello che ti preoccupa? Ross e Rachel se la sono cavata benissimo» dissi alzando le spalle.

Mia restò a bocca aperta. «Ross e Rachel non sono persone vere. Loro sono stati assieme e si sono lasciati più volte e sono rimasti con i loro comuni amici senza conseguenze. La vita non è un episodio di *Friends*, Jenna. Se dovesse succedere qualcosa di simile… potrebbe cambiare tutto.»

E se qualcuno aveva imparato qualcosa sulle dure realtà della vita, quella era Mia. Aveva passato un anno orribile, con una malattia potenzialmente mortale. La guardai negli occhi scuri e vidi un piccolissimo accenno di qualcosa che non avevo visto prima, quasi un'espressione tormentata per i traumi inespressi di cui non ero a conoscenza.

«Ma io me ne andrò comunque.» Per qualche motivo che non avevo voglia di esaminare da vicino, mi tremò la voce.

Mia fece un passo verso di me. «Mi dispiace fare la rompiballe. Ma… William significa moltissimo per me e sarò io quella che dovrà raccogliere i pezzi quando te ne andrai. Non ferirlo, okay?»

«Non voglio ferirlo, Mia.» Ed era vero. Non avevo nessuna voglia di ferirlo.

Ma *volevo* essere io a cogliere quel delizioso frutto? Perché no? Doveva pur capitare prima o poi e se i baci che ci eravamo scambiati erano un esempio, avrebbe potuto essere molto, *molto* bello.

Bussarono alla porta. Pensando che fosse William, decisi di mettere fine a quell'imbarazzante conversazione. «Avanti!»

La porta si aprì e un altro uomo dai capelli scuri, che in effetti assomigliava moltissimo a William, infilò la testa. «Sei pronta?» disse Adam. «Ho proprio bisogno di andare a casa e dormire.»

Mia si voltò a guardarlo, sogghignando. «Oh, alla fine tutta quella birra ha fatto effetto? Povero piccolo... anche se ti addormenterai subito passerai metà della notte a pisciarla tutta.»

Adam curvò la bocca in un sorrisetto storto e la guardò con gli occhi sonnolenti pieni d'amore. «Mi piace quando dici le parolacce.»

Mia rise così forte che grugnì e Adam ed io la prendemmo in giro mentre andavamo in soggiorno. Era come aveva detto. Heath stava dormendo sul pavimento, con disegni su ogni centimetro di pelle esposta. Qualcuno gli aveva disegnato dei magnifici baffi a manubrio in stile vittoriano e un pizzetto a punta, insieme a sopracciglia da vulcaniano e una pezza sull'occhio stile pirata. C'erano scritte sulle braccia, sul collo e perfino su parte dello stomaco dove la maglietta era risalita mettendolo in mostra.

Scoppiai a ridere. «Gente, quanto s'incazzerà quando si sveglierà e lo vedrà.»

«Beh...» Mia alzò le spalle. «Ben gli sta per essersi sbronzato in quel modo.»

Scrutai il miglior amico di Mia sul pavimento. «Connor tornerà presto in Irlanda, vero? Forse Heath aveva veramente bisogno di ubriacarsi. Si stanno lasciando?»

Mia lo guardò preoccupata. «Non ho ben chiari i particolari di quello che sta succedendo tra di loro. Heath non parla molto. Ma dovremmo assicurarci che non resti da solo per un po'.»

Adam sbuffò. «Io lo dico ufficialmente, non ci sto a fargli da babysitter. Può pensarci Kat, è la sua coinquilina dopotutto.»

William arrivò dal bagno e si mise di fianco a me, in silenzio.

Adam e Mia offrirono un passaggio a Kat, che lei accettò con entusiasmo.

«Puoi assicurarti che Heath arrivi a casa sano e salvo, domani?» le chiese Mia mentre uscivano.

«Sì. Verrò io a prendere il suo brutto culo.»

Ci salutarono e se ne andarono. Con Heath fuori gioco sul pavimento, William ed io eravamo le sole due persone coscienti nel soggiorno.

«Allora, mhmm, ci vedremo domani al mercato regionale?» gli chiesi, conoscendo già la risposta.

William s'illuminò. «Sì, devo consegnare alcuni oggetti ai membri del clan. Ho passato tutte le sere in officina questa settimana.»

Di colpo, l'immaginai che martellava, con i bicipiti che si gonfiavano e flettevano, con il solo grembiule di cuoio sopra i jeans.

«Vuoi un passaggio per il mercato?» La sua innocua domanda mi distolse in fretta da quella visione sensuale.

Deglutii e poi lo guardai con la coda dell'occhio. «Certo… che ne dici se facciamo colazione insieme prima?»

«A che ora dovrei venire a prenderti per fare colazione?»

Mi morsi il labbro, sconcertata dal fatto che non avesse colto il mio ovvio invito. Poi feci un passo avanti, gli presi la mano e dissi: «Potresti semplicemente… restare questa notte.»

La sua reazione fu sottile. Con gli occhi fissi sulle nostre mani unite, abbassò le sopracciglia, come se si stesse concentrando. «Non sono sicuro di ciò che mi stai chiedendo, ma ho un'idea. E se è l'idea sbagliata…»

«Non mi stai fraintendendo, okay? Voglio che resti qui e passi la notte con me.»

Lui deglutì, visibilmente e rumorosamente e chiuse le dita intorno alla mia mano. «Beh, come ti ho detto in camera, non ho...»

«Lo so e non m'importa.» In effetti, in qualche modo lo rendeva ancora più piccante. Trovavo enormemente eccitante l'idea di essere la prima per lui.

Feci un altro passo verso di lui finché il mio torace premette contro il suo. Alzando il volto in modo che le mie labbra fossero solo a qualche centimetro dalle sue, dissi: «L'hai sentito anche tu? Mentre ci stavamo baciando?»

Lui sospirò e il suo fiato mi fece il solletico al naso. «Sentito cosa?»

«Quella connessione tra di noi? La chimica?»

«Tutto quello che so è che era bello.» La sua mano si strinse sulla mia, in modo quasi doloroso. «E voglio di più.»

Gli sfiorai la bocca con la mia. «Anch'io... quindi resta con me.»

Lui rimase immobile per un lungo momento ed io alzai la mano per accarezzargli la schiena, come per incoraggiarlo.

«No» disse, con un tono di fredda finalità, completamente privo di emozioni.

Feci una smorfia. «Non lo vuoi?»

«Oh, lo voglio.»

Lo sfiorai con l'addome e lo sentii... era nuovamente eretto. Usai senza vergogna quella piccola frizione per fargli accettare l'idea. «Ti desidero, Wil.»

Lui piegò la testa, appoggiandomela sulla spalla. «Non voglio una cosa temporanea, Jenna. Voglio più di una volta.»

Mi bloccai. William alzò la testa, e il suo sguardo sfiorò il mio prima di allontanarsi in fretta per fissarsi in mezzo alla mia fronte. Mi schiarii la voce. «Beh, non deve per forza essere una sola volta.»

Lui sospirò, facendo un passo indietro e lasciandomi andare la mano. «Non farò sesso con te sapendo che la settimana prossima, o il mese prossimo, sarai con qualcun altro. Se ti avrò, voglio che sia permanente. *Per sempre.*»

Scossi la testa. «"Permanente" non fa per me, William. Mai.»

Lui fece una smorfia. «Capisco. Buona notte, Jenna.»

Rimasi a bocca aperta. Stava succedendo davvero? Quando mai un uomo aveva rifiutato la mia proposta di andare a letto con lui? Non che lo facessi spesso, non era necessario, ma la risposta non era mai stata *'no'*. Fino a ora. Che *diavolo*?

William si voltò per uscire, ma sembrava che la voce mi fosse rimasta incastrata in gola. Il suo rifiuto mi aveva colpito molto più duramente di quanto avrebbe dovuto. Gli afferrai la mano. «Aspetta. Non vuoi semplicemente… superare la cosa?»

Lui si fermò di colpo, l'atteggiamento era rigido, ma non tolse la mano dalla mia. Si voltò lentamente verso di me e disse: «Mi sorprende che tu non capisca. Hai detto in camera che per me significa più che per gli altri uomini. Perché hai pensato che volessi che fosse qualcosa da "superare"? Ho avuto l'occasione in passato e non l'ho colta…» la sua voce si spense e lui scosse forte la testa. «Buona notte, Jenna» disse districando gentilmente la mano dalla mia. «Verrò a prenderti domani alle nove e mezzo per il mercato regionale.»

«Buona notte.» Sentivo uno strano groppo in gola guardandolo andar via. William era testardo… risoluto. Erano cose che avevo già capito della sua personalità. Ma era un uomo ed era palesemente attratto da me. Per quanto poteva resistere? Non era un superuomo, dopotutto. Avrei rispettato i suoi desideri sperando segretamente che avesse un punto debole da qualche parte.

La porta si chiuse e Alex entrò dalla cucina qualche momento dopo. Diede un'occhiata a Heath spaparanzato sul pavimento e disse: «Non mi sembra molto comodo. Puoi farmi un favore e prendere i cuscini in più che ho sul mio letto. Io gli prenderò una coperta.»

Quando tornai in soggiorno, lei era accucciata accanto a lui e cercava di girarlo. «Uffa, potresti aiutarmi? Voglio girarlo su un fianco nel caso vomitasse, ma è così dannatamente grosso.»

Heath era alto ben oltre un metro e novanta e aveva un mucchio di muscoli. Doveva pesare un bel po' più di cento chili. E Alex era un metro e sessantacinque scarsi, rotondetta. Io ero più alta ma magra come un chiodo. No avevo idea di come avremmo fatto noi due a riuscire a muoverlo, ma in qualche modo ci riuscimmo.

«Sono esausta» dissi, soffocando uno sbadiglio. «E domani ho il mercato regionale. Spero di fare un po' di soldi con la lettura dei tarocchi.»

«A venti dollari la botta per un lavoro di un quarto d'ora, direi! Lo farei anch'io se mia madre non desse di matto, dicendo che sto giocando con le *cartas del Diablo*. E per restare in argomento… quando comincerai a farlo a tempo pieno? E quando lascerai il Centro Profughi? Scommetto che sono dispiaciuti che te ne vada.»

Sbadigliando rumorosamente, non la guardai negli occhi quando dissi: «Sto per svenire, tesorino. Parleremo domani.»

Mi voltai per tornare nella mia stanza ma Alex mi seguì. «Non sanno ancora che te ne andrai, vero?»

Mettendo le mani sotto la maglietta, slacciai il reggiseno e lo tolsi passandolo dalle maniche. «Lo sapranno... presto.»

«Non hai ancora avuto il coraggio di dirglielo?»

Alzai le spalle. «Sanno che sono a corto di soldi e loro non possono darmi un aumento. Non ho nemmeno il coraggio di chiederglielo. Capiranno quando dirò loro che devo trasferirmi.»

Alex piegò di lato la testa. «Non si tratta solo dei soldi, però, vero? Cominci a sentirti irrequieta e vuoi andare, o tutta questa faccenda è una qualche tua strana filosofia? È come se fossi quella donna nel film *Chocolat*. Anche lei andava sempre dove la portava il vento.»

Sbuffai. Le idee romantiche erano il pane quotidiano di Alex. «Ne abbiamo già parlato. *Ho* bisogno di soldi per poter tornare in Bosnia per il matrimonio di Maja.»

«Con la tiara, si spera.»

Il mio cuore fece un balzo. «Sì, lo spero.»

«Allora, come se la sta cavando William? È un po' più vicino a poter vincere il grande duello?»

Sospirai. «Ci sta arrivando, ma spero di portarlo in un altro posto affollato. Il problema è che dev'essere un posto abbastanza divertente da attirarlo. Stavo pensando a un film, o... non so.»

«Perché non Disneyland? È a pochi chilometri di distanza.»

Sospirai, sognante. «Sai quanto mi piace quel posto... ma non ho i fondi per andare a Disney proprio adesso.»

Lei alzò le spalle. «Facile. Posso ancora farmi dare dei biglietti scontati dai miei ex-colleghi. Penso che dovresti andarci. Dopotutto *è* il posto più felice sulla terra, giusto? Chi potrebbe dire di no a Disneyland?»

Capitolo Dodici
William

Scuoto la testa afferrando stretto il volante. «No» ripeto.

«Ma è Disneyland! Chi può dire di no a Disneyland?» mi chiede Jenna.

«Io l'ho appena fatto.» Tengo gli occhi sulla strada e mi fermo al semaforo rosso. Jenna sta ridendo ma non capisco se sia per la mia risposta o di me. Forse entrambe le cose.

«Quand'è l'ultima volta che ci sei andato?»

Il ricordo di quella visita mi lampeggia nella mente. Avevo sei anni. Mia madre aveva cominciato a venirci a prendere regolarmente ma aveva insistito che non poteva occuparsi di me per lunghi periodi di tempo. Le cose erano andate bene fino a quell'orribile camminata attraverso Advertureland.

Stavamo camminando molto vicino al percorso della Jungle Cruise Ride, quando spararono dei colpi con una pistola giocattolo. Rimasi terrorizzato dall'improvviso forte rumore e non avevo la capacità di superare la mia paura. Non riuscivo a respirare e quando lei tentò di trascinarmi con sé, mi rifiutai di camminare, restando sdraiato a terra, mentre gli altri ospiti del parco mi passavano accanto. Avevo urlato e pianto mentre mi trascinava con sé, imprecando per tutto il tempo. Tipicamente, quando avevo i miei episodi, che mia madre chiamava "tracolli", lei diventava cattiva, urlava e mi chiamava con gli stessi nomi in cui mi chiamavano i ragazzi a scuola.

«Perché devi essere un simile idiota, Liam? Ho portato qui te e tua sorella per divertirci, e ora stai rovinando tutto. Britt sta piangendo per colpa tua. Smettila subito.»

«Ehi.» Jenna mi mette una mano sulla spalla. «Stai bene?»

Io m'irrigidisco e poi scuoto la testa. «Non ho bei ricordi di quel posto. Specialmente della Jungle Cruise.»

Lei si volta e mi guarda. «Beh, allora, potremmo creare dei nuovi ricordi. Che ne dici dell'Indiana Jones Ride? O della nuova versione della Space Mountain? C'erano già quando sei venuto l'ultima volta?»

Scuoto la testa. Non eravamo mai arrivati a Tomorrowland. Mia madre aveva chiamato mio padre e aveva insistito che venisse a prendermi. Lei aveva passato il resto della giornata lì con Britt e non l'aveva riportata a casa fino al giorno dopo. Non dimenticherò mai di averla sentita dire a mio padre quanto si erano divertite insieme quando me n'ero andato. O le parole che mi disse Britt mentre mi dava le caramelle che aveva comprato con la sua paghetta.

«Mi dispiace, Liam. Vorrei che avessi potuto vedere più attrazioni con me.»

Mi ero sempre chiesto perché mia sorella fosse dispiaciuta. Mia madre non lo era.

Non aveva più tentato di portarmici dopo quell'episodio, ma aveva continuato a portare Britt due, tre volte l'anno. In effetti, ero raramente invitato a casa di mia madre e quando *ero* invitato, succedeva raramente che ci andassi. Mio padre aveva tentato in tutti i modi di farmi sentire meglio, dicendo che quelli erano giorni speciali padre-figlio. Ma non ci era mai riuscito. L'unica sensazione che provavo era di essere rotto... così rotto che nemmeno mia madre poteva volermi bene.

«Mi dispiace, Wil. Vuoi parlarne?»

Sbatto le palpebre, sorpreso nel rendermi conto che volevo parlarne. «Ho avuto una brutta esperienza a Disneyland da bambino. E poi mia madre... lei portava qui spesso mia sorella, ma non me.»

Jenna riporta gli occhi sulla strada e la sua mano scivola lungo il mio braccio. «Oh. Mi dispiace. Lo faceva spesso? Preferire tua sorella a te?»

«Non sapeva come gestirmi. Era difficile per lei.»

«Non c'è bisogno che t'inventi scuse per lei, William, e quella dichiarazione fa sembrare che tu biasimi te stesso per le *sue* deficienze.»

«È così. E perché dire la verità significa inventarsi scuse per lei?»

«Perché il modo in cui lo dici indica ciò che pensi, di lei e di te stesso. Quando la voce nella tua testa sta dicendo cose negative su di te, allora devi trovare un modo di cambiarla.»

«Non ci sono voci nella mia testa, Jenna. Solo immagini. Un mucchio di immagini.»

«Hai dei sentimenti.»

Metto la freccia a destra allo stop e la assecondo. «Sì, ho anche dei sentimenti.»

«Hai anche il potere di riscrivere la tua storia, sai.»

Le sue parole mi passano sopra come un fiume impetuoso. Immagino pile di libri di storia e antiche pergamene con vecchie penne, un vecchio calamaio. «Non ho idea di che cosa significhi» dico mentre entro nel parcheggio dello Yorba Regional Park, uno spazio bello e naturale situato lungo gli argini delle zone umide del fiume Santa Ana.

«Significa che puoi cambiare quelle associazioni negative e il tuo atteggiamento verso gli eventi passati. Puoi cambiare la tua prospettiva. Per esempio... puoi riprogrammare e racchiudere quei ricordi in un contesto nel quale tu non stai incolpando te stesso, perché non *eri tu* quello in colpa.»

Mi volto verso di lei e per un secondo netto i nostri occhi s'incontrano. Il suo sguardo mi colpisce come la punta di una lancia. «È quello che fai tu? Se lo facessi, forse non avresti bisogno di scappare in un posto nuovo.»

Lei resta a bocca aperta e poi la richiude di scatto, con gli occhi azzurri sgranati. Io non muovo un muscolo mentre aspetto la sua risposta. Lei arrossisce violentemente e poi si volta per prendere la borsa prima di scendere dalla cabina del mio pick-up e poi sbattere la portiera, troppo forte. Io scendo e vado sul retro del pick-up. Lei mi affronta, con le braccia rigide lungo i fianchi e i pugni chiusi, con la faccia ancora rossa. È bella come sempre e tutte le volte che lo noto, diventa difficile deglutire e a volte respirare.

«Non è stato carino da parte tua» dice a denti stretti.

«Cosa?»

«Quello che hai appena detto.»

«Sul fatto che scappi? Perché la verità ti fa arrabbiare?»

«Perché io *non* sto scappando.»

«Allora te ne vai e basta?»

Lei sbuffa e poi alza gli occhi al cielo. «Mi fai impazzire.»

«Me lo dicono spesso.»

Lei si lecca il labbro con la sua piccola lingua rosa ed io penso immediatamente com'era averla nella mia bocca. Ho baciato esattamente tre donne nella mia vita. Una era una ragazza che diceva che ero il suo boyfriend alle superiori, anche se non eravamo mai usciti insieme. Un'altra era stata la mia coinquilina quando ero andato a vivere per conto mio. Aveva tentato di baciarmi in diverse occasioni e mi aveva fatto la stessa offerta che mi aveva fatto Jenna la sera prima. Avevo detto di no anche a lei.

E ora la terza: Jenna.

E i suoi baci sono diversi. Mi sembrava di annegare e svegliarmi e soffocare e vincere una vittoria impossibile, tutto allo stesso tempo. Mi travolgeva e mi calmava insieme. Il mio corpo sembrava in fiamme e tremante di freddo, immobile e anche lanciato a folle velocità su una pista.

Voglio provare di nuovo quella sensazione. Voglio *lei*. E non solo i suoi baci. Voglio tutto. Tutto ciò che mi ha offerto… e di più.

Ma non la voglio una volta sola. Non la voglio per una settimana o un mese o perfino per qualche mese. Ed è ciò che succederà. Sarò lasciato solo, a bruciare desiderando avere di più da lei.

Non mi piace sentirmi già così, che lei abbia già tanto potere sui miei pensieri e i miei sentimenti. Mi fa sentire vulnerabile. Non mi piace quella sensazione.

«Mi dispiace se ti sei arrabbiata» dico. E sono veramente dispiaciuto. «Io dico solo la verità. Dico quello che penso e non so quando è appropriato e quando no.»

Adesso lei mi sta guardando, giocherellando con qualcosa nella sua borsa. So che ha portato i Tarocchi per fare le letture per la gente che la paga. Mi chiedo se creda che siano vere. Forse lei fa ciò che le dicono le carte. Forse sono *loro* che le dicono di spostarsi. «Sono le carte?»

Lei alza gli occhi. «Cosa?»

«Sono le carte a dirti che devi andare? Hai frequentato due diversi college, e hai appena lasciato il tuo programma di fisica senza finirlo. Secondo Alex, non hai mai passato più di tre anni in un posto. E stai per partire di nuovo. Quindi, se non stai scappando, perché ti trasferisci?»

Lei alza le spalle ed io comincio a prendere la roba dal cassone del pick-up. È tutto etichettato meticolosamente quindi è facile consegnare la merce. Badili qui, fibbie lì, attrezzi da giardino per Anita, la nostra erborista. Le piace usare attrezzi da giardino storicamente corretti.

Jenna ha la testa voltata e guarda verso il parco quando comincia a parlarmi a denti stretti. «Non *sto* scappando. Forse ho deciso che lo scopo della mia vita sia di mettermi continuamente alla prova, sperimentare cose nuove.»

«Forse? Non ne sei sicura?»

Lei chiude gli occhi e borbotta sottovoce. Sembra che stia contando. Ha la faccia chiazzata di rosso, si volta di scatto e si allontana, dicendo da sopra la spalla che mi vedrà più tardi, quando non avrà più voglia di picchiarmi.

Dubito che possa picchiarmi molto forte, o addirittura che voglia farlo. Ma l'idea di averla fatta arrabbiare mi fa aggrottare la fronte. Come al solito, non ho idea di come ci sono riuscito.

Quando ho raccolto tutta la mia roba, faccio il giro, trovando i miei amici nei vari stand dell'ARRM, dove hanno messo in mostra le loro merci. Tra gli altri, c'è una filatrice, un tessitore, una sarta, una donna che fa calze di lana e un argentiere che crea gioielli. Ann, una studentessa internazionale che viene dalla Somalia, ha ordinato alcune fibbie nuove per le cinture di cuoio che costruisce e vende. Io sono ancora un principiante quindi mi ci sono voluti parecchi tentativi prima di arrivare a farle nel modo giusto, ma sono soddisfatto del risultato finale.

Abbiamo ricevuto il permesso dal municipio di mettere in mostra la nostra merce su alcuni tavoli in un angolo del parco. Il pubblico passeggia guardando gli stand e anche i membri di altri clan dell'ARRM nella zona, che portano la loro merce da vendere o barattare. Io non vendo i miei oggetti, dato che non mi servono i soldi, lo faccio per divertirmi e imparare come costruirli nel modo antico. Fa contenti i membri del mio clan, ed io non ho molti amici, quindi per me è una cosa seria. Sono amici che non voglio perdere, quindi cerco di non pensare alla possibilità che li perderò, se perdo il duello.

Vedo Doug in lontananza. Sta usando una pietra cote per affilare le armi e gli attrezzi. Come me, non ha bisogno di soldi, ma si fa comunque pagare. Ha dichiarato molte volte che la gente non dà valore al suo lavoro a meno che lo paghi.

Mentre passo da un tavolo all'altro, la gente mi chiede del duello. Si è sparsa la voce che sarò bandito dalla comunità se Doug vince. Molti sono sconvolti dall'idea che lui abbia imposto una condizione così insolita. Ma io l'ho accettata perché, se perderò di nuovo, non mi considererò comunque degno di restare tra di loro.

«Sir William!» dice Thomas, il nostro mugnaio e panettiere, che ha del pane fresco artigianale nel suo stand. Mi dà un panino dolce. «Fate colazione con me.»

«Buongiorno, Thomas. Non ho tempo. Ho molte consegne da fare oggi.»

Lui annuisce e mi guarda a lungo. «È vero ciò che dicono sulle condizioni del duello con sir Douglas?»

Annuisco, sorpreso, dato che questa è la terza volta che mi pongono questa domanda, con parole diverse. «Sì.»

Lui comincia a parlare e le sue parole cominciano a frangersi come onde sulla spiaggia, perché ho appena intravisto i capelli biondi luminosi di Jenna in uno stand dall'altra parte della strada. Sta parlando con Agnes, la nostra maestra sarta e ammirando i vestiti appesi al suo stand. Ci sono molti bei tessuti dai colori brillanti ma il vestito che sembra aver colto la sua attenzione è in diverse sfumature di azzurro. È del colore del cielo in alto e poi gradualmente si scurisce in un ceruleo scuro per finire in blu notte in fondo. Ha le stringhe dietro e lunghe maniche fluenti nello stile dell'abito di una dama medievale. Il vento afferra la sottana facendola svolazzare e guardo Jenna che passa una mano riverente sul tessuto.

La immagino con quel vestito addosso. Come l'azzurro fiordaliso all'altezza della cintura sarebbe identico all'azzurro dei suoi occhi. Come l'azzurro cielo intorno alla scollatura farebbe splendere la sua pelle. È già bella, ma con quel vestito sembrerebbe un angelo... o una principessa delle favole. Potrei dipingere il suo ritratto come se lo portasse, ma sarebbe meglio vederla indossarlo nella realtà.

Sta ridendo con Agnes prima di voltarsi e allontanarsi. Quando ho finito la mia conversazione con il mugnaio, mi avvicino allo stand della sarta.

«Sir William! Benvenuto» dice, in un tipico saluto in stile medievale.

«Benvenuta, buona donna.»

«Temo di non avere richieste per voi oggi. Gli appendiabiti e i ganci che mi avete fatto qualche mese fa funzionano piuttosto bene. Penso che la vostra abilità stia migliorando tanto che finirete per non avere più niente da fare molto presto.»

Le sue parole mi sorprendono. «Non farei mai niente che non fosse al meglio delle mie capacità.»

«Ovviamente, ovviamente. Ora, che cosa posso fare per voi, sir William? State cercando un nuovo indumento? Forse un farsetto?»

Guardo il bellissimo vestito che aveva appena ammirato Jenna. «Voglio acquistare quell'abito.»

«Non credo che vi andrebbe bene» dice Agnes sorridendo.

«No, non è per me. Vorrei che lo confezionaste sulle misure di Mistress Kovac.»

La sua espressione facciale cambia, ma non ho idea di come leggerla. «Sarò lieta di farlo. Volete che sia una sorpresa? Potrei trovare una scusa per prenderle le misure.»

Ci rifletto un attimo. A me le sorprese non piacciono nemmeno un po', ma so che piacciono a molti. E potrebbe essere carino vedere l'effetto che le farebbe questa sorpresa. Forse potrebbe convincerla a restare. Perché dalla notte scorsa e dopo le lunghe ore passate sveglio a ricordare la sensazione di averla contro di me, so che è ciò di cui ho bisogno. Che resti. Che sia mia.

E farò tutto ciò che serve per farlo succedere, anche se in questo momento non so proprio che cosa sarà.

«Mi piacerebbe che l'avesse per il ballo di Beltane al festival. È possibile?»

Agnes sorride con tutto il volto. «Più che possibile. Potrei perfino fare qualcosa per voi che si abbinasse.»

Ci penso per un attimo, non so come interpreterebbe Jenna un gesto simile. Indossare abiti abbinati potrebbe farle pensare che la sto rivendicando. Già, ma io *voglio* rivendicarla.

Se ha intenzione di cercare di scappare e non tornare più indietro, allora tocca a me rendere quella decisione impossibile, o almeno molto difficile.

«Sì, sarebbe bello» dico ad Agnes.

«Mi sembra meraviglioso. Prenderò le vostre misure alla prossima riunione.» Prendo il portafogli e le do duecento dollari come acconto. «Vi farò la fattura per il saldo alla consegna.»

«Sì, signora.» Prima di andarmene mi rammento di dirle: «Grazie.»

Guardo verso la fine della fila e vedo Jenna che ora è seduta a un tavolo con la sua amica Caitlyn, che disegna le silhouette delle persone per un piccolo compenso. Jenna sta sfogliando i suoi tarocchi ma ha gli occhi su qualcos'altro. Seguo il suo sguardo e vedo che sta guardando Doug, che sta parlando con un nuovo membro del nostro gruppo, una donna dai capelli scuri di nome Glynnis.

Mi chiedo che cosa stia pensando Jenna. È arrabbiata perché il suo ex-ragazzo sta parlando con un'altra donna? Prova ancora qualcosa per lui? Quanto erano profondi i suoi sentimenti per lui?

Decido che non voglio scoprirlo e che farò tutto quanto è in mio potere per farglielo dimenticare. Anche se significa farlo scomparire dalla faccia della Baronia di Anaya. Non rischierò nuovamente di perderla.

A passi decisi, vado verso il suo stand, mi siedo sul robusto sgabello di legno davanti al tavolo e sborso venti dollari. Non credo per niente alla cartomanzia, ma *credo* fortemente nel guardare ogni movimento di Jenna e nell'ascoltare ogni parola che mi dice sul mio destino.

Capitolo Tredici
Jenna

«Che cosa desiderate da Mistress Jenna?» chiesi, cercando di non sorridere.

Il volto di William era impassibile, ma mi sembrava di vedere anche un briciolo di sfida, come se volesse dire: «Fai del tuo peggio.»

«Cerco la risposta a una domanda» rispose senza esitazioni. Aggrottai appena le sopracciglia per la sorpresa. La sera prima aveva detto di essere scettico ed ero certa che la mia breve spiegazione su come le carte funzionassero come aiuto alla meditazione non avesse fugato i suoi dubbi.

Presi uno dei miei mazzi più vecchi, il Rider-Waite. Era un classico, con i colori brillanti e bei disegni particolareggiati. Era uno di quelli più antichi e conosciuti tra i mazzi di tarocchi. E qualcosa in William gridava "classico".

«Prendilo e maneggia le carte per qualche minuto, pensando alla tua domanda. Puoi mischiarle, tagliare il mazzo, qualunque cosa. In genere devi manipolarlo e concentrarti su ciò che vuoi sapere.»

Quasi scoppiai a ridere davanti all'espressione sul suo volto, chiara e palese incredulità, ma mi accontentò e fece ciò che gli avevo chiesto. «Devo dirti qual è la domanda?»

«Se vuoi. Ma non è necessario.»

Quando finì di mischiare, ripresi il mazzo e disposi le carte in una classica croce celtica. I risultati furono... estremamente sorprendenti. Quasi nessun arcano minore.

William fissò brevemente ciascuna carta. «La grafica è molto bella.» allungò una mano e tracciò i bordi di una delle carte, l'Appeso. Un arcano maggiore. «Bei dettagli» mormorò.

«Il mazzo è progettato intorno a un viaggio. Racconta una storia molto intricata ma ogni parte del viaggio è segnata dagli archetipi. Può essere complesso, ma puoi semplicemente vederli come... indizi per cose della tua vita a cui pensare. Mentre fai il tuo viaggio.»

Batté col dito un angolo dell'Appeso, che mostrava esattamente quello: un uomo appeso a testa in giù per una caviglia a un albero, con l'altra ripiegata dietro, le mani dietro la schiena e i capelli che scendevano sciolti verso terra. «E lui che cosa rappresenta?»

«L'Appeso è una stasi, un punto morto, un bisogno di cambiamento o di imparare qualcosa di nuovo. Nella mitologia nordica, il dio Odino rimase appeso all'albero del mondo per nove giorni per acquisire conoscenza.»

«Quindi mi stai dicendo che devo imparare qualcosa di nuovo?»

Alzai le spalle. «Beh, in effetti dovrebbero essere lette tutte in ordine, e posso farlo. Ma prima vorrei farti notare che l'unico arcano minore che hai pescato è il re di coppe.»

«Sono semi, come nelle carte da gioco?»

«Sì, ma invece di cuori, bastoni, spade ecc., sono coppe, bastoni, spade e pentacoli.»

«E perché il re di coppe è significativo?»

«Perché in questa disposizione e in quel punto, rappresenta il querente. È la persona che cerca la risposta. *Tu.* E il re di coppe rappresenta un uomo emotivamente stabile, un uomo che vive secondo un codice d'onore, tranquillo, gentile e affidabile.»

Era bizzarro, davvero, che quella carta fosse anche apparsa in quel punto esatto. Era il fato? Lei o lui mi stavano sussurrando qualcosa? «Per la dea» mormorai rendendomi conto che probabilmente questa lettura era altrettanto per me quanto per William. La carta poteva rappresentare lui, ma in quel momento stava parlando a me.

Allungai la mano e toccai la carta nello stesso momento in cui lo fece William, con la bocca aperta come se volesse fare un'altra domanda. Le nostre dita si toccarono e la scarica elettrica mi mandò una fitta lungo il braccio. Lentamente, deliberatamente, William spostò la mano sopra la mia, senza guardarmi, ma intrappolando le mie dita sotto le sue, grandi e callose.

Riuscii a malapena a obbligarmi a deglutire, con il cuore che mi batteva in gola. «Io prendo il mio onore molto sul serio» disse.

Tirai il fiato, tremante, senza riuscire a distogliere gli occhi dalla colonna della sua gola dove si allungava sopra la camicia in stile medievale.

«Prendi troppe cose molto seriamente» dissi con la voce roca, pensando di nuovo alla mia determinazione della sera prima di portare William nel mio letto. Se possibile, lo volevo ancora più adesso di allora.

Tremai come se avessi freddo, anche se eravamo entrambi seduti al sole. «Per la dea...» Strinsi forte gli occhi.

«Tu credi in una dea?» Aprii gli occhi quando mi fece la domanda. «Lo dici spesso.»

Mi schiarii la voce. «Se c'è un essere superiore, preferisco pensare che sia femmina. Madre natura. Madre terra. Sono stata allevata nella religione cattolica e ho sempre avuto un'alta considerazione per la Vergine Maria. Era qualcuno a cui potevo rapportarmi, quindi quando sono cresciuta e sentivo il bisogno di pregare, pregavo lei. Quando la mia fede si è allontanata dal patriarcato, ho continuato a pensare alla divinità come a una donna. E la mitologia mi ha sempre affascinato. Quindi il mio credo riguardo a un essere superiore più o meno uguaglia la mia fede nelle carte. Archetipi. Modelli e storie a cui guardare per avere ispirazione, coraggio… forza.»

William strinse gli occhi. «Tu hai la tua forza.»

Sbattei le palpebre e rimasi ferma, a pensare. Non sapevo che cosa dirgli, e, anche se lo avessi saputo, l'emozione improvvisa che mi afferrò alla base della gola non mi avrebbe permesso di parlare. Quando ne fui in grado, mi resi conto che non eravamo più soli.

«Sir William, Mistress Jenna» disse Caitlyn. Sorrise prima di prendere uno sgabello dal suo tavolo, dove poco prima stava prendendo gli ordini per le sue silhouette. Questa volta aveva Ann con sé. «Che cosa abbiamo qui?»

«È una normale lettura» mentii, scrollando le spalle. Stavo ancora tremando dopo la strana sensazione che le carte stessero parlando a me proprio come stavano parlando a lui. Ma che cosa stavano dicendo? Che cosa stava cercando di dirmi il mio cuore?

«Allora, William» disse Caitlyn, sbattendo le sue ciglia bionde. «Com'è la tua *spada*?»

«Non ho portato la spada. Non ci sono combattimenti oggi.»

«È una bella spada *lunga*, però, vero?» Caitlyn mi diede un'occhiata scherzosa. «Lo avevi notato, Jenna? Che la spada di

William è piuttosto lunga? Scommetto che è più lunga di quella di Doug.»

Le diedi un'occhiataccia, che lei evitò tranquillamente fissando lo sguardo su William. Ann, però, stava valorosamente cercando di nascondere una risata dietro il pugno.

«Sono più alto di Doug, quindi, sì, uso una spada più lunga. Sono fatte su misura per noi in base alla nostra altezza e alla lunghezza del braccio.»

«Mhmm. Ci avrei *scommesso* che avevi una spada più lunga. Magari un giorno riuscirò a vedere come la usi.»

William la guardò come se fosse una marziana. «Hai visto la spada, sia quella lunga sia quella più corta che uso con lo scudo...»

«Allora forse potresti spiegarmene le parti. C'è un'*asta*, giusto?»

«Caitlyn...» la ammonii.

«Sì, l'asta fa parte della lama.» Annuì. «Ci sono anche l'elsa, la guardia, il pomolo...»

«E quella parte nodosa alla fine... la testa?»

Ann si piegò in due, con le lacrime che le scendevano sulle guance.

«Basta, Caitlyn!» ringhiai. «Sono nel bel mezzo di una lettura.»

«Forse Jenna ha una guaina dove puoi mettere la tua spada...»

Mi alzai in piedi e le diedi uno spintone. «Vattene prima che chiami qualcuno per metterti alla gogna e farti lanciare addosso i pomodori.»

«Bene, bene... allora è qui che c'è la festa» disse una voce conosciuta proprio dietro la mia spalla. «Chi avrebbe mai pensato che sir William ne fosse al centro?»

Mi rifiutai di voltarmi e guardarlo, ma le altre due donne salutarono Doug con fredda cortesia.

«Ehi, Doug» disse Caitlyn.

«Sir Douglas.» Ann chinò la testa e fece una rispettabile riverenza.

Ci fu un silenzio imbarazzato e immaginai che Doug aspettasse che mi voltassi e gli dicessi qualcosa. Non lo feci.

«Allora, che succede, Jen? Adesso non mi parli più?»

Incrociai le braccia sul petto, rifiutandomi di guardarlo. «Tieni ancora in ostaggio la mia tiara? Se è così, allora hai ragione. Non ho intenzione di parlarti.»

Con la coda dell'occhio lo colsi a gesticolare enfaticamente con le mani aperte. «Ehi, abbiamo un accordo perfettamente accettabile. Penso che possiamo tutti comportarci da adulti.»

«Troppo tardi per te» dissi a denti stretti.

Doug si avvicinò di un passo ed io notai del movimento dall'altra parte del tavolo.

«Dai, Jen, devi proprio essere così?» Doug appoggiò la mano sulla mia spalla ed io mi spostai voltandomi di scatto verso di lui. Ma William arrivò per primo.

«Allontanati da lei» disse con una voce tranquilla, letale come il veleno.

«Calmati, Forrest Gump. Non le sto facendo male. Ho il diritto di parlare con la mia ragazza.»

M'irrigidii, cercando di tenere a bada la rabbia che stavo provando. «*Ex*» lo corressi. «Molto *ex*. E se mi chiamerai un'altra volta così, comincerò a parlare del *vero* motivo per cui hai bisogno di compensare comportandoti come un coglione tutto il tempo.» Alzai il pollice e l'indice, tenendoli a due centimetri a mezzo di distanza, mentre Caitlyn e Ann ridevano come matte.

Doug strinse le labbra. «Come vuoi. Vedo che sei caduta in basso. Adesso stai con Rain Man.»

Caitlyn arrossì furiosamente. «Fanculo, Doug. Sei uno stronzo.»

«Io dico le cose come stanno. E forse sono solo preoccupato che Jen stia facendo un grosso errore.»

«Ho già fatto un grosso errore quando ho accettato di uscire con te» borbottai. «Ora vattene.»

«Wow.» Alzò le mani fingendo di arrendersi. «Vedo come vanno le cose. Ti ho trattato come fossi oro per mesi e ora mi volti le spalle e ti comporti in modo spietato. Che ci creda o no, io *ho* dei sentimenti che sembra ti piaccia calpestare.» Riportò la sua attenzione su William. «Che ti sia di lezione. Farà lo stesso anche con te. Ti porterà al guinzaglio come un cagnolino finché non si stancherà di te.»

William lo guardo dall'alto al basso.

«Se ti comporti da stronzo, perché non dovrebbe buttarti nel cesso?» La replica pungente di William fu detta in tono così pacato che sembrava stesse discutendo una tecnica di scherma.

Doug arrossì furiosamente e aprì la bocca, poi la richiuse come un pesce. Si voltò per dirmi qualcosa, ma William gli puntò un dito in faccia prima che potesse dire un'altra parola.

«*Non* parlare con lei. Lei non vuole parlare con te. E non parlare nemmeno con *me*. Non respirare la mia aria.»

Ann e Caitlyn cominciarono entrambe a ridere e Doug voltò la testa verso di loro. Ma invece di farsi indietro, incrociò le braccia sul petto e guardò William con aria di sfida.

William non lo guardò negli occhi, ma fece un passo minaccioso verso Doug. Ero a *tanto così*, dal mettermi tra i due e metter fine a quel piccolo combattimento tra galli quando Doug si immobilizzò, sorpreso dall'atteggiamento minaccioso di William.

Fece un passo indietro, con un'espressione nettamente impaurita negli occhi, prima di agitare una mano e dire. «Come volete. Siete un branco di perdenti.» Poi si voltò e si allontanò.

«Wow» disse Caitlyn. «La sua pazzia sta andando fuori controllo.»

Con i pugni stretti lungo i fianchi, William guardò Doug che si allontanava seguendo con gli occhi tutti i movimenti di quel coglione. «Wil? Va tutto bene?» gli chiesi.

Aveva la mascella così serrata che sporgeva. Studiai la sua postura, il suo fisico. Era così maledettamente sexy che quasi faceva male guardarlo troppo a lungo. Ed era ancora più sexy quando stava difendendo me.

«Ehi» dissi, posandogli leggermente una mano sulla spalla. Lui si ritrasse immediatamente, di scatto, dal mio tocco, ed io ricordai che preferiva che lo avvertissero prima di toccarlo. «Mi dispiace…»

William si leccò le labbra. «Devo andare a fare una camminata per calmarmi, sono molto arrabbiato in questo momento. Mandami un messaggio se dovesse tornare.»

Mi morsi il labbro. «Non tornerà. Ma se dovesse farlo ti manderò un messaggio, te lo prometto.»

Con la faccia scura, William mi guardò intensamente, ovunque eccetto che negli occhi, ovviamente, come per ispezionarmi e controllare che stessi bene. Poi annuì, si voltò e se ne andò.

«Accidenti» sbuffò Caitlyn prima di roteare sul suo sgabello. «C'era un mucchio di testosterone in giro. Che diavolo ha preso a Doug?»

Ann mi stava fissando, con la testa piegata. «Doug è geloso. L'ho guardato mentre facevi la lettura per William e non ha mai distolto gli occhi da voi due.»

Caitlyn aggrottò la fronte. «È vero, allora? Stai con William adesso?» Non ne sembrava proprio contenta e ricordai il suo commento di qualche settimana prima.

Lasciane qualcuno per noi ragazze così così.

Sospettavo che avesse una cotta per William. Era tutt'altro che impossibile. Dopotutto, aveva anche lui le sue ammiratrici.

«Sto solo lavorando con lui per aiutarlo con i suoi problemi con la folla. In modo che possa avere maggiori possibilità di battere quel fesso al prossimo duello.»

Caitlyn rilassò un po' le spalle. *Uh-oh.* Tanto valeva che avesse detto: «Grazie al cielo.»

Ann si sedette sullo sgabello che William aveva lasciato libero. Io raccolsi con attenzione il mazzo di Rider-Waite e lo rimisi nel suo sacchetto di satin. Passammo le ore seguenti parlando di altre cose, più che altro di lavoro e del doppio indirizzo di laurea di Ann: storia africana e storia europea, alla Cal State di Fullerton.

Feci alcune letture per altre persone, membri del clan, cortigiani in visita da altri clan dell'Alleanza e "mondani", visitatori del parco che non partecipavano alla rievocazione. Alla fine riuscii a fare un po' di soldi.

E fortunatamente William tornò sano e salvo dalla sua passeggiata e lo vidi visitare i vari stand e parlare con gli altri membri del clan come se nulla fosse accaduto. Ann mi colse a guardarlo proprio quando era ora di chiudere bottega.

«Non credo che sarebbe una brutta cosa se frequentassi William» mormorò.

Non le risposi, dando un'occhiata di sottecchi a Caitlyn, che si mise a ritirare la roba dal suo lato del tavolo. Rise tra sé e sé dopo qualche minuto di tensione.

Ann voltò la testa verso Caitlyn. «Che c'è?»

«Solo che scommetto che Jenna potrebbe uscire con William e lui non saprebbe nemmeno che stanno insieme.»

Strinsi le labbra. «Non è scemo.»

«Oh, no. Neanche per sogno. Intendevo dire che è adorabilmente ignaro. Per esempio, una volta mi ha respinto, e non credo si sia nemmeno reso conto di averlo fatto.»

Impilai le carte nella borsa insieme agli altri mazzi e riposi i guadagni della giornata nel sacchetto appeso alla cintura. Anche se normalmente avrei chiesto a Caitlyn di spiegarsi meglio, preferii evitarlo, dato l'argomento.

Ann mi stava ancora fissando mentre armeggiavo con il tessuto che copriva il mio tavolo. «Perché quei due si odiano tanto?»

Caitlyn ed io alzammo entrambe la testa e la fissammo.

«Chi? Doug e William?» chiese Caitlyn.

Ero curiosa anch'io. Ann annuì ed entrambe fissammo Caitlyn, aspettando la sua risposta. Caitlyn era membro del clan da parecchi anni e conosceva tutti i pettegolezzi. Si schiarì la voce. «William è una delle colonne del clan fin quasi dall'inizio. Ma le cose sono cambiate quando è arrivato Doug. Lui sa come accattivarsi la gente per entrare in fretta nelle loro grazie.»

Incluse le mie, pensai. Anche se Doug era molto più affascinante e intrigante da lontano di quanto lo fosse da vicino. Era stato generoso di complimenti e ne ero stata lusingata. Era stato un brutto momento per me quindi avevo apprezzato le attenzioni.

«Quindi ha sempre odiato William?» chiese Ann.

Caitlyn scosse la testa. «No... per niente. In effetti, ha cercato di leccare il culo a William, se riuscite a crederci. Ma William non reagisce bene a quel tipo di comportamento e Doug ha finito per sentirsi particolarmente offeso dalla sua personalità franca fino all'eccesso.»

Ripose le sue attrezzature in un sacchetto di stoffa e si alzò, mettendo su un fianco il tavolo pieghevole, pronto da caricare sul pick-up.

«A me William è sempre piaciuto. È un ragazzo fantastico.» Caitlyn rimase in silenzio per un momento, poi alzò le spalle e continuò. «Devo ammettere di aver cercato di usare il suo scontro con Doug per cercare di avvicinarmi a lui, sapete? Parlargli, dargli qualche consiglio. E una sera, dopo una delle nostre riunioni, mi sono offerta di aiutarlo a ritirare la sua roba in cambio di un passaggio a casa, e lui ha accettato. Ma arrivati da me, lui era concentrato sull'arrivare a casa e non era minimamente interessato a salire per "una tazza di caffè o una birra". Disse che era troppo tardi per bere l'una o l'altra, mi ringraziò e se ne andò.»

Ann ridacchiò. «Non aveva davvero idea che ci stessi provando con lui?»

Caitlyn sorrise mestamente. «Fui offesa per cinque minuti, poi mi misi a ridere e decisi di essere più franca. Non funzionò nemmeno quello» disse dandomi un'occhiata. «Era interessato a qualcun altro.»

Ann seguì la direzione del suo sguardo e mi guardò ed io finsi di essere occupata a ritirare un paio di sgabelli. «Dovremmo metterli sul pick-up.»

«Hai mai pensato che fosse quello il motivo per cui Doug ti ha chiesto di uscire?» chiese Ann quando Caitlyn non fu più a portata d'orecchi.

«Cosa?» Lei prese il terzo sgabello e ci dirigemmo verso il pick-up.

«Un mucchio di gente sapeva che William provava qualcosa per te. Mi sto solo chiedendo se Doug non stesse cercando di vendicarsi di William chiedendoti di uscire.»

La guardai a sopracciglia alzate. «Perché? Sono da buttar via? Non è possibile che gli piacessi e basta?»

Ann sbuffò. «Non è quello che intendevo dire. Mi dispiace. Ovvio che sia attratto da te, ma sai come sono gli uomini.»

Sospirai. «Gli uomini soffrono di avvelenamento da testosterone che gli fa fare cose veramente stupide.» Come sfidare il tuo acerrimo nemico in un duello quando hai una fobia per la folla. Come trasformarsi in un mostro protettivo tutte le volte che nelle vicinanze c'è un qualunque tipo di minaccia per il sesso debole. O come rifiutare una proposta perfettamente ragionevole di andare a letto con una donna.

Okay, forse non quest'ultima...

Capitolo Quattordici
William

DURANTE IL TRAGITTO VERSO CASA SUA, JENNA NON dice una parola. Forse è ancora agitata per lo scontro con Doug. Ha detto delle cose veramente cattive e vorrei che ci fosse un modo per cancellarle.

Ma potrebbe anche trattarsi di quello che le ho detto prima del mercato. Non sono stato cattivo, solo veritiero. È una sfortuna perché non ho idea di come leggere le sottigliezze del suo umore.

«Allora… dobbiamo parlare della tendenza di Doug a provocarti» dice lei dopo un po', rompendo finalmente il silenzio.

«Che cosa c'è da dire?»

«Solo che non dovresti permettergli di pungerti sul vivo in quel modo.» Di colpo, in testa mi scorrono le immagini: uno spillo, un ago, un punteruolo… «Oh, mi dispiace, probabilmente non era il modo migliore di dirlo. Ciò che volevo dire è che… è ovvio che Doug sta deliberatamente cercando di stuzzicarti. Devi ignorarlo.»

Sbatto gli occhi. «Non voglio ignorarlo. Se offende qualcuno a cui tengo, gliela farò pagare. Una volta che qualcuno va sulla mia lista nera, ci resta per sempre.»

«Per sempre? Davvero? Non li perdoni mai?»

Ci penso per un momento. «Non vedo alcun motivo per dare a una persona cattiva una seconda possibilità di fare del male, a me... o a qualcuno a cui tengo.»

«Mhmm. Ti fa sembrare piuttosto cocciuto.»

«Sono cocciuto. E sono fiero di esserlo.»

Lei soffia fuori il fiato, borbottando mentre scuote la testa. «Uomini.»

Faccio una smorfia. «Le donne lo dicono spesso.»

«È perché gli uomini tendono a irritarci piuttosto spesso.»

Metto la freccia e prendo l'uscita dalla superstrada. «Mia dice la stessa cosa.»

«È un'alleata, anche se è passata al nemico.» Si ripiega le braccia sul petto.

«Quale nemico? Gli uomini?»

Jenna sta guardando fuori dal finestrino, ma io rubo un'occhiata al suo volto. Vedo che sta sorridendo. «No, le relazioni. La gente cambia quando ha una relazione.»

Ci penso per un momento. «Pensi che sia per via dell'altra persona? Che essere con quella persona è ciò che li cambia?»

Lei riflette per un momento e volta la testa verso di me. Io ho gli occhi sulla strada ma riesco a capire che sta guardando il mio profilo. Stringo le mani sul volante e sono così distratto che quasi aspetto un po' troppo per frenare a un semaforo rosso.

«Penso che cambi gli atteggiamenti e le percezioni. Non credo che possa cambiare le persone in sé. Penso che sia diverso quando sei con la tua anima gemella, però. E nessuno può dire che Adam e Mia non siano fatti l'uno per l'altro.»

«Le anime non possono avere gemelli, solo le persone.»

E di colpo vedo l'immagine di Jenna e me, su un letto, il suo corpo contro il mio. Mi chiedo come sarebbe la sensazione della sua pelle. È morbida come sembra. Ho voglia di saperlo.

«Due possono essere destinati a stare insieme. Essere l'unico vero amore per l'altro» mi risponde.

Scuoto la testa. «Sembra ridicolo. Cosa succederebbe se la tua anima gemella fosse nata su un altro continente? O cinquant'anni dopo di te?»

Lei alza le spalle e poi le rilassa. «È ciò che credo io.»

«E tu? Pensi che lo sapresti se incontrassi la tua anima gemella?» Di colpo spero, anche se non ci credo, che lei pensi che sia *io* la sua anima gemella. Renderebbe le cose tanto più semplici. Le darebbe il motivo di restare.

«L'ho già incontrata… tanto tempo fa.»

Sento un peso sullo stomaco. Ama qualcun altro? Allora perché non sta con lui? Forse lui non la vuole. No. Non è possibile. Nemmeno un idiota potrebbe non volere Jenna.

Ma ho la gola chiusa. Non riesco a chiederglielo. Voglio cambiare argomento e quindi lo faccio.

«Mio padre e la mia matrigna daranno una cena di famiglia stasera. È una cosa che fanno tutte le domeniche, e di solito ci vado da solo. Verresti con me? Ci saranno anche Adam e Mia. E potresti conoscere mia sorella, mio cognato e i miei due nipoti.»

Lei resta in silenzio per un po'. «Non abbiamo lavorato molto sul tuo problema, però. Vorrei provare con lo yoga.»

«Conosco un po' di yoga. Il mio allenatore di arti marziali lo usa come riscaldamento.»

«Okay. Verrò a cena a condizione che dopo andiamo a casa tua per cercare di lavorare su qualche nuovo esercizio.»

«Affare fatto. Vengo a prenderti alle cinque e mezza?»

«Va bene.» La lascio a casa sua cinque minuti dopo e vado a casa, cercando di non pensare a Jenna e alla sua *anima gemella*. L'impossibile sembra sfuggirmi dalle mani e se lo lascerò andare, perderò ogni speranza. Non posso permettere che succeda.

CAPITOLO QUINDICI
Jenna

WILLIAM PASSÒ A PRENDERMI IN PERFETTO ORARIO, ovviamente. Indossava una maglietta e i jeans ed era ancora più stupendo che nei suoi abiti medievali.

Parcheggiammo sul viale di una grande casa sulle colline di North Tustin. Notai con sorpresa che avevo le farfalle nello stomaco quando scesi dall'auto e dovetti rammentarmi che stavo solo andando a incontrare la famiglia di un *amico*. Generalmente ero piuttosto tranquilla quando incontravo i genitori. Avevo avuto abbastanza relazioni a breve termine da sapere che succedeva di solito al decimo appuntamento e giù di lì, forse un mese o due dall'inizio della relazione. Era facile misurare l'entusiasmo del ragazzo dalla velocità con cui ti trascinava a conoscerli. Primo appuntamento? Diavolo no. Il ragazzo era potenzialmente uno stalker e questo significava rompere, e in fretta. Se il ragazzo aspettava troppo o prendeva vaghe scuse quando usciva l'argomento, allora aveva qualcosa da nascondere.

Fortunatamente io avevo la scusa perfetta, anche se era di merda, per non contraccambiare. Ma almeno non avevo mai dovuto deludere i miei genitori portando un prossimo futuro ex a conoscerli.

Ma questo era... non sapevo che cosa fosse. William ed io non *uscivamo* insieme. Passavamo solo del tempo insieme. A lavorare verso un obiettivo comune. Okay e baciandoci. C'era decisamente stato qualche bacio.

William mi accompagnò in casa senza dire una parola e fui salutata alla porta dalla mamma di Mia, la nuova matrigna di William, Kim. La conoscevo già e lei mi abbracciò calorosamente.

«Jenna, sono così contenta di vederti.»

«È bello rivedere anche te. Hai un aspetto fantastico!» Ed era vero. Il matrimonio le faceva bene.

La madre di Mia aveva conosciuto lo zio di Adam, che era anche il padre di William non molto tempo dopo che Adam e Mia avevano cominciato a frequentarsi. Si erano innamorati e sposati, battendo Adam e Mia nella corsa all'altare. Alcuni dei nostri amici, specialmente Jordan, si divertivano a prendere in giro Mia e Adam, chiamandoli "cugini che si baciano". Ma io pensavo che fosse meraviglioso. Sembrava che si potesse trovare l'anima gemella in qualunque stadio della vita.

Avrei voluto che mia madre fosse stata disposta a trovare nuovamente l'amore, ma mio padre era stato la sua anima gemella e quindi per lei era finita. Perché cercare qualcun altro? In quello, ero d'accordo con lei.

Mia apparve accanto a sua madre. Si assomigliavano molto, entrambe avevano i capelli scuri, occhi castani ed erano alte e snelle. Ma Mia non aveva un sorriso sul volto, più una smorfia congelata.

«Jenna! Che sorpresa vederti qui.» Diede un'occhiata a William. Si chinò verso di lui e lui abbassò la testa perché potesse baciarlo sulla guancia. «William, non ci avevi detto che sarebbe venuta Jenna. Vado a mettere un altro piatto.» Poi, senza nemmeno guardarmi, Mia si voltò e se ne andò.

«Allora, vediamo di presentarti le persone che non conosci ancora. Peter è in cucina.» Kim mi prese per il braccio. «Liam, Adam voleva parlare con te, ma è al telefono in questo momento. Roba di lavoro.»

Mi guardai nervosamente intorno. Di colpo mi resi conto che era stato un errore venire con William. Tutti si sarebbero fatti l'idea sbagliata e, naturalmente, William non poteva averlo previsto, con la sua miopia per le situazioni sociali. Stava solo imitando il resto dei membri della sua famiglia, che, probabilmente, a volte avevano portato le persone che frequentavano. Di colpo, le farfalle divennero vespe ronzanti.

Entrai nella cucina affollata, assalita all'istante dal profumo di cose buone, formaggio, carne, aglio. Mia mi dava le spalle e stava prendendo le posate da un cassetto. Un gentiluomo alto, sulla cinquantina, era facilmente riconoscibile come un Drake e c'era un'altra donna, che sembrava sulla trentina. Kim fece le presentazioni. «Peter, questa è l'amica di Mia, Jenna. È venuta con Liam.»

Peter mi sembrò un tipo silenzioso, tranquillo, non diverso da suo figlio, anche se lui mi guardava negli occhi. Ciò nonostante erano innegabilmente padre e figlio. «È un piacere conoscerti, Jenna. Ho sentito parlare di te da Mia. Tutte cose belle. Benvenuta e spero che ti piacciano le lasagne.»

«Le adoro, grazie.»

«Questa è Britt. La sorella più grande di Liam» continuò Kim.

«Per favore, non usare il termine "grande" per descrivermi. Buon Dio» disse Britt, mettendosi una mano sui fianchi, «Già mi sento a disagio per queste maniglie dell'amore. Non ho ancora fatto progressi con la nuova dieta primaverile!»

Diversamente da Peter e William, Britt era piccola. Aveva i capelli biondo scuro e occhi azzurri e immaginai che somigliasse a sua madre. Parlava velocemente e rideva forte. Tutto l'opposto di suo fratello. «Vedrai in giro da qualche parte due piccoli hooligan, che probabilmente si staranno dando battaglia con l'Xbox. Sono miei.»

«È un piacere conoscere tutti voi» dissi rivolta alla stanza, con falsa allegria.

Britt si stava asciugando le mani sul grembiule. Sorrise, ma strinse un pochino gli occhi. «Quindi sei tu il motivo per cui Liam sta raddoppiando gli allenamenti per i duelli con la spada?»

Sbattei gli occhi e aprii la bocca, senza sapere come rispondere. «Uh...»

Britt m'interruppe, con un gesto indifferente della mano. «Va tutto bene. Combattere gli ha fatto bene, in effetti. Tutto quell'allenamento l'ha distolto dalle sue ossessioni. Voglio dire, ha un enorme talento ma, a parte il lavoro, non credo che abbia mai avuto una scusa per uscire da casa. Ha uno studio completo a casa e la sua forgia. A volte passano settimane e mi chiedo perfino se ho ancora un fratello.»

«Beh, lieta di essere d'aiuto. Ed è tutto ciò che sto facendo, sai. Lo sto aiutando.» La faccia cominciava a scottare. *Per la dea.*

Ora c'erano tre paia di occhi che mi fissavano. Oh merda. Ora avrebbero pensato che William non m'interessava e si sarebbero messi sulla difensiva o... *oh merda.*

Sembrava che la posta in gioco in quella strana presentazione fosse più alta che in passato. Questa volta, m'interessava veramente ciò che pensava di me quella gente.

«Mi trasferirò presto. Viaggerò con la Fiera Rinascimentale a cominciare dalla fine di giugno. Ci sposteremo lungo la costa verso il nord della California per quasi tutta l'estate e poi verso il Nord-Ovest. La fiera viaggia per tutti gli stati occidentali. Sono veramente eccitata all'idea.» A quel punto, stavo avendo delle scottature da radiazione tanto ero arrossita.

Britt annuì. «Bello… quindi non stai frequentando il college?»

Peter diede un'occhiata dura a sua figlia, ma lei lo ignorò.

«Mhmm. L'ho fatto. Studiavo fisica.»

«Ah, quindi andrai all'università?» chiese Britt.

«Mhmm, devo portar via Jenna per un minuto» disse Mia tirandomi per il gomito.

Sospirando di sollievo, la seguii fuori dalla cucina e lungo il corridoio verso una delle stanze. «Grazie» mormorai sottovoce.

«Avevi bisogno di essere salvata. Britt è meravigliosa, ma può essere brutale quando fa il terzo grado. Lavora per il Dipartimento della Giustizia.»

«Accidenti, era come essere torchiata dalla CIA.»

«William non porta qua una ragazza tutti i giorni. O mai, se è per quello.»

Scossi la testa. «Non riesco a capire. Ci sono almeno una mezza dozzina di ragazze nel clan che sono innamorate di lui.»

«E un paio anche nel suo reparto al lavoro. Ma lui non frequenta nessuno.»

«Ah.»

«Oppure… sì?» Si voltò a guardarmi alzando le sopracciglia.

Santo cielo, vogliamo parlare di esperti in interrogatori della CIA? Mia stava trasformandosi anche lei in uno di loro.

No, se fossi riuscita a evitarlo. «Allora, che cos'è questa roba?» chiesi, indicando un tavolo, colori e scaffali. Eravamo in una camera da letto senza un letto.

«Questa era la stanza di William. Loro tre, William, Adam e Britt, sono cresciuti tutti in questa casa. Quando viene qua, specialmente per le grandi riunioni di famiglia, a volte viene nella sua vecchia stanza e giochicchia con le sue cose per evitare la folla.»

«Capisco.» Girai intorno al tavolo e guardai cosa c'era sopra. Un enorme album da disegno e acquerelli. C'erano scarabocchi e qualche schizzo, ma niente di importante. Ciò che vedevo comunque mostrava l'incredibile talento di cui avevo sentito tanto parlare e che avevo potuto intravedere.

«Britt ha detto qualcosa su William che ha uno studio d'arte?»

«Sì, a casa sua. Ma non credo che lo vedrai tanto presto» disse significativamente Mia. Non aveva intenzione di lasciar cadere l'argomento della possibile implosione del mondo nel caso in cui William ed io avessimo cominciato a uscire insieme.

Sospirai. «Sono già stata a casa sua per aiutarlo con la sua fobia della folla.»

Mia aprì la bocca per dire qualcosa, ma Adam apparve sull'uscio infilandosi il telefono nel taschino della camicia. Come suo cugino, Adam era alto, moro e *molto* attraente. La famiglia Drake aveva decisamente vinto la lotteria genetica. «Sono stato inviato come messaggero per informarvi che la cena è pronta.»

«Bene» disse Mia. Premendosi contro di lui sull'uscio, gli sfilò il telefono dal taschino. «Arriverò subito dopo averlo buttato nella piscina.»

Adam rise e la baciò sul naso. «Non fare la brontolona. *Era* importante.»

«Avevi promesso...»

Adam sospirò. «Okay. Allora spegnilo.»

Non dovette dirglielo due volte. Mia spense il telefono e poi se lo infilò nel reggiseno con una risata, e scappò lungo il corridoio.

«Sarà un piacere venirlo a cercare più tardi» disse Adam, rincorrendola.

Io li seguii, meravigliandomi ancora per ciò che avevo visto nell'album di William. Saremmo andati a casa sua dopo cena e avrei fatto di tutto per vedere il suo studio.

Se fossi riuscita a uscire viva dall'interrogatorio di famiglia...

*****

Ore dopo, William ed io eravamo seduti in mezzo al pavimento sul materassino della sua palestra/soggiorno, pronti ad affrontare l'arte della meditazione.

Il mio piano era di farlo rilassare tanto da fargli accettare di andare a Disneyland con me. Ero convinta che se fossimo riusciti a conquistare il caos della Main Street USA e penetrare nel castello della Bella Addormentata senza doverci arrendere, avremmo avuto buone possibilità di vincere la fobia di William per le folle.

«Sei un giocatore di Dungeons & Dragons, giusto?» gli chiesi. «Lo tratteremo come affronteresti una partita di D&D.» Ancora quell'espressione scettica sul suo volto.

Rubai un'occhiata ai suoi occhi castani che erano del colore del cioccolato fondente. Aveva occhi meravigliosi, contornati da ciglia scure. Anche se non guardavano nei miei, era comunque piacevole osservarli. In effetti, non cessavo mai di apprezzare il bell'aspetto di William.

«Com'è possibile che assomigli a D&D?»

Alzai le spalle. «Beh, tu visualizzi ciò che ti descrive il Dungeon Master, no? "Entri in una stanza così buia che puoi vedere solo per un metro intorno alla torcia. C'è un odore di muffa nell'aria e l'eco d'acqua che gocciola in lontananza." È tutta questione di creare una storia nella tua mente mentre la vivi nella tua missione D&D. Ciò che faremo sarà una cosa simile.»

«Solo, meno divertente e senza far rotolare i dadi» disse.

Scoppiai a ridere. «Giusto, ma puoi usare la tua abilità in D&D per immaginare un modo di stare in mezzo a una folla senza permetterle di influenzarti. Visualizza il tuo scenario preferito, forse uno nel quale sei un eroe che combatte il male.»

William aggrottò le sopracciglia mentre rifletteva e poi ripensai alle parole che avevo appena pronunciato. «Come sai, è la verità. Tu sei veramente un eroe che combatte il malvagio ex» dissi ridendo. «Almeno è ciò che sei ai miei occhi.»

Lui si concentrò intensamente sulle mie dita mentre disegnavo figure a caso sul materassino davanti a me.

Mi raddrizzai. «Ora, fai qualche respiro profondo e rilassati. Chiudi gli occhi e immaginati in una stanza con altre cinque persone.»

«Che tipo di stanza?»

«Non importa. Una stanza qualsiasi. Una stanza grande.»

«Okay. La sala da pranzo in casa di Adam.»

Inspiro, rammentando a me stessa che devo essere paziente con lui. «Sì, va bene. Sei lì con altre cinque persone.»

«Devo dirti dove sono le persone?»

«No... immaginale solamente. Tu sei lì intorno e chiacchieri.»

«A me veramente non piace stare lì intorno a chiacchierare.»

Argh. Stavo cominciando a sentire caldo. Stringendo i denti, mi sforzo di rilassarmi. «Okay. Sei nella sala da pranzo di Adam, con le mani in tasca e guardi le altre persone nella stanza come fossi un pervertito.»

Silenzio da parte sua. *Bene.* Se mi avesse posto un'altra domanda avrei potuto perdere la pazienza.

«Okay. Adesso nella stanza entrano altre cinque persone.»

«Conosco queste persone o sono estranei?»

Oh, per la dea! Ero pronta a ficcargli un punteruolo in un occhio. «È importante?»

«Per me sì.»

Ovvio che lo dicesse. *Calma Jenna. Sei in un campo completamente nuovo.* «Okay... mhmm... sono persone che conosci. Ora nella stanza ci sono dieci persone.»

«Undici.»

«Cosa?» Sto quasi strillando per la frustrazione.

«Ci sono undici persone nella stanza. Io più le cinque iniziali più cinque, fa undici.» Sembrava estremamente contento di sé.

«Okay. Va bene. Concentrati, Wil. Sei in questa stanza con undici... cioè dieci altre persone. Come ti senti?»

«Sto bene. La sala da pranzo è grande. Non sembra affollata.»

Almeno stiamo facendo progressi. «Va bene. Ora altre dieci persone entrano nella stanza. Ora ci sono...» Cerco di fare nuovamente il totale.

«Ventuno...»

«Ventuno persone nella stanza.»

Lui esitò. «La stanza sta cominciando a sembrare piena.»

«Bene. Ora concentrati. Voglio che respiri.»

«Stavo respirando. Sarei svenuto se non avessi respirato.» Oppure sarebbe svenuto perché gli avevo dato un colpo in testa, che è quello che avrei quasi voluto fare.

«No, respira nel modo speciale, il modo buono...»

«Il modo *giusto*?»

«Sì, immaginati in questa stanza con queste altre ventuno persone...»

«Venti altre persone.»

«Mi hai appena detto che c'erano ventuno persone nella stanza.» Cazzo, stava cominciando a sembrare una gag tipo Gianni e Pinotto.

«È così. Io e altre venti persone.»

Aprii gli occhi e soffiai il fiato sibilando, poi mi lasciai cadere all'indietro fissando il soffitto. «Non sta funzionando.»

William non disse niente per un bel po'. «Sei arrabbiata con me?»

Respiri profondi. Dentro l'aria buona, fuori l'aria cattiva. «No, ma sono demoralizzata. Ovviamente così non funziona con il tuo modo... letterale di pensare. Dovremo trovare qualcosa di diverso che funzioni con te.»

«È okay. Mi hanno già detto in passato che sono irritante.»

«Io non ho intenzione di dirti che sei irritante.»

William s'irrigidì. «Pensi che sia una causa persa.»

Piegai la testa di lato e lo guardai. «No. Io *non* mi arrendo mai così facilmente. Sono una che combatte, ricordi? Sono nata nel bel mezzo di una guerra.»

Diedi una pacca al materassino. «Vieni a sdraiarti accanto a me. Tentiamo qualcosa di diverso.»

Lui ubbidì, lentamente, finché non fu sdraiato di fianco a me. Potevo sentirne ancora l'odore, quell'odore pulito, mascolino. Mi ricordava i baci bollenti che ci eravamo scambiati quella sera sul mio letto.

Deglutii, sentendo di colpo tornare quella tensione sessuale, come un pugno che mi stringesse appena sotto l'ombelico, causando una dolce pressione. Forse avevo bisogno di ancorarmi anch'io. Questo tizio mi stava innervosendo, in tanti modi diversi.

Mi voltai verso di lui, appoggiandomi su un gomito, e sostenendo la testa con una mano. «Che cosa c'è nella folla che ti disturba? È la storia che c'è dietro?»

William voltò la testa per guardarmi, ma quando i suoi occhi incontrarono i miei, si girò di nuovo a fissare il soffitto. «Quando ero alle elementari, odiavo la ricreazione per via dei bambini. Mi prendevano di mira, mi circondavano.»

Restai a bocca aperta, scioccata. «Ti tormentavano? Perché lo permettevano?»

«Non mi picchiavano né mi facevano male, non allora. A loro piaceva spaventarmi, però. Si mettevano in circolo intorno a me e cantilenavano cose diverse. Pensavano fosse divertente vedermi disorientato. Se un adulto chiedeva che cosa stava succedendo, dicevano tutti che stavamo facendo un gioco, e che io ero d'accordo. Avevo degli attacchi di panico tutte le volte che suonava la campanella e l'insegnante insisteva che uscissi per la ricreazione.»

Sentii nascere in me una sensazione di orrore ascoltando la sua storia, raccontata in quel suo modo spassionato, come se stesse parlandomi di una cosa che aveva letto sul giornale. Sbattei le palpebre, con gli occhi che bruciavano come se stessi provando il dolore e la confusione di un bambino che cercava di capire, sopraffatto dagli stimoli sensoriali. In un certo modo riuscivo a capirlo, dato che avevo cominciato la prima elementare negli Stati Uniti senza conoscere una parola di inglese. Era stato sconvolgente per me, mi aveva isolato. E ricordavo quei mesi di panico e di incertezza. Ma erano sbiaditi man mano che mi adattavo. Ero dotata della capacità di imparare velocemente la lingua. William non era stato così fortunato.

«Merda, è orribile» dissi, con la voce che tremava. Lui continuò a fissare il soffitto, senza reagire. D'impulso, allungai una mano e gli toccai un braccio. «Ehi, sei qui adesso… non là.»

Lui si voltò a guardarmi e questa volta non distolse lo sguardo. Era quasi come se non si rendesse conto che i suoi occhi stavano fissando direttamente i miei. Ma *io* me ne rendevo conto e mi si bloccò il fiato. La connessione elettrizzava l'aria tra di noi. Mi vennero le lacrime agli occhi mentre fissavo in profondità dentro quel riflesso scuro di vulnerabilità, con una buona dose di disgusto per se stesso.

William era puro, e non solo sessualmente. I suoi sentimenti, le sue emozioni, le sue percezioni. Eppure sembrava che avesse interiorizzato tutta l'oscurità che aveva visto e sperimentato facendola diventare colpa *sua*. Questa logica contorta era parte del peso fuori luogo che portava sulle spalle. E in quel momento capivo che era tormentato.

Misi la mano sulla sua guancia ruvida di barba. «Era sbagliato, quello che facevano. Tu non potevi controllare le tue reazioni. Non eri inferiore a loro.»

La sua guancia si mosse sotto la mia mano e lui si tirò immediatamente indietro, sedendosi.

Mi tirai su anch'io. «Che c'è che non va?»

«Non ho bisogno che mi rassicuri come un bambino. Sono un uomo.»

Mi fermai, senza sapere che cosa dire. Mi sembrava di essere finita in una trappola. «Mi stavo solo immedesimando, Wil. Mi fa star male pensare che ti tormentassero. Non dovrebbe succedere a nessun bambino. Esattamente come nessun bambino dovrebbe vivere in una città che viene bombardata.»

Rimase seduto a lungo, ancora teso. Mi mossi per mettermi in ginocchio e mettergli una mano sulla spalla. Lui si scostò bruscamente. «Non voglio essere toccato in questo momento.»

«Okay. Mi dispiace.»

«La guerra è una tragedia. L'autismo *non* è una tragedia.»

Annuii. «Sono d'accordo. In effetti, per un certo verso, penso che sia una benedizione.»

Lui mi guardò di sottecchi, probabilmente cercando di decidere se fossi seria.

«A volte vorrei poter vedere il mondo come lo vedi tu» gli spiegai. «Vorrei avere la tua sensibilità, anche quando è così intensa da far male. Vorrei poter concentrare il mio talento come fai tu. Mi dispiace… non intendevo insultarti.»

William voltò la testa e mi guardò il mento, poi il naso, poi la bocca. Il suo sguardo si fermò lì. «Jenna» disse.

«Sì?»

«Voglio baciarti.»

«Aiutami a visualizzare quello che vuoi dire. Vorresti baciarmi sulle labbra… o sulla guancia?» gli risposi, senza riuscire a resistere alla tentazione di prenderlo in giro.

I suoi occhi rimasero fissi sulle mie labbra, risoluto, concentrato. «Sulle labbra. Le mie labbra e le tue labbra.»

Oh, sì, grazie. Sorrisi. «Per quanto tempo? Per cinque secondi o più per un minuto?»

Lui esitò ma non distolse lo sguardo. Mi leccai le labbra, solo per torturarlo un po'.

«E le nostre bocche sarebbero aperte o chiuse? O magari metà e metà? E la lingua? Quanta lingua?»

Un'altra lunga pausa. «Mi stai prendendo in giro.»

«Stavo solo cercando di essere divertente... sei arrabbiato?»

Lui ringhiò, e mi afferrò per la nuca, tirandomi la testa verso la sua. E quel bacio. *Quel bacio.*

Wow.

Le sue labbra accarezzarono le mie, poi mi aprirono la bocca. Senza perdere un attimo, la sua lingua entrò, sicura. I nostri precedenti baci erano stati meravigliosi, ma quello...

Mi baciò come se lo avesse fatto tutti i giorni durante la sua vita da adulto. Le nostre lingue s'intrecciarono e la mia pressione salì di almeno cento punti. Sentivo caldo dappertutto. Mi bagnai, con l'eccitazione che cresceva e s'irradiava a ogni movimento della sua bocca a ogni passata della sua favolosa lingua. Mi stava velocemente, freddamente, rendendo sua schiava.

Nonostante mi avesse appena detto che non voleva essere toccato, rischiai, sperando che avesse cambiato idea. Mi chinai in avanti, mettendo le mani sul suo petto, strofinandole sul torace. Era duro, solido, forte... il torace di un fabbro. Continuai a toccarlo facendo pressione, come preferiva.

Di colpo sentii la sua mano che scivolava sulla mia pancia, che mi accarezzava con la stessa pressione. Il mio stomaco fece una piroetta e mi tirai su davanti a lui, faccia a faccia, con le gambe lungo le sue cosce.

Lui mi stava ancora baciando, con la lingua che esplorava la mia bocca con la baldanza di un astronauta in un nuovo mondo, più spinto dal desiderio di sperimentare cose nuove che trattenuto dal bisogno di sicurezza.

Mentre la sua mano continuava ad accarezzarmi lo stomaco, notai che ogni volta si avvicinava di più al bordo inferiore del mio reggiseno prima di scendere ancora. Io gli passai spudoratamente le mani sui capezzoli, strofinandoli attraverso la camicia e fui ricompensata dal suo respiro affrettato.

Staccai la bocca dalla sua e cominciai a baciargli la guancia ruvida, poi la gola giù fino all'orlo della camicia prima di tornare su. Il suo pomo d'Adamo si sollevò sotto le mie labbra e lui fece scivolare le mani sulle mie scapole, tenendomi stretta a lui.

«Wil» mormorai. Lui non rispose ma continuò a baciarmi dalla guancia all'orecchio, poi mi prese il lobo tra le labbra accarezzandolo teneramente con la lingua.   «Toccami... toccami il seno.» La mia voce tremava di desiderio.

Le mani sulla mia schiena si fermarono di colpo e la sua bocca ritrovò la strada verso la mia. Ci baciammo di nuovo e mi appoggiò una mano sul seno. Il mio capezzolo si contrasse immediatamente sotto il suo tocco. Lui sfregò il palmo contro la punta già sensibile, mandando fitte di calore dal seno giù fino al centro del mio desiderio, concentrandolo come un laser.

«Wil» sussurrai tra un bacio e l'altro.

«Sì?»

«Ho un altro seno. E tu hai un'altra mano.»

Non dovetti ripeterglielo. L'altra mano scivolò intorno al mio corpo e cominciò a dedicare la sua attenzione al seno negletto. Quando strofinò i pollici sopra i capezzoli arcuai la schiena, spingendo più forte il seno contro le sue mani. Le terminazioni nervose del mio corpo erano così tese che si sarebbero potute suonare con un archetto, come corde di un violino.

Avevo bisogno di sentire il calore del suo corpo contro il mio, quella meravigliosa sensazione della pelle contro la pelle. Abbassai le mani e le infilai sotto la sua maglietta, passandole sullo stomaco piatto. Lui chiuse gli occhi di colpo e le sue mani si bloccarono. Non sapevo se sarebbe stato quello il punto in cui si sarebbe tirato indietro, quindi insistetti.

«Togliti la maglietta.»

Lui aprì gli occhi, guardando nuovamente la mia bocca e lasciò il seno per afferrare il colletto della maglietta e tirarla sopra la testa.

Non c'era voluto molto per convincerlo.

Sorrisi, lieta di essere a uno strato di vestiti più vicina al mio obiettivo. «Adesso...»

Ma lui stava già afferrando la mia maglietta, tirandola per il colletto. Gli spostai la mano sull'orlo in fondo.

«È così che fanno le ragazze.»

«Io non sono una ragazza.»

«Ma io sì» gli dissi ridendo.

Con un sorriso, lui prese l'orlo della mia maglietta e la tirò lentamente sopra la mia testa. Poi i suoi occhi si fissarono sui miei capezzoli contratti, visibili sotto il tessuto sottile del reggiseno.

Stava succedendo. *Oh*, se stava succedendo.

Senza ulteriori suggerimenti da parte mia, William riportò le mani sul mio seno, coprendolo sopra il reggiseno. Con una mano gli abbassai la testa per baciarlo mentre con l'altra continuavo ad accarezzare il suo torace, che avrei voluto leccare. Wow, chi avrebbe pensato che un moderno fabbro diventato cavaliere potesse essere così sexy?

«Jenna» mormorò contro le mie labbra quando finalmente riemergemmo per respirare. Parlava sillabando lentamente, quindi capii che stava cercando di rallentare, segnale per me che era ora di schiacciare l'acceleratore.

Abbassai la bocca verso il suo petto, tracciando una scia di baci fino a un capezzolo e passandogli sopra la lingua. Aveva un sapore salato e dolce, come una caramella mou salata.

Sibilò e le sue dita s'infilarono tra i miei capelli.

«È così bello» sussurrò tremante.

Spostai la bocca per leccare e succhiare l'altro capezzolo. Lui emise un gemito soddisfatto, che sentii chiaramente fino alla punta dei piedi. Adesso ogni nervo e muscolo del mio corpo urlava, cercando soddisfazione.

«Wil, ti voglio» dissi, continuando a baciarlo fino al collo.

«Ti voglio anch'io.»

Mi sganciai il reggiseno con una mano, un talento che avevo sviluppato con la pratica, e lo lasciai scivolare lungo le braccia. Lui mi appoggiò le mani sul seno appena lo liberai dal reggiseno e il contatto delle dita ruvide e callose con la mia pelle sensibile fu meraviglioso.

Mi raddrizzai per baciarlo. I suoi baci divennero più selvaggi, con la lingua che sprofondava nella mia bocca, obbligando la mia a sottomettersi con la ferocia del suo ardore. Quando ci staccammo respiravamo entrambi affannosamente. Il suo bel volto era arrossato, gli occhi scuri di desiderio. Capivo che stava per perdere il controllo.

Il mio piano per sedurre questo fusto di uomo vergine? *Tutto bene finora.*

Lentamente, William abbassò la testa e prese il capezzolo nella bocca calda. «Sì» sussurrai, invitandolo a continuare. Avevo capito che le sottigliezze con lui non funzionavano. «Questo mi piace, molto.»

Le parole mi morirono in gola. Non c'erano parole. Nemmeno pensieri, solo il piacere penetrante, intenso della sua bocca che succhiava il mio capezzolo. Penso di aver persino smesso di respirare perché dannazione, era così stupefacente. Il desiderio mi attraversò come un fulmine.

Gli afferrai la testa, infilando le dita nei capelli folti per tenerlo dov'era. Se non lo avessi fatto, sarei crollata sul pavimento in una pozza impotente di calore sessuale. *Porca pupazza.* Non erano solo i baci, era il contatto. Era tutto. Era elettrico… ed io ero stregata.

«Oh, Wil. Lo voglio, tantissimo.»

La sua bocca si fermò per un attimo, poi si staccò, solo di qualche millimetro, ma fu sufficiente per farmi mancare il fiato per la mancanza. «Che cosa significa "lo"?»

«Cosa?»

«Hai detto "lo" voglio. Che cosa significa "lo"?»

Lo avevo fatto di nuovo, supponendo che l'ovvio fosse chiaro per lui. «Questo… noi. Voglio che stiamo insieme.»

«Siamo insieme.»

«No, volevo dire… insieme nel senso di… fare sesso.»

Un'altra pausa. Il suo fiato passava sulla superficie del mio capezzolo sensibile e il mio corpo pulsava per la perdita del contatto. Gli accarezzai i capelli, poi strofinai il pollice sulla sua guancia,

«È giusto volerlo, Wil.»

Lui si tirò indietro e notai che aveva il volto arrossato. Fissandomi la gola, disse: «Dimmi che resterai e non partirai con la fiera.»

Mi girò la testa. «Io… cosa?»

«Ti ho già detto che non faremo sesso se poi dovrò guardarti andare via. Se lo facciamo, voglio che tu mi prometta di restare.»

La sua voce era inespressiva e fredda e fece crollare di colpo tutte le mie speranze sessualmente cariche. Ricaddi sulle gambe guardandolo. Lui si voltò, afferrò la t-shirt e se la infilò, ma era a rovescio. Con un'imprecazione sussurrata, si rese conto del suo errore e approfittai per dare un'altra bella occhiata al suo torace mentre la raddrizzava.

Mi rifiutavo di definirla un'impasse. Sapevo che lo voleva. Sapevo che era come ogni altro giovanotto dal sangue caldo. Ed era chiaramente eccitato… era possibile che fosse veramente così risoluto?

Mi appoggiai all'indietro sulle braccia, facendo sporgere il seno. Fui ricompensata quando William fissò lo sguardo sul mio petto e poi vidi la lotta interiore sul suo bel viso. Finì per chiudere gli occhi, tirandosi indietro.

«Rimettiti i vestiti» disse.

Ignorai la sua richiesta. «Perché non vuoi…»

«Non ho mai detto di non volerlo.» E a giudicare dall'evidente erezione nei suoi jeans, decisamente non poteva negarlo.

«Allora…»

«Ma non lo faremo. Non finché non otterrò quella promessa. E se non ci sarà, allora non lo faremo.»

Gli avrei fatto cambiare idea, prima o poi. Nessun uomo, per quanto cocciuto, era *così* forte. Inoltre, non si rendeva conto del favore che gli stavo facendo evitando di impegnarmi. Cose brutte tendevano a capitare alle persone che mi amavano…

Deglutii e scacciai quel pensiero.

«Non siamo nel Medioevo, Wil. Non sei responsabile o impegnato con qualcuno perché ci vai a letto.»

Lui si raddrizzò. «Se pensi che sia quello il motivo, allora mi hai completamente frainteso.»

Alzai le sopracciglia, un po' irritata per il tono di sfida nella sua voce.

Allungai una mano, afferrai la maglietta e il reggiseno, mettendomeli in grembo. Dopo un lungo momento, William aprì gli occhi, probabilmente pensando che mi fossi rivestita. Quando vide che non era così, non richiuse gli occhi.

«Quindi, anche se potremmo divertirci insieme…»

«Non è questione di divertirci. La questione è che dopo tu scappi.»

Di nuovo. Mi aveva fatto arrabbiare quando me lo aveva detto al parco, e adesso mi fece veramente incazzare.

«Non sai niente di me o della mia storia, quindi è scortese dire che sto scappando.»

Lui scosse la testa. «La gente definisce sempre scortesi le mie dichiarazioni sincere. Non intendevo essere sgarbato con te. Ma che cos'è, allora, quando hai della gente qui per cui sei importante, come Alex e Mia… come me. E hai in programma di andartene senza nessuna intenzione di tornare?»

«Io…» Come spiegarglielo? Lo avevo sempre considerato come partire per cogliere il prossimo arcobaleno. Per imparare, crescere come persona. Per fare esperienza di vita. Per non essere repressa… non sentirmi legata. Perché quei legami potevano ferire e uccidere parti del tuo cuore, fare a pezzi quelle parti nel modo più doloroso possibile quando si spezzavano per sempre.

Non avrebbe capito.

Non *poteva* capire.

E non aveva senso discuterne, quindi feci ciò che facevo meglio. Cambiai argomento.

Stiracchiandomi e assumendo una posa sexy, spinsi in fuori il seno nudo. «Wil… voglio che mi disegni. Come una delle tue ragazze francesi.»

Il suo sguardo percorse il mio corpo, riscaldando le parti che toccava. «L'ho già fatto.»

Mi leccai le labbra. «Così?»

Lui non rispose, ma il rossore gli salì alle guance.

Mi sedetti di colpo. «*Davvero?*»

Mantenne il volto impassibile. «Mi rifiuto di rispondere perché la mia risposta potrebbe incriminarmi.»

«Ti stai giocando il quinto emendamento? Mhmm… adesso devo vederlo. Farò un patto. Mi rimetterò la maglietta se me lo mostrerai.»

Lui ci pensò a lungo. «Potrei semplicemente resistere finché vorrai andare a casa. A quel punto dovrai rimetterti la maglietta.»

«Vero. Ma fino ad allora, me ne andrò in giro in topless per casa tua, magari sfiorandoti, cadendoti addosso. Sai… senza ritegno.»

Lui continuò a fissarmi le tette come ipnotizzato.

«Vuoi toccarle di nuovo, vero?»

Lui si alzò. «Ti mostrerò alcuni disegni se ti rimetterai la maglietta.»

Con un piccolo grido trionfale, feci quello che mi chiedeva. Ma in realtà avrei vinto in tutti i casi. Farmi palpare da quelle mani grandi e callose di certo non sarebbe stato considerato perdere, in nessun caso.

William mi fece fare una versione ridotta del giro turistico della sua casa spaziosa, in stile ranch. Mentre mi portava nel suo studio d'arte, che, cosa interessante, era nella suite padronale, mi spiegò che non solo era la stanza più grande della casa, ma quella con la luce migliore. Aveva fatto installare anche un lavello di tipo industriale e una rastrelliera nel bagno annesso per poter lavare e asciugare la sua attrezzatura.

La stanza era completamente equipaggiata con attrezzi e strumenti di cui non conoscevo nemmeno l'uso. Il pavimento era di cemento lucidato e c'era una speciale illuminazione diffusa con filtri e scuri pronti per regolare la luce. C'erano anche tende oscuranti che si potevano tirare sopra le finestre. Era una bella stanza e sarebbe stata una meravigliosa stanza da letto, ma come studio d'arte era impressionante.

C'erano armadietti e attrezzature lungo le pareti, insieme a rotoli di diversi fondali appesi al soffitto. La stanza era dominata da un grande tavolo da disegno tecnologico, posizionato immediatamente sotto il lucernario. Sul tavolo c'era una collezione di pennelli, tavolozze, scatole di carboncini, pastelli e contenitori di matite speciali e gomme, tutti perfettamente allineati. Presi un righello di metallo lucido.

«Non toccare» mi ordinò. Dopo aver aggrottato la fronte per un momento, aggiunse: «Per favore.»

Spalancai gli occhi e tirai indietro la mano. A quanto pareva, il suo studio era intoccabile. «Non vedo un regolamento appeso qui come nella tua fucina.»

«È perché non è permesso a nessuno di entrare qui. Non mi piace avere gente in questo spazio.»

«Vuoi che resti sulla porta?»

«No. Solo... sarebbe meglio se non toccassi niente.»

Ero un po' sopraffatta dall'idea di avere uno status speciale, di poter entrare nel tempio dell'artista quando non potevano farlo le persone a lui più care. Rivelava un certo livello di fiducia speciale? Sentii un groppo in gola al pensiero.

Mi agitai un momento, poi mi ficcai le mani in tasca, come per rassicurarlo che mi sarei comportata bene. «Affare fatto.»

William andò a uno dei cavalletti e tolse una tela bianca, appoggiandola delicatamente sul pavimento. Poi aprì un alto schedario e sfogliò parecchie tavole senza guardarle. Era come se sapesse esattamente ciò che stava cercando e dov'era esattamente.

Tornando al cavalletto ora vuoto, appoggiò lentamente la tavola, esitando. Appena diedi un'occhiata a ciò che c'era sulla tela, quasi caddi, sotto shock. Non riuscivo a respirare.

Era un mio ritratto, assolutamente meraviglioso, in acrilico... *Porca pupazza.*

Anche se mi aveva lasciato intendere che potesse essere scandaloso, in realtà non lo era affatto. L'immagine era un primo piano della mia testa e delle spalle, con la testa voltata per guardare sopra una spalla. Non avevo una maglietta ma, dato che ero di schiena, non c'erano dettagli anatomici. Anche se avesse scelto di essere più esplicito, non avrei potuto sentirmi più speciale in quel momento che se Dégas in persona mi avesse ritratta senza vestiti addosso.

Doveva averci messo un'eternità, ed era così dettagliato, il luccichio nei miei occhi, le ciocche di capelli sparse sulle spalle, la curva dell'orecchio. Tirai il fiato a fatica. «Non ricordo che mi abbia mai fatto una fotografia. Come... come hai fatto?»

William sembrò confuso dalla domanda, ma rispose lo stesso. «Non dipingo usando fotografie. Le fotografie sono bidimensionali. Il mio cervello ricorda tutto in tre dimensioni. E ti ho visto abbastanza da ricordare i particolari per poter creare quest'immagine.»

«Quindi è questo il motivo per cui non hai fatto un ritratto frontale? Perché non mi hai mai visto nuda?»

William distolse gli occhi alzando le spalle.

Io non riuscivo a togliere gli occhi dal dipinto. Mi faceva sentire strana dentro... speciale come una regina. *Janja, ti si kraljica.* Mi tornarono in mente le parole con la voce di mio padre. Dicendomi che ero una regina. Non mi ero mai sentita una regina fino a quel momento.

«Ti piace?» mi chiese.

Io stavo sbattendo le palpebre per liberare gli occhi dalle lacrime. *Piacermi?*

«È meraviglioso. Sono solo così...»

«Come?»

«Sopraffatta...» Scossi la testa. «Sei fantastico, Wil.»

Lui non rispose, ma si voltò a guardare la tela.

«Mi dipingeresti se posassi per te?»

«Nuda?» Risi davanti alla sua espressione scioccata. E fu un bene. Mi aiutò a dissolvere quelle emozioni e ne fui lieta. Perché con quei ricordi venne il dolore. Ed io non volevo ricordare. Non in quel momento.

«*Sì.* Nuda... chiaramente non hai bisogno che sia qui per un primo piano della testa.»

Lui passò lo sguardo dalla mia spalla alla tela e poi tornò a guardarmi. «Non ho bisogno che sia qui mentre dipingo.»

Sorrisi. «Okay, allora vuoi che posi per te adesso?» Finsi di volermi togliere di nuovo la maglietta, più che altro perché volevo farlo arrabbiare un po', ma anche perché non riuscivo a superare la pura meraviglia per il suo talento. Trasudava da lui ed io ero confusa e un po' persa; non sapevo come comportarmi.

Alzò le sopracciglia, allarmato. «Non toglierti di nuovo la maglietta. Sono appena riuscito a riavere tutto sotto controllo» disse dandosi un'occhiata all'inguine.

«Mi dispiace... sto solo facendo la scema perché sono a disagio.» Sospirai, lasciando cadere le braccia lungo i fianchi. «Sai, veramente, non è giusto.»

«Che cosa non è giusto?»

«Che tu sia bello, intelligente e abbia un mega-talento. Non riesco a capire perché sembri pensare di dover dimostrare a *chiunque* di valere.»

Lui abbassò lo sguardo, con la stessa espressione inquieta sul volto. Avrebbe finalmente parlato o avrebbe tenuto ancora la bocca chiusa? E che cosa aveva a che fare con sua madre e Disneyland?

Immaginai che fosse un momento buono come qualunque altro per dirglielo. «Ho un'idea... dovremmo andare a Disneyland e divertirci mentre lavoriamo con i tuoi problemi con la folla.»

Lui s'irrigidì immediatamente, con le mani grandi che si chiudevano lungo i fianchi. «Non ho intenzione di andare a Disneyland.»

«Ehi, se vuoi che ti aiuti, devi essere disposto ad accettare i miei suggerimenti. Non è necessario che ci avviciniamo ad Advertureland o alla Jungle Cruise, okay? Per essere sincera, non sarà una gran perdita per me. Fanno battute stupide e non ho davvero bisogno di vedere "il didietro dell'acqua" per la milionesima volta.» Quando non parlò, insistetti. «Dai, Wil. È il posto più felice del mondo. Puoi andarci con me, no? Solo per poche ore.»

Lui fece un respiro profondo e poi espirò.

«Se non dici "sì" mi sfilo immediatamente la maglietta.»

Lui tese una mano. «Okay. Okay. Sì, verrò.»

«Maledizione» brontolai. «Speravo che volessi toccarle di nuovo.»

Questa volta William mi ricompensò arrossendo profondamente. «Ti piace un po' troppo provocarmi.»

Scoppiai a ridere. «Beh, dovrai imparare a stuzzicarmi anche tu.»

La sua espressione severa si sciolse in un sorriso dolce che mi fece ribaltare lo stomaco. «Quando vogliamo andare?»

«Direi il prossimo fine settimana, ma devo lavorare tutto il giorno sabato. Un giorno feriale sarebbe meglio, e sicuramente meno affollato, ma allora sarai *tu* a lavorare.»

«Posso prendere un giorno di ferie» disse. «Non diranno niente perché non ne prendo mai. Possiamo andare mercoledì.»

«Quindi interromperemo la tua routine *e* lavoreremo sulle folle. Due piccioni con una fava. Mi piace.» La sua espressione si annebbiò di nuovo, quindi continuai. «Al mattino devo lavorare al Centro Profughi. La sessione di terapia di gruppo finisce alle dieci. Se vieni a prendermi presto, potresti assistere, se vuoi.»

Sembrò che volesse dire di no, quindi mi avvicinai a lui e molto lentamente, in modo che sapesse che cosa stavo facendo, gli misi le braccia intorno al collo. Poi mi alzai sulla punta dei piedi e lo baciai sulla guancia. «Per favore?»

William fece un lungo sospiro. «Ci sarò. Dammi solo l'indirizzo.»

Poco dopo mi portò a casa e dopo aver passato praticamente tutto il fine settimana con lui, sembrò quasi che avessi un vuoto con la sagoma di William nella mia vita. Ero meravigliata e un po' spaventata da quanto stessi aspettando il mercoledì successivo.

Capitolo Sedici
William

COME MI HA CHIESTO JENNA, SONO ARRIVATO PRESTO AL Centro Profughi. Quando do il mio nome alla receptionist e le dico perché sono lì, mi dicono che mi stavano aspettando. Ann, la sua amica che conosco già dall'ARRM, viene ad accompagnarmi dentro.

«In questo momento è occupata. Le cose si sono fatte un po' emotive questa mattina, quindi mentre originariamente pensava che tu potessi far parte del circolo, probabilmente non sarebbe l'idea migliore in questo momento.»

Devo ammettere che mi sento sollevato. Ho partecipato a qualche sessione di terapia di gruppo quando ero un adolescente e non sono mai andate bene.

Quanto entro, sono in una grande stanza, arredata come un'aula scolastica, con banchi e sedie. Ci sono computer lungo tutta la parete e anche dei gruppi di divani e poltrone comode accanto agli scaffali carichi di romanzi e saggi. In un angolo in fondo, c'è un cerchio di sedie con sei persone che parlano sottovoce.

Lì vicino, dalla parte opposta del circolo di supporto, Jenna è accanto a una giovane donna, con la testa china. Stanno parlando sottovoce e l'altra ragazza, un'adolescente, credo, si sta asciugando gli occhi con un fazzolettino.

Ann si avvicina alla mia spalla, parlando piano. «Anchali sta avendo dei problemi d'ansia per alcuni brutti ricordi risvegliati dalla sessione, Jenna la sta calmando. Ci vorrà un momento.»

Guardo Jenna mentre conforta la ragazza, toccandole il braccio proprio come fa con me. Mi rendo conto che le cose che apprezzo sono cose che lei condivide anche con altri. E anche se potrebbe farmi sentire meno speciale in realtà non è così.

A Jenna piace aiutare gli altri. Ha la mente aperta e vede le cose da prospettive diverse. Eppure, proprio l'ultimo fine settimana, mi ha detto che vorrebbe poter vedere il mondo come lo vedo io. Quel pensiero fa nascere una sensazione di calore al centro del mio petto.

Adesso, mentre la osservo, riesco a vedere che le piace aiutare la gente. E non può essere facile aiutare la gente qui, in un centro per profughi, quando lei ha ancora quei ricordi terribili della guerra che ha vissuto *lei*. Ma ascolta gli altri raccontare le loro storie e li aiuta in tutti i modi possibili.

Proprio come sta aiutando me. E anche se so che è anche nel suo interesse, mi piace pensare che mi aiuterebbe comunque, senza la tiara in ballo.

Ora Ann mi sta parlando. «Potresti aiutarmi con Raul? Jenna gli ha chiesto di preparare un cartello, ma io devo sistemare l'aula per la prossima sessione.» Mi indica un ragazzo con i capelli neri e la pelle bronzea seduto a un tavolo da disegno.

M'inquieta un po' avvicinare un estraneo quindi cammino lentamente, cercando di preparare qualcosa da dire. Di che tipo di aiuto ha bisogno? Sembra stia disegnando qualcosa. Quando mi avvicino, lui mi dà un'occhiata e poi distoglie gli occhi.

«Ciao. Sono William Drake. Hai bisogno di aiuto?»

Senza guardarmi, lui alza le spalle. Resto lì per un momento e lo osservo continuare a lavorare. Sta creando una scritta piuttosto complessa in uno stile molto moderno, urbano, simile ai tag più artistici che si vedono sui muri di cemento e i sovrappassi delle superstrade. Ann aveva detto che era un cartello per il centro e sembra che stia preparando la bozza.

Mi ficco le mani in tasca, senza sapere che cosa fare. Continuo a restare lì, prima di interromperlo con un suggerimento.

«Hai creato un font interessante. Ma se hai intenzione di sovrapporre le lettere in quel modo, allora il tratto in basso della "n" dovrebbe essere sopra la "g" invece che sotto, come hai fatto tu. È più piacevole esteticamente se le lettere si sovrappongono tutte allo stesso modo.»

Il ragazzo si tira indietro e studia la scritta per un momento, piegando la testa. «Immagino che potrebbe star bene.»

Mi piego e afferro un pezzo di carta e una matita orribilmente spuntata, poi schizzo velocemente quello che intendevo dire. «Non sono molto bravo con lo stile urbano, ma potrebbe essere così.»

Il ragazzo guarda tutti i miei movimenti senza dire niente. «Come hai fatto a fare così in fretta?» dice con un forte accento spagnolo.

«È solo un abbozzo, ma potresti assicurarti di centrare la parola sulla pagina contando il numero di lettere. Poi prendi la lettera centrale e cominci con quella al centro della pagina. Così.» Mentre glielo dimostro, lui appoggia la matita per concentrarsi su quello che sto facendo.

«Dove lo hai imparato?» mi chiede.

«Disegnavo semplicemente moltissimo, come stai facendo tu. Non sono mai stato bravo a scuola, eccetto che nelle materie artistiche. Ho tentato di andare al college, ma non faceva per me. Ma una delle insegnanti mi ha detto che potevo studiare privatamente con lei e un gruppo di altri studenti. Potresti studiare con i tuoi amici e ciascuno potrebbe imparare analizzando e valutando il lavoro degli altri. È più o meno come ho imparato io.»

«Io frequento ancora le superiori.»

«Comincia con un corso d'arte lì.»

«Ma non ti insegnano solo la roba che non vuoi fare?»

«Devi imparare le basi per poter fare le cose che *vuoi* fare. Per migliorare la tua capacità e la tecnica.»

Gli do qualche altro consiglio e poi lui tira fuori qualche foglio dal suo raccoglitore e mi mostra qualcuno dei suoi precedenti lavori. È impressionante. Gli chiedo di alcune delle scelte che ha fatto e trovo che sto imparando anch'io cose nuove.

«Sono Raul» dice all'improvviso, tendendomi la mano. Io la fisso per qualche secondo prima di capire che vuole che gliela stringa. Non sono un grande fan delle strette di mano, quindi alzo la mia per battere il cinque e lui sorride e lo fa.

«Io sono William.»

«Insegnerai qui?»

«Sono venuto a prendere Jenna. Non sono un insegnante.»

Lui piega di lato la testa. «Dovresti esserlo.»

Qualcosa nel modo in cui lo dice mi fa sentire bene. Lui torna alla sua carta e ricomincia a lavorare su un nuovo cartello usando i miei suggerimenti come esempio. Poi trovo Jenna al mio fianco, che lo osserva.

«Ehi, R» dice. «Mi dispiace di non essere arrivata prima da te. Dovevo aiutare Anchali.»

Raul alza gli occhi. «Va tutto bene. Mi stava aiutando il tuo boyfriend, è piuttosto bravo. Avevo solo bisogno di sapere come si scrivevano alcune di queste parole per il cartellone che volevi.»

Jenna mi guarda con la coda dell'occhio mentre si abbassa per scrivere una frase per Raul. È arrossita. Penso alla supposizione di Raul che io sia il boyfriend di Jenna e sento caldo anch'io proprio nel petto. Ci sta pensando anche Jenna?

La guardo mentre è piegata in avanti, la curva delle sue gambe, il sedere, i fianchi. Voglio che sia la mia girlfriend. Lo voglio in tutti i sensi della parola. Ma è più che solo baciarla e fare sesso con una donna che ritengo incredibilmente desiderabile. Voglio passare del tempo con lei. Voglio passare i miei giorni con lei, insieme alle mie notti.

Di colpo, voglio tenerle la mano, quindi allungo la mia e gliela prendo. Lei volta di scatto la testa verso di me, poi sorride. Le sue dita si chiudono intorno alle mie e quella sensazione di calore nel petto comincia a diffondersi.

«Che ne pensi del nostro centro?»

Annuisco. «È un posto molto interessante. Scommetto che ti dispiace lasciarlo.»

Raul alza la testa. «Te ne stai *andando*?»

Jenna volta la testa verso il ragazzo. «Non preoccuparti, R. Non me ne andrò tanto presto.»

«Ma...» faccio per dire.

«Wil. È ora di andare. Ciao Raul!» Mi sta trascinando con lei e salutando Ann mentre le dà istruzioni. Poi prende le sue cose, senza parlare finché arriviamo al parcheggio.

Soffia fuori il fiato e dice. «Se tornerai qui, per favore non dire niente sul fatto che me ne vado, okay?»

Jenna mi sta ancora tenendo la mano, quindi gliela stringo. «Quindi non lo sanno?»

«Non hanno bisogno di saperlo. Non ancora. Darò il preavviso. La Fiera non lascia questa zona per altri due mesi e mezzo.»

«Non hai il coraggio di dirglielo adesso?»

Lei aggrotta le sopracciglia. «Non è questione di coraggio. Cavolo, William. Qualche volta puoi essere così...»

«Irritante?» L'ho già sentito dire.

«Critico sulle scelte degli altri. Ho delle buone, valide ragioni per andare.»

Scappare, aggiungo io mentalmente. «Hai anche delle buone, valide ragioni per restare» dico a voce alta.

Lei mi lascia andare la mano e sbuffa. «Andiamo in macchina.»

Seduta con le braccia conserte, resta in silenzio per quasi tutto il viaggio fino a Disneyland. Quindi comincio a parlarle dell'arte di strada che Raul stava creando, indicandole qualche esempio che vedo guidando attraverso Anaheim.

Alcuni sono dei semplici tag, brutti e rozzi, ma ci sono anche alcuni esempi di vera e bella espressione artistica. Mi fa sperare che un giorno i creatori di quelle opere saranno in grado di arrivare a produrle a un livello professionale. Mi rendo conto di quanto sia stato piacevole insegnare a qualcun altro un po' di quello che so, e che lui abbia apprezzato la conoscenza che ho condiviso.

«Mi è piaciuto insegnare a Raul.»

«Bene. Insegnare *può* essere divertente.» Sorride e potrei giurare che la luce dentro l'auto sia diventata più brillante.

«Hai mai pensato di diventare un'insegnante?»

Lei mi guarda a lungo. «Sì, in effetti. Penso, forse, un giorno... quando avrò soddisfatto il mio desiderio di vagabondare.»

Faccio una smorfia. Meno se ne parla meglio è. «Mi ha sorpreso vedere Ann. Avevo dimenticato che lavorava con te.»

«Sì, è così che ci siamo conosciute e quando io ho cominciato a frequentare l'ARRM, se ne è interessata molto anche lei.»

«È anche lei una rifugiata di guerra?»

Jenna annuisce. «Sì. Dalla Somalia. Lei e la sua famiglia sono fuggite dalla guerra scappando in Kenya prima di farcela ad arrivare negli Stati Uniti.»

Ci penso mentre continuiamo a guidare. «E Raul? Da dove viene?»

«Dall'Honduras. Sua madre è stata uccisa durante il viaggio, fatto quasi completamente a piedi, per arrivare fin qui dall'America Centrale. È stato orribile.»

Immagino Ann e Raul e le loro famiglie che camminano attraverso giungle o deserti per cercare la salvezza e di colpo mi sento triste per gli altri che sono nati in situazioni così sfortunate. Come Jenna, per esempio. Riesco sono a immaginare che abbia visto più morte e orrori nei suoi primi cinque anni di vita di quanti ne ho mai visti io, incluso nei film. Mi rendo conto di quanto sono fortunato, specialmente se penso ai nuovi rapporti sui rifugiati dalla Siria che stanno fuggendo da una situazione simile.

«Com'è stato il tuo viaggio?» le chiedo.

«Uh? Oh, intendi dire dalla Jugoslavia?»

«Sì. È stato come quello di Raul? A piedi?»

Lei resta in silenzio per un attimo e guarda fuori dal finestrino. «No, ci misero su un camion a Sarajevo, mia zia, mia sorella e me e ci portarono a Zagabria, in Croazia. C'era un posto di blocco lungo la strada e...» Rabbrividisce e scuote la testa. «Comunque non è stato come quello di Raul. Avevamo dei parenti a Zagabria e siamo rimaste lì fino a quando abbiamo potuto volare in America. Sono stata fortunata.»

Dopo aver sentito la sua storia e alcune delle cose che ha vissuto, non credo che sia stata fortunata come crede. Penso solo che sia forte. Incredibilmente forte. E bella, non solo fuori, ma fino in fondo, fino al nucleo di ciò che la rende *lei*. Jenna aiuta la gente ed è compassionevole... e non ci vuole un artista di professione per apprezzare quella bellezza.

Spero che potrò conquistarla e che vorrà restare se dimostrerò il mio valore. Perché più tempo passo con lei, più la voglio con me per sempre.

Ma i miei pensieri cambiano quando entriamo nell'enorme parcheggio "Mickey and Friends" che serve il parco a tema. Sento un peso sullo stomaco, il cuore che accelera e ho il respiro affrettato. E anche se non si avvicina nemmeno a ciò che ha sopportato Jenna, sono comunque travolto dal terrore al pensiero di rivivere alcuni dei miei orrori infantili.

CAPITOLO DICIASSETTE
Jenna

DECIDEMMO DI NON PRENDERE IL TRAM AFFOLLATO CHE partiva dal parcheggio. In questo modo, andando a piedi, la transizione sarebbe stata più graduale, e sarebbe stato meno probabile che inducesse ansia. Fortunatamente c'erano meno persone, dato che era un giorno feriale di aprile e il parco non era affollato come sarebbe stato durante l'alta stagione.

Ma William sembrava teso quindi decisi di distrarlo dalle sue paure. «Allora, come mai tuo padre e Adam ti chiamano "Liam"? Non mi pare che ti piaccia molto.»

«È un vezzeggiativo di famiglia.»

«Ah, *solo* della famiglia?»

«I membri della famiglia e i vecchi amici mi chiamavano Liam quando ero piccolo. Ci sono abituati. Ma io preferisco William.»

«Oh, allora non dovrei chiamarti Wil.»

«Wil va bene. Quando sei *tu* a chiamarmi così.»

Sorrisi. «Quindi io sono l'unica che può chiamarti Wil?»

«Beh, non posso esattamente impedirlo se qualcuno vuole chiamarmi Wil.»

«Vorresti impedirlo a me?» Piegai la testa verso di lui, inarcando le sopracciglia.

«Dipende.»

«Da che cosa?»

«Da come lo dici. Se stai parlando in tono arrabbiato o urlando, preferirei che non lo usassi del tutto.»

Risi e lui sorrise. Poi allungò la mano verso di me ed io gliela presi, stringendogliela per rassicurarlo, il mio modo per dirgli in silenzio "Ce la farai".

«Tecnicamente, Jenna è il mio soprannome» continuai, notando che era più a suo agio mentre parlava con me. «Ma è diventato il mio nome legale quando sono stata naturalizzata come cittadina statunitense.»

Lui voltò la testa verso di me, sorpreso «Davvero?»

«Già. L'ho scelto quando sono venuta qui e ho cominciato la scuola. Assomiglia al mio vero nome, Janja. La gente lo pronunciava male. Pronunciavano la J come fosse una G, invece di una I. Ero piccola e la cosa m'infastidiva, quindi l'ho cambiato» dico alzando le spalle.

Lui aggrottò le sopracciglia ma non disse niente.

«Che c'è che non va?»

William scosse la testa e continuammo a camminare, lui con la mano libera ficcata in tasca. «Mi sono appena reso conto che ci sono tantissime cose che non so di te. E mi ha rattristato rendermi conto che c'è molto di più che non saprò mai.»

Sbattei gli occhi, all'improvviso conscia di un vago dolore nel petto e della vocina in fondo alla testa che diceva che era meglio così. Avrebbe fatto meno male.

«Come si dice il mio nome in bosniaco?»

«Vilijam» rispondo.

«E lo abbrevieresti in Vil? Qualcuno potrebbe chiamarmi Vile. Preferisco la versione inglese.»

Rido, contenta della sua leggerezza. William poteva essere divertente, in netto contrasto con il suo atteggiamento impassibile e silenzioso. Ridevo di più con lui che con la maggior parte degli uomini con cui ero uscita.

Stavamo rapidamente avvicinandosi all'entrata del parco. «Okay, il primo ostacolo saranno le biglietterie» dissi, stringendogli di nuovo la mano. «Sono tornelli, quindi la gente sarà in coda. Ci potrà essere un po' di ressa.»

Mentre uscivamo da Downtown Disney, William guardò davanti a noi, oltre i negozi e i ristoranti, verso l'entrata del parco. «Prima controlleranno la tua borsa nella stazione, là» disse William indicando verso la stazione di controllo borse. «Poi al cancello prenderanno i nostri biglietti. Ho controllato l'intera procedura online in modo da essere preparato e anticipare ogni esito. Ho anche memorizzato la piantina del posto.»

Seguii il suo sguardo. «Giusto. E dopo, passeremo i fiori di Mickey Mouse sul prato appena sotto la stazione dei treni, poi attraverseremo il tunnel fino a Main Street USA. Normalmente lì ci sono gruppetti di persone che fanno fotografie.»

William annuì. «Conosci molto bene questo posto.»

«Alex lavorava qui. Mi faceva entrare gratis tutte le volte. Dopo averle raccontato la mia storia, cioè.»

«Che storia?» mi chiese piegando la testa, chiaramente interessato.

«Quando mia madre e mio padre mi dissero per la prima volta che avrebbero mandato mia sorella e me a vivere qui, non volevo venire.» Alzai le spalle. «Quindi mi fecero sedere e dissero che sarei vissuta accanto a Mickey Mouse, e non sarebbe stata una cosa bellissima?»

«Ti convinsero?»

Devi essere coraggiosa, bambina mia. Ansimai quando la voce di mio padre m'invase la mente. La storia di Disneyland era quella che raccontavo di solito a tutti. Era la verità. Solo non tutta la verità. Per quanto ne sapevano i miei amici, era quello il motivo per cui avevo accettato di lasciare i miei genitori e il mio paese.

Ma non era tutta la storia.

«Sì, più o meno.» Scrollai nuovamente le spalle, volendo di colpo cambiare argomento. Il pensiero di mentire a William mi metteva a disagio. Ma lui era curioso, si vedeva, ed eravamo sul punto di superare la fila della biglietteria senza incidenti. Quindi continuai a parlare. «Volevo essere una principessa, come Ariel o Jasmine. A quanto pare era tutto ciò di cui parlavo, anche se non lo ricordo. Maja me lo rammentava sempre quando eravamo più giovani.»

«Quindi anche Maja viveva qui. Quando è tornata a casa?»

«Tornammo per un'estate quando io avevo sedici anni e lei ne aveva ventidue. Mia madre ci chiese di restare e lei restò. Io tornai negli Stati Uniti.»

«Quindi tua madre aveva dovuto convincerti a venire negli Stati Uniti quando avevi cinque anni, ma non è riuscita a convincerti a restare in Bosnia quando ne avevi sedici?»

Gli diedi un'occhiata, impressionata dal suo spirito di osservazione. «Sì. Ero decisissima a restare qui.»

«Perché?»

«Beh…» Gli diedi un'occhiata veloce, indicandogli di mettersi davanti a me nella coda.

Stavamo quasi per passare il tornello quando William esitò. La persona dietro di me mi finì addosso ed io, a mia volta, finii contro il posteriore muscoloso di William. Non che mi dispiacesse. Aveva un gran bel sedere.

«Scusami! Tutto bene?» gli chiesi.

«Mhmm» fu tutto quello che disse. Cominciò a strofinarsi le mani su e giù sulle cosce. *Stava avendo un attacco di panico?*

Mi voltai in fretta verso la gente dietro di me, indirizzandoli al tornello accanto al nostro, poi mi misi di fianco a William.

«Ehi! Non hai ancora sentito la fine della mia storia. Passerò io il tornello e, se vuoi sentire la fine, dovrai seguirmi.»

Lui stava fissando il tornello con la fronte aggrottata. Consegnai entrambi i biglietti all'addetta e poi passai lentamente. Poi mi voltai e dissi: «Non pensarci, Wil. Pensa solo a quanto desideri sentire la mia storia.»

Lui alzò gli occhi e incrociò coraggiosamente il mio sguardo. Sorrisi e gli feci cenno di sì con la testa e lui deglutì, visibilmente. Poi attraversò il tornello senza toccarlo con le mani.

Ignorammo l'addetta ai biglietti che ci stava guardando come se fossimo degli alieni. William si avvicinò a me, senza mai smettere di guardarmi negli occhi, e poi sorrise.

«Adesso raccontami quella storia.»

Capitolo Diciotto
William

«**D**AMMI IL CINQUE!» DICE JENNA, ALZANDO LA mano ed io la schiaffeggio. Poi lei si muove per abbracciarmi. Istintivamente faccio un passo indietro, non perché non mi piacciano gli abbracci, ma perché non prendo bene gli abbracci a sorpresa. È allarmante quando la gente cerca di afferrarmi senza preavviso.

Jenna spalanca gli occhi quando vede la mia reazione. «Scusami.»

«Preferisco che me lo chiedano prima.»

«Un abbraccio? Okay. Capito.»

Camminiamo insieme verso uno dei due tunnel che passano sotto le rotaie del treno e che portano alla piazza principale. Ci sono opere d'arte sulle pareti, poster stilizzati degli anni Cinquanta e Sessanta che pubblicizzano le varie attrazioni del parco. Mi fermo ad ammirarli per un attimo e Jenna resta accanto a me. «Tu potresti fare di meglio.»

È vero, potrei. Ma non ho dimenticato perché ho attraversato quello stupido tornello, con la minaccia di restare incastrato lì dentro forte come quando avevo sei anni e mia madre, irritata, che mi stava trascinando per attraversarlo.

«Quindi, hai intenzione di dirmi perché hai deciso di tornare negli Stati Uniti?»

Lei mi guarda. «Oh, beh, quella è praticamente la fine della storia.»

«Ma avevi detto che me lo avresti raccontato.»

Lei annuisce e si volta, indicando che dovremmo uscire del corto tunnel. Ci porta a Town Square, una piazza circolare. Da lì, la strada porta verso il resto del parco. C'è un tram a cavalli che sta svoltando l'angolo, ed io me ne tengo alla larga mentre camminiamo. Anche i cavalli mi mettono a disagio, specialmente quelli grandi come quel cavallo da tiro nero e lucido.

Prendo nota degli edifici che si allungano per tutta la breve "strada", pensando che un giorno mi piacerebbe dipingere quella scena. Non lo farei qui, ovviamente. Quindi memorizzo tutti i dettagli che posso, per poterli richiamare più tardi. Farlo mi aiuta anche a distrarmi dalle persone che ci sono intorno. Grazie al cielo non c'è abbastanza gente da potersi considerare una folla.

«Sono tornata perché ero innamorata.»

Mi volto di colpo a guardare la faccia di Jenna. È difficile capire se sta scherzando, ma non sta né sorridendo né ridendo. Devo conoscere veramente bene una persona per capire il linguaggio del suo corpo. Riesco quasi sempre a capire Adam, Britt e mio padre, ma Jenna per me è ancora un mistero al settanta percento.

«Di chi eri innamorata?»

Lei alza di nuovo le spalle. «Un ragazzo. Ehi, dovremmo andare in municipio e scoprire quali attrazioni hanno i tornelli per poterli evitare. A meno che... tu voglia lavorare anche su questo oggi?»

Rifletto, immaginando nuovamente il tornello, rivivendo la paura di restare incastrato o di essere tagliato a metà. Scuoto la testa. «Una cosa per volta.»

«Torno subito.» Qualche minuto dopo è di ritorno con una lista in mano. «A quanto pare sei tutt'altro che l'unica persona che ha un problema con i tornelli. Avevano la lista pronta.»

Me l'ha detto per farmi sentire meglio, immagino. Come se sapere che tante altre persone hanno la mia stessa fobia dovesse farmi sentire meglio. Ci penso per un momento, sorpreso che sia così, almeno in parte. Jenna è brava a mettermi a mio agio, ad aiutarmi a sentirmi meno uno svitato di quanto sia.

Poi camminiamo lungo uno dei marciapiedi di Main Street verso il famoso negozio di caramelle. Riesco a sentire il profumo della vaniglia nell'aria.

«Sapevi che Walt Disney ha progettato questa strada per farla sembrare più lunga di quanto sia in effetti?» mi chiede.

«Lo sapevo. E tu hai cambiato argomento.»

Lei mi dà un'occhiata e poi distoglie lo sguardo, infilandosi le mani nelle tasche posteriori. «Sì, è vero. Perché, in effetti, non c'è molto di più nella storia. C'era un ragazzo. Ci eravamo incontrati alle medie. Uscivamo insieme da qualche anno quando tornai in Bosnia per una visita. Decisi di tornare negli USA mentre mia sorella e mia zia restarono là. Quando tornai, mi trasferii ad abitare con lui e la sua famiglia. Due anni dopo, fu ucciso in un incidente d'auto.»

«È triste. Era giovane.»

«Sì.» Scruto il suo volto, cercando di decidere se è triste. È una cosa strana la sofferenza. Ti taglia come un coltello per giorni e mesi, per poi attutirsi in un dolore sordo e poi dei lievi soprassalti di ricordi e rimpianti.

«Come si chiamava?»

«Braco, ma qui lo chiamavano Brock. La sua famiglia veniva dalla Serbia, ma vivevano qui. Sono ancora molto legata a loro. È come se fosse la mia stessa famiglia.»

Non so come reagire quindi continuo a camminare e dopo poco lei continua. «In effetti, andrò a Belgrado con loro quest'estate e poi proseguirò verso Sarajevo per il matrimonio.»

«Ma tornerai per viaggiare con la fiera Rinascimentale?»

«Sì.» Indica davanti a noi, verso il castello. «Guardate, sir William. Credo ci sia un castello da difendere! Lo attraversiamo e vediamo se riuscirete a togliere la spada dalla roccia?»

Sbuffo. «È roba da bambini.»

«Tutti sono bambini a Disneyland, Wil. È questo il bello.»

«Beh, non mi piacciono le persone in costume. Sono inquietanti.»

«I personaggi?»

Rabbrividisco. «Sì, dobbiamo starne alla larga.»

Si mette a ridere. Mi piace il suono della sua risata. È musicale, ed è in momenti come questo che vorrei poter dipingere o disegnare un suono o un'emozione, poterli registrare chiaramente come riesco a registrare le cose che vedo.

Oltrepassiamo senza incidenti la spada nella roccia di fronte alla giostra di Re Artù e il resto di *Fantasyland*. E, grazie al cielo, non c'è nessun personaggio.

Trovo che sia più difficile per me sopportare le folle quando dobbiamo aspettare in lunghe file per entrare nelle attrazioni più popolari. Jenna coglie quelle opportunità per far pratica di visualizzazione con me e, per la maggior parte del tempo, sono lieto di dire che funziona.

Una delle attrazioni senza tornello che ha trovato è "I pirati dei Caraibi" e finisco per divertirmi un sacco. La mia parte preferita è guardare Jenna, seduta accanto a me, che canta a squarciagola seguendo la musica per tutto il percorso. Alla fine, sono contento di essere venuto. Non è stato brutto come temevo.

Non ci avviciniamo nemmeno lontanamente ad Adventureland, però, e dopo cena decidiamo di fare ancora qualche altra volta la Space Mountain e lo Star Tour. Penso che si stia stancando.

Stiamo uscendo dalla casa stregata quando tutto cambia in un istante.

Ci sono suoni come fulmini e tuoni sopra di noi. Sorpresi, guardiamo entrambi in alto ed io mi copro le orecchie con le mani, sto cercando di afferrarmi a qualcosa per calmarmi quando, con la coda dell'occhio, vedo Jenna che crolla rannicchiata per terra.

Sta male? È ferita?

Lei si raggomitola su se stessa, stringendosi le ginocchia contro il petto. La gente che sta uscendo ci passa accanto, spintonandoci, ma sono troppo preoccupato per Jenna per accorgermene. Mi abbasso su di lei e le chiedo: «Va tutto bene?»

Tremando e piagnucolando, lei si dondola avanti e indietro, tenendo la testa bassa.

Mi si gela il sangue nelle vene mentre cerco di decidere che cosa fare.

CAPITOLO DICIANNOVE
Jenna

«JENNA...» ANCHE CON LA SUA BOCCA PREMUTA CONTRO il mio orecchio riuscivo a malapena a sentire William, immersa nella nebbia del mio terrore infinito.

La mia mente era ferma a vent'anni nel passato, tenuta in ostaggio nei momenti tra un'esplosione e l'altra. Con gli occhi chiusi stretti, mi ritraevo a ogni nuovo bum che spaccava il cielo e avevo il respiro così affrettato che sentii quasi subito la testa leggera. Proprio quando pensai che sarei svenuta, sentii delle braccia che mi stringevano forte.

«Papà! Papà! *Pomozi nam!*»

È il terzo bombardamento questa settimana. Non siamo riusciti ad andare a prendere l'acqua fin da giovedì scorso. La mamma dice che non potremo fare il bagno finché le cose non si calmeranno. Abbiamo quasi finito le candele, quindi ogni sera, al tramonto, piango per paura del buio. E, questa volta, il bombardamento è venuto con il buio...

Di colpo mi stavo muovendo, ma non autonomamente. Quelle braccia erano ancora intorno a me e mi tenevano forte contro un torace duro, ampio. Sentivo il respiro caldo di William sulla mia faccia bagnata.

«Mi dispiace, signore, non può passare da qui...»

«Torniamo dentro» disse lui con ferma determinazione. «È spaventata dai fuochi d'artificio.»

Le voci sembravano così lontane e tutto ciò a cui riuscii a pensare era se sarei stata abbastanza forte da riuscire a tirare il prossimo respiro. Strano come i suoni potessero portarti indietro proprio nel tuo incubo peggiore e, quando lo facevano, era tutto quello che potevi sentire o vedere. Era come se fossi di nuovo là, in quel piccolo appartamento cercando di chiamare Maja, che non mi rispondeva. L'odore dell'intonaco e della colla vecchia della carta da parati che m'invadeva le narici.

«Mi segua attraverso l'uscita» disse una voce.

Gli scoppi, gli schiocchi e gli scoppiettii continuavano, ma i suoni terrificanti stavano allontanandosi. Aprii appena gli occhi, vidi che eravamo di nuovo all'interno dell'ultima stanza della casa stregata.

William parlava a voce bassa e mi baciava i capelli. Io mi rannicchiai contro di lui piagnucolando. Non volevo ancora essere un'adulta. Chiudendo gli occhi, premetti la guancia contro la sua clavicola. «Wil…»

«Tieniti forte a me per tutto il tempo che ti serve» sussurrò contro il mio orecchio. Ero appena conscia della folla che ci passava accanto. Il rimbombo del mio cuore e la disperazione del mio respiro erano gli unici suoni che riuscivo a sentire.

«Per favore, non lasciarmi andare» dissi con i denti che battevano.

«Non ti lascerò. Mai.»

«Possiamo… possiamo restare qui finché saranno finiti?»

Ci fu un'altra discussione con qualcuno che non riuscivo a vedere e poi William parlò contro il mio orecchio. «I fuochi d'artificio finiranno tra circa sei minuti.»

«Grazie alla dea» dissi.

«Vuoi rimetterti in piedi, adesso?»

«No… se a te sta bene.»

«Non sei più pesante della mia armatura. A me sta bene.»

«Grazie.» Apprezzavo la sensazione delle sue braccia muscolose intorno a me, il suo torace premuto contro la mia guancia. Rilassandomi, chiusi gli occhi.

Sarei potuta restare lì e lasciare che mi tenesse stretta per una settimana, anche se le sue braccia, sicuramente, a quel punto avrebbero ceduto. Lui probabilmente avrebbe comunque tentato di farcela. Sorrisi a quel pensiero.

«Non ho fatto praticamente niente» mi rispose.

Riuscii a fatica a fare una risatina. «Eravamo venuti qua oggi per aiutare te, e *tu* hai finito per aiutare *me*.»

Lui rimase zitto per un attimo e poi mi chiese sottovoce. «Stai bene adesso?»

Annuii, con quella sensazione nebbiosa di vecchi ricordi che svaniva insieme al panico. «Avevo completamente dimenticato i fuochi d'artificio. Di solito sono dentro a un negozio o in un'attrazione o nell'altro parco, *California Adventure*, dove i fuochi pirotecnici sono più lontani. Riportano alla mente un sacco di ricordi. Brutti ricordi.»

«Era così che sembravano i bombardamenti?»

Ora che gli scoppi erano attutiti, riuscivo a pensare in modo più obiettivo a ciò che era successo, parlarne come facevo sempre, come se fosse successo a qualcun altro. «Sì, erano quasi esattamente così. E a volte li sento ancora nei miei incubi.» Soffiai fuori il fiato sibilando. «Ogni giorno venivamo a sapere di un vicino o un amico la cui casa era stata completamente distrutta. Sembrava di essere dei bersagli immobili, che aspettavano la loro fine.»

William mi baciò di nuovo i capelli ed io mi sciolsi contro di lui. E a quanto pareva, una volta cominciato, non riuscii a restare zitta.

«E i cecchini… c'erano anche i cecchini. Un giorno eravamo al parco e spararono a Zora, la migliore amica di mia sorella. Così, senza preavviso. Proprio davanti a noi. Morì in un attimo. Io non sapevo nemmeno che cosa fosse successo e la mamma non me lo voleva dire.»

William strinse le braccia intorno a me ed io mi resi conto in quel momento che non volevo lasciarlo andare, anche se ora il panico iniziale era svanito. Era troppo bello. Lui non stava dicendo niente, e quello mi spinse a continuare.

«Una notte, fu bombardato l'edificio accanto a quello dove vivevamo. Il soffitto della stanza dove dormivamo mia sorella ed io cedette. Fummo sepolte sotto l'intonaco. Non fu niente di serio e non fummo ferite, ma è stato terrificante. Ricordo solo la sensazione di stare per morire. Non c'era elettricità e tutto era buio pesto. Sentivo solo mia sorella che respirava e piagnucolava. Per i nostri genitori fu l'ultima goccia.»

«Ma te la sei cavata» disse, baciandomi di nuovo i capelli. «Sei al sicuro. Sei qui adesso.»

Scossi la testa. «Non riesco a credere che una cosa, sentire quei fuochi d'artificio, possa riportarmi indietro direttamente a quella notte.»

«La guerra è una cosa orribile. Specialmente per i bambini.»

Alzai gli occhi verso di lui. All'esterno il rumore era finito, ma non ci eravamo mossi. Poi mi chinai in avanti e lo baciai, a lungo e profondamente. Quando alla fine emergemmo per respirare, era rosso in viso. «Sei stato di nuovo il mio campione, Wil. Grazie.»

Lui rimase zitto ma sorrideva e sembrava molto soddisfatto di sé.

Gli sorrisi a mia volta. «Se ti affidassi la missione di portarmi su *It's a small world*, lo faresti?»

Fece una smorfia. «Niente bambole danzanti. Un uomo ha i suoi limiti.»

«Allora vuoi andare a casa?»

«Sì.»

«Bene. Casa tua o casa mia?»

«Stai tentando di sedurmi, vero?»

Alzai le spalle. «Prima o poi ti arrenderai. Un uomo ha i suoi limiti, come hai detto. Io non cambierò idea.»

Lui strinse le braccia intorno a me. «Nemmeno io.»

Alzai il mento. Avrei accettato la sfida. «Quindi immagino che vincerà la persona più cocciuta?»

«Così sembra.»

Ce ne andammo poco dopo e il viaggio verso casa fu silenzioso. William si fermò accanto al marciapiede, a casa mia, ma io non scesi immediatamente. Mezz'ora e una bollente pomiciata dopo, scesi dall'auto, lo ammetto, temporaneamente sconfitta nella mia missione di portarlo di sopra.

Normalmente mi avrebbe accompagnato alla porta ma quella sera notai che non si era nemmeno offerto di farlo.

Forse mi stavo avvicinando più di quanto pensassi.

Capitolo Venti
William

Davvero non ha idea di quanto ci sia andata vicino.

Sto cercando di nasconderlo, ma ogni volta diventa più difficile dire di no.

Perché man mano che passo del tempo con lei, mi rendo conto che è più di una bella faccia e un bel corpo. È forza e compassione. Un fiero difensore di coloro che non possono difendersi da soli.

E tiene alla gente. L'ultima volta che ero a casa sua, ho notato una copia di *Pensare per immagini*, di Temple Grandin, nella sua stanza. Grandin è una famosa portavoce per le persone autistiche, perché ha anche lei la sindrome di Asperger e ha avuto un grande successo nel campo che ha scelto. Anche senza dirmi niente, Jenna si era procurata una copia del suo libro da leggere. Posso solo presumere che sia per poter avere una migliore comprensione di come funziona il mio cervello.

Ma è solo un mezzo per arrivare a un fine? Rivuole tanto la sua tiara da fare qualsiasi cosa per aiutarmi a riprenderla per lei? E se è così, che ne sarà di me, una volta che ci sarò riuscito?

Sono alcune delle domande che mi sto ponendo mentre mi alleno con il mio istruttore di arti marziali europee il sabato seguente. Come al solito, Adam è venuto ad aiutarmi. Di solito resta per un'ora ma oggi è rimasto di più perché Jordan ha deciso di unirsi a noi. E per quanto detesti ammetterlo, Jordan è sorprendentemente bravo per essere un principiante. Ha un equilibrio eccellente, grazie agli anni di surf, ed è probabilmente un atleta nato, mentre io non lo sono. Io ho dovuto allenarmi e lavorare duramente per compensare.

Stiamo facendo una pausa per bere un po' d'acqua quando Jordan mi chiede come vanno le cose con Jenna. Gli do un'occhiata di sottecchi mentre mi asciugo la faccia. Non capisco quali siano le ragioni di Jordan basandomi sul suo tono di voce. Anche se lo conosco da molto tempo, per me Jordan è più difficile da leggere degli altri.

Sono tentato di ignorarlo e dirgli di andarsene, perché sono ancora arrabbiato con lui, ma ricordo la recente conversazione con Adam.

«Mi sta aiutando con la mia enoclofobia.»

Aggrotta la fronte. «Ah» dice come se capisse, anche se so che non è così. «Spero che questo *aiuto* comporti orgasmi multipli.»

Scuoto la testa. «No, niente orgasmi.»

«Mhmm… hai bisogno di aiuto in quel settore?»

Lo guardo schifato. «Non da *te*.»

Lui comincia a ridere. «No, non… uh.» Quando mi guarda in faccia e nota il mio disgusto, comincia a ridere più forte. «Non mi stavo offrendo.»

Adam ci raggiunge dopo essere stato in bagno. «Che c'è da ridere?» chiede a Jordan.

«Stavo solo istruendo sulle donne il tuo giovane protégé.»

Adam spalanca gli occhi e si rivolge a me. «Non ascoltare una parola di quello che dice. I suoi consigli sono merda.»

Jordan mostra il dito medio ad Adam e guarda me. «Allora, sei interessato ad arrivare a quel punto con lei, giusto?»

«Arrivare dove?» gli chiedo. Jordan e Adam si scambiano un'occhiata.

«Vuole dire fare sesso, Liam.»

«Oh, sono interessato. Ma non succederà.»

Adam sembra sorpreso. «Aspetta, perché no?»

«Perché lei partirà con la Fiera Rinascimentale alla fine di giugno.»

«Ma è fra due mesi. Può succedere di tutto in due mesi.» Adam sogghigna. «Un mucchio di cose piacevoli.»

«A me sembra proprio il modo giusto di cominciare» dice Jordan. «Vai e fallo. Divertiti e dato che c'è una data di scadenza già nota per tutta la faccenda, non ci sono rimpianti... non c'è bisogno di chiedersi se diventerà una cosa seria o quando tagliar corto.»

Adam scuote la testa guardando Jordan. «Accidenti, amico, eri veramente cinico prima di farti mettere la palla al piede.»

«Dice il tizio che aveva la sua bella collezione di trombamiche prima di lasciarsi mettere *lui* la palla al piede.»

«Stai zitto» gli ordina Adam e si rivolge di nuovo a me. «Allora, Liam, presumendo che tu non la veda come una manovra strategica, come il nostro cinico amico... prima o poi lei tornerà, no? O forse, se comincerete qualcosa di buono, lei non partirà.»

Era quello che avevo pensato anch'io ma non ho intenzione di avere rapporti con Jenna prima che lei s'impegni a restare. «Pensi che dovrei *arrivare a quel punto*, anche se lei non si è ancora impegnata?»

Adam sbatte gli occhi. «Non siamo nel 1899, Liam. Non hai bisogno di un impegno a vita per andare a letto con una donna, purché lei lo voglia…»

«E sia maggiorenne» aggiunse Jordan. Quando ci voltiamo entrambi a guardarlo. Lui fissa Adam e poi me. «Che c'è? Alcune di quelle ragazze sembrano parecchio più vecchie di quanto siano veramente.»

Adam scuote la testa e torna a guardare me. «*Comunque.* Non c'è niente di male nell'aprire quella porta, sai.»

Aggrotto la fronte per un momento, con immagini di porte scorrevoli, la porta d'ingresso di casa mia e altre porte che mi passano per la mente in rapida successione. «Dubito di poter essere così distaccato.»

Jordan mi mette la mano sulla spalla. Quando mi ritraggo e gli do un'occhiataccia, la tira via in fretta. «Sei un maschio sano, dal sangue caldo, hai vent'anni passati. Devi arrivarci… e alla svelta.»

Guardo Adam per vedere se sta ignorando il commento di Jordan, ma non è così. Invece, sta annuendo. È d'accordo con lui. «Se lei ci sta, e immagino che sia così, dovresti farlo. Se non altro, considerala una nuova esperienza di vita.»

«Sì» dice Jordan annuendo. «Vivi l'attimo, William. *Carpe diem.*»

Suona un fischietto e torniamo all'allenamento. Combattiamo usando spade di metallo e le imbottiture che vanno sotto l'armatura, ma dopo un po' abbiamo troppo caldo e siamo sudati, quindi passiamo alle spade più leggere di bambù e ci togliamo le magliette. Sto facendo un mucchio di esperienza positiva con Jordan grazie al fatto che è mancino.

Lo sto battendo sonoramente, riuscendo a colpirlo tre volte per ogni volta che lui colpisce me. Impreca come un camionista ogni volta che lo colpisco sulle costole o in vita e Adam ride finché è il mio turno di combattere con lui. A quel punto non ride più tanto.

Me la sto cavando benissimo, in realtà, senza lasciarmi distrarre dalla stranezza di mio cugino e Jordan che mi danno consigli sul sesso. Cioè, finché le donne non tornano, da dovunque siano andate, per guardare la fine dell'allenamento.

Sono imbarazzato perché siamo tutti senza maglietta e loro stanno facendo commenti sullo "spettacolo favoloso". April fa perfino un fischio quando Jordan flette i bicipiti per lei e poi le chiede: «Signorina, ha comprato i biglietti per lo spettacolo dei California Dream?» Qualunque cosa significhi.

Quanto a me, sto ottenendo in fretta un mucchio di segni rossi sul petto visto che Adam e Jordan si stanno vendicando per tutte le botte che hanno ricevuto prima.

«Hai perso la tua sicurezza, amico» dice Jordan.

«Sono solo un po'... distratto.»

Jordan dà un'occhiata verso Jenna, seduta a guardarci. «Sì, lo avevo intuito.»

Poi tardi, mentre ci vestiamo nello spogliatoio, Adam si avvicina e, dopo avermi avvertito, mi mette la mano sulla spalla. «Hai bisogno di farti una scopata, Liam. Provaci, okay? Potrebbe perfino aiutarti per il combattimento.» E con quelle parole, mi mette in mano un preservativo.

Vedendolo, Jordan annuisce. «Ehi, ho qualcosa per te per il secondo round.» Prende il portafogli dalla tasca posteriore dei jeans e ne estrae un preservativo. Poi apre la borsa della palestra e ne toglie un altro. Poi un altro dalla custodia degli occhiali e me li passa tutti e tre. «A me non servono più.»

Adam sbuffa e lui alza le spalle. «April prende gli anticoncezionali adesso. Ma prima, quando li usavo, mi piaceva essere preparato.» E ammicca.

«Idiota» borbotta Adam.

«Ti dà solo fastidio quando ti batto... tre a uno» dice Jordan continuando a ridere fin quando usciamo.

Penso parecchio ai loro consigli mentre guido verso casa con Jenna, pieno di lividi e dolorante per l'intenso l'allenamento. Viene a casa mia per trovare strategie diverse per nuovi esercizi e altri posti dove andare. Non mi piace l'idea, Disneyland è già stata una bella sfida, ma sono anche deciso a portare la cosa fino in fondo.

Sono passato dal non sapere praticamente niente dei combattimenti a quasi sconfiggere Doug in qualcosa su cui lui lavora da anni. Potrei fare anche *questo*. Non lascerò perdere finché Jenna non riavrà la sua tiara.

Che, a pensarci, non ha più menzionato recentemente. Quindi, mentre siamo seduti uno accanto all'altro sul divano del mio soggiorno, le chiedo perché.

Lei alza le spalle. «Credo solo che tu non abbia bisogno di altre pressioni.»

Ci penso. «La pressione è una buona cosa. Mi obbliga a lavorare di più.»

Lei china la testa di lato, guardandomi. «Perché insisti a essere così duro con te stesso? È ancora quella faccenda del valore? Senti di non valere? Perché da dove sono io, mi sembra che tu abbia un valore incredibile.»

Sorrido. «Il mio valore cambia a seconda di dove sei seduta?»

Lei si mette a ridere. «Sei un uomo molto buffo, lo sai, William. Un uomo divertente, dolce e favoloso.»

Dio, quanto ho voglia di baciarla in questo momento. Invece mi sistemo sul divano, appoggio la testa all'indietro e guardo il soffitto, gemendo.

«Stai bene?» mi chiede. «Continui a massaggiarti il collo e a gemere ogni volta che ti sposti.»

Scrollo le spalle, imbarazzato di doverle dire che Jordan e Adam me le hanno suonate e che adesso mi fa male dappertutto. «Solo un po' dolorante.»

«Ti fa male dappertutto?» chiede. Ha un'espressione sul volto che potrebbe essere preoccupazione, ma è una specie di sorriso strano.

«Beh, non proprio dappertutto… solo certi gruppi di muscoli.»

«Gruppi di muscoli. Dove? Fammi vedere.»

«Beh, c'è la spalla destra…»

Prima che possa indicarla, lei allunga una mano e mi passa le dita sulla spalla indolenzita. «Qui?»

«Sì.»

Lei si china verso di me e non posso fare a meno di annusarla. Mi fa venire i brividi tutte le volte che sento quel profumo di cannella e prima di rendermi conto di quello che sta facendo, lei mi bacia la spalla. Abbasso gli occhi mentre lei si tira indietro per guardarmi e dice: «È tutto?»

Senza pensare a quello che sto per dire, cosa mi hanno detto tante volte che dovrei fare, sbotto a dire: «Che cosa stai facendo?»

«Sto curandoti con un bacio.» Sembra seria ma a volte lei sembra così quando è sarcastica.

«Non credi seriamente che mi farà sentire meglio.» Sta sicuramente prendendomi ancora in giro. Baciare la bua è ciò che fanno le mamme con i loro bambini piccoli.

Lei sorride radiosa, mostrando una fila di denti bianchi, perfetti. «Male non può fare, no?»

La guardo confuso. «Ovviamente non fa male, ma…»

«Wil, fammi semplicemente vedere. Dove altro ti fa male?»

Esito. «Mi fa male anche il braccio.»

«Qui?» Le sue dita premono nel punto esatto in questione. Poi lei si china e traccia una scia di baci dalla spalla fino al gomito. Quando entra in contatto con la mia pelle nuda, sembra ghiaccio bollente. È l'unico modo per descriverlo. Brucia e gela allo stesso tempo. Sono completamente consapevole di ogni cellula delle sue labbra morbide che tocca le cellule della mia pelle.

Ho la bocca secca e la situazione a sud della mia cintura diventa disagevole.

«Il dolore si ferma qui?» dice, alzando lentamente la testa per guardarmi. Noto che ha la faccia arrossata, come il giorno in cui eravamo nella mia sala pesi senza le magliette. Il giorno in cui le ho toccato il seno e succhiato i capezzoli e lei ha fatto quei suoni profondi in gola.

Ora mi sta lasciando una scia di baci all'interno del braccio, dal gomito al polso. Mi prende la mano con entrambe le sue e si porta il palmo alla bocca, aprendo la bocca per lasciare lì un bacio bollente.

Non riesco a respirare. Beh, *ovviamente* sto respirando, altrimenti sarei svenuto, ma sembra decisamente più difficile farlo.

Lei mi dà un'occhiata. «Altre parti doloranti?»

Sono congelato, perché vorrei veramente mentirle e inventarmi altri punti doloranti. Voglio la sua bocca e le sue mani *dappertutto*. Di colpo mi sembra di *aver bisogno* di averle dappertutto.

«Mhmm.» Indico con indifferenza la base del collo, ricordando quanto era stato bello l'ultima volta in cui mi aveva baciato lì. Con un sorriso, lei si china in avanti e mi dà un bacio a bocca aperta, con la lingua che esce a leccare la pelle. Il mio battito cardiaco accelera. Quando si stacca, il punto dove mi ha baciato sembra freddo.

Sposto le mani sulla sua schiena, per tenerla lì. Dalle labbra le sfugge uno di quei piccoli sospiri e mi colpisce come un fulmine, diritto lungo la spina dorsale.

Sono duro come il ferro forgiato a freddo e devo cambiare posizione per alleviare la pressione. È bello e doloroso allo stesso tempo. Voglio che duri ore, e allo stesso tempo voglio che finisca.

«Ti fa male la bocca?»

Di colpo ricordo la famosa scena del *Predatori dell'arca perduta*, quando Marian sta cercando di confortare Indiana Jones. Gli chiede dove *non* gli fa male, e quando lui indica le parti del corpo, lei le bacia. Sono su una nave, si baciano e di colpo la scena sfuma, ma sai che stanno facendo sesso anche se non si vede sullo schermo.

E anche se non rispondo, adesso Jenna mi sta baciando sulla bocca, proprio come Marion baciava Indy. E proprio come Indy, io non la respingo. Non siamo idioti, né io né lui, dopotutto. Riconosciamo entrambi una cosa bella quando sta succedendo alle nostre labbra.

Apro la bocca e la lingua di Jenna entra quasi subito, come se avessimo concordato prima che cosa avremmo fatto. È come se conoscesse già tutte le procedure di collegamento e i codici di accesso. Le mie barriere mi hanno abbandonato.

Lei sembra anche sapere come ogni piccola passata della sua bella lingua rosa mi stia distruggendo. Mi piace come mi sta assaggiando e voglio assaggiarla anch'io e continuare a farlo. E più cresce il desiderio, più diventa difficile immaginare di smettere di fare quello che stiamo facendo. Perché è così bello.

Così bello.

Jenna ora mi sta passando le mani sul torace mentre mi bacia, ma, diversamente dall'altra volta, non parla. Sto cominciando a presagire il pericolo, perché se non sta parlando, allora non mi sta obbligando a concentrarmi su quello che dice, distraendomi.

Ora ha la mano sul mio stomaco e la abbassa a poco a poco mentre la sua lingua continua ad accarezzare la mia. Il suo palmo passa sul mio ombelico, e poi scende e si ferma sulla mia coscia. Non riesco a farne a meno. Quando mi tocca *lì*, per leggero o veloce che sia il contatto, risucchio il fiato.

Il calore m'invade la pancia, bruciandomi dall'interno. Sono lieto che lei non possa vedere i pensieri nella mia testa... immagini delle sue mani su di me, della sua bocca su di me.

Sta esitando e mi accarezza la coscia attraverso i pantaloni. Voglio che mi tocchi di più, ma voglio anche spingerle via la mano. Questa sensazione è così potente che sta minacciando di controllarmi e la parte più paurosa è che non m'importa nemmeno.

Ho le mani infilate nei suoi capelli pallidi e le tengo la testa contro la mia. Non so nemmeno come hanno fatto a finire lì. Tutto quello che so è che voglio le sue labbra sulle mie, le nostre lingue unite, per ore. Poi lei muove la mano, riportandola sulla mia erezione.

E la mano resta lì. Io resto immobile, senza sapere che cosa fare.

«Wil, per favore, lascia che ti tocchi» sussurra.

Lasciare che mi tocchi. Come se potessi dirle di fermarsi.

Mi sdraio sul divano, tirandola con me in modo che le nostre labbra restino unite. Lei è per metà di fianco a me e per metà sopra di me e la sua mano mi sta accarezzando attraverso il tessuto sottile dei pantaloni. Mi chiedo se riuscirò a fermarmi prima di fare veramente sesso. So che ho posto dei paletti, sperando che mi proteggano.

Ma, per ora, ho quel bisogno travolgente di toccarla. Voglio sentire il suo seno nelle mani, sentire i capezzoli che si induriscono sotto le mie dita.

Quando le mie mani trovano il seno, lei sospira di nuovo ed io strofino i capezzoli fino a sentire la ruvidezza quando si contraggono. Sono felice di aver imparato qualcosa del suo corpo dopo una sola volta. So che cosa le piace e voglio imparare di più.

Voglio conoscere il suo corpo, come conosco un quadro su cui lavoro da mesi, vivendo con lui, fissandolo, conscio della trama e dei contorni, dei colori e delle sfumature necessarie per riempire i vuoti.

Voglio riempire *lei.*

Potrò non essere in grado di capire quando è sarcastica, ma riesco a leggere questi segnali e so esattamente che cosa la eccita. E mi chiedo se questo procedimento sia lo stesso tutte le volte. Dovrò capire che cosa ottiene i risultati migliori e più continuativi.

Lei mi sta strofinando più in fretta adesso e sembra che la frizione stia dando luogo a un processo di combustione dentro di me. Ogni passata della sua mano è come uno shock elettrico che mi colpisce al centro del mio essere.

«Mi piace toccarti, Wil» dice. La sua voce sembra diversa. Bassa e aspra allo stesso tempo.

Deglutisco quello che sembra un enorme groppo in gola. *Piace proprio tanto anche a me.*

«A te piace? Quando ti tocco?»

«Sì» grugnisco.

La bocca di Jenna è appena sopra la mia. «Bene. Voglio farti sentire bene, Wil.»

Io allungo la mano e rialzo l'orlo della sua maglietta, nel modo che mi ha insegnato l'ultima volta. Lei trattiene il fiato un attimo e poi alza le braccia perché gliela possa togliere, cosa che faccio volentieri. Il reggiseno di pizzo che copre il suo bel seno è la barriera seguente, ed io non ho la minima idea di come fare a toglierglielo. Ma sto morendo dalla voglia di assaggiare di nuovo i suoi capezzoli, quindi spingo da parte il pizzo e in un attimo la mia bocca è su uno di loro. Lei inarca la schiena e m'infila le dita tra i capelli.

«È così bello, Wil. Mi fai sentire così bene.» Traccio con la lingua il contorno del suo capezzolo contratto e continuo a farlo. Succhio ferocemente e lei grida. È un grido buono, penso. Non si sta tirando indietro.

Infilo le dita nell'altra coppa del reggiseno e giocherello con l'altro capezzolo. Lei adesso è cavalcioni sopra di me e si dondola strofinandosi. Ogni volta che il suo bacino preme contro il mio io mi eccito sempre più.

Ma non voglio fermarla. Quindi volto la testa per succhiare l'altro capezzolo e lei continua a cavalcarmi, spingendo contro il mio pene eretto in un modo che fa quasi male tanto è intenso.

«Se continui così, avrò un orgasmo» riesco finalmente ad avvertirla. La vergogna si sta facendo strada dentro il mio petto e si intreccia con quel calore così bello.

Lei si tira indietro e mi guarda in faccia ed io ho quasi paura di guardarla. Quando finalmente lo faccio, lei sta sorridendo. Non l'ho scioccata. Non l'ho fatta sentire disgustata. Almeno non credo.

«È quella l'idea» dice con una risatina.

«Non ti dà fastidio?»

«Ho detto che volevo farti sentire bene. Che cosa pensavi che significasse?»

Faccio un respiro profondo, un po' faticoso e poi espiro. «Cerco di non trarre conclusioni su quello che vuol dire la gente quando usa parole ed espressioni, perché spesso mi sbaglio.»

«Beh, questa volta non ti stai sbagliando.» Ha la mano sul bottone della patta adesso ed io m'irrigidisco. «Posso?» Si morde il labbro.

Mi metto a ridere. «Pensi veramente che ci sia una remota possibilità che io dica *no*?»

Lei sorride ancora e poi ride. «Non si sa mai, Wil. Mi hai già sorpreso.»

Scende dalle mie gambe, girando il polso per slacciare il bottone dei miei pantaloni, poi infila dentro la mano e...

Se pensavo che fosse bello prima, o mi sbagliavo o non avevo idea di come sarebbe stato *questo*. Pelle contro pelle, carezze leggere per poi aumentare la pressione, è il paradiso. Afferro una manciata dei suoi capelli e le tiro forte la testa contro la mia. Ho bisogno delle sue labbra sulle mie, le nostre lingue insieme. Questa sensazione, mentre mi tocca, è quasi più di quanto riesca a sopportare e mi sembra di andare in cortocircuito.

Mentre continua, muoio dalla voglia di mettere una parte di me dentro di lei. Sono posseduto dal desiderio di sentirla che mi avvolge, calda e bagnata. Voglio farla rotolare sotto di me e finalmente farlo... spingermi in profondità dentro di lei. Ma devo accontentarmi di spingere la mia lingua nella sua bocca mentre le sue dita sottili, femminili, sono avvolte intorno a me.

«È meraviglioso» riesco a dire tra un respiro affannoso e l'altro. Sono contento di notare che anche lei respira forte come me. «Jenna... sei...» Inspiro forte e quando stacco la bocca dalla sua di nuovo, mormoro ferocemente contro le sue labbra. «Vorrei sapere come sarebbe essere dentro di te.»

Le sue dita rallentano e lei comincia a passarmi la sua bocca calda lungo il collo. «Posso mostrarti com'è.» Quando comincio a protestare, lei mi interrompe. «No. Non è ciò che stai pensando.»

All'improvviso, comincia a baciarmi lungo in collo e poi sul petto, succhiandomi i capezzoli attraverso il tessuto della maglietta prima di togliermela, col mio aiuto.   Adesso mi sta leccando gli addominali mentre scende verso l'ombelico. Prendo accuratamente nota di tutto quello che fa perché sono deciso a farglielo anch'io. Le bacerò il petto, la pancia e l'ombelico, poi passerò la lingua all'interno delle cosce e la ascolterò gemere il mio nome. E poi...

Oh, mi sta baciando *lì*.

Ora comincio a sentirmi a disagio per quello che potrebbe succedere, e *molto* in fretta anche. Ma è talmente bello che sono quasi paralizzato dall'intensità del piacere che mi sta dando la sua bocca.

Ciò nonostante, penso che potrebbe essere ora di fermare tutto prima che le cose vadano troppo avanti, anche se sto veramente male al pensiero di fermarla. Cerco gentilmente di spostarle la testa, ma lei mi spinge via la mano. «Va tutto bene, Wil. Lasciamelo fare.»

«Ma potrei…»

«È quello lo scopo, Wil. Va tutto bene.» La sua lingua ruota intorno alla punta e una fitta di libidine potente mi travolge. «L'ho già fatto.»

Prima che possa dire un'altra parola o anche pensare di essere geloso del fatto che lo abbia fatto per un altro uomo, lei apre la bocca e avvolge il mio membro fremente. E a quel punto, la mia mente si svuota di qualsiasi altro pensiero. Tutto ciò su cui riesco a concentrarmi è quanto sia meraviglioso.

La mia idea di quanto possa essere bello è appena cambiata… questo è il pinnacolo. Fino a qualche secondo dopo, quando Jenna passa la lingua lungo il lato inferiore del mio pene e la mia idea cambia di nuovo.

So che deve essere perfino più bello spingermi dentro di lei. Sentire i suoi muscoli che si contraggono intorno a me, tenendomi lì. Sentire le sue cosce morbide intorno ai miei fianchi mentre entro ed esco da lei. Lo sto immaginando nei dettagli.

Ma se ci penso troppo, mi verrà voglia di gettare al vento tutti i miei principi e farlo. In effetti, sto tremando per il bisogno di farlo. Come passare giorni e giorni senza mangiare e *avere bisogno* di cibo, o attraversare per ore un deserto bollente senza bere e *avere bisogno* d'acqua.

Ho bisogno di essere dentro Jenna.

E a ogni passata della sua lingua, a ogni movimento della sua testa, ogni volta che sposta la bocca, la mia idea di cos'era meraviglioso dieci secondi prima cambia. Le sensazioni si moltiplicano, si intensificano… si amplificano. La bocca di Jenna ha il controllo di tutti i miei pensieri… controlla *me*.

Adesso sto ansimando, appena capace di respirare. Cerco di staccarmi perché sono a qualche secondo dall'orgasmo, ma lei non me lo permette.

«Jenna, sto per…» Ed è tutto perché adesso sto venendo e non voglio che tolga la bocca. Anche se cercasse di farlo, sarei tentato di tenerla lì. Fortunatamente, lei non tenta nemmeno.

Perché *questo*…

Sensazioni calde, incredibili m'inondano, sulle cosce, lo stomaco, il torace. Tutto il mio corpo s'irrigidisce, denso di piacere, mentre eiaculo. Continua per un'eternità ed io sono congelato, la mia mente è vuota, eccetto che per *questo*.

Quando il mio orgasmo finisce, Jenna si stacca lentamente da me. Posso solo fissare il soffitto e crogiolarmi in questa sensazione meravigliosa e luminosa mentre lei si alza e va in bagno.

Qualche minuto dopo ritorna e si sdraia accanto a me sul divano, appoggiandosi a me. Io non mi sono quasi mosso. Sono coperto di sudore e mi sento drogato, o almeno come immagino che ci si senta a essere drogati.

Come uno del novantacinque percento di maschi adulti che si masturba, ho sperimentato numerosi orgasmi. Alcuni sono molto buoni, altri solo okay. Ma ciò che Jenna ha fatto per me… è quasi come se quella parola non si possa applicare a tutte quelle altre volte. Non appartengono allo stesso vocabolario.

Mi volto e fisso quei bellissimi occhi azzurri, senza più la paura di invadere la sua anima. «Hai appena rovinato ogni altro orgasmo che mai avrò in futuro.»

CAPITOLO VENTUNO
Jenna

MI RIMISI DIRITTA, ALLARMATA. «NON SEI SERIO, vero? Che cosa c'è che non va?»

I suoi occhi inseguirono i miei e la cosa mi fece piacere e mi disturbò insieme. Era così insolito per lui incrociare il mio sguardo. Quasi mi preoccupava.

«Non c'è niente che non vada. È solo che… penso che ogni altro orgasmo da ora in poi sarà una delusione.»

Risi, sollevata. «Era la tua prima volta con il sesso orale, vero? O perfino con un'altra persona che ti procurava un orgasmo. Io ho quasi sempre orgasmi migliori quando è un partner che me li procura rispetto a quando me li procuro da sola.»

Il suo volto si oscurò. «È sempre meglio?»

«Beh… sì, quando riesco effettivamente ad arrivarci.»

«Non è sempre così?»

Alzai le spalle. «No. A volte sono io che non lo voglio. A volte lui semplicemente non sa che cosa sta facendo.» *Come Doug,* aggiungo mentalmente. Doug il fasullo. «E a volte faccio solo finta perché finisca in fretta.»

William aveva un'espressione seria e il suo sguardo si spostò sul soffitto. Mi passò le dita nei capelli e disse: «Non mi sembra molto piacevole.»

«È okay.»

William scosse la testa. «No... non è okay. Un uomo abbastanza fortunato da poterti toccare in quel modo dovrebbe fare di tutto per soddisfarti.»

Sorrisi.

Niente astuzie, nessuna pretesa. Nessuna parola mielata per cercare di ottenere ciò che voleva. Potevo fidarmi di William perché mi avrebbe sempre detto esattamente ciò che aveva in mente.

Mi voltai sul fianco e misi la mano sulla sua guancia ruvida. «Sei così dolce.»

Lui mi stava nuovamente guardando negli occhi e mi chiesi se fosse un effetto collaterale dell'orgasmo. Non volevo che distogliesse gli occhi. Per la prima volta, vidi che i suoi occhi non erano marrone scuro come avevo pensato originariamente. C'erano pagliuzze dorate più chiare all'interno delle iridi scure. Deglutii, emozionata che mi stesse permettendo di guardare così profondamente nei suoi segreti.

All'improvviso, si alzò su un gomito e mi mise una mano sulla spalla per farmi gentilmente rotolare sulla schiena. Abbassò la testa per premere la bocca sulla mia, togliendomi il fiato, invadendo la mia bocca con la lingua.

Poi si tirò indietro. «Voglio farti sentire bene come hai fatto sentire me. *Meglio.*» La sua mano libera si appoggiò sul mio seno, il pollice che strofinava il capezzolo attraverso il reggiseno. Emisi un piccolo squittio quando la pressione insoddisfatta tra le mie gambe divampò di nuovo. Mi si rovesciarono gli occhi nella testa finché non chiusi forte le palpebre.

«Oh» mormorai, inarcando la schiena.

Dopo un momento, stava tirando il reggiseno. «Non farò nemmeno finta di sapere come funziona quest'affare.»

Risi e me lo tolsi per lui, poi guardai i suoi occhi scurirsi mentre mi fissava il seno nudo. Diede un colpetto con le dita a ogni capezzolo contratto, delicatamente. «Un rosa così pallido, come una rosa di Natale.»

«Una rosa di Natale... è bello.»

«Nemmeno lontanamente come te, Jenna.»

Abbassò la bocca sul mio seno, prendendomi nella sua bocca calda e umida. Emisi un lungo gemito, premendomi più forte nella sua bocca. Le sue mani mi stringevano la vita fin quasi a farmi male ed era *così* bello.

Volevo veramente venire, e volevo che fosse per il tocco di William. Portò la mano sui miei jeans, aprendo il primo bottone mentre continuava a dedicare la sua attenzione al mio seno.

Riportò la bocca sulla mia con una mano che mi torturava le punte sensibili mentre l'altra si insinuò dentro i jeans.

Volevo che i jeans sparissero, quindi abbassai la cerniera e li scalciai via più in fretta che potei. Appena le mie gambe furono libere, William mise una delle sue sopra le mie per ancorarle e poi rimise la mano dov'era prima accarezzandomi attraverso il sottile tessuto delle mutandine.

«Non l'ho mai fatto prima... ma ho fatto parecchie ricerche» mormorò.

Con un gemito, risposi: «Direi che ti meriti un dieci e lode, Wil.»

Si staccò e aprì la bocca per chiedere l'inevitabile spiegazione.

«Te lo spiegherò dopo. Ora riporta qui la bocca» dissi.

Lui si chinò per baciarmi di nuovo e la pressione delle dita aumentò. Mi stava bruciando dentro. Sentivo quel tocco dietro gli occhi, sotto la cassa toracica, nelle dita dei piedi. Con ogni movimento delle mani, mi stava accarezzando dappertutto, possedendo il mio corpo senza nemmeno rendersene conto.

La sua bocca tornò sul mio capezzolo e ricominciò a tormentarmi. Espirai piano mentre la pressione tra le mie gambe aumentava. Il mio desiderio si espresse in gemiti rochi.

«Riesco a capire che ti piace» disse.

«Sì» dissi con un profondo sospiro. «Continua.»

Mi fece scivolare lentamente le mutandine lungo le gambe. Anche se non vedevo l'ora di riavere le sue mani su di me, non gli feci fretta. Probabilmente era la prima volta che toglieva le mutandine a una donna. Era una prima volta per lui, in tanti modi, e volevo che la assaporasse.

«Sembrano così delicate da strapparsi.»

Sorrisi, pensando che sarebbe stato piuttosto sexy se avesse deciso di strapparmele, una volta o l'altra. Dopo averle sfilate dalle caviglie e messe da parte con cura, sopra i miei jeans, William tornò da me, ispezionando il mio corpo dalla testa ai piedi.

Un'altra prima volta… io nuda davanti a lui.

«Mi stai memorizzando per potermi dipingere?» scherzai.

Lui aggrottò le sopracciglia. «Sarò sempre in grado di ricordare come sei in questo momento, distesa sul mio divano senza vestiti addosso.»

Sorrisi, sul punto di rispondere, quando lui mosse una mano all'apice delle mie gambe e con l'altra mi afferrò il polso e lo bloccò sopra la mia testa. Le sue dita erano delicate mentre continuavano a esplorare, accarezzando leggermente lungo la sommità del mio sesso prima di spingere più a fondo.

Poi trovò il mio clitoride ed io sobbalzai, alzandomi di mezzo metro. «Qui? Questo è il tuo clitoride…»

«Mhmm, sì, giusto. Quello è *veramente* un buon punto da toccare.»

«Lo so.»

Appoggiò la bocca sulla mia e le sue dita aumentarono la pressione.

«Apri di più le gambe» sussurrò tra un bacio e l'altro ed io ubbidii in fretta. Ora c'erano due, no, aspetta... facciamo tre... dita che toccavano e accarezzavano, a turno, delicatamente e in fretta, poi lentamente e poi più fermamente. E tutto proprio nei posti giusti.

Imparava in fretta.

Due dita scivolarono dentro di me, esplorando la mia entrata e poi entrando più in profondità con movimenti costanti. E come se non fosse sufficiente, portò di nuovo la bocca sul mio seno, succhiando e sfiorando il capezzolo con i denti. *Per la dea...*

Pochi minuti dopo, ero una schiava senza fiato delle sue dita e della sua bocca. E lui non si fermava.

«Come farò a sapere quando avrai un orgasmo?»

«Oh, lo capirai» dissi. «Solo non fermarti.»

Ma lui si fermò. Quando aprii gli occhi, disse: «Voglio fare quello che hai fatto a me, usando la bocca. Ti andrebbe bene?»

Ti andrebbe bene? Accidenti, sarebbe stato il paradiso.

«Sì, ti prego» dissi e lui si spostò immediatamente alla giuntura delle mie gambe. Cominciò con dei baci superficiali e poi iniziò a leccarmi il clitoride. Allo stesso tempo, due dita entrarono in me di nuovo, spingendosi più in fondo.

Dove diavolo lo aveva imparato? Pensai, sotto shock mentre il mio corpo s'inarcava obbediente al comando delle sue mani. Se fosse stato qualunque altro uomo, avrei sospettato che mi avessi mentito, dicendo di essere vergine.

Ero rauca a furia di gemere. Tra quello che mi stavano facendo la sua bocca e le sue dita… per non parlare del fatto che mi stava ancora stringendo il polso con la mano libera… ciò che provavo era semplicemente estasi.

Poi stavo trattenendo il fiato mentre ondate di piacere m'inondavano tutto il corpo. Lui si fermò un po' troppo velocemente e dovetti afferrargli la mano spingendola contro il mio clitoride finché l'orgasmo sbiadì. E quando finì, crollai sul divano, con la pelle che brillava di sudore.

Lui si spostò per sdraiarsi accanto a me. «Mi sono staccato perché volevo vedere il tuo volto durante l'orgasmo. Poteva essere una delle cose più belle che avessi mai visto.»

Quasi mi misi a ridere, ma decisi di non scherzare sulla famigerata faccia da "O". Ci sarebbe comunque voluto troppo per spiegarglielo. Invece mi voltai e lo guardai negli occhi. Lui sostenne il mio sguardo per qualche secondo e poi i suoi occhi scesero a fissarmi il mento.

«È stato fantastico» mormorai. «Grazie.»

Sulle labbra gli apparve un lieve sorriso, come se fosse fiero di se stesso e scoprii che nonostante fossi soddisfatta, volevo veramente baciarlo di nuovo. Lo volevo ancora. E adesso che avevo avuto un assaggio di come poteva essere tra di noi e dato che ero già nuda…

Mi appoggiai su un gomito e catturai la sua bocca con un bacio. «Non è giusto che tu mi abbia visto nuda ed io no. Ma sai… non dobbiamo per forza smettere.»

William non disse niente ma mi restituì i baci con fervore crescente. Abbassai la mano verso il suo inguine per… mhmm… controllare la temperatura, per così dire.

Era di nuovo duro.

«William» dissi contro la sua bocca mentre continuava a baciarmi. «Prendo la pillola e sono pulita.»

Il bacio finì quando si tirò indietro. «Perché non dovresti essere pulita? Fai regolarmente la doccia.»

Sogghignai. «No, intendevo dire che non ho malattie veneree. Mi faccio controllare regolarmente. E dato che tu non hai mai... non dobbiamo preoccuparci di usare un preservativo.»

«Ho dei preservativi.» Alzai di colpo le sopracciglia. *Davvero...* «Ma non succederà niente a meno che...»

Ricaddi sul divano e lo guardai. Aveva un'espressione molto decisa sul volto, accidenti.

«Di' che resterai, Jenna.»

Mi leccai le labbra e restai in silenzio. Sentii un fastidioso senso di colpa, che mi spinse a chiedermi da dove diavolo era arrivato. Quando parlai, la mia voce era appena un sussurro. «La vita è troppo breve per pensare a impegnarsi. Dovremmo semplicemente stare bene insieme.»

«È di questo che hai paura? Che la vita sia troppo breve?»

Chiusi gli occhi.

«La gente a cui tenevi è morta. Quindi è per quello che pensi che la vita sia breve. È quello il motivo per cui devi scappare e fare tutte le esperienze che puoi. È per quello che permetti alla paura di guidarti.»

Aprendo gli occhi, gli diedi una spinta sul petto, allontanandolo da me. «Per favore, togliti» dissi. «Non sono una vigliacca.»

Lui si tirò indietro e mi guardò prendere gli abiti e vestirmi. «È vero, non sei vigliacca.»

Sbattei gli occhi, sentendo di colpo le lacrime che bruciavano. Era più vicino alla verità di quanto avrei mai ammesso in un milione di anni. La vita *era* breve. La gente che amavi moriva e ti lasciava da sola. Mi morsi il labbro e mi rifiutai di lasciar scendere le lacrime.

«Jenna...» Stavo per alzarmi dal divano quando William mi afferrò alla vita con un braccio. «Non volevo ferire i tuoi sentimenti.»

«Ma lo hai fatto.»

Lui mi baciò i capelli. «È come sono. Dico quello che penso. Mi dispiace.»

Ricaddi sul suo torace duro e William mi tenne stretta con l'altro braccio. Mi faceva male tutto. Avevo talmente voglia di stare con lui che mi faceva letteralmente *male*.

E la cosa più paurosa era che stavo seriamente pensando di dirgli che sarei rimasta, per vedere che cosa poteva succedere. Ma avevo una promessa da mantenere, verso gli altri e verso me stessa.

Se fosse diventato *qualcosa*, allora tutto quello che credevo e pensavo di sapere del mondo sarebbe volato fuori dalla finestra. Sarei stata in un territorio sconosciuto. Senza mappa. Senza un piano. Nemmeno le mie carte su cui basarmi.

Aveva ragione. *Avevo* paura. Ero terrorizzata, in effetti, di ciò che sarebbe potuto diventare.

Capitolo Ventidue
William

QUALCHE GIORNO DOPO, LA MIA GIORNATA LAVORATIVA è interrotta da un messaggio inaspettato da parte di Jenna. È strano, perché stavo proprio pensando a lei.

Mia e Adam ci hanno invitato ad andare a Medieval Times con loro. Volevo controllare se ti sta bene.

Non ci sono mai stato. Da quanto ho potuto capire dalla pubblicità, è una cena con intrattenimento, con cavalieri e tornei, il tutto con armatura e armi storicamente corretti.

So che probabilmente sarebbe meglio far seguire il nostro progresso da Disneyland con un'ambientazione come questa, ma non ho veramente voglia di farlo. Preferirei passare di nuovo il tempo da solo con Jenna.

Ma il tempo da soli creerebbe altre circostanze frustranti come l'altra, la notte in cui volevo veramente fare sesso e mi sono comunque fermato.

A volte penso di non essere poi così intelligente.

Io: *Non lo so.*

Lei: *Mi piacerebbe rivederti. E potremmo ridere dei finti combattimenti. Potrebbe essere divertente e, oltre a tutto, aiutarti con i tuoi problemi con la folla.*

Io: *I combattimenti finti mi irritano.*

Lei: *Indosserò la camicetta scollata e il corpetto push-up...*

Io: *Affare fatto.*

Mentre passano i giorni in attesa della prossima volta in cui la vedrò, trascorro un mucchio di tempo a pensare alle mie convinzioni. Sto seriamente pensando di lasciarle perdere. Ho pensato parecchio a ciò che ha detto Adam, e perfino a quello che ha detto quello stupido di Jordan.

Quindi, la prima volta in cui Adam ed io siamo da soli, sollevo l'argomento del sesso e gli chiedo dei consigli più approfonditi. Sono contento che Jordan non sia nelle vicinanze per interromperci con la sua pletora di preservativi e cattivi consigli.

Siamo solo quello che considero mio fratello maggiore ed io.

È mercoledì sera e sto allenandomi nella palestra di casa sua perché lui ha una panca multifunzione per i pesi ed io no. Lui ha deciso di usare il tapis roulant invece di correre all'aperto, sulla spiaggia, come preferisce di solito. Dopo, saliamo in cucina per bere un po' d'acqua e sederci. Adam prende una mela da una ciotola, la lava e la morde.

«Che cosa ti frulla per la mente, amico?» dice senza guardarmi.

Stavo cercando di trovare un modo per chiederglielo e lui sembra averlo capito da come mi comporto. Gli invidio la capacità di percepire le cose basandosi sui miei gesti e sulle mie espressioni. L'ho notato anche quando osserva gli altri. Possiamo essere nella stessa stanza e partecipare entrambi alla stessa conversazione, eppure dopo, quando ne discutiamo, lui se ne esce con una lunga lista di sfumature e impressioni che a me sono completamente sfuggite.

È da tanto tempo che sono felice di avere Adam come alleato. È incredibilmente intelligente e lo è sempre stato. Lo sono anch'io, ma lui è intelligente in modo diverso da me, e per quello ci completiamo a vicenda.

«È vero che voglio parlarti di una cosa» dico, confermando la sua domanda. «Ma potrebbe metterti a disagio.»

Lui alza un angolo della bocca in un sorriso. «Hai intenzione di rompermi le palle per farmi fissare la data del matrimonio? Perché siamo dalla stessa parte. Io so che cosa voglio. È Emilia quella che continua a essere evasiva.» Come al solito, chiama la fidanzata con il suo nome completo, invece di Mia, come la chiamano tutti gli altri.

«No, non ho intenzione di romperti le palle. Prima di tutto, ti farebbe troppo male.»

Adam fa una smorfia al mio tentativo di umorismo, poi svita il coperchio della bottiglia per bere.

«Volevo farti una domanda sul sesso. Ho un mucchio di domande e il materiale pornografico che stavo esaminando...»

Adam si soffoca con l'acqua. Forse è per via del riferimento alla pornografia. Ma dove altro potrei imparare qualcosa sul sesso se non guardando la gente farlo?

«*Non* usare il porno per imparare. Liam» riesce finalmente a dire Adam, con il volto che sta diventando sempre più rosso. «Fanno delle cose nei porno, perfino in quelli alla vaniglia, che non si possono o non si dovrebbero nemmeno tentare nella vita normale.»

Mi gratto la barba che sta ricrescendo. «Vaniglia. Il porno ha degli aromi?»

«Intendevo dire, mhmm, il sesso regolare. Niente di bizzarro. In ogni modo, un mucchio di quello che fanno nei video porno non è reale. C'è parecchia recitazione, un sacco di tecniche creative. Parecchie posizioni strane solo per sfruttare al meglio gli angoli della telecamera.»

Annuisco, assorbendo tutto. «Capisco la meccanica. E so che è più facile per un uomo raggiungere l'orgasmo. Ma ciò che voglio sapere è com'è se uno dei due partner è molto meno esperto dell'altro. Per esempio, come trattano la prima volta di quella persona.»

Adam fa un respiro profondo, senza guardarmi. «Beh, purché ognuno dei due capisca la storia sessuale dell'altro, specialmente in un caso speciale come quello…»

«E la tua prima volta?» lo interrompo. «Era molto più esperta di te?»

Adam sbatte le palpebre, sempre più rosso. «Uh, sì. Era più vecchia e aveva avuto qualche partner prima di me.»

«Più vecchia di quanto?»

«Sei anni» risponde, guardandosi dietro le spalle, come se temesse che qualcuno ci potesse ascoltare. Siamo da soli, però, perché Mia è uscita con sua madre. Adam si agita sulla sedia e giocherella con la bottiglia dell'acqua, schiacciandola rumorosamente.

«Sei anni?» ripeto. «Quindi Lindsay è stata la tua prima partner? Pensavo fosse arrivata dopo.»

Adam spalanca gli occhi. So che quell'espressione sul volto significa sorpresa. Probabilmente è sorpreso per la mia deduzione. «Non mi ero reso conto che lo sapessi.»

«Non era un gran segreto, Adam. Lavoravate entrambi per mio padre e poi quando sei andato al college, lei veniva a Pasadena per vederti. È difficile tenere nascosto qualcosa ai tuoi amici comuni per due anni.»

Stringe le labbra. «Immagino.»

«Solo non sapevo che fosse stata la tua prima. Ma quell'informazione è utile. Ti ha spiegato che cosa voleva? Che cosa le piaceva?»

Adam torce il gambo della mela e non alza gli occhi. «Uh, sì, più o meno. E poi man mano io ho capito che cosa fare. Imparo in fretta.»

Deve aver imparato in fretta. Ricordo di aver sentito altri che spettegolavano su di lui, quando era single, e quanto pare non gli sono mai mancate le partner sessuali.

«E Mia?»

Adam ha quella strana espressione sul volto che non riesco assolutamente a leggere. Balza in piedi, strofinandosi la nuca.

Dopo un lungo minuto, sto per rifargli la domanda, nel caso non mi avesse sentito la prima volta, quando finalmente parla. «Che cosa vuoi sapere di lei?» chiede sottovoce.

«Aveva più esperienza di te?»

Le sue guance si gonfiano come se stesse serrando la mascella e di colpo s'interessa alla disposizione dei magneti sul frigorifero. «No» è tutto quello che dice.

«Forse dovrei parlare con lei. Forse uno dei suoi precedenti partner non era esperto come lei.»

Adam ha di nuovo quella strana espressione sul volto. «Non farlo. Emilia era vergine.»

«Oh. Mhmm.» Mi gratto nuovamente la guancia. «Addio alla prospettiva femminile, allora. Quindi non è mai stata con nessuno oltre a te?»

Adesso Adam è in piedi, un po' rigido. «No.»

«E questo non ti preoccupa?» gli chiedo.

Lui mi guarda sorpreso. «Preoccuparmi? Perché dovrebbe preoccuparmi?»

«Beh, quando voi due vi sposerete, lei non avrà mai la chance di stare con qualcun altro, presumibilmente per il resto della sua vita. Non le sembrerà di essersi persa qualcosa?»

Adam sospira e si volta, raccogliendo il suo asciugamano. Ma non mi risponde per un po'. «Credo di non averci mai pensato. A lei sembra non importare.»

«Dovresti chiederglielo.»

«Oppure» dice voltandosi a guardarmi. «Potrei evitare di sollevare l'argomento. E non dovresti farlo nemmeno tu, specialmente quella roba su Lindsay.»

«Perché? Crede che tu provi qualcosa per Lindsay? Spero che non sia così. Ma se così fosse, il mio prossimo duello sarebbe con te.» Sto scherzando, so che non prova sentimenti per Lindsay, anche se si vedono ogni tanto, da amici.

«Emilia lo sa già, a grandi linee. Ma le darebbe fastidio parlarne. Alla gente non piace sentire parlare degli ex-amanti del proprio partner.»

«Bene allora. Penso che tu sia fortunato che lei non abbia nessuno di cui potresti sentir parlare.»

Adam guarda il soffitto per qualche momento senza dire niente.

«Perché?» gli chiedo.

«Perché cosa?»

«Perché alla gente non piace sentir parlare degli ex-amanti del proprio partner?»

«Hai voglia di immaginare Jenna con un altro uomo?»

Io la immagino immediatamente, Jenna tra le braccia di Doug. Che gli tiene la mano. Lui che la bacia. Di colpo mi sento inesplicabilmente furioso, e sento la faccia calda. Adam lo nota, ovviamente, perché annuisce. «Visto? Ora lo hai capito.»

«Sei fortunato perché non dovrai mai preoccupartene.»

«Sono fortunato per molti motivi. Ho la donna più meravigliosa del mondo. Tu puoi avere la seconda in classifica.» E sogghigna.

«Non ha senso, però, che mi faccia arrabbiare. So che lei odia Doug adesso. È stato insensibile e scortese con lei. Non vuole nemmeno più parlargli. Non ho niente di cui essere geloso.»

«Ma visualizzarli insieme, anche se è una cosa del passato, basta per farti arrabbiare. E probabilmente è stata con altri uomini prima di quello.»

«Ma quello è successo prima che la conoscessi. Ma anche quello mi fa andare in collera. Non lo capisco.»

Adam sorride. «L'hai presa veramente brutta.»

«Preso cosa?»

«Penso che ti stia innamorando profondamente di questa ragazza. Stai attento, okay? Non investire troppo su questa storia. Emilia dice…» Poi si interrompe, distogliendo lo sguardo.

«Che cosa dice?»

Adam scuote la testa. «Beh, ad alcune persone piace avere relazioni a lungo termine, e ad alcune no. E avevi detto che Jenna ha intenzione di trasferirsi presto.»

Alzo le spalle e distolgo anch'io lo sguardo. Le parole di Adam riconfermano la mia decisione di non avere rapporti sessuali con

Jenna. Anche se sarebbe l'esperienza più piacevole della mia vita, non ne vale la pena, visto il dolore che proverei dopo la sua partenza.

«Capisco. Non ho intenzione di fare sesso con lei.»

Adam fa di nuovo quello strano sorrisino. «Dovresti semplicemente lasciarti andare, Liam. Vedere dove ti porta la corrente. Non trattenerti. A volte capitano cose che non erano in programma.»

«A te non succede mai» dico. «Tu prevedi sempre tutto.»

Adam si mette a ridere, ma non so perché. «Alcune cose nella vita sono impossibili da programmare. È il caso dell'amore, se, ovviamente, si tratta veramente di quello.»

Mi chiedo che cosa voglia dire e continuo a ponderare sul quel grande mistero chiamato *amore*. Chi avrebbe pensato che qualcosa che non puoi vedere, sentire o toccare, né tantomeno *definire*, possa dominare la tua vita così completamente?

Capitolo Ventitré
Jenna

ERA FINALMENTE ARRIVATO IL FINE SETTIMANA ED ERO eccitata all'idea di andare al Medieval Times con William, Adam e Mia. Come promesso, indossai il mio costume medievale, completo di corpetto sopra la mia camicetta scollata che lasciava scoperte le spalle. Mia indossava l'altro mio costume (avevo fatto un baratto con la nostra sarta per farmelo fare) ma dato che era più alta di me, le andava un po' corto. Lei però lo aveva abbinato con un paio di stivali, e l'effetto era stupendo.

I ragazzi si erano rifiutati di imitarci, optando per dei noiosi indumenti del ventunesimo secolo. Comunque Adam disse che approvava entusiasticamente la scollatura del costume di Mia.

Ero rimasta piuttosto sorpresa quando Mia mi aveva avvicinato con l'idea del Medieval Times, dicendo che voleva aiutare William con la sua paura per le folle. Si sarebbe potuto pensare che questa ricca giovane coppia non avesse il tempo per cose simili. Adam era un miliardario super-impegnato e Mia era altrettanto presa con la facoltà di medicina. Ma a quanto pareva avevo torto. Adam ci aveva anche offerto un viaggio in limousine e aveva comprato i biglietti per i posti migliori.

Medieval Times era situato sulla strada principale di Buena Park lungo un tratto con altri luoghi di spettacolo non lontano dal parco a tema rivale di Disneyland, Knott's Berry Farm. La struttura era grande, come un grosso magazzino ma decorato con torri e altri particolari per farlo sembrare un castello. C'erano perfino finte torrette e un ponte levatoio, oltre a pennoni dai colori vivaci che garrivano al vento sopra le mura merlate. L'effetto, però, era rovinato dal cartellone luminoso lampeggiante che pubblicizzava il locale alla gente che passava per il viale affollato.

Presentammo i nostri biglietti e ci assegnarono i posti e corone di carta con dei colori codificati che indicavano che ci saremmo seduti nel settore rosso dell'arena.

Sospirai quando trovammo i posti lungo le pareti dell'entrata. «Da dove viene questa insana passione degli uomini per le tette? I miei occhi sono *qui*, gente!» dissi quando il quindicesimo paia di occhi si fissò sul mio busto. Mia ed io avevamo ottenuto un mucchio di attenzione nei nostri vestiti d'epoca.

Adam alzò le spalle, mettendo un braccio sulle spalle della fidanzata e ammirando la vista del suo decolté. «Ringrazia il cielo che gli uomini non abbiano le tette, altrimenti non uscirebbero mai di casa.»

William cercò di spiegargli come fosse stupida quell'idea dato che i mammiferi maschi non avevano bisogno di ghiandole mammarie per produrre latte per i loro piccoli. Era divertente guardare Adam e Mia che cercavano di non ridere per quella mini-tirata.

Il salone principale all'esterno dell'arena era un paradiso capitalista. Dovunque si guardasse c'erano ornamenti da principessa, vessilli e spade giocattolo di plastica in stile medievale. Adiacenti al salone principale c'erano le scuderie, dove gli ospiti potevano ammirare i magnifici destrieri che i cavalieri avrebbero cavalcato durante i tornei. Mia, che era cresciuta con i cavalli, s'interessò da vicino, facendoci notare com'erano belli e di ottima razza. Riuscimmo anche a esplorare il luogo dove tenevano gli uccelli da preda, falconi e falchi con i cappucci e i lacci di cuoio che pendevano dalle loro zampe.

Mentre camminavo di fianco a William, colsi qualche breve frammento della conversazione sottovoce tra Adam e Mia. Sentii parlare di una specie di "scommessa" insieme alle loro solite bonarie prese in giro.

Tornati nel salone principale, William restò contro la parete mentre aspettavamo. Ispezionava la sala con le braccia strette intorno al petto, respirando profondamente, nel modo che gli avevo insegnato, e sembrava conscio di ogni piccola cosa che stava succedendo. Gli offrii i miei auricolari e le canzoni della mia playlist per soffocare il suono della folla e sembrò calmarlo visibilmente.

Adam andò a prenderci qualcosa da bere.

«Allora… come vanno le cose tra te e William?» chiese Mia.

«Bene.» Annuii. «Ci stiamo divertendo.»

Mia piegò la testa verso di me, con la bocca atteggiata a un sorrisetto. «Davvero? Divertendo come?»

La guardai irritata. «Come al solito.»

«Come al solito per due amici che passano un po' di tempo insieme, o… come al solito per *te*?»

«Per la dea, Mia, mi fai sembrare una donna perduta, per usare il termine medievale.»

Lei alzò le spalle. «Sono solo curiosa.»

La guardai stringendo gli occhi. «Così hai detto. Sei *estremamente* curiosa. Sia tu *sia* il tuo futuro maritino.» Dopo il nostro incontro sul divano avevo chiesto a William di parlarmi dei preservativi e lui mi aveva detto che glieli aveva dati Adam, insieme a qualche consiglio.

Mia arrossì e cambiò argomento. Ed era un bene, perché non aveva decisamente bisogno di sapere quanto era piaciuto a William giocare con le mie tette… o quanto era piaciuto a me quando lo aveva fatto. Avrei mantenuto il nostro piccolo segreto.

Non dicemmo più niente finché non ci indirizzarono verso il settore rosso della grande arena. Era dove avremmo fatto il tifo per il Cavaliere Rosso. Il terreno di gioco era diviso in sei colori diversi: verde, nero, bianco, rosso, giallo e blu, ciascuno con il suo corrispondente "campione".

«Questa è la nostra sera fortunata. Il rosso è il mio colore preferito» dissi. «Qual è il tuo, Wil?»

«Tutti quanti» rispose lui serio.

«Mhmm… deve essere una cosa da artisti, immagino.»

Lui guardò la tavola apparecchiata. «Non ci sono le forchette.»

«Siamo a Medieval Times. Mangiamo come facevano i medioevali» scherzò Adam.

«Questo pasto e questo stile sono storicamente scorretti. Come il termine "medioevali"» disse William. «Io non ho intenzione di mangiare con le mani.»

«Perché non è storicamente corretto?» gli chiesi.

«Beh, guarda il menu. Patate erborinate e zuppa di pomodori. Le patate e i pomodori vengono dal Nuovo Mondo. Non erano disponibili per il consumo in Europa durante il Medioevo. E non parliamo poi della Pepsi.»

Adam rise nascondendo la bocca con la mano e Mia gli diede uno schiaffo sul braccio senza nemmeno guardarlo. «Chiederò una forchetta per te, William. Ma non la chiederò per Adam. Lui mangia comunque come un Neanderthal.»

«Ehi» rispose Adam, fingendo di essere irritato, prima di lasciar apparire un enorme sorriso.

Colsi l'occasione per chiedere una cosa che m'incuriosiva. «Voi due riuscite a uscire spesso insieme con tutto quello che avete da fare?»

I due si guardarono e Mia sorrise malinconica. «Non proprio. Noi due sembriamo già una vecchia coppia sposata.»

«Ed è il motivo per cui dovremmo finalmente fissare una data» disse Adam.

Mia sbuffò. «Tu e il tuo cervello a senso unico. Che differenza fa?»

«Vedremo, no?» disse lui dandole un'occhiata misteriosa. «Quando potrò fissare io la data.»

«Continua a sognare.»

Perplessa per la loro enigmatica conversazione, guardai William, ma non li stava ascoltando. Stava guardandosi attorno con l'occhio torvo, specialmente i cavalli e i cavalieri che erano entrati per "riscaldarsi" eseguendo qualche manovra. Borbottò ripetutamente che non erano storicamente corretti. Usava *un sacco* quella frase.

Ci servirono la cena, ottimo pollo arrosto con le suddette anacronistiche patate e perfino una deliziosa torta di mele per dessert.

Dopo mangiato, i cavalieri cominciarono i loro tornei per il piacere del "re" e della "principessa" seduti su un'alta piattaforma sopra l'arena. William criticò gli stemmi araldici, le armi e specialmente le armature fasulle dei cavalieri, dicendo «Se portassi un'armatura simile durante un torneo, sarei in stato di morte cerebrale o invalido in due minuti.»

Quando sparecchiarono, Adam e Mia rimasero seduti con le teste vicine, persi nella loro conversazione privata. Io tentai di origliare, senza la minima vergogna. Sentii di nuovo la parola "scommessa", seguita da un'occhiata furtiva in direzione di William e me. Fu a quel punto che misi assieme i pezzi.

«Per. La. Dea» esclamai a voce alta quando la conclusione mi saltò all'occhio. «Voi due state scommettendo su di noi, vero?»

William voltò la testa e mi guardò «Una scommessa? Che tipo di scommessa?»

Non c'era nemmeno bisogno che rispondessero alla mia domanda. Lo avevo capito dal modo in cui Adam guardava da un'altra parte come se non avessi detto niente e dal fatto che Mia era diventata rossa come un non-medievale pomodoro. Avevo ragione.

«Una scommessa?» Finalmente Adam mi guardò e disse: «È stupido, che tipo di scommessa potremmo fare su di voi?»

Strinsi gli occhi. «Beh, immagino che chiunque vinca potrà fissare la data del matrimonio… e che stiate scommettendo su William e me che andiamo o no a letto insieme.»

Adam perse il suo sangue freddo per un istante, ma fu la reazione di Mia che mi diede tutte le informazioni di cui avevo bisogno. Spalancò gli occhi e aveva la parola *colpevole* scritta in faccia.

«*Cosa?*» William balzò fuori dalla sedia per sovrastarci minaccioso. Diede un'occhiataccia a suo cugino. «È questo il motivo per cui mi stai dando dei consigli *utili*? Avevi un secondo fine?»

Adam gli tese una mano aperta. «Siediti, Liam. Possiamo parlarne più tardi. La principessa sta per essere catturata dal cattivo.»

Invece William afferrò una spada giocattolo di plastica, non avevo idea da dove venisse, e la puntò contro suo cugino. Adam spalancò gli occhi, ma afferrò la punta della spada e la spinse di lato. «Ehi, punta quest'affare da un'altra parte.»

La punta della spada ritornò immediatamente verso la faccia di Adam. «Dimmi la verità... cosa riguardava la scommessa?» domandò William a suo cugino.

Adam sbuffò. «Sono io che ti devo portare a casa, William. Non farmi incazzare, altrimenti ti lascerò qui a piedi.»

William schiaffeggiò la spalla del cugino con la spada. Molto probabilmente non gli aveva fatto male, ma Adam si alzò in piedi. «William, cazzo, calmati.»

William lo colpì di nuovo con la spada giocattolo. Fu allora che sentii un bambino dire: «Ehi, quell'uomo ha preso la mia spada!»

Adam fece un passo indietro, brontolando, e Mia rise, dicendogli che era ciò che si meritava. William si lanciò di nuovo contro di lui e i due si diressero verso le scale e fuori dalle porte che portavano alla hall. Mia ed io ci scambiammo un'occhiata e li seguimmo di fuori.

«Allora, chi ha scommesso e su che cosa?» le chiesi mentre ci affrettavamo a salire le scale inseguendo i due combattenti.

Lei sospirò. «Sapevo che era una pessima idea. È cominciato come uno scherzo. Ma Adam era più che sicuro che avrebbe vinto.»

«E qual è la posta?»

«Avevi ragione. Il vincitore può decidere la data del matrimonio. Adam ha detto che William avrebbe "concluso" con te. Ed io ho detto di no, che a William non interessa una cosa occasionale.»

«Beh, grazie tante per avermi definito "una cosa occasionale". Penso di stare dalla parte di Adam, a questo punto.»

«Mi dispiace, Jenna. Non lo intendevo come un insulto, ma... sai come sei, esattamente come lo so io. Le relazioni, per te, sono strettamente temporanee.»

«Allora? E non è una cosa positiva se William alla fine perde la verginità?»

«Per lui significa più di quello.»

«È un uomo. Ti posso *garantire* che non significa più di quello.» Lo dissi anche se sapevo che non era vero. Più che altro perché lo speravo.

Oltrepassammo le porte e sentimmo immediatamente un rumore di plastica contro plastica. A quanto pareva, Adam aveva afferrato anche lui una spada e stava parando i colpi di William.

«Piantala di fare l'Inigo Montoya prima che debba farti veramente male» disse Adam a tempo con i colpi aggressivi di William contro la sua spada. Un paio di volte, Adam non era riuscito a bloccare l'assalto di William e aveva ricevuto un colpo di piatto sulla spalla o sulla coscia.

«Come hai osato!» disse William a denti stretti.

«Era uno scherzo. Merda. Cazzo, mi hai fatto male, Liam. Dannazione!» E poi Adam cominciò veramente a ribattere colpo su colpo.

Mia si fece avanti prima che potessi dire qualcosa. Non che avessi voglia di farlo, ero completamente sconcertata da questi due uomini muscolosi che si stavano attaccando con tutta la loro forza… e nientemeno che con delle spade di plastica.

«Piantatela!» disse Mia, ma la ignorarono completamente. Fui sorpresa, più che altro perché la adoravano entrambi e quindi avevo immaginato che una sua parola fosse legge. Ma i due non la stavano ascoltando, si davano spintoni, colpendosi a turno.

La gente al bar e nei vicini negozi di souvenir era uscita a guardare e con la coda dell'occhio vidi una guardia in uniforme diretta verso di noi.

«Ragazzi, siete sul punto di essere arrestati…» dissi.

«Andiamo fuori!» urlò Mia, ancora più forte di prima. *Questa volta* la ascoltarono.

«Almeno hanno pagato le spade?» chiesi mentre uscivamo in tutta fretta dalle porte di vetro che davano sul parcheggio.

«Ho gettato un po' di soldi al tizio quando ho preso la spada» disse Adam a denti stretti, guardando minaccioso suo cugino. «E gli ho chiesto di darne un'altra al bambino a cui l'ha rubata Liam.»

William scosse la testa, brontolando. Mi misi al suo fianco, scrutandolo attentamente. Era un fascio di nervi. Poi colsi lo sguardo di Mia e ci mettemmo tra i due uomini, che erano ancora tesi e si guardavano storto.

«Ce la faremo ad andare a casa nella stessa auto?» chiese Mia ai due. «Perché non ho proprio voglia di mettermi in mezzo a duecento chili di maschi imbecilli che se le danno di santa ragione in una limousine.»

«Voi due potreste veramente risparmiare tutta quell'energia per il vostro allenamento di domani» dissi, cercando di non ridere al pensiero di "Spade di plastica, secondo episodio" in scena nella palestra di arti marziali. «Allora potreste suonarvele con armi vere. E se le cose vanno a modo tuo, William, gli farai abbastanza male e non sarà in grado di fissare una data per il matrimonio, anche se dovesse vincere la scommessa.»

«Perché diavolo state facendo una scommessa per decidere una cosa importante come la data del vostro matrimonio?» sbuffò William. «Non è la prima volta che voi due vi comportate in un modo così infantile. Dovreste lasciare che fissi *io* la data.»

Mia restò a bocca aperta.

«Beh, in un certo senso l'idea era quella» ribatté Adam, guadagnandosi una gomitata nel fianco da parte di Mia.

Imbarazzante.

Il tragitto fino a casa fu silenzioso. Mia finalmente raccolse il coraggio di dire qualcosa prima che arrivassimo a casa mia. «Mi dispiace, ragazzi. Non volevamo creare imbarazzo tra voi due.»

William ed io ci guardammo in faccia. «Non è strano per *noi*» disse.

Mia sembrò stupita. «Oh… bene…»

Lui continuò. «È strano per voi due, invece. Adam vuole sposarsi quest'anno. Me l'ha detto. Tu vuoi aspettare fino a quando avrai finito l'università. Anche se si sta comportando come una testa di cazzo, sono d'accordo con lui.»

Adam lo guardò storto. «Testa di cazzo?»

Cercai di frenare la risata che mi stava salendo in gola mentre Mia fissava William a occhi sgranati. Li aveva appena battuti al loro stesso gioco, e lo sapevano.

«Lasciamo perdere, okay» dissi prima che la faccenda s'inasprisse un'altra volta. «Forse potremmo portare a casa Wil per primo.»

«Penso di riuscire a tenere questi due sotto controllo per altri dieci minuti» disse Mia. «Specialmente visto che domani potranno darsele di santa ragione.»

Né Adam né William si guardarono in faccia e grazie al cielo, la mia fermata era la prima. Appena arrivati, mi precipitai fuori dalla limousine alla velocità della luce.

***

«E la signora dietro la donna con l'abito a righe?»

William era seduto accanto a me sul tristemente celebre divano. Ero seduta di fronte a lui con un grande libro fotografico aperto in grembo, messo in modo che non potesse vedere il dipinto che stava guardando. Non avevo menzionato il titolo e nient'altro, solo il numero della pagina del libro che avevo scelto a caso dallo scaffale.

Lui aveva appoggiato la testa alla parete e aveva gli occhi chiusi. «Quella in nero, con il cappellino?»

«Uhm, sì, lei.» Strinse più forte gli occhi. «È più difficile farlo con le scene bidimensionali, ma… vediamo. Ha la mano sulla spalla della donna di fronte a lei. Ha un vestito nero e il suo cappellino ha dei fiori azzurri e arancio. Intorno al collo ha un girocollo con un medaglione di corallo.»

Accidenti, era quasi pauroso. La sua memoria era sia accurata sia dettagliata. Guardai in fretta l'intero dipinto, *Bal au Moulin de la Galette*, di Auguste Renoir, una tela che ritraeva centinaia di persone a un ballo all'aperto una domenica pomeriggio a Parigi. La luce e i colori del dipinto erano meravigliosi.

«Vuoi sapere qualcos'altro? Ti posso parlare delle coppie che ballano dietro di loro se vuoi. O della folla ancora più in fondo.»

Chiusi piano il libro. «No, va bene così. Sono sufficientemente intimidita.»

William aprì gli occhi e mi guardò. «Intimidita? Perché? Perché ho una buona memoria?» Scrollò le spalle. *Buona*, ah! «Non è niente di speciale. Continuo a uscire di testa in mezzo alla folla.»

«Non è vero. Sei stato bravissimo al cinema oggi.»

«Ho dovuto fare delle pause» disse, riferendosi alle diverse volte che era uscito dalla sala per avere un po' di respiro.

«Ma le pause sono diventate meno frequenti man mano che il film proseguiva. Sono fiera dei tuoi progressi.» Lui non rispose quindi gli diedi una gomitata. «Lo penso davvero, Wil. Ti stai dando da fare. E te la stai cavando bene. Non c'è bisogno di sminuire tutto quello che sei riuscito a fare solo perché hai qualche punto debole. Abbiamo tutti dei difetti.»

I suoi occhi castani si fissarono nei miei, osservando i miei capelli, le labbra, il mento. «Tu hai dei difetti? Pensavo che fossi perfetta.»

Sentii il calore salirmi alle guance. «Smettila. Sai che non sono perfetta.»

William aggrottò le sopracciglia scure e allungò una mano per accarezzarmi la guancia e la mascella con il pollice. *«Non* è quello che so io. Io vedo una donna forte, pura e buona, decisa ad aiutare gli altri. Bella non solo di fuori ma anche dentro.»

Mi leccai le labbra e mi si strinse la gola. «Smettila. Mi stai mettendo in imbarazzo.»

Lui sembrò sinceramente sconcertato. «Tu ed io siamo da soli, qui. Perché sei imbarazzata? La verità non è imbarazzante, Jenna.»

Appoggiai il libro accanto ai nostri piedi, sul pavimento. William si chinò immediatamente, lo raccolse e lo rimise nel punto esatto da cui lo avevo tolto venti minuti prima.

«Perché non ti piace sentire cose positive di te?» disse mentre si sedeva nuovamente accanto a me, più vicino questa volta.

Scrollai le spalle.

«È per questo che non vuoi restare? Perché non credi di meritare la stabilità?»

«Wil» lo avvertii con un sospiro. Era come un cane con un osso, non poteva o non voleva lasciar perdere.

«Dimmi, Jenna. Voglio sinceramente capire.»

Scossi la testa. «Non credo di essere in grado di aiutarti a capire. È solo… il mio destino, credo? Il mio istinto mi dice che è quello che devo fare.»

Lui ci pensò per un momento, poi mi passò le dita tra i capelli. «Il tuo destino potrebbe cambiare? Se trovassi qualcuno… anche qualcuno che non sia la tua anima gemella…» La sua voce tremò per l'emozione e poi si spense.

Strinsi forte gli occhi. «Non ho tutte le risposte. So solo quello che so… e non è che stia scappando. Te lo giuro…» Stavo dicendo le parole, ma, questa volta, non ci stavo mettendo il cuore. Volevo solo che mi abbracciasse. Volevo godere della compagnia reciproca. «Ho imparato nella maniera più dura che le cose non sono permanenti. Che è tutto temporaneo.»

«Finiscono per essere temporanee se te ne vai prima che possano diventare permanenti» disse. «È una profezia che si auto-avvera».

«Non mi aspetto che tu capisca.»

«Forse dovresti darmene la possibilità.»

Mi tirai indietro, appoggiandomi allo schienale del divano e le sue mani ricaddero dai miei capelli sulle sue ginocchia. «Sai già più o meno tutto… fino ai cinque anni ho vissuto in un paese completamente differente, che bombardavano in continuazione. Mandarono via mia sorella e me. Mio padre fece un mucchio di promesse, che non si sono mai realizzate. Non l'ho più rivisto. Fine.»

William mi stava guardando intensamente adesso. Si spostò per mettersi di fronte a me. «Non poteva sapere che sarebbe morto.»

Rabbrividii. «Avrebbe potuto venire con noi. Così non sarebbe dovuto morire in quell'inutile guerra di merda. Invece mi ha detto che dovevo essere coraggiosa. "Vai in America", mi ha detto. "Sarai al sicuro e saremo presto tutti insieme di nuovo". Era un bugiardo.» L'emozione mi travolse e mi fece mancare il fiato. Mi coprii la faccia, non solo per nascondere le lacrime a William, ma per la vergogna che provavo per ciò che avevo detto. *Non dicevo sul serio, papà. Perdonami.*

Sentii il peso delle braccia di William intorno alle spalle. Mi appoggiai a lui, con le lacrime che mi scendevano lentamente lungo le guance. Con lui così vicino, sentivo lo stesso senso di sicurezza che avevo provato quella sera in cui mi ero lasciata prendere dal panico a Disneyland. La sua solidità era confortante. E gli dissi cose che non avevo raccontato a nessuno… mai.

«E poi venimmo a vivere qui. In quei giorni ci spostavamo spesso, restammo a casa di qualche lontano parente per un anno o due, poi abbiamo avuto un nostro appartamento per un po'. Poi vivemmo con una famiglia di amici quando perdemmo il nostro posto, per l'affitto troppo alto. E, come ti ho detto, ho incontrato Brock e mi sono innamorata quando ero un'adolescente.» Tirai su col naso.

«La mamma voleva che tornassi… "vieni a casa, è ora" diceva. Ma io non potevo perché *non era* più casa mia. Adesso sono bosniaca quanto potrei essere tedesca o canadese. Brock era *qui* e la mamma era così arrabbiata perché stavo rinunciando alla possibilità di vivere con la mia famiglia. Ma io ero così stupida e giovane e innamorata che nient'altro importava. Quindi ferii mia madre e restai qui. Brock ed io saremmo stati insieme. Ci contavo… finché morì…» la mia voce si spense mentre l'emozione mi travolgeva un'altra volta.

«Finché morì.»

«Sì. Sembra che la gente muoia intorno a me.» Quell'oscurità si levò di nuovo ed era accecante.

«Come? Pensi di essere maledetta o roba simile?

Feci un respiro profondo e poi espirai sibilando. «Avrei dovuto essere io a riportarlo a casa quella sera. Era quello il piano. Eravamo andati a una festa e bevevano tutti. Ma ero stanca. Litigammo e gli dissi che sarei andata a casa a dormire. Io ero sobria. Avrei potuto guidare io. Invece, si fece dare un passaggio a casa più tardi da un amico che aveva bevuto troppo. Io… io non ero stata lì per lui.»

William scosse la testa. «Non è logico prenderti la colpa per qualcosa che non si poteva prevedere. Nessuno può conoscere il futuro.»

«Ma io conosco il mio futuro. È il *cambiamento*. Cambiare sempre. Appena una cosa inizia a diventare permanente, comincio a innervosirmi… mi prudono i piedi.» Soffoco un singhiozzo e tiro su col naso per liberarlo dalle lacrime, come una bambina. Mi chiudono la gola altrettanto in fretta. «Ho vissuto con la famiglia di Brock per un po', dopo la sua morte. Ero depressa, ma in qualche modo riuscii a terminare le superiori. Non volevo lasciarli per andare al college, finché sua madre ha detto che dovevo farlo. Che sarebbe stata la cosa migliore per me, andare avanti. Quindi andai... ma andare avanti significò trasferirmi un'altra volta.» sospirai. «C'è una leggenda nella mia famiglia. Baba... è così che chiamavamo mia nonna, diceva che avevamo radici gitane. Che i rom sono nomadi. Non hanno una casa e a volte mi sento legata a quella parte di me. Come se non fossi fatta per essere imprigionata in un posto. Che le cose che succedono nella mia vita accadono per farmelo capire.»

William sbuffò, deridendomi. «È più facile andarsene e dimenticare il passato quando le cose diventano penose. O almeno cercare di dimenticarle.»

Lo guardai, chiedendomi com'era possibile che fosse così perspicace, stranamente per lui. Parlava per esperienza personale? «Allora pensi ancora che stia scappando?»

«Penso che, a volte, una persona possa credere talmente a qualcosa riguardo a se stessa da farla diventare vera.»

Lo guardai un po' irritata. «Come il fatto di non valere. Una persona può credere di non valere abbastanza.»

William sbatté le palpebre. «Immagino tu possa aver ragione.»

«Forse siamo più simili di quanto pensi.» Storsi la bocca in una specie di sorriso. «Nonostante il fatto che io sia neurotipica.»

«Non te ne faccio una colpa» disse con un sorriso scaltro.

Mi misi a ridere nonostante le lacrime. «Grazie alla dea.»

Lui mi accarezzò dolcemente i capelli. «Forse è la stabilità che ti spaventa.»

Alzai le spalle. «Forse.» Ma se era così, perché mi sentivo vuota dentro? Mi mancava l'eccitazione che provavo di solito appena prima di trasferirmi.

«Voglio che resti, Jenna. Voglio che stia con me.»

Alzai un sopracciglio e lo guardai in faccia. «Intendi dire come… sesso e roba simile?»

«Più di quello. Noi potremmo… avere una relazione.»

Sorrisi. «Le mie relazioni non durano a lungo. Quella con Doug è durata tre mesi. È più o meno la media.» Distolsi lo sguardo, sconcertata dal modo in cui William sembrava studiare il mio volto senza guardarmi negli occhi.

«Sei sempre tu quella che rompe?»

Ci pensai per un momento, facendo un veloce inventario degli ex-boyfriend. In ognuno dei casi, ero stata io a rompere. Restai a bocca aperta. «Wow…»

«Che c'è?»

«Sono stata *io* a rompere. Tutte le volte.»

«Dopo tre mesi?»

Alzai le spalle. «Più o meno.» Lui si voltò, ma non prima che vedessi la sua espressione di disappunto. «Che c'è?»

Scosse la testa. «Preferirei non stare con te se deve durare così poco. Penso che alla fine sarebbe troppo difficile.»

Mi staccai da lui. Non aveva torto. «Tu sei un tipo da tutto o niente, vero?»

«A me piacciono le cose ben definite.»

Aggrottai la fronte, pensandoci. Avevo spezzato il cuore a quegli uomini? Non avevo mai permesso che le cose diventassero abbastanza serie e la maggior parte delle volte loro avevano semplicemente voltato pagina. Ma avevo la sensazione che per quanto gli dicessi e per quanto tentassi di prepararlo, lui non si sarebbe ripreso tanto facilmente quando me ne fossi andata.

Aveva ragione, e dovevo smettere di insistere con lui. Lui voleva qualcosa di più di quanto potevo dargli… ed io non potevo pretendere che lui accettasse meno di ciò che voleva.

Lui voleva me. E per quanto fosse meraviglioso e incredibile, non potevo dargli ciò che voleva. Era un difetto mio, non suo.

Ero intrappolata in questo ciclo infinito di gratificazione momentanea. Di ricerca della prossima stella, del seguire il vento. *In fuga.*

Capitolo Ventiquattro
William

MI SENTO MALINCONICO MENTRE VADO A CASA stasera, senza riuscire a sbarazzarmi delle emozioni che abbiamo risvegliato. Un curioso mix di felicità e di tristezza, di speranze e perdita e forte desiderio.

Questa pesantezza sembra non andarsene mai. Tutte le volte che la guardo, il peso aumenta, si contorce e mi fa mancare un po' il fiato. È come se stessi già perdendo qualcosa, e lei è ancora qui. Per non dire poi che non è mai stata mia.

Ma non posso farci niente. Voglio che sia mia. E in quei momenti in cui le avevo procurato un orgasmo con le mie mani e la mia bocca e la mia lingua, lei era diventata una mia opera d'arte. Era diventata *mia*. Per quei pochi minuti in cui si era donata a me, io l'avevo presa senza esitare. Era una sensazione potente, una droga.

L'auto non si sta più movendo e nemmeno Jenna. Sta guardando dal finestrino la finestra del suo appartamento, ancora con le mani in grembo. Tengo le mani sul volante, nella posizione delle dieci e dieci come se stessi ancora guidando. Sto fissando fuori dal parabrezza. Non so come dire le parole che voglio dire.

«Sei preoccupata?» sbotto di colpo.

Lei si volta lentamente a guardarmi. «Per che cosa?»

«Che perda il duello. Di non riavere la tua tiara.»

Lei sorride appena e mi mette leggermente la mano sul braccio. Resisto al desiderio di togliere il braccio, anche se mi fa accapponare la pelle. Perché non potrei mai rinunciare un suo contatto.

«Non perderai» dichiara. «Io credo in te.»

«La tiara è molto preziosa.» Non è una domanda, ma è un po' che mi chiedo quanto valga. Il suo valore personale.

Lei annuisce.

«È fatta di diamanti e pietre preziose?»

«No, non di diamanti, ha un valore monetario, ma non è la ragione per cui è importante per me. È più il valore sentimentale.»

«Qual è il valore sentimentale, allora?»

Lei si lecca le labbra e mi fissa per un po'. In effetti, il silenzio si dilunga tanto che penso che non voglia rispondermi.

Dopo un lungo sospiro, lei si schiarisce la voce e si mette a parlare. «Non ne ho mai parlato con nessuno al di fuori della mia famiglia, quindi è piuttosto difficile trovare le parole. È talmente radicato nelle emozioni che non sono sicura che capirai.»

«Non sono un robot, Jenna. Provo anch'io delle emozioni.»

Lei sorride. «Lo so.» Si avvolge una lunga ciocca di capelli luminosi intorno al dito indice, poi se la mette dietro l'orecchio. Sono affascinato da quel gesto. Non voglio solo disegnare e dipingere il suo orecchio, voglio anche sentire ancora quel morbido lobo nella mia bocca e tra i denti.

«È difficile per me solo…» Scuote la testa, tirando su col naso. «Quando ero piccola, non volevo venire negli Stati Uniti. Te l'ho già detto. Era una cosa paurosa e i miei genitori non sarebbero venuti con me. Ti ho anche raccontato la storia di mia madre che diceva che sarei vissuta accanto a Mickey Mouse, ma non è quello il vero motivo per cui accettai di partire.»

«No?» chiedo aggrottando la fronte.

«Cioè, è successo veramente, ma chi mi convinse veramente fu mio padre. Mi fece sedere davanti a lui e inventò questa storia fantastica, dicendomi che ero in segreto una principessa e che la tiara era la mia corona. È vero che la tiara era stata trasmessa generazione dopo generazione nella mia famiglia. Era stata data a mia nonna, che l'aveva data al suo unico figlio, mio padre. Mio padre me la diede quel giorno... l'ultima volta in cui lo vidi. Disse che voleva che stessi al sicuro e che quindi dovevo nascondermi in un altro paese e crescere, imparare e diventare istruita per poter tornare e diventare la regina, un giorno.»

Ora ci sono lacrime che le scendono dagli angoli degli occhi, ma nello stesso tempo sta ridendo. La cosa mi lascia completamente confuso. È felice o triste? O forse entrambe le cose?

«Sai per quanto tempo ho creduto a questa storia?» Si stringe nelle spalle. «Molto più a lungo di quanto possa ammettere senza morire di vergogna.»

«Ha un senso.» Annuisco. «Quando si è piccoli, vogliamo veramente credere a tutto ciò che ci dicono i nostri genitori.»

Sto cercando di immaginare gli avvenimenti come me li ha raccontati. Immagino suo padre, un uomo sui trent'anni. Forse biondo come lei, o forse con i capelli scuri e una mascella squadrata. Le sta accarezzando i magnifici capelli d'angelo e dicendole che un giorno sarà una regina, ma ha la faccia seria e non vuole che lei sappia che ha paura.

E, di colpo, sono ancora più triste.

«La tiara è stato l'ultimo suo regalo?»

Lei si guarda le mani, ancora ripiegate in grembo. «Non la vedo esattamente in quel modo, ma sì, è così.»

«Presumevo che avesse molto valore per te, ma non avevo idea di che tipo di valore personale. C'è una cosa che non capisco, però.»

«Cioè?»

«Se significa tanto per te, perché l'hai impegnata?»

Lei stringe le labbra. «Era l'ultima spiaggia. L'ho fatto per Maja, mia sorella. Voleva sposarsi, ma la famiglia del suo fidanzato non lo avrebbe permesso se la famiglia della sposa non avesse pagato il matrimonio. Non ha mai chiesto soldi, ma non sa nemmeno che cosa ho dovuto fare per ottenerli. Non glielo dirò mai. Si aspetta che porti con me la tiara in Bosnia in modo che possa portarla il giorno del suo matrimonio.»

«Perché non gliel'hai detto?»

Lei alza le spalle e si china in avanti, strofinandosi le mani sul volto. «Perché fai tante domande?»

«Mi dispiace. Immagino che sia perché semplicemente non capisco cose che per gli altri sono semplici.»

Si volta verso di me. «Per tutto questo tempo pensavi che fosse solo un gioiello vecchio, di valore ma senza legami emotivi. Eppure hai promesso di recuperarlo senza sapere perché lo avevo fatto o perché fosse così importante per me.»

Non so che cosa dire, quindi non le rispondo. E comunque non era una domanda.

«Queste ultime settimane d'allenamento, quando lavoravi con me...» Scuote la testa, smettendo di parlare.

So che pensa che per me siano stati sacrifici spiacevoli, ma io proprio non definirei una punizione passare del tempo con lei.

«Devi aver pensato che fossi superficiale e frivola per averla impegnata in quel modo.»

«Non importava quali fossero le tue ragioni, Jenna. Ciò che m'importava era che la rivolevi ed era importante per te. Non avevo bisogno di sapere perché.»

Ha un'espressione sul volto, non so dire che cosa significhi, ma si sta mordendo il bel labbro rosa con i denti bianchi. «Sei così dolce.»

«Lo dici spesso.»

Lei sorride. «Perché è vero.»

«Potrà anche essere vero, ma ho un'ottima memoria. Non è necessario ripeterlo.»

Si mette a ridere. È quel bel suono musicale che adoro. «E se lo dicessi per rammentarlo a me stessa?»

Ora sono confuso. «Devi rammentare a te stessa che sono dolce?»

Lei getta indietro la testa, ridendo ed io non riesco a togliere gli occhi dal quel lungo collo pallido che ho voglia di assaporare ancora.

«Immagino di sì.» Si volta verso di me e si china in avanti, baciandomi sulla guancia. Volto la testa per catturare le sue labbra con le mie.

All'inizio il suo bacio è insicuro, esitante. Come se non sapesse se staccarsi o no. Prima che possa farlo. Alzo le mani e le tengo la testa contro la mia.

Ma lei mi resiste, tenendo la bocca chiusa e ho la strana idea in testa che se solo riuscissi a convincerla ad aprire, ad aprirsi a *me*, potrei conquistarla e sarebbe mia.

Ho bisogno che sia mia. Ho bisogno di *lei*.

Sto tracciando la linea delle sue labbra morbide con la lingua, ma lei non si decide ad aprirle, quindi decido di porre l'assedio. Per penetrare le sue difese, spingo la lingua attraverso la barriera delle sue labbra, trovando poca resistenza. Poi lei sospira e si rilassa contro di me.

Le afferro le spalle e la tiro verso di me. Di colpo, siamo fusi insieme, il suo calore e il mio calore. La sensazione di averla contro di me è *così, così* bella.

«Wil» sospira Jenna. «Sali con me.»

Non voglio pensarci o litigare, e so che sarà una lotta finché lei ammetterà che ho vinto. Fino ad allora, non posso cedere.

«Resta qui e sii la mia ragazza» rispondo.

Voglio toccarla di nuovo. In tutto il corpo. Voglio farla gemere. Voglio quella tensione dolorosa nel mio corpo che esige che lei la soddisfi.

Ma più di tutto, voglio che sia mia.

Jenna mi preme una mano sul petto e mi spinge via, evitando di guardarmi. Ed è un bene perché io non voglio guardarla negli occhi. Nello stomaco ho la sensazione di aver appena ingoiato quaranta chili d'acciaio.

«Dovrei andare» dice lei, un po' senza fiato. Poi si tira lentamente indietro, apre la portiera e poi scende, ancora più lentamente, come per darmi un'ultima possibilità di cambiare idea.

Non la cambierò.

Non posso cambiarla.

Il tempo sta per finire, ma posso ancora riuscirci.

***

La domenica seguente, Jenna ed io andiamo alla Zoo di Santa Ana alla ricerca di altre folle. Dopo, finiamo a casa di mio padre per un'altra cena di famiglia. A quanto pare, Kim ha invitato tutti quelli cui è riuscita a pensare. Insieme al gruppo regolare, ci sono alcuni amici di Mia, incluso Heath, che perlopiù resta seduto in un angolo a bere birra, Alex e Kat. Jenna passa la maggior parte del tempo con le ragazze, ed io sono costretto a guardarla da lontano.

Dopo un po', sento il bisogno di ritirarmi, quindi mi scuso, dicendo che vado in bagno e poi entro nella mia vecchia stanza in fondo alla casa. Lì, faccio l'inventario delle mie polverose e quasi dimenticate miniature di D&D. Sono passati più di otto mesi da quando ne ho dipinta una. Il mio lavoro, quello del fabbro e l'allenamento con la spada hanno consumato la maggior parte del mio tempo. Sto sistemando le statuine sul loro scaffale quando Jenna entra e si guarda intorno.

«Mia aveva ragione. Ha detto che saresti stato qui.»

«Mi conosce bene.» Indico la sola sedia nella stanza. «Ero seduto su quella sedia quando l'ho incontrata la prima volta, ventidue mesi fa.» Qualcosa che ho detto la diverte, perché il suo sorriso si allarga e si vedono i denti. Non riesco mai a capire se qualcuno mi trova divertente o ridicolo, quindi vado avanti comunque. «La sera in cui l'ho conosciuta, ho capito che Adam faceva sul serio con lei. Era la prima volta che portava una donna con sé a una cena di famiglia.»

«Beh, visto che si sposeranno, direi che avevi ragione.»

Torno alle mie statuine. «Non ho quasi mai ragione su roba come quella, ma sono contento di non essermi sbagliato su Mia e Adam.»

«Sembra che tu non sia il solo. Non solo Adam ha trovato una fidanzata, ma tuo padre ha trovato una nuova moglie quando ha conosciuto la madre di Mia. È una storia così bella. Credo che lo pensino anche Mia e Adam, finché Jordan non tira in ballo la faccenda dei cugini.»

Mi osserva per un momento, poi dice. «Non credo ti debba preoccupare che non si sposino. Ne hanno passate tante. Se non li ha divisi quello, niente ci riuscirà.»

«Credo solo che abbia un senso renderlo ufficiale.» Scrollo le spalle. «Non sono un esperto, ma mi piace vedere le cose fatte e finite.»

«Bene» dice lei con una risatina, alzando una mano verso un bottone della mia camicia. «C'è sempre la loro scommessa...»

M'innervosisco e divento rosso in volto. «*Non* parlare di quella scommessa!»

Jenna ride di nuovo, ma non toglie il dito. La afferro per il polso e le tengo la mano lì. Lei mi guarda negli occhi ed io ho pochi nanosecondi per sfuggire al suo sguardo.

«Non mi piace quando le cose non vanno secondi i piani. Adam e Mia dovrebbero sbrigarsi se sanno che è quello che vogliono fare. Che senso ha aspettare? A me piace che le cose siano calcolate in anticipo. Mi piace essere sicuro del futuro.»

Lei si morde il labbro. «La vita non va sempre in quel modo, Wil. Una volta pensavo di sapere esattamente che cosa avrei fatto in futuro, ma...» La sua voce si perde e lei sembra di nuovo triste.

Sento il profumo dei suoi capelli quando si volta per guardare le miniature. Prendo mentalmente nota di quelle che sta ammirando. Forse gliene regalerò qualcuna più tardi. Mi rendo conto che le sto ancora tenendo il polso e che lei non si è staccata da me.

«Per la dea, sono secoli che non gioco a D&D. Mi manca. Non ho mai collezionato le statuine come te, ma ho montagne di dadi.»

Do un'occhiata alla cassettiera dietro il mio tavolo da lavoro. «Ci sono anche i miei vecchi dadi.»

«Davvero? Posso vederli?»

«Vuoi vedere i miei dadi?»

Lei sorride. «Sì, come ogni ragazza geek che si rispetti, ho un feticcio per i dadi.»

Mi sposto per frugare nei cassetti e trovare il mio vecchio sacchetto. Poi svuoto la vecchia borsa di velluto liso sul tavolo da lavoro. Sulla superficie graffiata e macchiata rotola una pila di dadi. Sono di colori diversi e, dato che sono dadi da D&D, di tutte le forme e dimensioni.

Per una strana coincidenza, Jenna prende proprio il mio d20 fortunato. È color ambra con i numeri in nero sulle facce. Il dado a venti facce, il più famoso di tutti i tipi di dadi usati per giocare a D&D, è un icosaedro, un poliedro simmetrico con venti facce.

Lo fa rotolare sul tavolo e... fa un venti naturale. Ride. «Nat 20. È la mia sera fortunata. Peccato che non stessimo giocando.»

«Tu ed io potremmo giocare.»

Lei inarca le sopracciglia. «Adesso? Potremmo... che ne so, fare un gioco di ruolo?»

Alzo le spalle. «Non sono mai stato un Dungeon Master, non sono mai stato capace di inventare le storie. Ma potrei essere un personaggio di medio livello, forse un fabbro che a volte fa il cavaliere come dopolavoro.»

Lei mi guarda dalla testa ai piedi. «Sei tutt'altro che di medio livello.» Ripiega le braccia sul petto in un modo che fa tirare la sua t-shirt sul seno. Mi viene immediatamente in mente l'immagine di lei sdraiata sul mio divano, mentre emetteva quei suoni di piacere quando le toccavo o le baciavo il seno. Il solo ricordo mi fa eccitare. *Dolorosamente.*

Devo lottare con me stesso per cancellare quell'immagine prima che minacci di distrarmi completamente dalla realtà di fronte a me. Distolgo in fretta gli occhi dal suo petto, e cambio posizione, sperando che non noti che ora sono sessualmente eccitato, mentre non dovrei esserlo.

«Io potrei essere una chiromante viaggiante e in segreto una maga. Siamo in una locanda in qualche posto e ci siamo incontrati per caso nel pub. Che cosa mi dici?»

Sorrido vedendo il suo entusiasmo per il gioco. «Mi chiedo quante probabilità ho che mi baci?»

Lei inarca ancora le sopracciglia. *Bene, l'ho sorpresa.* Lei si volta verso la mia pila di dadi e prende due dadi a dieci facce. Un tiro di questi dati deciderà il percentile. Se un personaggio ha una certa percentuale di possibilità di fare qualcosa, il punteggio ottenuto con il tiro die due dadi mostrerà quanta possibilità ha di riuscirci.

«Diciamo che in questo momento hai il cinque percento di possibilità di ottenere un bacio da me, una completa sconosciuta. Vuoi fare il tentativo?» mi chiede.

Ci penso per un attimo. «Posso fare qualcosa per aumentare le mie chance?»

«Certo, è un gioco di ruolo!» Sorride. «Ma non ti dirò cosa fare.»

«Ovvio. Non sarebbe un gioco degno di essere giocato se lo facessi. Ti proporrò di offrirti da bere.» Faccio una pausa, pensando. «Poi farò segno al barista di servire alla bella dama qualunque cosa lei desideri bere.»

Lei ci pensa un attimo, maneggiando i dati. «Okay… è carino. C'è un limite a ciò che sei pronto a pagare? E se desiderassi un bicchiere dello champagne più costoso?»

«Ordinerò un bicchiere di Dom Pérignon per la mia dama» dico.

Lei sorride di nuovo, con i denti che brillano. «Questo ha aumentato le tue chance del quindici percento. Adesso hai una percentuale del venti percento di ricevere un bacio da me.»

Faccio una smorfia. «È solo una possibilità su cinque. Non mi piacciono queste probabilità. Vorrei aumentarle. E se ti dicessi quanto sei bella?»

«Mhmm. Sto aspettando» dice, piegando di lato la testa. «Che cosa vuoi dirmi?»

«Che i tuoi occhi hanno lo stesso azzurro delle famose paludi salate turche che si chiamano Pamukkale. L'acqua nelle pozze di travertino riflette l'azzurro del cielo, è pallida e immacolata. Ha lo stesso identico colore dei tuoi occhi.» Lei deglutisce ed io continuo. «E i tuoi capelli sono lucenti e d'oro pallido come i capelli degli angeli. E la tua pelle è morbida…»

«Aspetta, come fai a sapere che la mia pelle è morbida? Ci siamo appena incontrati.»

«Perché…» Esito, cercando di pensare cosa dire, a parte il fatto che *ho* accarezzato quella pelle. Ho passato le mani sulla sua pancia liscia, il seno rotondo, le cosce morbide. Quei pensieri non stanno rendendo più facile gestire la mia erezione.

«Sembra morbida» dico. «Come seta.»

«Okay» dice lei con un cenno della testa. «Non conoscevo quelle... quelle pozze salate in Turchia.»

«Pamukkale. Significa "castello di cotone" per via del bianco delle calcificazioni. Ma l'acqua è color azzurro polvere. Come i tuoi occhi. Ho visto delle fotografie e tutte le volte che guardo i tuoi occhi, penso a quelle pozze.»

Lei sbatte le palpebre. «Oh...»

«Nell'antichità, la gente si bagnava in quelle acque perché credeva che portassero loro delle speciali benedizioni.»

«Stai dicendo che vorresti bagnarti nella mia acqua?»

La guardo perplesso. «Mhmm...»

Lei ride. «Non importa.» Giocherella con i dadi che ha in mano. «Le tue possibilità stanno aumentando. Ora sei al cinquanta percento. Vuoi rischiare e tirare i dadi?»

Preferisco aumentare le probabilità a mio favore, quindi allungo una mano e prendo una ciocca di quei capelli celestiali e gliela metto dietro l'orecchio. Lei sgrana i grandi occhi azzurri guardandomi in viso. I nostri occhi si evitano per un pelo quando abbasso lo sguardo, nel punto in cui la t-shirt sta coprendo un petto che si muove più in fretta, a causa del ritmo accelerato del suo respiro. «Sei così bella che a volte è difficile respirare quanto ti guardo.»

Lei si china verso di me per un istante, come se fosse attratta contro la sua volontà. La tengo in equilibrio mettendole una mano sulla spalla e lei chiude lentamente gli occhi. Si lecca le labbra. «Wow. Tu... mhmm, impari veramente in fretta.»

Siamo molto vicini, adesso, ed io sento il cuore che mi batte in gola. Jenna deglutisce e si schiarisce la voce. «Se tirerai i dadi adesso, ti darò l'ottantacinque percento di probabilità di potermi baciare.»

Alzo la mano, a palmo in su. Posso accettare quelle probabilità. È difficile che sbagli con quei numeri. Lei mi mette in mano i due dadi ed io li tiro sul tavolo senza smettere di guardarla. Lei volta la testa per guardare, soffiando il fiato. «Novantuno. *Merda.*»

Controllo. «No, nell'altro senso. Diciannove. Il dado azzurro è la prima cifra.»

Lei sospira. «Grazie alla dea» mormora e alza le mani, posandole sulle mie guance. Io m'irrigidisco di colpo e poi le sposto, indicandole che deve mettermele intorno al collo. Le metto le mani sulla schiena e la tiro fermamente contro di me. Il suo seno spinge come il mio petto e le sue braccia si stringono intorno al mio collo quando le nostre bocche s'incontrano. Diversamente dall'altra sera in auto, lei apre immediatamente la bocca per me.

La sto assaporando e annegando, ma sto anche avendo un picco di energia come un supereroe. È come morire e rinascere a ogni secondo.

Lei muove la lingua e sento una pugnalata di piacere in tutto il corpo. Faccio scivolare le mani dalla schiena fino al suo sedere rotondo.

Le nostre teste si muovono insieme per un lungo momento, ma so che il mio corpo vuole di più. Sono pronto per lei e a giudicare dal calore del suo corpo contro il mio, è pronta anche lei.

La voglio davvero, *davvero.*

Fondamentalmente, se non ci fosse nessuno in questa casa, la spingerei immediatamente sul pavimento e le toglierei i vestiti. Glielo chiederei prima, ovviamente, ma poi lo farei di sicuro.

Pur sapendo ciò che pensa, che non ha cambiato idea sull'andarsene, so che è un bene che ci sia altra gente in casa.

Jenna si alza sulla punta dei piedi per premersi più forte contro di me ed io le afferro il sedere con le mani, accarezzandolo sopra il denim dei suoi jeans. Lei sta facendo quei lievi suoni che mi ricordano com'era quando le ho procurato l'orgasmo.

All'improvviso sento dei passi che si avvicinano. Jenna ed io ci stacchiamo e poi ci voltiamo per vedere chi è. Adesso sto guardando direttamente la faccia stupita di mio cugino, che fa un passo indietro e sta per andarsene, ma apparentemente non può perché sbatte contro qualcuno direttamente dietro di lui: Mia.

Jenna abbassa la testa, asciugandosi la bocca con il dorso della mano, ma riesco a capire che sta ridendo. Io non so se ridere o arrabbiarmi. L'unica cosa che mi conforta è che mio cugino sembra inorridito.

Mia spinge la testa oltre la spalla di Adam e guarda dentro. Ispeziona la stanza e poi guarda Adam. «Che cosa mi sono persa?»

«Uh, ehi» mi dice Adam, ignorando la sua domanda. «Volevo solo, mhmm, dirti che Mia ed io ce ne stavamo andando. Volevo salutare e assicurarmi che, uh, vada tutto bene tra di noi.» La sua voce sembra strana, ma almeno non ha più sul volto quell'espressione sbalordita.

Adesso Jenna è tutta rossa e sta ridendo veramente forte, talmente forte che gli occhi sono pieni di lacrime come se stesse piangendo, però capisco che non è triste.

Mia le dà un'occhiata. «Stai bene?»

Jenna si limita ad annuire. Ora Adam sta ridendo mentre guarda Jenna. «Beh, vi direi di continuare, ma Liam potrebbe rincorrermi un'altra volta con la spada.»

«Penso che sia una buona idea tenere la bocca chiusa» lo avverto, indicando la mia vecchia spada d'acciaio appesa al muro come decorazione.

Adam alza gli occhi al soffitto per un attimo, come fa di solito quando non sa che cosa dirmi. «Okay, Liam. Ci vediamo al lavoro domani. Ciao, Jenna.» Si volta e se ne va, girando intorno a Mia, che ci sta fissando a occhi sgranati.

«Bene mi sono persa qualcosa, qualunque cosa fosse, ma volevo solo salutarvi, e faccio il tifo per te, William. So che ci sarà il grande duello il prossimo fine settimana, e non potremo incontrarci per fare colazione questa settimana, perché tra poco avrò un esame.»

Annuisco, turbato dal cambio di routine. «Okay. Mandami un messaggio più tardi, allora.»

Adesso Mia sta guardando Jenna, che si è finalmente ripresa. Le due sembrano comunicare senza parole. Mia le dà un'occhiata e Jenna gliela restituisce, scuotendo la testa, ma di colpo il sorriso sparisce dal suo bel volto e si trasforma in un cipiglio. Guardo Mia, che adesso sembra realmente sconvolta o arrabbiata, quelle espressioni sono praticamente le stesse su Mia. E di colpo sono irritato con lei. Qualunque cosa abbia fatto ha turbato Jenna, e non mi piace.

Per la centesima volta, vorrei veramente essere in grado di decifrare le espressioni dei volti. «Beh, arrivederci.» Mia fa un passo indietro.

«Sì, ciao» dice Jenna, guardandomi e poi voltando le spalle alla porta per rimettersi a studiare le statuine. E a quel punto Mia se ne va.

Io mi volto verso di lei che sta giocando con le statuine, ma ho l'impressione che non le stia veramente guardando. «Che cos'è successo? Tu e Mia siete arrabbiate?»

Lei mi guarda alzando le sopracciglia. «No… no. È solo che…» Jenna scuote la testa e poi alza le spalle. «Non c'è niente di cui preoccuparsi. William. Tra un mese non avrà più importanza…» La sua voce si spegne e lei aggrotta la fronte.

Io stringo i denti. Non mi piace che mi abbia ricordato, di nuovo, che ha intenzione di andarsene. Mi volto e raccolgo i miei vecchi dadi, gettandoli nel sacchetto di velluto, poi apro un cassetto per ributtarli dentro.

«Che cosa sono?» mi chiede guardando da sopra la mia spalla.

Io do un'occhiata e vedo che il cassetto è pieno di buste sigillate di diversi colori. Ognuna di loro è indirizzata a me in una calligrafia familiare. Mi blocco. Non ho veramente voglia di parlarne, né adesso né mai.

Lei si china a guardare più da vicino. «Tutte le buste sono ancora chiuse. Non le hai mai aperte.»

Io alzo le spalle prima di chiudere il cassetto con forza. «Non ho mai voluto aprirle.»

«Che cosa sono? Da chi vengono? Se non ti dispiace che te lo chieda…»

Ho il cuore che batte troppo forte e un po' di nausea. «Sono biglietti d'auguri per il mio compleanno, da mia madre.»

«E non li hai mai aperti?»

Stringo e allento ripetutamente i pugni lungo i fianchi. «Mia madre ed io non avevamo un buon rapporto.» Volto le spalle alla cassettiera.

«Vuoi parlarne?»

«No.»

«Okay.»

C'è un lungo silenzio. Infilo le mani in tasca, senza riuscire a pensare a qualcosa da dire. Jenna si sposta vicino a me e mi mette con fermezza una mano sul braccio. «Va tutto bene. Abbiamo tutti dei rapporti parentali difficili.»

«Avevo. Mia madre è morta cinque anni fa, quando avevo ventuno anni.»

«Oh. Mi dispiace.»

«Perché ti dispiace? Non sei responsabile tu.»

Jenna scrolla le spalle. «È solo una cosa che si dice. Mi dispiace per la tua perdita.»

Ci penso. Mi chiedo perché non l'ho mai saputo.

Tutto ciò che riesco a ricordare è la *sua* voce nella mia testa. La voce che criticava, che diceva che non sapeva che cosa fare con me, che non aveva idea di come fare a comunicare con me. *Che tipo di madre dice una cosa simile a suo figlio?*

Sento lo stomaco che si stringe e diventa difficile respirare. Mi rifiuto di lasciarmi travolgere.

Di permettere che parlarne, parlare di *lei*, rovini il mio momento con Jenna. O è già rovinato?

Capitolo Venticinque
Jenna

NON SAPEVO CHE COSA DIRE E NEMMENO SE AVESSE bisogno di essere confortato. Aveva le labbra serrate e i muscoli delle braccia forti erano tesi, come molle compresse.

«Wil. Forse *dovresti* parlarne.»

Lui si staccò di colpo da me, facendomi mancare il fiato. Si passò più volte una mano nei capelli scuri fino a farli sparare da tutte le parti. Ma dato che avrebbe dovuto schiacciarsi contro di me per uscire da dietro il tavolo, era in trappola. Invece, si mise a dondolare da un piede all'altro.

«*Dovrei* parlarne? È diverso da *devo* parlarne o anche *voglio* parlarne?»

Sospirai. «Sei teso e sconvolto. Forse posso aiutarti a superarlo, okay?»

Lui alzò le spalle. «Non mi agito più per mia madre.»

Soffocai una risata. Immagino che perfino gli uomini autistici tentassero di comportarsi da macho quando se ne presentava l'opportunità. Poteva fingere finché voleva che andasse tutto bene, ma non era chiaramente così.

«Tutti hanno problemi con la loro madre. Anch'io... te lo avevo detto no? Adesso va tutto bene, ma è stata furiosa con me per parecchio tempo perché sono tornata negli Stati Uniti per stare con Brock.»

William scosse la testa. «Non parlare di lui.» Ricominciò ad aprire e chiudere i pugni.

«Okay» sussurrai.

«Non so perché ma mi sento furioso quando parli di lui. Come se fossi geloso di lui. Non dovrei essere geloso, perché è morto. Ma *sono* geloso e mi disorienta e preferirei non pensarci.»

Per qualche motivo, la sua sincera ammissione mi fece venir voglia di piangere. *Non dovrei essere geloso perché è morto.* Di colpo mi sentii stringere il petto e gli occhi mi bruciarono un po'. Non riuscivo a capire esattamente perché. Forse perché mi aveva ricordato che Brock era morto o era qualcosa di più?

Forse era la confessione sincera di William, che lui non si rendeva nemmeno conto di aver fatto. A volte era così innocente che mi bucava l'anima.

Mi avvicinai a lui nonostante la sua agitazione e, sollevandomi sulla punta dei piedi, gli passai le dita nei folti capelli scuri, proprio dove le aveva passate lui qualche momento prima. Lui chiuse lentamente gli occhi e le sue mani si rilassarono. «Wil, posso aiutarti? Me lo permetterai?»

«E come pensi di riuscire ad aiutarmi?» chiese piano, senza guardarmi.

«Forse parlandone? *Tutti* abbiamo dei problemi con i genitori, te lo assicuro. I tuoi possono essere più difficili perché tua madre è morta e non puoi parlare con lei.»

«Se fosse viva, non avrei niente da dirle. Non le ho mai parlato molto.»

«Quanti anni avevi quando lei e tuo padre hanno divorziato?»

«Cinque.» La sua voce era completamente priva di emozioni. Sembrava veramente un robot, anche se aveva dichiarato di non esserlo.

«E tu e tua sorella siete vissuti con vostro padre quando si sono separati?»

«Sì.»

Risposte monosillabiche... *mhmm*. Ci sarebbe voluto un po' per tirarglielo fuori a quel ritmo. Gli diedi un piccolo spintone sul braccio duro e muscoloso, per indicargli di guardarmi in faccia. «Wil, parlamene. Com'era? Eri contento di vivere con tuo padre invece che con lei?»

Il suo volto era impassibile come la sua voce. Forse un meccanismo di difesa? «Non è mai stata un'alternativa. Lei se n'è andata e ha messo in chiaro che non voleva avere rapporti con me.»

Strinsi gli occhi, confusa. «Ma tua sorella...»

«Oh, vedeva continuamente Britt. Ogni settimana. Mia madre le chiese addirittura di vivere con lei quando Britt compì tredici anni ma Britt disse di no. Penso che a mia sorella dispiacesse per me e non volesse lasciarmi.» Alzò le spalle. «Le dissi che poteva andare se voleva. Io adoravo mio padre ed ero contento di stare con lui.»

Sorrisi. «Tuo padre è una persona meravigliosa.»

William strinse le labbra, poi le rilassò. «Sì. Meritava più di quello che ha ottenuto.» Scosse la testa.

«Intendi dire che tua madre non lo trattava bene?»

«Sono sicuro che una volta erano stati felici insieme, forse prima che nascessi o prima che io diventassi un problema.»

Ah, *adesso* stavamo arrivando al punto. «Aspetta. Non crederai di essere tu il motivo per cui avevano divorziato, vero?»

Lui si voltò, dandomi parzialmente le spalle, indirizzando le sue parole verso la parete. «È statisticamente dimostrato che i genitori dei ragazzi autistici hanno più probabilità di divorziare.» Mi morsi il labbro, cercando di pensare a che cosa dire in risposta, ma lui continuò a parlare. «Non che il tasso di divorzi negli Stati Uniti sia granché, comunque, ma è più alto tra le coppie con figli nello spettro dell'autismo.»

«Quindi pensi sia per quello che hanno divorziato? A causa di una statistica? Wil... alcuni semplicemente perdono la testa e non sono capaci di essere genitori, o perfino di rimanere sposati.»

Lui si voltò di nuovo verso di me, ma continuò a non guardarmi. «Il suo secondo matrimonio è andato bene. Si è risposata meno di un anno dopo averci lasciato ed è rimasta sposata fino alla sua morte.»

«Beh, allora "fanculo" a lei. Era un problema *suo* non *tuo*. Non ti devi sentire responsabile, *mai*. Che tipo di persona abbandona i suoi figli?»

«Lei non ci ha abbandonati...»

Feci un passo verso di lui e gli ripresi il braccio con una mano. Avrei voluto scuoterlo, fargli capire quanto fosse sbagliato e nocivo quel modo di pensare. «Wil. Ha abbandonato *te*. Forse non tua sorella, ma ha abbandonato te. Non si è mai resa conto o non si è mai curata di quanto ti ferisse il fatto di preferire tua sorella a te.»

Lui deglutì visibilmente, ma restò in silenzio, guardando sopra la mia spalla. Gli misi le mani sulle guance. Lui si ritrasse di colpo.

«Non la faccia...»

«Okay.» Spostai le mani sulle spalle, premendo forte. «Tu sei degno di essere amato. Ed eri degno del *suo* amore. E il fatto che lei non fosse capace di amarti, era una mancanza *sua*, non tua.»

William si leccò le labbra e dopo parecchi secondi, i suoi occhi scuri finalmente fissarono i miei. Avrei voluto abbracciarlo, tenerlo stretto, baciarlo, confortarlo, ma non sapevo se era veramente ciò di cui aveva bisogno da me. *Io* ne avevo bisogno, ma in quel momento i suoi bisogni erano molto più importanti.

Lasciò ricadere leggermente la testa in avanti e la sua fronte toccò la mia. Sentivo il suo fiato caldo fluttuare sopra il volto mentre restavamo lì, in silenzio. Quando lo guardai nuovamente negli occhi, li aveva chiusi e le sue lunghe ciglia scure erano appoggiate calme sulle guance.

«Sai che cosa dovremmo fare?» dissi con una voce sottile. Non mi avrebbe sentito se non ci fosse stato tanto silenzio lì in fondo alla casa.

«Che cosa?» chiese senza aprire gli occhi.

«Dovremmo aprire quei cartoncini. Dovremmo veramente leggerli e vedere che cosa dicono.»

Aprì di colpo gli occhi. Sembrava che l'idea lo facesse star male e staccò lentamente la fronte dalla mia. «Non voglio farlo.»

«Perché?»

«Perché... perché preferisco immaginare ciò che vorrei che dicessero.»

«E che cosa vorresti che dicessero?»

«Mi piacerebbe immaginare che le dispiacesse. Che in ogni cartoncino ci fossero delle scuse che avevo l'opportunità di accettare e che non ho accettato.»

«Ti farebbe provare qualcosa di diverso per lei?»

«Non lo so.»

«Possiamo provare a scoprirlo?»

Rimase in silenzio molto a lungo.

Mi voltai e andai al cassetto, aprendolo lentamente, lasciandogli il tempo di protestare. Non disse niente, quindi presi i cartoncini. Ce n'erano sedici. Cominciai a sistemare le buste colorate a seconda della data del timbro postale, dal più vecchio al più nuovo. Erano tutti datati nel mese di ottobre. Il primo era del 1994. William aveva avuto sei anni.

«Quand'è il tuo compleanno?»

«Il quattordici di ottobre» borbottò guardandomi sistemare i cartoncini.

«Ah, una bilancia. Ha senso. Appassionato, artistico, gentile e sensibile.»

«Non c'è niente che abbia un senso in tutta quella faccenda dell'astrologia» mi rispose.

«Okay, come vuoi. Qui c'è quello del tuo sesto compleanno» disse, alzando la busta giallo carico verso di lui. «Vuoi aprirla?»

«Non voglio aprirne nessuna.»

«Posso aprirla io, allora?»

Lui annuì lentamente. Passai un'unghia sotto la linguetta della busta e la strappai. Era un cartoncino d'auguri appariscente e generico per un maschietto, con immagini di treni e camion in vivaci colori primari. Sembrava un po' infantile, anche per un ragazzino di sei anni. Quando aprii il cartoncino, ne caddero alcuni biglietti da un dollaro.

C'era una nota all'interno.

Per Liam,

ti auguro un buon compleanno. Prometto di portarti molto presto a mangiare il gelato.

Con amore, Mamma

Mi voltai verso William. «Allora, ti ha portato a mangiare il gelato?»

Lui alzò le spalle. «Non ricordo. Forse.»

Gli misi di nuovo la mano sul braccio. «Stai bene?»

Lui si allontanò leggermente. «Perché non dovrei star bene? Quel biglietto non dice assolutamente niente.»

«Vuoi che apra il prossimo?»

Lui alzò nuovamente le spalle. Misi da parte i sei biglietti da un dollaro, uno per ciascuno dei suoi anni di vita, e presi un'altra busta. Gli anni successivi erano molto simili al primo. Sempre biglietti da un dollaro, a seconda dell'età e un semplice augurio con la promessa di vederlo o di portarlo presto da qualche parte.

William si rilassò un po', anche se era sempre più deluso. Intorno al suo quindicesimo compleanno, ricordava che la madre aveva assistito a qualche evento importante, come la sua prima mostra d'arte da dilettante, ma in genere le sue visite non erano frequenti. Man mano che cresceva, lei gli prometteva di portarlo a cena e lui ci tenne a dirmi che non aveva mai mantenuto la promessa.

Mentre guardava le ultime due buste, era difficile giudicare il suo stato d'animo. Ma con un sospiro prese la penultima, la aprì strappandola con forza e aprì il cartoncino senza nemmeno guardare l'immagine o il messaggio formale all'interno. Un biglietto da venti dollari, nuovo, scivolò dal cartoncino. Lo aggiunsi alla pila ordinata di contanti sul tavolo.

Con una voce monotona, lesse:

Caro Liam

So che probabilmente è troppo tardi per spiegare. Non so nemmeno se ci riuscirei. Sei un uomo, ora. Un uomo adulto che non conosco nemmeno... ma spero che un giorno capirai.

Con amore, la tua mamma.

William soffiò come se qualcuno gli avesse dato un pugno nello stomaco. «Non sapeva ancora di essere malata. Penso che lo abbia scoperto l'anno dopo.»

«Di che cosa è morta?»

«Insufficienza renale.»

Presi l'ultima busta e gliela consegnai. «Lo sapeva quando ha inviato questa, però. Forse è quella che stavi cercando?»

Lui mi diede un'occhiata e poi guardò la busta. «Ne dubito.»

«Beh, lasciami dire una cosa. Non era una persona perfetta. Aveva dei difetti, come tutti. E tu non puoi riconciliarti con lei, ma puoi perdonarla.»

Lui aggrottò la fronte. «Perché dovrei farlo?»

«Perché ti sentiresti meglio. Il Buddha una volta disse che aggrapparsi alla collera è come bere veleno e aspettarsi che muoia l'altra persona.»

Lui aprì l'ultima busta strappandola senza rispondermi. Poi aprì il cartoncino, ne estrasse i soldi e lo richiuse immediatamente.

«Non hai intenzione di leggerlo?»

Lui respirò forte un paio di volte. «Non ancora. Non sono pronto.»

Annuii. «Okay. Vuoi un abbraccio?»

Lui aggrottò le sopracciglia.

«No.»

«Posso tenerti la mano allora?»

Annuì. Misi la mia mano dentro la sua callosa e lui la richiuse stringendo, in modo quasi doloroso. Strinsi forte anch'io.

Fissammo entrambi la pila di soldi. «Sono duecentosedici dollari» dissi. «Dovresti spenderli tutti per qualcosa di divertente.»

«Per esempio?»

Alzai le spalle. «Oh. Non saprei. Che ne dici della Fun Zone a Newport? O potremmo andare a giocare ai videogiochi da Dale & Boomers.»

Lui restò immobile. «Lì c'è un mucchio di gente.»

«Dobbiamo ancora lavorare su quel problema.»

Strinse le labbra. Liberando la mano, prese i soldi e ficcò la mazzetta nel suo portafogli. «Okay, allora Dale & Boomers. Tu verrai con me?»

«Ovviamente. Sono un'amica, no?»

William mi guardò diritto negli occhi. «Voglio che sia più di un'amica.»

Si rimise il portafogli in tasca e poi rivolse tutta la sua attenzione a me, prendendomi per il polso. L'espressione nei suoi occhi era così intensa che feci un passo indietro

Lui fece un passo avanti.

Io feci un altro passo indietro e lui mi seguì.

«Jenna» mormorò.

«Wil...» Ma fui interrotta quando finii contro la parete e lui chinò la testa sulla mia, stringendomi più forte il polso, e infilandomi l'altra mano tra i capelli.

Non fu rude, ma di certo non fu gentile e anche se lo trovavo maledettamente sexy, mi chiesi che cosa gli fosse preso.

Malgrado ciò, le nostre lingue si attorcigliarono e il mio corpo si scaldò contro il suo e volevo dimenticare tutto eccetto la notte bollente che avevamo condiviso qualche settimana prima, quando mi ero spogliata con lui. Tutto ciò che sapevo era che volevo di più… non avevo mai smesso di volere di più. Avevo solo smesso di insistere.

Ora, a quanto pareva, era il suo turno.

Con il torace premuto contro il mio, la testa abbassata al mio livello, le labbra che stuzzicavano e succhiavano le mie, i denti che mordicchiavano. Aveva invaso i miei sensi, catturando il mio desiderio e rivoltandomelo contro come un esercito nemico che catturasse una fortezza. La mano che era sul collo scese ad afferrarmi il seno e il mio capezzolo si contrasse, lieto e ubbidiente sotto le sue dita curiose. Chiusi gli occhi quando la guancia ruvida strofinò la mia.

Per la dea. Era così bello. La sua bocca scivolò via dalla mia e lui mi lasciò una scia di baci sulla guancia e lungo la mascella. «Resta con me, Jenna.»

Il mio primo impulso, l'avevo quasi sulla punta della lingua, fu di dire "sì". Ma lo ringoiai e tenni la bocca chiusa. A quel punto William aveva il lobo del mio orecchio nella sua bocca calda e lo stava raschiando leggermente con i denti. Quasi crollai contro di lui.

«Di' che resterai. Promettimelo.»

«Non posso» sussurrai tremante. «Ma non significa che non possiamo vederci finché partirò…»

Lui s'immobilizzò, con il corpo rigido come se fosse stato scolpito nella pietra. Allontanò lentamente la bocca dal mio collo.

«Ho bisogno che resti.»

Deglutii. «Non lo pensi davvero.»

Il suo volto si arrossò e i suoi bei lineamenti si contorsero di rabbia. «Non dirmi che cosa penso o non penso. Tu non sai cosa c'è dentro la mia testa» disse a denti stretti.

Appoggiai il palmo della mano contro il suo torace duro per spingerlo dolcemente, ma lui alzò una mano e spazzò via la mia come se fosse un insetto.

«Wil...»

«No, hai ragione. Perché dovrei volere qualcuno che se ne va appena le cose diventano difficili? Hai assolutamente ragione.»

Tanto valeva che mi avesse schiaffeggiato. Sbattei le palpebre, con gli occhi che bruciavano.

«Ma...»

«Non c'è bisogno che ti spieghi. Sei stata sincera fin dall'inizio. Sei qui per un solo motivo. Ti serve la tua tiara.»

Restai a bocca aperta. «Può anche essere stato il motivo, all'inizio, ma...»

Lui alzò una mano per fermarmi. «Non hai bisogno di risparmiare i miei sentimenti. L'accordo era chiaro fin dall'inizio. Ho sbagliato io ad aspettarmi più da te.»

Aggrottai la fronte. «Che cosa significa?»

William s'infilò le mani in tasca. «Significa che non hai più bisogno di perdere tempo cercando di riabilitarmi. Resta meno di una settimana. Vincerò o perderò senza di te.»

Impallidii vedendo la sua collera. «Ma voglio...»

«Non c'è bisogno di compiacermi. Riavrò la tua tiara e poi non ci sarà più bisogno di vederci.»

Sbattei gli occhi. «Non ti sto vedendo perché *devo*, e so...»

Lui si voltò e si allontanò prima che potessi finire... *so che vincerai, Wil. Io credo in te.*

Mi sembrò che la terra sprofondasse sotto i miei piedi. «Wil... per favore, non arrabbiarti.»

Lui scosse la testa. «È solo che... fa male.»

Io soffrivo al pensiero di non vederlo più. Cercai di non esaminare che cosa significasse quella sensazione di vuoto che sentivo in mezzo al petto.

Lui si fermò sull'uscio e si voltò verso di me. «Non mi piace questa sensazione, Jenna. Basta. Dici che merito di essere amato. Ma a quanto pare non da *te*.»

Mi mancò il fiato. «Non è vero. Tu sei... ed io sono... ma non *posso*. Perché penso sinceramente di aver già incontrato la mia anima gemella. E lui è morto, e questo...»

«Facilita le cose.»

Di colpo, sentii il viso che si scaldava. Cercai di dire a me stessa che stava esagerando perché i suoi sentimenti erano stati feriti, ma non gli dava il diritto di scagliarsi contro di me in quel modo. «Non c'è niente di *facile* in questa storia, Wil. Io mi sono rassegnata a...»

«Nella tua testa, lui è perfetto. L'amante perfetto, il compagno perfetto. E niente potrà mai contraddire quest'idea perché lui non ti deluderà mai. Non *può* deluderti. Ma resterai delusa nelle tue altre relazioni e questo rafforza la tua ridicola convinzione che ci sia sempre stata solo una persona per te. O una persona per ciascuno su questo pianeta.»

«*Ridicola*? Perché sei così meschino? Io non ti ho mai detto niente di simile.»

William serrò la mascella, talmente forte da farla sporgere e strinse così forte lo stipite della porta che le nocche sbiancarono. «Probabilmente è un bene che la pensi così. Nessuno potrebbe competere con un morto e vincere.»

Alzai le mani, arrendendomi. «Perché qualcuno dovrebbe competere? Perché stai parlando in questo modo? È per via dei cartoncini d'auguri? Hai il diritto di essere in collera con tua madre, ma...»

William prese le chiavi dalla tasca dei pantaloni e si voltò bruscamente. «Ti serve un passaggio a casa.» E uscì dalla stanza. *Merda.*

Ero ancora furiosa con lui quando lo seguii lungo il corridoio, quando entrai nel soggiorno, vidi Britt e Kim che parlavano sul divano, ciascuna con un bicchiere di vino in mano. Peter stava sparecchiando. «C'è la torta per dessert...» cominciò a dire, ma smise di parlare quando vide l'espressione sul volto del figlio.

«Devo andare. Porto a casa Jenna.»

«Ne metterò una fetta per entrambi in un contenitore.» Suo padre andò in cucina e William si strinse forte le braccia al petto mentre aspettava.

Dal divano, sua sorella lo guardò preoccupata, poi squadrò me. «Che c'è Liam? Stai bene?»

«Sto bene» sbottò lui e poi si mise realmente a battere un piede per terra in un'ovvia dimostrazione d'impazienza. Restai a bocca aperta davanti a quel comportamento scortese.

Kim si alzò e venne verso di noi, appoggiando il suo bicchiere. «Ehi, William, volevo avere i particolari del tuo duello. Il giorno e il posto e le istruzioni per arrivarci, magari? Ci piacerebbe venire e fare il tifo per te.»

Lui scosse la testa senza dire niente... non la guardò nemmeno. *Per la dea, è imbarazzante.* «Io, mhmm, vado ad aspettare in macchina. Buonanotte a tutti e grazie per l'ottima cena.» Voltai sui tacchi e uscii.

Nell'aria fresca della sera, feci qualche respiro profondo e lasciai scorrere le lacrime sulle guance prima di asciugarmele in fretta. Una parte di me stava ribollendo di rabbia. Ma ero anche furiosa con me stessa. Ed era la parte maggiore.

Era cominciato tutto come una situazione semplice e di reciproco interesse. Io avevo bisogno del suo aiuto per riavere la tiara, lui aveva bisogno del mio aiuto per superare i suoi problemi di ansia. Ma era successo che avevo cominciato ad apprezzare stare con lui.

Lui aveva cominciato a *piacermi*.

E non ero pronta a lasciare che finisse tutto.

Il viaggio verso casa fu teso. William non disse assolutamente niente. A ogni chilometro che passava, mi sentivo sempre più triste. Lui si fermò accanto al mio marciapiede e tenne in moto l'auto, senza nemmeno guardarmi.

Mi voltai e gli misi una mano sul braccio. «Wil.»

Lui lo strattonò via. «Ci vedremo al festival, Jenna. Nel frattempo, ti auguro ogni bene.»

Mi si chiuse la gola per il dolore. Non potevo crollare davanti a lui. Ma non potevo nemmeno aprire semplicemente la portiera e andarmene. «Sei esattamente come l'Appeso, sai. Era la carta perfetta per te.»

Lui mi guardò irritato. «Ti ho detto che non credo a quella roba dei tarocchi.»

«L'Appeso è a un punto morto, e anche tu. Sei trattenuto dalla rabbia verso tua madre. Hai permesso che fosse l'albero a cui ti impicchi.»

Lui rimase in silenzio afferrando stretto il volante. Ed io, io ero sul punto di scoppiare nuovamente in lacrime. Quindi, invece di permettergli di vederle, scesi dall'auto il più in fretta che potevo.

Riuscii a contenere le mie emozioni mentre salivo le scale e anche nella breve conversazione con la mia coinquilina che stava guardando *The Walking Dead*. Poi mi ritirai nella mia stanza, mi preparai per la notte e singhiozzai fino ad addormentarmi quando non riuscii più a trattenermi.

A volte un buon pianto è catartico, calmante. Ma non questo. Le lacrime salate fluirono nel buco che si era aperto nel mio petto, aumentando il dolore invece di farlo diminuire.

***

«Che cosa sta succedendo, Jenna? Mi sembri così fuori dal mondo questa settimana» mi disse Alex. Mancavano poche sere alla partenza per il Festival di Beltane e sì, "fuori dal mondo" poteva essere un buon modo per descrivere come mi sentivo. "Fuori di testa" sarebbe stato un altro buon modo per definirmi.

William mi mancava terribilmente. Da quando avevamo cominciato a uscire insieme, avevo già passato una settimana senza vederlo, ma mai senza messaggi o qualche breve conversazione al telefono. Sembrava peggiore di una rottura, almeno delle rotture di cui mi importava qualcosa.

E più pensavo alle sue parole, più cominciavo a pensare alle pecche che avevo io. Più esattamente se avessi ferito qualcuno a causa delle mie carenze. Delle mie paure.

Paure che avevo nascosto dietro le mie convinzioni.

E parlando di ferire qualcuno… diedi il preavviso al Centro Profughi, commuovendomi quando vidi l'espressione sul volto del mio capo. *Sorpresa. Delusione. Tristezza.* Ma, alla fine, mi augurò ogni bene.

Così, sì… me ne stavo andando. Avevo i miei motivi.

Finsi indifferenza con Alex, spilluzzicando il cibo. Avanzi di spaghetti riscaldati. Insieme ai noodle istantanei erano diventati la base della mia dieta.

«Sei nervosa per il duello?» Aveva la fronte aggrottata. «Pensi che William perderà la tiara?»

Scossi la testa. «Penso che vincerà. Si è allenato moltissimo.»

«Allora sorridi!»

Appoggiai la forchetta e fissai il piatto, sbattendo le palpebre per respingere le lacrime, con le mani che tremavano. «Che cosa sto facendo, Alex? Dove sto andando?»

Lei chiuse di colpo il libro di testo. Diversamente da me, lei stava effettivamente studiando, e appoggiò la penna. «Sembra che tu abbia bisogno dello stand dei consigli.»

Era un nostro piccolo scherzo. Ad Alex piaceva dare consigli. I miei amici ed io avevamo cominciato a buttar lì che avrebbe dovuto avere un suo stand, completo con la lattina per le monete, come Lucy, dei Peanuts.

«Parla con me» disse quando alzai gli occhi.

«Non so… non lo so… fino alla settimana scorsa ero così sicura di ciò che volevo.»

Alex alzò le sopracciglia scure. «Ma non sei più sicura?»

Sapevo che Alex non avrebbe mai pronunciato la famosa frase "Te l'avevo detto". Non era nel suo DNA. Quindi non avevo paura a parlarle del mio ripensamento. Chinandomi in avanti, mi massaggiai la fronte. «Sono così confusa.»

«Il resto della popolazione della nostra età è confusa per la maggior parte del tempo. È normale. Nessuno ha tutte le risposte.»

Sospirai. «Stavo cercando di essere più eccitata per questo cambiamento, ma…»

«Ti è finalmente entrato in testa ciò che significherà lasciarti tutti alle spalle?»

«Io…» Spostai lentamente lo sguardo mentre pensavo a ciò che aveva detto. Poi annuii. «Già.»

«Jenna, la mia *abuelita* aveva un detto. Diceva che le querce hanno le radici più profonde e forti e che quando soffiano i venti di Santa Ana, questi alberi sono i più difficili da sradicare. D'altro canto, gli alberi di eucalipto che crescono dappertutto qui in giro… sai quelli veramente, veramente alti? Corrono sempre il rischio di essere spazzati via dagli stessi venti, perché le loro radici sono superficiali.»

Giocherellai con il cibo nel mio piatto, ascoltandola con attenzione.

Lei continuò. «In altre parole, più sono profonde le tue radici, meno sarai spazzata via. E se continui a sradicarti e andartene spesso, non c'è modo che le tue radici diventino profonde.»

Sorrisi. «Perché provo questo bisogno impellente di arrampicarmi su un albero?»

Lei scrollò le spalle. «Hai chiesto tu un consiglio.»

«Non proprio. Ma grazie. La tua *abuelita* era una donna saggia.»

«È vero.» I suoi grandi occhi scuri divennero solenni. «Mi ha insegnato un mucchio di cose.»

Mi misi a ridere. «Adesso non cercherai di leggere i bozzi della mia testa, vero?»

«No» sbuffò. «Ma forse *tu* dovresti leggere le tue carte.»

Era un'idea eccellente.

E più tardi quella sera fu esattamente ciò che feci. Presi il mazzo più fidato, lo stesso che avevo usato per la lettura di William, stesi un panno sul pavimento e mi sedetti a gambe incrociate. Lasciai correre i miei pensieri mentre mischiavo le carte ma tutte le volte che chiudevo gli occhi *lui* era lì. Il suo bel viso, le mani grandi che mi tenevano la testa mentre mi baciava, la sensazione del suo corpo contro il mio.

Deglutii il groppo che sentivo in gola e disposi le carte nel modo più semplice, nove carte su tre file. La fila in alto rappresentava il passato. Quella centrale il presente, quella in basso il futuro. Tenevo le disposizioni più elaborate per quando facevo le letture per gli altri. In ogni caso, le carte che avevo davanti sembrarono di colpo aiutarmi a schiarirmi le idee e a sussurrarmi nuove storie.

A volte le carte mi "parlavano" e volte no. Quella sera, sembrava che stessero urlando. La prima fila mi colpì diritta tra gli occhi: il fante di denari, la Torre, il cinque di coppe. Wow, sembrava quasi la mia biografia in tre semplici carte.

Mi tremavano le mani mentre toccavo con le dita il fante di denari, *Brock*. La carta rappresentava una persona giovane, piena di potenziale, pratica, devota, riflessiva e coscienziosa. Sorrisi. Sì, era proprio lui.

Quella carta era seguita dalla Torre, la carta universale per indicare che tutto stava andando a puttane. Era sempre difficile quando appariva questa carta in una lettura, ma mi consolai dicendomi che riguardava il passato. L'evento terribile, la perdita di Brock e di tutto ciò che avevo programmato per il futuro, era successo molto tempo prima. Sei lunghi e dolorosi anni prima.

E questo mi portava al cinque di denari. La perdita e la mia reazione. L'impatto che inviava increspature di dolore fino nel presente e nel futuro. Mi si strinse la gola tanto da rendermi difficile deglutire.

Le coppe rappresentavano tutto ciò che era legato alle emozioni. E ce n'erano tante legate a quella perdita e agli eventi che erano seguiti. Perdite che scavavano perfino più nel profondo della perdita di Brock. Papà...

L'immagine di tre coppe rovesciate e due coppe ancora piene indicavano tre coppe d'acqua perduta: il lutto. Tuttavia... due coppe restavano piene. Per la prima volta nella mia vita, la vidi come una carta di speranza. Che strana idea...

Con un respiro tremante, passai alla fila successiva: il mio presente. Il tre di spade, la carta classica del tormento emotivo e del conflitto. *Era talmente vero.* Era tutto mischiato, e ribolliva.

Mi misi i capelli ribelli dietro le orecchie. *Wil...* le sue parole, quella nuda sincerità. *Fa male*, aveva detto.

Ricacciando le lacrime brucianti che mi solleticavano la gola, mi resi conto di quanto avesse ragione. *Faceva* male. Sembrava quasi fosse il prezzo da pagare per vivere su questa terra, respirare quest'aria, esistere. Non c'era felicità senza dolore.

Ma perdere qualcosa su cui avevi puntato le tue speranze significava non poter mai più essere felice?

Che cosa stavo facendo? Mi stavo punendo perché ero viva mentre Brock era morto? E papà?

Ed eccola... la carta seguente nella fila di mezzo, che mi guardava in faccia. L'otto di spade. *Paura. Blocco. Ostacolo.* Ed era seguita dalla carta della Luna... un avvertimento di disonestà, inganno o confusione.

Forse tutte e tre le cose. *Ero* confusa. Mi stavo ingannando da sola? Mi ero convinta che fosse il mio destino vagabondare... non amare mai? Di non essere mai amata? Avevo spesso pensato che la carta che mi rappresentava di più fosse il Matto. E forse in tanti modi ero stata folle. Una folle che aveva mentito a se stessa.

Le lacrime mi scendevano sulle guance e sbattei le palpebre per vedere la terza fila come dietro un velo: il futuro. Avevo la gola stretta ed era difficile respirare, perché...

La prima carta.

Il re di coppe.

Ricordai le mie parole a William al mercato regionale. Il re di coppe rappresenta un uomo emotivamente stabile, un uomo che vive secondo le regole dell'onore, tranquillo, gentile e degno di fiducia.

William... seduto proprio davanti a me all'inizio del mio futuro.

Mordendomi il labbro, raccolsi tutte le carte, sopraffatta dall'emozione. Non volevo esaminare il loro significato più profondo e infilai le carte nel loro sacchetto e poi lo ficcai nel mio cassetto in fondo. Giurai di non toccarle più per mesi. O forse le avrei fumigate con il fumo della salvia bianca per buona misura e avrei portato gli altri mazzi con me al festival.

Mi ci vollero ore per addormentarmi e quando lo feci, sognai carte gigantesche, grandi come me, che mi rincorrevano dappertutto senza mai riuscire a prendermi.

Capitolo Ventisei
William

È PASSATA UNA SETTIMANA DA QUANDO HO DETTO ADDIO A Jenna e ogni giorno ho continuato risolutamente ad allenarmi. Ho sollevato pesi, ho corso e sono andato alla palestra di arti marziali. Ho perfino meditato e praticato quella folle stronzata della visualizzazione di Jenna.

La parte più difficile è stata sforzarmi di passare del tempo in aree affollate. Britt e Mia mi hanno accompagnato al centro commerciale ma Adam si è tirato indietro, dicendo che andare per negozi era fuori questione, nemmeno per aiutare me. Mentre attraversavamo l'area tra i negozi, avevo cercato di adottare la tecnica di visualizzazione: invece di un fiume di persone che fluivano intorno a me, avevo visualizzato un vero fiume che scorreva e una cascata gorgogliante. Era stato faticoso, ma dopo un po' ero riuscito a sentire che stavo entrando in una zona di calma, dove potevo guardare la situazione come se fossi fuori dal mio corpo.

Ho pranzato ogni giorno nella sala mensa affollata, al lavoro, per quanto non mi piaccia. Invece della gente curva intorno ai tavoli circolari e nei separé, che parlava e sbatteva i piatti, avevo cominciato a visualizzarli come animali selvaggi: un branco di zebre o gazzelle nelle praterie africane. Era strano, ma funzionava.

Ma nonostante i progressi che ho fatto, ciò che non sono riuscito a fare è smettere di pensare a Jenna. Mi manca e vorrei dirle che le cose cominciano a funzionare. Che sentivo la sua voce nella testa, il modo in cui m'incoraggiava e credeva in me, e quando sbattevo contro un ostacolo, ricordavo il modo in cui lei mi aiutava a girarci attorno.

Lavoravamo così bene insieme. Ma non è quello il motivo per cui soffro ogni volta che penso a lei. O perché il mio cuore accelera ogni volta che penso alla prossima volta che la vedrò. E anche se il festival significa l'inevitabile nuovo duello con Doug, e con quello, l'incertezza del risultato, mi sono scoperto a contare i giorni, le ore e i minuti fino a quando la rivedrò.

Ci sono 1440 minuti in un giorno. Non ci vediamo da domenica sera alle nove circa, e la rivedrò venerdì sera intorno alle sei. Questo significa circa 7020 minuti tra quando ci siamo lasciati in termini poco amichevoli e quando potrò tentare di migliorare le cose.

E le cose *andranno* meglio. *Devono* andare meglio.

Perché venerdì inizia il festival e una volta che il festival sarà finito, la fiera rinascimentale comincerà a lavorare nello stesso posto fino alla fine di giugno. E una volta che la fiera si trasferirà alla fine di giugno, Jenna se ne sarà andata per sempre.

Venerdì andiamo in una piccola comunità appena a nord della "Grapevine" nella contea di Kern, due ore di auto circa da dove viviamo nell'Orange County. È un'area del sud della California, dove c'è un *mucchio* di spazio aperto. Ogni anno ci riuniamo in un grande campeggio annidato tra le colline basse, secche e per la maggior parte brulle che circondano il nostro sito leggermente boscoso. Non avevo niente da portare con me questa volta, eccetto l'armatura e le attrezzature per il combattimento, oltre alla mia tenda fatta a mano, costruita secondo canoni storicamente corretti, e il necessario per vivere.

Il nostro clan si è installato nel lato sud-ovest dell'accampamento, che occuperemo più o meno per tutta la settimana. Ognuno definisce gli spazi per la tenda personale, l'area di cottura e lo stand dove esporrà le merci in vendita. A nord, all'interno di un piccolo canyon laterale, c'è la grande arena ovale con gradinate di cemento che salgono da ogni lato. È dove avranno luogo le battaglie, con intere squadre che si affronteranno, oltre ai duelli singoli come la rivincita che ho in programma con Doug.

Sto percorrendo la lunghezza dell'arena e guardando gli stand vuoti, cercando di elaborare una strategia di visualizzazione. Mentre cerco di immaginare come sarà quando ci affronteremo tra due giorni, noto un'altra persona dal lato opposto dove sono io. Dall'altezza, figura e colori, è facile determinare che è Jenna.

Sento di colpo il cuore in gola e la bocca secca, come quando ho veramente bisogno di bere. Ciò che mi confonde è che, mentre voglio evitarla, al contempo voglio veramente vederla di nuovo. Questi sentimenti mi stanno tirando in due direzioni diverse, come in un tiro alla fune.

E lei è lì che mi guarda, e significa chiaramente che lei *non* mi sta evitando. Potrebbe avermi cercato. Lentamente, prendo a calci le zolle di terra al bordo dell'arena e m'incammino verso di lei, con il cuore che continua ad accelerare man mano che mi avvicino. Lei non viene avanti per salutarmi, ma nemmeno si volta per andarsene. E a ogni passo che faccio, mi rendo conto che desidero fortissimamente la possibilità di vedere ancora il suo volto, parlarle, abbracciarla, baciarla.

Ma quando finalmente arrivo dov'è, mi fermo e fisso il terreno tra i nostri piedi. «Salve» dico.

Lei fa un respiro profondo. «Ciao.»

«Sono contento di vedere che sei arrivata sana e salva.»

«Mi sono fatta dare un passaggio da Caitlyn e le ragazze.»

Annuisco. L'informazione non mi sorprende. «È bello rivederti.»

Jenna curva la bocca in un piccolo sorriso. «Mi sei mancato.»

Mi è mancata anche lei. Volevo vederla tutti i giorni e pensarci adesso mi fa ricordare quanto mi ha fatto male *non* vederla. Non so che cosa dire.

«Wil...» La sua voce trema e lei si volta. La guardo stringere i pugni lungo i fianchi.

«Sì?»

«Possiamo tornare a essere amici? *Per favore?*»

Chiudo gli occhi e li riapro. «Siamo amici, Jenna.»

«È stato terribile non poterti parlare questa settimana.»

Ci penso per un lungo momento. «È stato terribile anche per me.»

Lei fa un passo avanti. Poi un altro.

«Posso abbracciarti?»

Io faccio un passo avanti e la prendo tra le braccia. C'è questa forte fitta di dolore e poi questa sensazione che sia la cosa giusta. Come se ci completassimo.

Lei sposta la testa ed io sento il profumo dei suoi capelli: cannella. Sale alla superficie un'ondata di emozioni e di impulsi. Senza rendermene conto, stringo più forte le braccia intorno a lei e la tiro contro di me. Quella piccola traccia di profumo mi ha riportato alla mente i ricordi: tenerla abbracciata mentre tremava a Disneyland, baciarla sul letto mentre piangeva, la sensazione della sua piccola mano quando l'aveva insinuata nella mia.

Deglutisco quello che sembra un masso in gola. «Passiamo un po' di tempo insieme questa sera» dico.

Lei sospira e sento il fiato caldo che mi passa sopra il braccio. Sta strofinando la guancia contro il tessuto della mia maglietta, creando tensione in ogni parte del mio corpo.

La voglio, e non solo come un'amica.

Il tempo passato divisi non ci ha aiutati. Quei sentimenti sono forti come sempre. *Più forti.*

Ceniamo insieme, zuppa e pane nero, e poi le installo lo stand. Lei lo decora con pezzi di tessuto luccicante e un grande striscione che dice: *Mistress Jenna – cartomante.* Parliamo di cosa abbiamo fatto nella settimana appena passata e le dico dei miei progressi con la visualizzazione. Lei ascolta intenta e mi fa delle domande, ma mi sento inquieto.

E se non riuscissi a recuperare la tiara?

Mi preoccupa poterla deludere se non vincerò. Ma non sono mai stato più pronto di così per un combattimento. E *devo* vincere, perché non posso deluderla.

Devo dimostrarle che sono degno del suo amore.

CAPITOLO VENTISETTE
Jenna

«HAI FATTO QUALCOSA DI DIVERTENTE QUESTA settimana?» gli chiesi, ficcandomi in bocca l'ultimo pezzetto di pane. La zuppa di mais era speziata e deliziosa.

Lui alzò le spalle. «Solo un piccolo progetto artistico. Mi ha aiutato a rilassarmi.» Mentre William finiva la sua seconda ciotola di zuppa, i miei occhi percorrevano le sue braccia finemente cesellate, non una traccia di grasso in eccesso da nessuna parte. Le vene s'intersecavano sui muscoli come una cartina altimetrica sotto la pelle, e volevo tracciarle a una a una con la punta delle dita... seguita dalla lingua.

Guardai il suo bel viso.

«Che progetto? Un dipinto?»

Lui restò in silenzio per un attimo, roteando i pollici. Poi si decise a dire: «È una cosa per te. Per scusarmi per come mi sono comportato domenica...»

Mi raddrizzai. «Cosa? Hai fatto qualcosa per me e non potrò vederlo finché non torneremo a casa? Come...»

«L'ho portato con me. Non è molto grande. Non ho avuto molto tempo.»

Mi alzai dalla panchina da picnic dov'eravamo seduti. «L'hai portato? Perché non me lo mostri subito?»

Lui spalancò gli occhi e mi fissò come se fossi pazza. «Calmati.»

Scossi la testa e battei scherzosamente la mano sul tavolo da picnic in mezzo a noi. «Non ho intenzione di calmarmi. Hai fatto qualcosa di bello per me. Voglio vederlo!»

«Non sai se è bello.»

Mi misi le mani sui fianchi. «William Drake, se l'hai fatto tu, allora è bello. Lo so. Ho *già* visto le tue opere.»

William si alzò lentamente, con un sorriso soddisfatto sul volto, ma scosse la testa come se fosse esasperato con me per il mio entusiasmo.

«Beh, l'hai tirato in ballo tu, quindi ora me lo devi mostrare» dissi con un sorriso, tendendogli la mano. «Vieni…»

Sapevo che aveva voglia di mostrarmelo, ma faceva il modesto, quindi lo presi dolcemente per mano, incoraggiandolo. William mi portò alla sua tenda, un padiglione che assomigliava moltissimo a quello che avrebbe occupato un nobile in un campo di battaglia. Il terreno era coperto da uno spesso tappeto in stile mediorientale e c'erano cuscini e un posto per dormire sul pavimento da un lato, con un tavolo e alcune casse di legno dall'altra. La sua armatura era su un supporto in un angolo, accanto a una piccola rastrelliera per le armi.

Era passato il tramonto, quindi William accese una moderna lampada da campeggio al propano. Eravamo tutti d'accordo di usare quel tipo di illuminazione notturna nei nostri accampamenti. Se avessimo cercato di usare qualcosa di più autentico, come candele o torce, ci saremmo esposti al rischio di incendi e incidenti. E anche se il resto della sua tenda sembrava uscito direttamente dal periodo medievale, non era il caso della lanterna che appese in alto.

William prese un tubo per poster in cuoio e ne estrasse una tela arrotolata. Si muoveva lentamente, esitando, come se temesse la mia reazione. Forse aveva deciso di dipingere quel ritratto di me nuda, dopotutto...

Ma no, il dipinto che srotolò sopra il copriletto patchwork di seta e satin non era per niente un nudo. Mi ci vollero solo pochi secondi per capire che cos'era e quando ci arrivai, il mio cuore si fermò e gli occhi si riempirono di lacrime. Non sapevo come avrei fatto a tirare il prossimo respiro.

A tratto nero e meravigliosi acquerelli, c'era una veduta della Main Street USA a Disneyland. Ma invece di una strada affollata, c'erano solo due figure. Si tenevano per mano mentre camminavano lungo la strada verso il castello della Bella Addormentata, con le spalle rivolte verso lo spettatore. Era impossibile non riconoscere Mickey Mouse che teneva per mano una ragazzina con i capelli biondo platino: me.

La storia che gli avevo raccontato... della mia infanzia. L'aveva ricordata e l'aveva resa con tanti particolari minuziosi che mi faceva male guardarli.

Mi scendevano le lacrime sulle guance e non ero nemmeno imbarazzata che potesse vederle. In effetti, lui restò accanto a me e le asciugò con le sue grandi dita.

«Non volevo rattristarti» disse dolcemente.

Scossi la testa, tirando su col naso, senza sapere com'ero. Ero *felice*? Ero *triste*? Ero incredibilmente *commossa*?

«È bellissimo, Wil. Non mi hai rattristato. Ma devo avvertirti che ti abbraccerò fortissimo adesso, se per te va bene.»

«Va bene» disse. E aprì le braccia.

Lo afferrai intorno alla vita e lo tenni stretto. Significava che aveva pensato a me durante la settimana in cui eravamo rimasti divisi.

Continuammo a restare abbracciati a lungo e poi mi voltai a guardare nuovamente il dipinto. Strisciando sul letto, lo allargai perché fosse il più piatto possibile (gli angoli continuavano ad arrotolarsi), ammirando ogni particolare. «Sei incredibile, Wil.»

Lui si lasciò cadere sul letto accanto a me. «Anche tu.»

Scossi la testa. «No, non è vero...»

«Sì, invece. Hai superato molte prove eppure sei ancora una persona positiva. Aiuti gli altri. Sei forte e coraggiosa e ti preoccupi per gli altri. Ti sei preoccupata per me, Jenna. Sei come un raggio di sole che scaccia l'oscurità.»

Mi voltai e appoggiai la testa contro la sua spalla e lui alzò la mano, posandomela sulla testa. Restammo così, in silenzio, per un po'. Poi, quando le mie palpebre si fecero pesanti, gli chiesi con voce assonnata se potevo passare lì la notte.

William si mise seduto e lo aiutai e ripiegare il copriletto. Poi mi tolsi le scarpe mentre lui spegneva la lampada. Ci sdraiammo sul morbido materassino, dove mi accoccolai prontamente accanto a lui mentre mi teneva tra le sue braccia forti. E dormii pacificamente. Più di quanto facessi da molto, molto tempo.

La mattina seguente mi svegliai nel letto di William. Lui dormiva sul fianco, dandomi le spalle, ma in qualche momento durante la notte si era tolto la maglietta. Studiai i muscoli della sua schiena, il modo in cui la cassa toracica si espandeva e contraeva lentamente. Avrei voluto chinarmi e baciarlo, passargli la mano sulla schiena muscolosa.

Ma mi trattenni, a malapena. Non volevo cominciare qualcosa che sapevo lui avrebbe interrotto. Il disaccordo fondamentale tra di noi non era stato risolto.

Deglutii un groppo che mi si era formato improvvisamente in gola. *Sarebbe mai stato risolto?*

Muovendomi furtiva, scesi dal letto e m'infilai le scarpe. Dovevo andare nella tenda che dividevo con le mie amiche per potermi cambiare per il grande giorno.

Era il primo di maggio, il primo giorno del festival di Beltane per il nostro gruppo di rievocazione storica. Nei tempi antichi, questo giorno indicava l'inizio della stagione estiva e onorava la fertilità. Ci sarebbero state feste, balli popolari e una celebrazione intorno al palo di maggio. Una volta caduta la notte ci sarebbe stato il ballo di Beltane, intorno a un grande falò.

Non vedevo l'ora.

Quando arrivai alla mia tenda, alcune delle mie amiche mi diedero occhiate curiose. Caitlyn, ovviamente, mi chiese dov'ero stata tutta la notte.

«Io, mhmm, beh, non è eccitante come pensi. Ero con William...»

Lei spalancò gli occhi e provai ancora quella strana sensazione, come se fosse vagamente gelosa. «Allora è eccitante come penso. A sir Sexy MacFine piacciono le donne, dopotutto.»

Non avevo nessuna voglia di girare il coltello nella piaga. Caitlyn era una buona amica e non volevo ferirla, quindi scelsi accuratamente le parole. «Sì... e sarebbe stato molto eccitante se ci fossimo tolti i vestiti, cosa che non abbiamo fatto.»

Storse la bocca. «Beh, peccato.» Ma si capiva che non era poi così delusa dalla notizia.

Mi voltai per mettere la sacca sulla mia branda, distratta dalla scatola che c'era sopra. «Chi ha lasciato la sua roba sulla mia branda?»

«A quanto pare è per te. Johnny è venuto a fare le consegne per Mistress Agnes ieri sera. Ha detto che era per te.»

«La sarta? Non ho ordinato niente da lei.»

«Sì, pensavamo avessi vinto al lotto o roba simile» disse Ann con un enorme sorriso. «O rapinato una banca.»

«È quello che mi ci vorrebbe per potermi permettere uno dei suoi meravigliosi vestiti…» Diedi una rapida occhiata alla scatola. Ci doveva essere un errore.

«Aprila e guarda che cos'è» disse Ann.

Ma avevo già tolto il coperchio alla scatola e ciò che vidi mi tolse letteralmente il fiato. Tolsi il mucchietto di stupendo tessuto azzurro dalla carta velina bianca e lo alzai. In alto, sulle spalle, l'abito era dell'azzurro più pallido, quasi bianco e poi scendendo si scuriva man mano, dall'azzurro cielo al ceruleo e ogni sfumatura di azzurro in mezzo, fino a diventare un profondo blu mezzanotte all'orlo. Intorno alla scollatura il vestito era decorato con ricami d'oro che si estendevano lungo le maniche svasate. Sembrava essere tessuto rubando i colori del cielo, del lago azzurro più puro e di un campo stellato a mezzanotte.

«Accidenti» esclamò Caitlyn in un aspro sussurro. «È magnifico.»

«Lo so» dissi con la voce che tremava. Alzai gli occhi sull'azzurro pallido alle spalle… azzurro pallidissimo. Come le pozze in Turchia. Un nome lungo che non ricordavo. Questo vestito non poteva venire da nessun altro che da William.

E non solo era bello, era anche una cosa così premurosa da fare. Mi lasciai cadere sulla branda e passai la mano sullo splendido tessuto. Era troppo. Non potevo accettarlo.

«Penso di poter indovinare chi te l'ha mandato» disse Caitlyn a voce bassa.

Alzai gli occhi, mordendomi il labbro. Stava sorridendo. Un sorriso molto piccolo.

Ann si sedette sulla branda accanto a Caitlyn e le mise un braccio sulle spalle.

Inspirai ed espirai lentamente. «Caitlyn, mi...»

Lei alzò una mano. «Non dire che ti dispiace. Non hai niente di cui scusarti. Ma, per favore, per l'amor di Dio, non spezzargli il cuore. È difficile avvicinarsi a William, ma non bisogna essere uno scienziato per capire che è totalmente cotto di te. Penso di aver cercato di negarlo. Sinceramente, Jenna, tu sei la persona più dolce al mondo. Lo meriti.»

Non spezzargli il cuore.

Eppure, mentre guardavo lei e poi il vestito, sentii uno strano nodo di emozioni che si contorceva nel mio petto. Dovevo chiedermelo... di chi era il cuore che si stava veramente spezzando?

Sentivo un dolore fisico al petto. Come se qualcuno avesse infilato un uncino in profondità e lo stesse tirando nella direzione di William. E più forte tiravano, più affondava.

Ero così confusa. Ero così *attaccata* a lui. Da quando lo avevo rivisto, non potevo negare la sensazione che il cuore mi balzasse in gola. Che cosa significava? Che cosa mi stava dicendo il mio cuore? Che cosa mi avevano detto le carte? E quella conversazione con Alex? E... quasi tutto il resto.

A ogni minuto che passava, il pensiero di partire con la fiera rinascimentale diventava sempre meno allettante.

Cominciò a bruciarmi il naso mentre ingoiavo altre lacrime e dopo un momento fui circondata dalle altre donne della tenda: Caitlyn, Ann e perfino la loro amica Fiona.

«Ehi» disse dolcemente Caitlyn. «Che cosa c'è che non va? Non lo vuoi? Perché sai già che lo prenderei io» aggiunse scherzosamente.

Scossi la testa e diedi un colpetto al vestito. «Sono solo confusa.»

«Ma lo vuoi?»

Toccando le delicate perline di vetro cucite nel corpetto del vestito, capii che non avevo veramente bisogno di pensarci. Per quanto non avessi voluto ammetterlo a me stessa, lo volevo, sicuramente. Quindi pronunciai un tremante: «Sì».

Ma... lui mi voleva ancora? O mi aveva già mentalmente inserito in quel gruppo di donne che lo avrebbero ferito e poi lo avrebbero lasciato? Solo l'idea di essere nella stessa categoria di sua madre, che lo aveva essenzialmente abbandonato, mi faceva star male.

Ma poi pensai al modo in cui mi aveva tenuto la sera prima mentre eravamo sdraiati l'uno accanto all'altro. Come mi aveva accarezzato il polso e la mano con il pollice. Come aveva intrecciato le dita con le mie, senza lasciarle andare.

E, in qualche modo, dentro di me, sapevo che non lo *avrebbe mai fatto*.

«Devo andare a fare due passi.» Mi alzai e rimisi con cura il vestito nella sua scatola. «Tornerò per aiutarvi con il pranzo e a preparare il palo di maggio.»

«Fai colazione prima!» disse Caitlyn.

«Non ho fame, ma grazie! C'è una cosa che devo fare.»

E fu esattamente ciò che feci, mentre seguivo il viottolo polveroso che portava all'anfiteatro dove William e Doug si sarebbero scontrati il giorno dopo. Salii il sentiero tra i cespugli secchi, vari tipi di flora dell'altipiano desertico, guizzanti lucertole e qua e là uno scarabeo. Tenni i piedi a terra e gli occhi inchiodati sulle lontane Sierra azzurrine che tagliavano l'orizzonte a est. Il sole non era ancora troppo caldo. E dato che eravamo in primavera, durante il giorno avrebbe fatto caldo, ma non in modo insopportabile.

Mi strinsi nelle braccia mentre ero lì, sentendomi piccola e insignificante in mezzo alla bellezza della natura. I miei dubbi e le mie paure sembravano insignificanti davanti all'immenso universo che mi circondava.

Pensai a Brock e a me, due minuscoli granelli di polvere in quell'universo. Pensai a quanto lo amavo ancora. Quanto mi ero aggrappata alla convinzione che fosse l'unica persona per me. Ora i sentimenti che provavo per William stavano facendo a pezzi quella convinzione e dovevo accettarlo.

Non potei fare a meno di pensare alla lettura che avevo fatto giorni prima, specialmente la carta della Luna. La Luna e la Terra, altri due granelli di polvere nell'universo, anche se più grandi. La luna tirava e influenzava le maree sulla terra, causandone il movimento. Causando confusione, incertezza, menzogna. Quella carta era un avvertimento: mi stavo ingannando da sola.

Ingannando me stessa con le mie fuorvianti convinzioni.

Rendermene conto mi tolse il fiato e sbattei le palpebre cercando di respirare, stringendo e aprendo ripetutamente le mani sudate.

«Non so che cosa fare» dissi all'universo, gridando. La brezza sembrò portar via le mie parole. Chiusi gli occhi e di colpo sentii una voce nella mia testa.

Vai da lui. Stai con lui.

Il mio polso accelerò, eppure... non potei impedirmi di sentire quella fitta di senso di colpa.

«Brock, che cosa devo fare?» dissi, parlando al vento, sperando che la brezza mi rispondesse.

Sii felice, Jenna. Voglio che tu sia felice.

Non saprò mai se fosse uno spirito o la mia immaginazione a dire le cose che sapevo avrebbe detto Brock. Ma il messaggio era chiaro nella mia mente e fu seguito immediatamente da un altro.

Resta, resta. Resta, resta.

Brock era il mio passato. Ed ero stata fortunata ad averlo conosciuto e amato. Ma William... William poteva essere il mio futuro. Se solo lo avessi accettato.

*****

Non ebbi la possibilità di parlare con William prima di pranzo, dato che entrambi eravamo impegnati nella preparazione dei festeggiamenti per Beltane. E al centro di tutto c'era il palo di maggio, un tronco liscio che era stato tagliato e affondato per mezzo metro nel terreno da alcuni degli uomini più robusti del nostro gruppo. In cima erano attaccati nastri colorati che s'irradiavano come i raggi di una ruota. La parte finale di ogni nastro verde, giallo, rosso, rosa e viola era fermata al suolo con un picchetto, in un cerchio nella radura. Era dove avremmo danzato.

Tutti coloro che non avevano un compagno si misero intorno al cerchio, alternando uomini e donne. Ciascuno prese in mano l'estremità del nastro più vicino. Quando fu il momento di prendere posto, nonostante la sua riluttanza, William fu spinto nella mischia, da un gruppo di donne non disponibili, che lo acclamarono da dov'erano, all'esterno dell'anello, aspettando che cominciassimo a danzare. Mi meravigliai dei suoi progressi. Qualche mese prima non avrebbe mai partecipato a un evento come quello.

William era di fronte a me dall'altra parte del cerchio e mi rivolse un sorriso che si poteva descrivere solo con una lieve curvatura delle labbra verso l'alto. Gli sorrisi finché abbassò la testa e distolse lo sguardo. Il mio cuore stava danzando, e non solo in previsione della musica.

Inspirai bruscamente al pensiero evidente ma magnifico, che William mi rendeva felice.

Ma che cosa *significava*?

Doug era di fianco a me e gettava occhiate torve sia a William sia a me. Ma William non lo notò e nemmeno guardò Doug, quindi seguii il suo esempio e lo ignorai anch'io.

All'improvviso cominciò la musica, un liuto, un tamburo e un violino che suonavano una semplice melodia medievale per la danza del palo di maggio. Cominciammo il percorso intorno al palo di maggio secondo la tradizione: un passo, un saltello e un inchino o una riverenza al nostro vicino. Soffiava una brezza tesa mentre ci incrociavamo, con i nastri che diventavano sempre più corti. In poco tempo, il palo fu rivestito da un magnifico motivo creato da una moltitudine di colori vivaci.

Superai le mie amiche, perplessa dai loro sorrisi imbarazzati, dai loro ammiccamenti e risate mentre ci salutavamo. All'inizio non ci pensai, poi lentamente cominciai ad avere la sensazione di essere il bersaglio di uno scherzo. Forse mi stavano silenziosamente prendendo in giro per via di William.

Studiai il palo senza rendermi conto del numero di volte che ero passata a destra e a sinistra dei miei vicini e compagni di ballo. Non avevo nemmeno tentato di guardare William negli occhi mentre passavamo l'uno accanto all'altro. Tenevo gli occhi sul palo finché mi resi conto che il mio nastro stava diventando *molto* corto.

E la persona con il nastro più corto era quella che veniva legata al palo dai nastri di tutti gli altri, diventando ufficialmente la Regina di Maggio. Non ci volle molto perché i miei compagni danzatori mi premessero contro il palo, usando la lunghezza che restava del loro nastro per legarmi lì, come da tradizione.

Essendo stata la prima a finire il nastro, il Fato mi aveva scelto per essere la Regina di Maggio. I miei amici mi giravano intorno da vicino, offrendomi congratulazioni con grandi sorrisi sul volto. Alla fine, quando esaurirono i loro nastri, mi diedero un bacio sulla guancia.

Per un breve, stressante momento, pensai che Doug sarebbe stato l'ultimo uomo rimasto, ma quando mi arrivò davanti con il suo nastro, invece di chinarsi a baciarmi, fece una smorfia e se ne andò, lasciandomi vedere la persona dietro di lui. L'ultimo uomo rimasto con un nastro in mano ora era il Re di Maggio.

William rimase serio davanti a me mentre la gente gridava e rideva, congratulandosi. Quando i nostri sguardi s'incrociarono, arrossii fino all'attaccatura dei capelli mentre tutti intorno a noi battevano le mani a tempo di musica cantilenando «Baciala! Baciala!»

Lui mi sorrise, chiaramente felice, ed io, ugualmente felice, ricambiai il sorriso. Poi, dopo qualche secondo di incoraggiamento, piegò la testa mentre io alzavo la mia, più che pronta a incontrare la sua bocca.

Quando alla fine mi baciò fu *delizioso*. Appena le mie labbra si aprirono, la sua lingua fu lì, che mi assaggiava, e fu come se un fulmine mi avesse attraversato il corpo. Mi posò le mani su fianchi, e tentò dolcemente di tirarmi verso di lui. Ma legata com'ero al palo dai nastri, non potevo muovermi.

«Urrà!» gridò il barone de Bricasse. «Il fato ha scelto la nostra regina e il nostro re! Che tutti li salutino. Apriamo i festeggiamenti di Beltane con la loro incoronazione!»

Caitlyn mi sciolse, abbracciandomi e sussurrandomi all'orecchio che il gruppo delle donne aveva truccato il ballo in modo da assicurarsi che cominciassi con il nastro più corto e William con quello più lungo. Le rivolsi un'occhiata severa, capendo di colpo le loro risatine e le occhiate maliziose. Ma poi il mio cipiglio si trasformò in un sorriso, che lei ricambiò in fretta. La ringraziai e, l'attimo successivo, avevo sul capo una bella corona di fiori selvatici, con i nastri che scendevano lungo la schiena.

Mi voltai a guardare mentre incoronavano il Re di Maggio, prendendomi un momento per meravigliarmi come la folla durante il ballo sembrasse non averlo quasi disturbato. La corona di William era più spartana, fatta di alloro e tralci d'edera, intrecciati in uno stile mascolino.

Su richiesta del pubblico, e senza che fosse un obbligo questa volta, ci baciammo di nuovo mentre cantavano e ci acclamavano. «Devo andare a vestirmi per la festa e il ballo» mormorai.

Lui mi strinse più forte e la sua bocca continuò a muoversi sulla mia, reclamandola e lasciandomi senza fiato.

«Dai, Wil, devi lasciarmi andare.» Mi staccai da lui con riluttanza.

«Sono il re. Non devo fare niente che non voglia fare» rispose, baciandomi di nuovo, anche se la folla aveva cominciato a disperdersi per prepararsi per i festeggiamenti serali.

Sentii l'eccitazione che cresceva e chiusi lentamente gli occhi. Mi ero chiesta se mi avrebbe voluto ancora come io ora sapevo di volerlo. Suppongo di aver ricevuto la mia risposta.

Sentii una gioia profonda, calda come il sole. L'unica cosa che avrebbe potuto renderla più perfetta sarebbe stata… «Ma voglio indossare il meraviglioso vestito che hai comprato per me.»

Lui restò immobile e si staccò lentamente. «Anche se riesco a immaginarlo con chiarezza, mi piacerebbe vederlo indosso a te.»

«Grazie. Non avresti dovuto farlo.»

«Ma l'ho fatto. E ora sono il re, quindi posso fare tutto quello che voglio.»

Scoppiai a ridere. «Ti piace proprio il tuo nuovo titolo, vero?»

William sorrise, alzando una mano per accarezzarmi la guancia con il pollice. «È bello essere il re.»

«Forse stanotte potrai anche vedermi… senza il vestito.»

Lui aggrottò le sopracciglia e i suoi occhi divennero intensi. «Non ho bisogno di immaginarlo, perché l'ho già visto. Devo solo riportarlo alla mente.»

E magari aspettarselo. Se ero molto, *molto* fortunata.

«Wil, c'è una cosa che devo dirti…»

Lui mi baciò di nuovo. Adesso eravamo da soli in una radura vuota, dato che tutti erano tornati alle loro tende o circolavano tra gli stand.

«Dimmelo tra un bacio e l'altro» disse, con la voce roca e un po' aspra.   Quell'asprezza stimolò i miei sensi, come il graffio di un amante in un momento di passione. Soffocai il battito irregolare del mio cuore e repressi le vertigini che si provano quando si sta per fare un passo oltre il precipizio, verso il mondo sconosciuto di sotto.

«Voglio restare, Wil. Voglio che stiamo insieme. Voglio vedere dove ci porterà.» Lui s'impietrì, con gli occhi fissi sulla mia spalla, i lineamenti che non rivelavano alcuna reazione.

Mi aveva sentito? Oh no... forse aveva cambiato idea. «Se è ancora quello che vuoi, ovviamente...» aggiunsi, detestando il suono stridulo della mia voce quando lo dissi.

Lui esplose in una risata burbera. «Hai bisogno di chiedermelo?»

Io alzai le spalle, imbarazzata. «La gente cambia idea...»

«Non *io*» disse, con la voce dura come il granito delle colline intorno a noi. «Ma ho bisogno di sapere che sei sicura.»

Annuii. «Io... ci ho pensato moltissimo.» *Incessantemente, in modo ossessivo.*

Lentamente, teneramente, William mi baciò sulla guancia. «E il tuo lavoro?»

«Ho intenzione di chiedere di riaverlo.»

Mi baciò il mento. «E la scuola?»

«Voglio finirla, appena avrò risparmiato i soldi.»

Mi baciò il naso. «E la fiera rinascimentale?»

«Dirò loro che dovranno cercare qualcun altro per leggere...» Fui interrotta dalla sua bocca sulla mia, dalle sue mani forti che mi tiravano verso di lui. Quando i nostri corpi premettero l'uno contro l'altro, l'aria mi sfuggì dai polmoni. E quando il bacio finì, William si tirò indietro, solo per appoggiare la fronte alla mia.

«Mi hai reso molto felice, Jenna. *Molto* felice. Ma non è nemmeno un decimo di come voglio farti sentire io.»

«Mi rendi già felice…»

Ci abbracciamo e poi mi congedai, ricordandogli che non vedevo l'ora di indossare il magnifico abito azzurro. Mi lasciò andare con riluttanza con altri baci per punteggiare le nostre frasi ansimanti.

Caitlyn prese la spazzola nell'attimo in cui entrai nella tenda. «*Eccoti qua.* Non rispondevi ai messaggi!»

«Mi dispiace. Sono stata, mhmm… trattenuta.»

Lei sogghignò. «Divertente. Vieni, Ann ed io ti faremo le trecce.»

Ed è esattamente ciò che fecero. Intrecciarono i miei capelli intorno alla mia corona, infilando i nastri intonati al vestito che Agnes aveva mandato nella stessa scatola. Poi Ann mi aiutò a mettermi l'abito e mi allacciò il corpetto sulla schiena. Era una di quelle volte in cui avrei voluto avere uno specchio a figura intera per ammirarmi.

Perché mi sentivo come una principessa. Papà una volta mi aveva detto che ero una principessa, e che un giorno sarei stata una regina. Ora non era una bugia. Aveva ragione. Ero la Regina di Maggio.

E William era il mio re. Ogni volta che pensavo a lui, ogni volta che lo immaginavo, ricordavo il sapore delle sue labbra sulle mie, sentivo le farfalle nello stomaco. E a ogni minuto che passava cresceva l'eccitazione perché lo avrei rivisto.

La serata cominciò con un festino. Pollo arrosto e pane con verdure bollite, al lume di candela, unica eccezione alla nostra regola contro le fiamme libere, e solo perché le candele erano coperte da lanterne di vetro. *Non* mangiammo con le mani.

C'era una fila di tavoli da picnic ed io ero seduta a un'estremità e William a quella opposta, ai posti d'onore. Parlammo con i nostri vicini, guardandoci ogni tanto negli occhi prima che William distogliesse lo sguardo, come un ninja imprendibile. Divenne un gioco, cercare di guardarlo negli occhi. Lui lo capì, credo, perché cominciò a sorridere tutte le volte che lo coglievo a guardarmi.

E poi ribaltò il gioco, fissandomi con il suo sguardo scuro che rifletteva la luce dorata delle candele. Quando i nostri occhi s'incontrarono, tutto il resto intorno a noi sembrò sparire. C'eravamo solo noi.

Sentii la gola che si stringeva e deglutii, ammirando la sua tunica nuova che, ed ero sicura che non fosse una coincidenza, era intonata al mio vestito. Nonostante tutto ciò che succedeva intorno a me, riuscivo solo a pensare a più tardi quella notte, quando speravo avremmo avuto il tempo di stare insieme.

Da soli.

Capitolo Ventotto
William

Dopo aver lasciato Jenna, mi vesto in fretta, torno nella radura e aspetto… e aspetto. Quasi *un'ora*. *Di nuovo in ritardo, Mistress Kovac!*

Una delle donne del clan mi dice di essere paziente, che Jenna è occupata a "farsi bella". Completamente inutile, secondo me. Come si può migliorare la perfezione? I suoi lineamenti, i suoi capelli angelici, la pelle luminosa e il corpo di una dea. E un cuore d'oro zecchino.

Il *mio* cuore accelera quando quei pensieri mi portano alle solite riflessioni. E se non fossi abbastanza per lei? E se non riuscissi a recuperare il suo gioiello di famiglia? E se non… valessi abbastanza?

Indosso la mia nuova tunica, finemente lavorata da Agnes. La sarta del nostro clan ha fatto un lavoro eccellente specialmente all'attaccatura delle maniche. E il ricamo in sé è un'opera d'arte. Sapendo il tipo di lavoro che serve per produrre un bell'oggetto, apprezzo sempre questi sforzi negli altri.

La mia tunica è intonata al bel vestito che Agnes ha cucito per Jenna. Quando finalmente lei arriva nella radura, tutte le teste si voltano nella sua direzione. Non è difficile capire perché. Le sfumature di azzurro accanto alla sua pelle chiara sono belle come immaginavo. In effetti, sono *più* belle. Mentre arriva, come la regina che è, aggraziata, la testa eretta, probabilmente conscia della corona di fiori nei suoi capelli d'oro pallido. *Bella.*

Fatico a riprendere a respirare e sono quasi sicuro di aver completamente dimenticato l'appetito per il cibo davanti a me. Lei mi rivolge un sorriso e si scusa per il ritardo, ma dice che voleva rendere giustizia al vestito. Io le osservo le labbra mentre parla, ricordandomi il loro sapore di un'ora prima. Più dolce che mai, perché mi ha detto che ha intenzione di restare. E in questo momento, tutto ciò che voglio è prenderla tra le braccia e farla mia, per davvero.

Tutti intorno a noi la ammirano e lord de Bricasse dice a voce alta. «Non abbiamo una regina di maggio così bella da...»

Mai. Completo mentalmente la frase per lui, anche se sta scherzando e dicendo che è dallo scorso Beltane.

Dopo la festa, accendiamo il fuoco in un'area riservata al falò. È enorme e il calore ci brucia le facce e le mani. Tutti applaudono mentre le fiamme si alzano sempre più alte. Lord Ryleigh, o "Joe" com'è conosciuto nella vita di tutti i giorni, prende il violino e cominciamo a riunirci nello spazio intorno al fuoco.

In passato, ero sempre andato via prima che cominciassero le danze, perché ballare inevitabilmente significava folla. Ma stasera niente mi impedirà di ballare e tenere la mia Jenna tra le braccia, il suo corpo vicino al mio. Il mio volto accanto al suo. Il profumo dei suoi capelli e della sua pelle nelle mie narici.

Cominciamo con una formazione semplice basata sulle contraddanze inglesi. Lady Ryleigh, la moglie di Joe, è un'esperta delle danze tradizionali europee e le ha insegnate alla maggior parte di noi. Io mi sono messo in pari con i video e Youtube.

Senza che qualcuno si faccia domande, sono appaiato con Jenna e penso alla fortunata coincidenza che ci ha portato a essere il Re e la Regina di Maggio. Quasi comincerei credere al fato, come Jenna, se non lo trovassi così stupido.

Mentre la guardo, immagino la tiara sulla sua testa invece della corona di maggio. E rafforza la mia determinazione. Domani, recupererò la tiara per lei e al contempo umilierò Doug. Non m'interessa ciò che lui pensa di me o che cosa ha detto. Non m'importa nemmeno che la posta per me sia alta. Perché, se perdo, non potrò tornare qui ed essere con i miei amici. Mi preoccupa, ma non è la cosa peggiore che potrebbe capitare.

No. Tutto ciò che m'interessa è riavere la tiara per Jenna. Farla felice. Essere degno di lei.

È bello tenere le sue mani sottili nelle mie mentre ci voltiamo lentamente prima a sinistra e poi a destra. Un passo indietro e faccio un inchino e lei la riverenza, poi eseguiamo i passi complessi ma ripetitivi. Mi ritrovo spesso a guardarmi i piedi e non solo mi aiuta a evitare di inciampare, ma anche a evitare accidentali contatti visivi.

Non voglio fare mosse sbagliate e certamente non voglio pestarle i piedi. Voglio che questa sera sia perfetta. Ho ripassato tutto mille volte nella mia testa e dovrebbe essere perfetto. Balleremo, ci baceremo. E poi...

Ma se non fossi in grado di darle ciò di cui ha bisogno? E se domani non riuscissi a essere il suo campione? E se dovessi deluderla? Quel pensiero mi fa battere il cuore più forte di quanto dovrebbe, vista la leggera attività fisica. Perché ora le mie paure stanno prendendo il sopravvento e sono tutto ciò che riesco a vedere.

Sta diventando difficile concentrarmi. La stretta al petto si sta intensificando e quando alzo gli occhi e sento la folla intorno a noi, mi gira la testa. Stringo forte gli occhi per reprimere l'ondata di nausea.

Spalanco gli occhi di colpo quando sento improvvisamente un colpo alla schiena. Mi manca il fiato e una gelida paura mi afferra, facendomi rivoltare lo stomaco. Mi volto in fretta, guardandomi attorno, ma vedo solo immagini sfocate. La gente si avvicina a me, parlando a voce alta e battendo le mani. Le teste si muovono da una parte all'altra.

Mi fermo, ma tutto il mondo sembra continuare a muoversi. Sembra che tutto il mondo si stia chiudendo intorno a me e non riesco a respirare.

Una mano mi afferra la spalla ed io mi sento terrorizzato. Mi stacco da quella mano con tutta la mia forza. «Attento!»

Vedo che è Ronald, un altro membro del clan, e ora mi sta fissando con la bocca aperta e gli occhi spalancati. La gente intorno a noi si è fermata e sta fissando.

«Wow, amico» dice Ronald, ridendo. «Il duello non c'è fino a domani.»

Ho il palmo delle mani sudato e una gelida paura in gola.

Non posso perdere il controllo. Non posso. Non posso perderla quando l'ho appena conquistata.

Stringo forte gli occhi, cercando di respirare, quando lui mi dà un colpo sulla schiena. Mi volto e lo spingo talmente forte che cade a terra. La musica si ferma di colpo, ma sto già correndo, già muovendomi, facendomi strada tra i gruppetti di corpi.

Devo andarmene da qui. È un incubo diventato realtà.

Ma è possibile che l'incubo non cominci fino al duello di domani, quando potrei perdere tutto.

Capitolo Ventinove
Jenna

FFERRAI IL BRACCIO DI WILLIAM PER FERMARLO, MA lui si staccò con forza da me prima di strapparsi la corona dalla testa e gettarla a terra. Mi voltai e borbottai le mie scuse al gruppo di gente stupefatta nelle vicinanze.

«Tornate a ballare. Andrà tutto bene.»

Ma lui se n'era già andato, sparito nel buio oltre l'anello di luce del falò. E come una ragazzina, lo rincorsi, e la corona mi cadde dalla testa finendo al suolo dietro di me.

La musica era ricominciata e immaginai che la gente avesse ripreso a ballare, ma io mi stavo già avventurando nell'oscurità, sperando che i miei occhi si adattassero in fretta.

«Wil?»

Silenzio. Non sentivo nemmeno il rumore dei suoi passi. I grilli frinivano in lontananza e c'erano anche coyote che ululavano. L'unica luce era quella di una luna quasi piena sopra di noi.

Un gruppo di gente sulla sinistra parlava a voce bassa, ridendo ogni tanto. Mentre camminavo verso la tenda di William. Sentii un altro suono. Un gemito, seguito da un piccolo grido. Ricordando che era Beltane, mi resi conto che si erano formate le coppie e la gente era andata a festeggiare in privato, in un modo molto più piacevole.

Deglutii, immediatamente eccitata. Erano passati mesi ed era troppo tempo che desideravo William. La tensione sessuale inappagata che viveva nel mio ventre adesso si stava infiltrando in tutti gli organi vitali.

Ma ero troppo preoccupata per lui per occuparmi di quello. Lo avrei attaccato più tardi una volta che fossi stata certa che era tranquillo e al sicuro.

Ero fuori dalla sua tenda quando una mano uscì di colpo dal buio e mi afferrò appena sopra il gomito. Spaventata, mi staccai trasalendo.

«Wil! Mi hai spaventato...»

Ma le mie parole finirono in un grido quando la mano si strinse dolorosamente sul mio braccio e gli occhi che vidi non erano quelli di William.

Mi tirai indietro. «Doug, che diavolo...? Allontanati da me.»

«Che cosa vi ha contrariato tanto, vostra maestà? Il tuo mostriciattolo è andato a vagabondare nei boschi senza di te? Magari lo mangeranno i coyote.»

Piegai la testa verso di lui e parlai con finta dolcezza. «Non dovresti essere da qualche parte a cercare di autoconvincerti che hai una pur minima possibilità di vincere il duello domani?»

Doug strinse i denti, socchiudendo gli occhi. «Sei piuttosto sicura del tuo nuovo boyfriend, vero?»

Gli sorrisi, con finto giubilo. «Certo che lo sono. Ora togliti dai piedi.»

Invece, lui fece un passo avanti, bloccandomi completamente. «Qualcuno dovrebbe avvertire quel povero bastardo su chi sei. Come giochi con gli uomini e li usi per i tuoi scopi, poi li scarichi quando non ne hai più bisogno. Sono sicuro che lo stai scopando solo per farlo combattere per riavere la tua coroncina da principessa.»

Alzai la mano, con il dito medio alzato. «Fanculo, coglione.»

Doug si mise a ridere. «Wow, che eleganza.»

«Se un uomo può dire queste parole, allora posso farlo anch'io, specialmente quando sono meritate. Hai qualche problema?»

Lui sogghignò e sinceramente desideravo far sparire quel sorriso a schiaffi. Non diventavo spesso violenta, ma dovetti sopprimere il desiderio improvviso di dargli una ginocchiata nei minuscoli gioielli di famiglia. Mi accontentai del pensiero che ci avrebbe pensato William la mattina dopo a picchiarlo per conto mio. Sarebbe stata spada contro spada, e preferibilmente la spada di William contro l'elmo di Doug qualche centinaio di volte.

«Ed io che volevo essere magnanimo e offrirmi di restituirti la tua piccola tiara, senza duello.»

Sentii un'improvvisa stretta alla gola, ma il sospetto imbrigliò qualunque speranza fosse nata nel mio petto. «E dov'è il tranello?»

Lui alzò le spalle e voltò la testa. «Ti consegnerò subito la tiara se *sir William* rinuncerà al torneo domani.»

Esitai, visualizzando la tiara. Poi fui assalita dalla visione del volto di mia sorella quando fossi arrivata, senza la tiara, e avrei dovuto dirle che avrebbe percorso la navata senza la benedizione di papà e di Baba il giorno delle sue nozze. La delusione nei suoi occhi mentre cercava di frenare le lacrime. Mi si strinse lo stomaco.

Fui tentata… moltissimo. La tiara avrebbe potuto facilmente essere mia se avessi convinto William a rinunciare. E sapevo che probabilmente ci sarei riuscita.

Mi schiarii la voce e parlai con una voce sottile. «Se rinuncerà, conterà come una sconfitta per lui. E... le tue condizioni varranno ancora?»

Lui alzò nuovamente le spalle. «Sì. Se rinuncerà, se ne dovrà andare. Esilio completo.»

Scossi la testa, ripiegando le braccia sul petto. «Non glielo posso chiedere.»

«Comunque ha paura della gente, hai visto il suo spettacolino, poco fa. Gli faresti un favore, dandogli una scusa per andarsene. Fagli solo un gran bel pompino stanotte come ricompensa.»

Strinsi le braccia, piena di disgusto. «Sei veramente volgare, Doug. Veramente disgustoso. E William ha più coraggio, virilità e onore nel suo dito mignolo di quanti tu ne abbia in tutto il corpo, insieme a un centinaio di cloni di te stesso, se mai, la dea non voglia, dovessero esistere. Sei un uomo abietto e perfido. William è un vero cavaliere.»

Doug arrossì mentre parlavo, ma alzò appena le spalle. Ciò nonostante, sapevo di averlo colpito. «Vedremo come andrà domani mattina, allora.»

«So già come finirà. William ti batterà come il cane rognoso che sei. E dentro di te lo sai già, perché non mi avresti mai offerto questa via di uscita se avessi pensato di poter vincere. Ora fuori dai piedi.»

Lui si fece da parte e, mentre lo superavo, si voltò e disse: «Vai a goderti il tuo ritardato mentre può ancora frequentare il clan.»

Alzai il pugno, avanzando verso di lui. «Chiamalo un'altra volta così, pezzo di merda. Ti sfido.»

Nella luce scarsa, Doug sembrò veramente spaventato. Non così coraggioso, senza la sua armatura, per spaventarsi davanti a una donna grande metà di lui. Avrei veramente voluto schiaffeggiarlo o dargli un pugno sul naso. O qualcos'altro di *veramente* doloroso. Mi prudevano le mani dalla voglia di rompergli il muso.

Lui se ne andò, mostrandomi il medio e sparì dietro la tenda vicina.

Fare un gesto volgare rivolta alla sua schiena non mi aiutò a vincere la frustrazione. Con un sospiro stanco, continuai a cercare William, di nuovo profondamente preoccupata.

Probabilmente non era nella sua tenda. Avrei visto il bagliore della sua lanterna a propano. Alzai comunque il battente e diedi un'occhiata all'interno, senza vedere niente. Stavo per andare a cercare altrove quando percepii un movimento dal letto.

William era sdraiato, ma la sua figura imponente fu facilmente visibile quando si alzò.

«Jenna» disse con la voce roca.

«Wil» mormorai, piena di sollievo. Entrai nella tenda. «Ero così preoccupata per te. Non avevo visto dov'eri scappato.»

Lui fece un altro passo verso di me, senza dire niente.

Preoccupata, continuai a parlare. «Tu… mhmm… non hai sentito tutte le cazzate che ha detto Doug…»

Lui fece un altro passo e annuì, strofinandosi le mani su e giù lungo le gambe dei pantaloni. Mi morsi il labbro. *Merda*. Era arrabbiato con me? Avevo risposto alla proposta di Doug senza consultare William, senza dargli la possibilità di scegliere se combattere o ritirarsi. Forse la cosa lo aveva infastidito.

Lui continuò ad avanzare finché fu in piedi proprio davanti a me. Fissai la forte colonna del suo collo e la parte del torace lasciata nuda dal farsetto slacciato.

Sapeva di sudore e sapone e William. Mi tolse il fiato.

«Hai rifiutato la sua offerta» Sembrava incredulo. «Ma hai bisogno della tiara. Lo avrei fatto per te, avrei...»

Senza avvertirlo, gli premetti due dita sulle labbra per zittirlo. «Io *credo* in te, Wil.»

Mi guardò negli occhi e alzò una mano per accarezzarmi la guancia. Chiusi lentamente gli occhi e in un attimo mi mise la mano dietro la testa. Mi tirò con decisione a sé e le nostre bocche s'incontrarono con abbastanza forza da sbalordirmi.

Mi meravigliai per il potere di quel bacio, come un elettroshock. E dopo quel breve momento di sorpresa, mi lasciai andare contro di lui, morbida e cedevole contro il suo corpo virile e duro.

Mi cinse la vita con il braccio, tenendomi stretta a lui e il suo bacio divenne più appassionato, togliendomi il fiato. Mi aprii per lui e lui spinse la lingua nella mia bocca, con un entusiasmo e un vigore che ricambiai con piacere.

Dopo un po' le nostre teste si separarono, ma appena un po'. E quando alzai gli occhi, William stava respirando forte, gli occhi scuri annebbiati dal desiderio, come un temporale sul punto di scoppiare sulle montagne. Si stava avvicinando per un altro bacio quando parlai.

«Wil, io...» Ma non finii mai perché mi tirò di nuovo contro di lui e mi baciò così ferocemente che mi dimenticai il mio nome. Non riuscivo a pensare, ma sentivo quelle labbra calde, ferme e deliziose sulle mie. Quelle mani, che stringevano e diventavano più insistenti a ogni minuto che passava. Quel torace solido sotto le mie mani. Quel corpo che s'induriva contro il mio, lasciandomi del tutto cosciente della sua eccitazione.

Cominciai a slacciargli il farsetto mentre lui banchettava sul mio collo, accarezzandolo in tutti i posti giusti con baci caldi, esigenti e ruvidi. Sembrava deciso a coprire ogni centimetro della pelle sensibile ed io non avevo nessuna intenzione di discutere il suo bisogno di essere coscienzioso.

Quando il suo torace fu completamente esposto, cominciai a baciarlo lì e a quel punto la sua bocca si staccò dal mio collo. Sentii il suo respiro affrettato e bollente sui miei capelli, mentre le mie labbra scivolavano sul suo mento ruvido di barba, per scendere sul collo e accarezzargli le clavicole. Infilò una mano tra i miei capelli, massaggiandomi il cranio, mentre l'altra andò alla scollatura del vestito, tirandolo come per cercare di capire come fare a toglierlo.

«Wil...»

«Che c'è» disse un po' seccamente, apparentemente concentrato sul suo obiettivo di capire l'enigma del mio vestito.

«Mi serve aiuto per togliermelo...» dissi.

«Voglio *veramente* togliertelo.»

Feci una risatina. «Mhmm. Lo immaginavo. Voglio veramente togliermelo anch'io. Per bello che sia...»

«Non bello come te» disse e poi continuò a baciarmi, prendendomi il lobo dell'orecchio tra le labbra, accarezzandolo con la lingua. Il mio sguardo si perse nel vuoto quando una fitta di piacere attraversò le mie terminazioni nervose, fino nel mio intimo, riscaldando tutto al suo passaggio. Ero folle di desiderio per lui.

Era parecchio che ero folle di desiderio per lui, in effetti. E speravo che ciò che stava per succedere avrebbe soddisfatto quel bisogno. Mi staccai lentamente da lui. Non era facile. Era come camminare contro un vento di tempesta, lottando contro la sua resistenza a ogni passo. Ma William mi lasciò andare appena vide che mi stavo voltando.

«Sono stringhe, proprio come quelle del tuo farsetto. Solo che sono sulla schiena» dissi, cercando di riprendere il fiato, sapendo che non c'era modo di calmare il mio cuore che batteva forte.

Senza una parola, William tirò le stringhe con movimenti bruschi, all'inizio i suoi movimenti erano affrettati, ma rallentò gradualmente. Ogni volta che toglieva la stringa da un occhiello, mi toccava la schiena nuda ed io rabbrividivo. Lui lo notò in fretta, e si assicurò di toccarmi ogni volta che sfilava una stringa.

Chiusi di nuovo gli occhi e fui conscia solo del suo respiro sul mio collo. William passò il ruvido dito indice lungo la parte scoperta della mia spina dorsale e sembrò apprezzare la reazione tremante che mi procurava il suo contatto.

Quando finì con le stringhe, e prima che potessi voltarmi, si tolse il farsetto e premette il torace contro la mia schiena. «Mi piace farti tremare.»

«Significa che ti desidero veramente.»

Lui mi stava baciando la tempia, l'orecchio, la mascella. «So che cosa significa, Jenna.»

Io risi. Ovvio che lo sapesse. «Wil, voglio fare sesso con te.»

«So anche quello.»

«Spero che lo voglia *tu*.»

«Sai già che lo voglio.»

«Allora, perché stiamo ancora parlando?»

Lui inclinò la testa per catturare la mia bocca con la sua ed io piegai la testa all'indietro quando il bacio divenne più profondo. All'improvviso, le sue mani furono dentro il vestito, appoggiate al mio seno. Quando strofinò le mani callose sulla pelle tenera, quasi gridai di piacere. I miei capezzoli sensibili erano dure punte che lui strofinava con i pollici, come stesse suonando delle corde e causando vibrazioni fino nel mio profondo. Ricaddi all'indietro contro di lui.

Stava succedendo. *Finalmente.* E non avevo nemmeno avuto la possibilità di parlargli dei miei sentimenti. Mi staccai lentamente e mi voltai verso di lui.

«Possiamo...?»

Ma lui scosse la testa e mi abbassò il vestito fino alla vita. «Basta parlare» disse con la voce roca prima di piegare la testa per risucchiare uno dei miei capezzoli nella sua bocca. Quel contatto fu come un fuoco pirotecnico, il tipo buono, non quello che mi faceva urlare di terrore. No, questo fuoco d'artificio era brillante, bruciante, irresistibile.

La sua bocca e la sua lingua stavano facendo cose diaboliche. Emisi un piccolo grugnito di sorpresa quando mi sfiorò con i denti la punta sensibile. Pensai fosse un incidente ma, poco secondi dopo, lo rifece. Inarcai la schiena, spingendogli il seno nella bocca.

Reagì prendendomi dolcemente per la spalla e abbassandomi sul suo materasso morbido senza mai interrompere ciò che stava facendo. Poco dopo, era sdraiato accanto a me e continuava a coprirmi il petto di baci umidi e bollenti. Quando si spostò, la sua coscia bloccò la mia sul letto e le mie mani gravitarono verso il suo torace duro.

E poi capii, come sospettavo da mesi, che sarebbe stato *veramente bello.*

Capitolo Trenta
William

Jenna sta emettendo dei suoni, piccoli sospiri e qualche gemito più forte che aumentano di volume più la accarezzo e la assaporo. E più lei geme più duro divento io finché mi fa male quasi dappertutto. Sono così teso che mi sembra di essere sul punto di esplodere.

Voglio esplodere. Dentro di lei. In questo momento è ciò che voglio più di ogni altra cosa. Quasi più di respirare. È come… avere fame e poi mangiare, ma non sentirsi mai sazi. Più l'assaporo, più mi viene fame.

Allungo la mano e le sfilo il resto del vestito e lei mi aiuta alzando i fianchi dal letto per permettermi di rimuoverlo. Continua ad accarezzarmi il petto con una mano nel modo che mi piace, carezze ferme, decise invece del contatto leggero e solleticante che non sopporto.

Jenna non indossa un reggiseno sotto il corpetto, ma ha un paio di mutandine moderne. Sono lieto che non si sia attenuta alla biancheria intima del medioevo perché queste sono piccole, di pizzo… sexy. Sono basse e di una bella sfumatura di color lavanda, splendida contro la sua pelle sotto la luce argentea della luna sopra la mia tenda. La prossima volta che la dipingerò, indosserà quella sfumatura di lavanda. O niente del tutto.

Preferirei niente del tutto. Sono così ansioso di averla che quando afferro le mutandine per togliergliele, sono un po' troppo violento. Lei si lascia sfuggire un respiro sorpreso ed io mi scuso mormorando.

Jenna sorride e scuote la testa.

«No, va tutto bene. È sexy. Toglimele pure con tutta la forza che vuoi.»

È tutto ciò che ho bisogno di sentire. Mentre gliele sfilo con uno strappo secco, lei fa di nuovo quel suono... quasi un singhiozzo. Ma non sta piangendo.

Sta sorridendo ed è luminosa.

È nuda.

Ed è sul mio letto.

Sto lottando con le stringhe dei miei calzoni, quasi desiderando di tagliarle per poterli togliere più in fretta. Diversamente da Jenna, io ho optato per biancheria intima nello stile del periodo, che sembra strana secondo gli standard moderni. Le mutande sono sciolte e arrivano fin quasi alle ginocchia, strette da un laccio alla vita.

Ma mi tolgo calzoni e mutande in meno di due terzi di un minuto. E, per la prima volta, siamo entrambi nudi.

Qualche secondo dopo aver registrato quel fatto, copro il suo corpo caldo con il mio, pelle contro pelle. La mia bocca ritrova la sua e a quel punto ogni pensiero razionale diventa come un legnetto che fluttua in mezzo a un fiume impetuoso, sbattuto di qua e di là dalla corrente brutale. Questo desiderio è la forza più potente che ho nella testa e nel cuore.

Finalmente. Sono nudo e Jenna è nuda sotto di me. Mi sta toccando, baciando. I suoi sospiri e i suoi gemiti sono come musica. Come i mantici del fabbro che aumentano il desiderio bruciante dentro di me.

Si sta donando a me ed io sto prendendo ciò che voglio da tanto tempo.

In lontananza ci sono persone che parlano, ridono, gettano altra legna sulla pila per alimentare il falò. E i tamburi. Stanno pulsando, battendo un ritmo primordiale.

È Beltane, la stagione degli amori.

E come un'antica, potente magia in cui non credo veramente, mi sta travolgendo.

Muovo insistentemente le mani sulla sua pelle morbida. In teoria so che cosa fare. So che l'istinto probabilmente prenderà il sopravvento, ma voglio che sia bello per lei. Posso aver fatto ricerche approfondite, ma potrebbe anche non bastare.

Mi sposto per sdraiarmi sopra di lei, ma mi appoggio ai gomiti per non schiacciarla. Poi stacco la bocca dalla sua e lei mi guarda. Apre lentamente le gambe… ed io esito.

Ingoio la saliva, sentendomi di nuovo immeritevole. Come se non fossi in grado di darle ciò che vuole. Lei allunga una mano e mi tocca la faccia. Le sue palpebre sono semichiuse sopra quei divini occhi azzurri. «Posso mostrarti cosa mi piace?»

Non mi muovo e lei mi appoggia la mano sulla spalla. Il contatto brucia e chiudo gli occhi. «Voglio farti sentire bene, Jenna.»

«Lo stai già facendo, Wil. Davvero.»

Spinge contro la mia spalla in modo che sia sdraiato accanto a lei e poi si mette cavalcioni sopra di me. I suoi capezzoli contratti, duri sono contro il mio torace e il calore tra di noi sta diventando quello di una fornace ardente. Ogni parte della mia pelle a contatto con la sua morbidezza è in fiamme.

Lei comincia a baciarmi il torace, prendendo in bocca i capezzoli, come ho fatto con lei. Le sue mani vagano sulle mie cosce, scivolando tra le gambe per esplorarmi. Io le accarezzo la schiena, le appoggio le mani sul sedere, la tiro verso di me.

Stiamo bruciando come una stella in fusione. Stiamo generando un nuovo tipo di calore, quella particolare reazione nucleare che si trova al centro di una stella, quella luce e quel calore incomparabili che si estendono per miliardi di anni.

«Jenna, ho bisogno…»

«So di che cosa hai bisogno.»

«Allora lasciami entrare…»

Lei geme. «*Sì*.» Si tira indietro ed io fisso ancora una volta gli occhi su quei seni perfetti e luminosi. Sembrano scolpiti nel marmo dalla mano maestra di Michelangelo. La forma, la curva, la punta, tutto ha una proporzione perfetta. Un capolavoro d'arte.

Lei è un'opera d'arte.

E poi non riesco più a pensare perché con un veloce spostamento dei suoi fianchi, lei passa sulla mia erezione ed io scivolo contro il suo calore umido. È un contatto superficiale, che però mi fa bruciare di piacere. Non sono ancora entrato dentro di lei eppure sono sul punto di collassare su me stesso, come la stella che alla fine diventa un buco nero.

Jenna abbassa la mano e mi afferra alla base, indirizzando lentamente la mia erezione in modo che io la possa penetrare. Io trattengo il fiato, senza sentire altro che il suo calore umido e impossibile che mi avviluppa.

Jenna emette un lungo sospiro, poi si ferma, ma io non sono ancora entrato del tutto. Non riesco ad aspettare nemmeno un momento di più. Inspirando bruscamente le afferro i fianchi e li tiro avanti, spingendomi dentro di lei.

Lei ansima. Spalanca gli occhi ed io esito. «Ti ho fatto male?»

Lei sorride, aprendo gli occhi. «No... per niente. È bello, Wil. È bello averti dentro di me.»

Ho bisogno di muovermi, ma c'è un dilemma, perché mentre voglio spingermi fino all'orgasmo finale, voglio anche durare. *Per sempre.*

Voglio restare qui, collegato a Jenna, con il nostro calore che si moltiplica, fusione dopo fusione, e brucia più caldo e brillante, per un'eternità.

Lentamente, Jenna dondola i fianchi contro i miei e mi sfugge un sibilo. Il mondo si muove in congiunzione con quei fianchi snelli, rotondi, femminili. Mi tiene prigioniero con altrettanta forza della gravità di una stella. Ed io sto affondando nel suo potente pozzo primordiale.

Senza che me ne renda conto, le mie mani le afferrano i fianchi, spingendola a muoversi più in fretta. Non riesco ad averne abbastanza. Ma lei mette dolcemente una mano sulla mia e si ferma. «Non così in fretta, Wil. Altrimenti sarà tutt'altro che stupefacente.»

Nelle mie ricerche, ho letto che spesso la performance di un uomo la prima volta non è granché e che di solito è dovuto al fatto di venire troppo presto. Le lascio andare lentamente i fianchi e lei si piega in avanti per baciarmi. Apre la bocca sopra la mia ed io faccio scivolare dentro la lingua senza un attimo di esitazione.

Il pensiero di moltiplicare quel legame con lei mi sta consumando. Vorrei che ci fossero altri modi in cui congiungerci oltre a questi due. Le passo le mani sulla schiena per rinforzare quel desiderio, tenendola contro di me.

Jenna muove nuovamente i fianchi. Io infilo le mani tra i suoi capelli, tenendole la bocca contro la mia. Lei mi tocca il petto, strofinando i miei pettorali, e poi i miei muscoli laterali. Le sue mani sono riverenti, apprezzano ciò che trovano.

«Sei così bello, Wil» mormora, aumentando il ritmo. Le lascio andare la testa e lei si stacca con un sorriso brillante.

Non riesco a guardare nient'altro che il suo seno. Mi sporgo in avanti e catturo con la bocca uno dei capezzoli rosa pallido. A lei piace, molto. Il suo ritmo si spezza e il respiro diventa irregolare.

«Tu sei preziosa. Magnifica» mormoro. La mia voce sembra strana. Più pesante, più densa. Mi sento di colpo impennare dentro di lei, insieme a quella familiare salita verso l'orgasmo. Lo sente anche Jenna e reagisce con un lungo sospiro.

Lei non è ancora arrivata all'orgasmo. Con un obiettivo ben chiaro in mente, faccio scivolare le dita tra le sue gambe, proprio dove siamo uniti e trovo il suo clitoride, come un bottoncino duro e prominente. Lei emette un gridolino di sorpresa, ma non smette di muoversi. Semmai si muove più in fretta.

Quindi strofino lì, e tutto ricomincia a cambiare. Lei sembra più stretta intorno a me, grazie alla sua eccitazione che sta montando. E mentre mi concentro di più su ciò che sto facendo per *lei*, cerco di dimenticare, almeno un po', ciò che lei sta facendo a me per durare di più. È una sfida interessante, tentare di trovare un equilibrio ma Jenna è così' morbida e dolce mentre mi avviluppa, mi circonda. Mi possiede.

È onnipotente, come una dea.

La *mia* dea.

Smette di muovere i fianchi circa mezzo minuto prima che io venga, quindi le tiro i fianchi sopra i miei e lei si stringe intorno a me, afferrandomi con le onde pulsanti di piacere che si propagano con il suo orgasmo. Poi getta indietro la testa e grida.

Forse ci hanno sentito, ma non m'interessa, perché, in questo momento, tutto il mio mondo è *lei*. Non esiste nient'altro oltre a noi.

Sto finalmente venendo, e tutto si tende verso una cima impossibile. Divento completamente rigido sotto di lei, che continua a muoversi, ma io non riesco a respirare, non riesco a muovermi non riesco a pensare mentre il mio orgasmo trasforma tutto da una tensione inflessibile a una beatitudine calda, incantata.

Le afferro i fianchi e la tengo ferma mentre mi spingo dentro di lei il più profondamente possibile. Mi consuma un piacere puro, più potente di quanto abbia mai provato prima.

Il mio sguardo va al suo e ci guardiamo negli occhi. Non ho più paura… di guardare nella sua anima, di essere connesso a lei a quel livello.

Jenna si china in avanti, allungandosi sul mio petto per baciarmi. Quando le nostre bocche si uniscono, ruoto finché siamo entrambi sdraiati sul fianco, uno davanti all'altro. Poi passo la mano sui suoi capelli di seta, godendo della sensazione. Mi piace la loro consistenza e potrei andare avanti ad accarezzarli giorno e notte. Ma non è tutto ciò che voglio fare giorno e notte.

Deglutisco e guardo il soffitto. Il corpo sudato di Jenna è appiccicato al mio e di colpo abbiamo freddo e lei sta tremando contro di me. Afferro la coperta, tirandola sopra di noi. Lei è accoccolata nell'incavo tra il mio braccio e il mio corpo, con la testa appoggiata alla spalla.

«Beh...» dice dopo un po'. «È stato incredibile.» Si sposta contro di me e mi guarda in faccia. «Non sei più vergine. Che ne pensi?»

Mi lecco le labbra. «È stato bello.»

Lei ride, ma non so perché.

«Solo bello, uh?»

Annuisco. «Non esiste un *solo*. È stato... nemmeno paragonabile a qualunque cosa abbia mai provato in passato.»

Lei mi passa la mano sul petto e sorride. «Okay... lo accetto.»

Sbatto gli occhi, senza capire che cosa vuol dire, ma troppo rilassato per chiederle di spiegarsi. Stringo il braccio che le circonda la schiena.

«William, io credo di aver perso la testa per te.»

Rifletto sulle sue parole, immaginando diversi scenari... la testa che rotola ed io che guardo, terrorizzato. Il mio cuore accelera. Ma non è possibile. «Non la stai perdendo. È sulla mia spalla.»

Lei ride di nuovo. Chiaramente non l'ho capita. Ma non mi dà fastidio quando *lei* ride. Almeno so che non sta ridendo di me. Oppure, se lo sta facendo, non è per deridermi o prendermi in giro.

«No, intendevo in modo figurativo. Volevo dire... innamorarmi.» Aggrotto le sopracciglia. Lei esita, scrutando ogni centimetro della mia faccia. Immagino che stia cercando di valutare la mia reazione. Ma sarebbe difficile, dato che non so nemmeno io qual è. Lei si schiarisce la gola e continua. «Voglio dire...»

«Pensi che ti stai innamorando di me?» le chiedo. Sono parole meravigliose, ma non voglio crederci finché non sarò sicuro...

finché *lei* non sarà sicura. Ha detto "penso", che significa che non ne è sicura.

E inoltre va contro ogni logica. «Ma non è possibile. Hai detto che non era possibile.»

Lei apre la bocca per rispondere e poi la richiude. Sta pensando a che cosa dire. Finalmente scuote la testa.

«Cercherò di essere più chiara, allora. Io ti amo, Wil. Non so come o perché è successo... ma è successo.»

Ti amo, Wil. Quelle parole mi colpiscono in mezzo agli occhi come un martello. So esattamente che cosa significano, ma mi scivolano addosso, senza riuscire a far presa, come uno scalatore su un pendio gelato. Queste parole sono troppo pericolose.

Un punto nel mio petto si stringe e comincia a fare male. «E Brock?»

Lei si acciglia. «Lo amo sempre. Ma non significa che non possa amare te.»

Ingoio l'enorme groppo che mi si è appena formato in gola. «Tu *vuoi* stare con me?»

Lei mi passa una mano sulla guancia, sorridendo. «Te l'ho già detto. Non ho cambiato idea da questo pomeriggio.»

Le pettino i capelli con le dita studiando il disegno delle ombre sul soffitto della tenda, illuminato dall'esterno dalla luce della luna. Se potessi disegnare questa sensazione, questo momento, lo sfondo sarebbe quello schema.

«E questo che cosa significa? Che usciremo insieme?»

Lei esita, tracciando un motivo sul mio torace. Il suo tocco mi distrae, quindi la fermo mettendo la mano sulla sua.

«Certo... lo stavamo già facendo. Anche se non lo abbiamo chiamato in quel modo.»

«Voglio che tu viva con me. In questo modo potremmo vederci sempre.»

Lei rimane in silenzio per un bel po'. «Accontentiamoci per ora... vediamo che cosa succede.»

Mi volto a guardarla. «Non vuoi vivere con me?»

Lei si rannicchia meglio contro il mio fianco. «Non è quello che sto dicendo. Voglio solo dire... una cosa per volta, okay. Per ora, godiamoci questo. È parecchio che aspettiamo questo momento.»

Sì, è vero. Ma questo non significa che non la voglia con me tutto il tempo. Mi chiedo se è questo il suo modo di avvicinarsi... ma senza essere troppo vicina. Scaccio quella paura. Lei è qui, giusto? E ha cambiato i suoi programmi per stare insieme a me.

Ha ragione. Dovremmo solo goderci il presente.

Ma io non ci riesco. Non ancora. Ci sono ancora tante domande senza risposta e per poter sapere che cosa aspettarmi nell'immediato futuro, ho bisogno di più informazioni. Quindi le faccio la domanda che mi frulla per la testa. «E la faccenda dell'anima gemella? Credi ancora che Brock fosse la tua?»

Lei sospira. «In effetti, sto rivedendo anche quella convinzione.»

Mi stacco da lei e mi passo la mano sulla mascella, cercando di capire fino in fondo quell'informazione. Ho mille pensieri per la testa, tutti gli *e se* e i *perché*. «Ma non ti ho ancora dimostrato di meritarti.»

Lei si appoggia al gomito e mi guarda più direttamente. «Sì, lo hai fatto. Una dozzina di volte almeno.»

Resto in silenzio. Non le credo.

Jenna mi accarezza la faccia e il collo, cercando di obbligarmi a guardarla. Poi sospira di nuovo. «Sei stato il mio campione,

Wil. Con Doug. Non eri costretto a offrirti volontario per combattere un altro duello, ma lo hai fatto. E hai lavorato duramente per superare tutto ciò che ti ha impedito di vincere l'ultima volta. Sei stato il mio campione a Disneyland quando mi sono lasciata prendere dal panico a causa dei fuochi pirotecnici. Tu... tu sei semplicemente un essere umano eccezionale. Ci sono tante cose in te di cui andare fiero e mi fa infuriare che tu possa credere di non valere abbastanza. Perché *niente* potrebbe essere più lontano dalla verità. Sei la persona più meritevole che abbia mai avuto il privilegio di conoscere ed io credo in te.»

Eccola di nuovo. Quella frase, che mi afferra come una morsa intorno alla gola. Sono attanagliato da emozioni complesse senza nessuna speranza di riuscire a classificarle.

Ma è la stessa frase che aveva pronunciato quando era entrata nella tenda. Ero stato così sopraffatto dal desiderio di averla che l'avevo afferrata e non le avevo lasciato dire nient'altro.

Parte di me dubita ancora, e si chiede se lo sta dicendo per via di ciò che è appena successo tra di noi. Come se stesse dicendo ciò che pensa che io vorrei sentire. Quella possibilità non mi fa piacere.

Ma quando mi volto a guardarla, colgo i suoi occhi e i nostri sguardi si mischiano, come collegati da fili da pesca annodati e attorcigliati insieme. E più la guardo negli occhi, più sprofondo. È come guardare nella sua anima. Adesso voglio vederla tutta.

Dopo qualche minuto, lei sbatte le palpebre e si tira indietro, ma io le metto una mano dietro la testa, impedendole di allontanarsi da me. «Jenna... sei la donna più bella che abbia mai conosciuto. E non sto parlando solo dell'aspetto esteriore. È la prima cosa che ho notato, ovviamente, ma ho visto tante donne belle. E molte di loro finiscono per non essere belle persone dentro. Ma tu...» La mia voce si spegne, quindi mi schiarisco la gola e continuo. «Tu sei bella in ogni senso... come ti comporti, come pensi, come capisci i sentimenti degli altri, come li aiuti.»

I suoi occhi diventano inspiegabilmente rotondi e le trema un labbro. Lo morde per tenerlo fermo. Quando non dice niente, io continuo. «Una volta hai detto che niente nella tua vita è permanente, che tutto diventa temporaneo. Non sono riuscito a smettere di pensare a quelle parole perché le trovo ingiuste. Tu meriti la stabilità ed io voglio essere l'uomo che te la dà.»

Lei si volta e mi bacia la spalla. «Voglio anch'io che tu sia quell'uomo.»

Sento il cuore salirmi in gola, spinto dalla speranza.

«Allora, tornerà quella voglia di vagabondare e farai le valige e partirai, come con gli altri tuoi boyfriend?»

Lei mi scruta il viso. Mettendo il palmo della mano contro la mia guancia, passa le dita sulla barba che punge. Di colpo mi dispiace di non aver avuto la possibilità di rasarmi prima di baciarla su tutto il volto, il collo e il petto. Forse per lei non è stato piacevole, ma non voleva dirmelo...

Abbassa le palpebre e si china in avanti, mettendo la fronte contro la mia e guardandomi negli occhi. Questa volta però, trovo difficile sostenere il suo sguardo. Temo che possa vedere il dubbio nei miei.

«C'è qualcosa di diverso questa volta, Wil. Non ho mai provato per nessuno di loro ciò che provo per te. Ti basta? Puoi fidarti di me?»

Le passo le braccia intorno alla vita e la tiro forte contro di me. Lei chiude gli occhi e trema. Provo una strana sensazione, che minaccia di soffocarmi come una trapunta. È inquietante ed emozionante e spaventosa allo stesso tempo.

«Hai freddo?» le chiedo, già sapendo che non è così.

«No» sussurra. «Sono solo… commossa.»

«Per che cosa?»

«*Te*.»

Seppellisco la bocca e il naso nei suoi capelli, inspirando forte, assaporando il suo profumo. Assaporando la sensazione della sua pelle contro la mia. Voglio toccare e assaporare il suo corpo morbido e le sue curve perfette appena possibile. E mentre lo penso, ridivento duro per lei ancora una volta. Passo la mano sulla pelle morbida tra le scapole fino alla base della sua spina dorsale e poi torno su.

«Jenna, ti devo chiedere una cosa molto importante.»

Lei tira indietro la testa, allontanando quel profumo divino dal mio naso. «Sì? Che cosa?»

«Quanto dovremmo aspettare prima di fare sesso di nuovo?»

Sul volto le appare un sorriso brillante. «Nemmeno un altro minuto.»

Sposta la faccia verso la mia, baciandomi da sopra e, mentre ci baciamo, lei si muove per mettersi a cavalcioni. Ma non è ciò che voglio questa volta.

Le afferro la spalla con una mano, la vita con l'altra e rotolo entrambi completamente, in modo da finire sopra di lei.

CAPITOLO TRENTUNO
Jenna

NON C'ERA VOLUTO MOLTO PER SCOPRIRE CHE WILLIAM imparava in fretta. E non era diverso con il sesso. Quindi, quando rotolò sopra di me e mi premette i suoi baci disperati sulla bocca, ero al settimo cielo.

Mentre la sua lingua mi assaporava liberamente, la sua guancia ruvida mi graffiava leggermente dappertutto, il collo, il petto, il seno. Anche se la volta precedente non era certo stata una faticaccia, era bello restare sdraiata e lasciare che stesse lui al timone. Ero ansiosa di vedere dove ci avrebbe portati.

E nonostante avessimo fatto sesso solo mezz'ora prima, William era altrettanto motivato e deciso anche questa volta. Non un centimetro di pelle restò senza la sua bocca bruciante, nessuna superficie lasciata senza le carezze di quelle mani ruvide. Passò un mucchio di tempo dedicando una speciale attenzione ai miei seni, senza dubbio perché la prima volta l'urgenza di penetrarmi era stata troppa. Come la mia di averlo dentro di me.

Ma queste carezze stavano facendo nascere di nuovo quell'urgenza, come se la prima volta non fosse bastata. M'inarcai per andargli incontro mentre la sua bocca scivolava lentamente sui miei capezzoli, facendoli rotolare con la lingua e mordicchiando dolcemente con i denti finché cominciai a rabbrividire nell'attesa.

«William, ho bisogno di te *adesso*.»

Lui non si mosse, continuando con la sua missione di farmi impazzire con la lingua e i denti.

«Wil...»

«Sogno questo momento dalla prima volta che ti ho visto, quasi due anni fa. Non ho intenzione di affrettarmi.»

Mi rilassai sul letto e sospirai. Aveva ragione. Avevamo tutta la notte. E avevo deciso di lasciarlo nelle sue mani: le sue mani capaci, talentuose, che mi facevano impazzire. Quindi, nonostante il fatto che morissi dalla voglia di averlo di nuovo, chiusi gli occhi e lasciai che continuasse.

«Bella, bellissima Jenna» sussurrò contro la pelle sensibile della mia pancia, che fremette sotto il suo fiato caldo. Mi leccai le labbra e deglutii. Dentro di me, tutto stava pulsando di bisogno rinnovato.

Passò quelle mani ruvide di lavoro dalle ginocchia alle cosce, prima all'esterno e poi lungo la sensibile parete interna, prima di fermarsi al centro del mio bisogno per lui. Infilò le dita nel mio calore umido, strofinando il clitoride sensibile e tutto dentro di me si contrasse. In pochi minuti, fui travolta dalle ondate di piacere. Fui sorpresa dalla velocità con cui era successo.

Rimasi sdraiata, bagnata e luccicante, quando mi sfiorò la bocca con le sue labbra calde. Con movimenti lenti, deliberati, si sistemò tra le mie gambe, con il petto appoggiato al mio, e alla luce tenue, bluastra, della luna piena di Beltane, i nostri corpi si unirono di nuovo.

Dato che era la nostra seconda volta, ci volle di più a William per arrivare dove aveva già portato me in pochi minuti. Quindi, ricominciai a salire quella montagna con lui, sentendomi notevolmente viziata. Gli passai le mani sul torace duro, accarezzandogli i capezzoli, scivolando sulla schiena e stringendo le gambe intorno a lui quando volevo che rallentasse.

Ma William non ne voleva sapere. Superò la mia resistenza, togliendo gentilmente le mie gambe dai suoi fianchi, con il fiato che mi bagnava il collo in brevi sbuffi. Venni di nuovo appena lui si spinse in profondità ed emise un gemito roco, con il mio nome sulle labbra.

Si impennò dentro di me e, nonostante la sua protesta di poco prima, strinsi le gambe intorno a lui, tenendolo stretto contro di me. Lui espirò, appoggiando la fronte sudata sulla mia. Mi scostò dolcemente i capelli dalla fronte.

E poi… «Ti amo» sussurrò.

Mi vennero le lacrime agli occhi. Quelle parole, che avevo pensato di non sentire mai più, portarono tanta gioia al mio cuore da sentire dolore. Le lacrime cominciarono a scendermi dalle tempie, quando William rotolò di fianco, osservandomi attentamente.

«Oh no» mormorò, asciugandole con la mano. «Perché sei triste?»

Scossi la testa e tirai su col naso. «Non sono triste, Wil. Sono felice. Molto, molto felice.»

Lui aggrottò la fronte. Ovviamente le lacrime di felicità lo confondevano, ma non volevo spiegarmi, quindi lo baciai per prevenire le inevitabili domande.

Più tardi ci addormentammo. L'ultima cosa che gli dissi fu che doveva riposare per essere pronto a fare sfracelli la mattina dopo. E dormimmo pacificamente, l'uno tra le braccia dell'altro tutta la notte, troppo esausti perfino per muoverci.

Quando mi svegliai, l'interno della tenda era illuminato dalla luce del mattino e William non c'era. Lo cercai a tastoni, prima ancora di svegliarmi completamente. Quando non lo trovai, riflettei su come era stato naturale cercarlo. Come se l'avessi fatto tutte le mattine per mesi.

E non mi sfuggì quella strana fitta di dolore quando avevo scoperto che non c'era. Era pauroso ed emozionante allo stesso tempo. Mi girai e affondai il volto nel suo cuscino, inalando il suo odore.

Per la prima volta dall'adolescenza, dall'infanzia in effetti, avevo detto a un uomo che lo amavo. Ed era veramente ciò che provavo. Deglutii con la gola improvvisamente stretta, terrorizzata dalle ramificazioni di quell'ammissione. Stavo cambiando i miei programmi per stare con William, ma non si trattava *solamente* del fatto di stare con lui.

Stavo cominciando un futuro, mettendo radici. Fidandomi che avrei trovato di nuovo la felicità invece di scappare davanti alla possibilità che succedesse.

Mi vestii in fretta e zigzagai tra le tende verso l'accampamento che *avrei* dovuto condividere con le ragazze. Cercai di non concentrarmi sulla possibilità che i membri del clan mi vedessero con lo stesso vestito che avevo la sera prima, allacciato solo quel tanto per evitare l'oltraggio al pudore.

Era la mia ricostruzione medievale della famigerata camminata della vergogna. Ma non mi importava un fico secco se qualcuno mi avrebbe visto. Ero troppo eccitata per ciò che era successo. Che notte…!

Le ragazze mi balzarono praticamente addosso quando entrai. «Ohhh, mhmm, beh, guardate Sua Maestà. Coi capelli tutti in disordine, come se avesse appena fatto sesso… e il suo vestito reale è tutto stropicciato e sembra che stia per cadere…

Ann, che cosa pensi abbia fatto la regina Jenna ieri notte?» disse Fiona, la migliore amica di Caitlyn.

Sbuffai e frugai nella mia sacca per prendere dei vestiti del ventunesimo secolo. «La regina non deve rendere conto delle proprie azioni» dissi altezzosamente.

Caitlyn si arrotolò una ciocca di capelli color miele intorno al dito indice e mi scrutò. «Ragazza, ho passato un mucchio di tempo ad acconciarti i capelli e sistemarti il trucco ieri. Sarà meglio che spifferi ciò che sta succedendo tra te e sir Sexy McFine.»

Le sorrisi. «Oppure...?»

«Oppure prenderò la tua corona, che ho raccolto da terra ieri sera quando hai rincorso William, e la darò a Doug. Gli dirò che mi hai chiesto di dargliela come pegno.»

Alzai le sopracciglia squadrandola. «Conosco delle maledizioni Rom, sai. Potrei fare in modo che ti facciano male le unghie dei piedi.»

Lei si lasciò cadere sul mio sacco a pelo e poi si sdraiò, incrociando le braccia sotto la testa. «Sputa l'osso.»

«Niente da fare, io non parlo.»

«Delle tue scopate?»

Sbuffai di nuovo. «Per la dea, siete tutte così volgari.»

Sul volto di Caitlyn apparve un sorriso, come quello del gatto in *Alice e il paese delle meraviglie*. «Oh. mi dispiace. Avremmo dovuto dire "fare l'amore", vero?»

Il mio volto divenne immediatamente di fiamma ed entrambe strillarono e batterono le mani. Caitlyn si mise seduta. «L'hai fatto, Jenna! La gente ti odierà, e per "gente" intendo me. Sai in quante hanno tentato di riuscirci da due anni a questa parte?

Vincerà sicuramente il duello per te, visto che sei andata a letto con lui!»

Se fosse stato chiunque altro eccetto Caitlyn o Ann a pronunciare quelle parole mi sarei sicuramente arrabbiata. Ma sapevo che era solo uno scherzo, senza nessuna intenzione di malizia, e mi limitai a mostrarle la lingua.

«Il duello è fra un'ora. Hai intenzione di fargli, mhmm... *i tuoi auguri*, prima?» aggiunse, facendo le virgolette con le dita, giusto per essere ancora più irritante. «E che ne dice del pegno? Hai un foulard, o un nastro o qualcosa di simile?»

Esitai mentre mi toglievo il vestito per indossare degli indumenti normali. «Effettivamente è una buona idea, quella di dargli un pegno.»

«Dagli le tue mutandine» disse Fiona sogghignando.

«Ci è già entrato la notte scorsa» ribatté Caitlyn.

«Signore!» le rimproverai, passandomi la spazzola tra i capelli pieni di nodi e ispezionando la tenda in cerca di qualcosa da dargli. Un nastro per capelli? Un fazzoletto?

«Avevi mai deflorato un vergine prima d'ora?» chiese Caitlyn.

«Che cosa ti fa pensare che William fosse vergine?» risposi evasivamente.

Anche Brock era stato vergine, quindi William non era il primo per me. Ma allora ero stata vergine anch'io, quindi la nostra prima volta insieme era la prima volta per entrambi. Era successo più di dieci anni prima, e ricordavo un sacco di imbarazzo e che era stata deludente. La notte precedente con William era stato maledettamente bello, in effetti. Poteva anche essere stato vergine, ma non c'erano dubbi che avesse fatto le sue ricerche.

«Che ne dici di un nastro del palo di maggio?» disse Ann, indicandone uno rosso sul pavimento accanto al mio sacco a pelo, mentre mi infilavo i jeans.

«Oh, sì, gli porterò quello.»

«Non credi che vorrà chiedertelo di fronte a tutti, come aveva fatto Doug l'ultima volta?» chiese Ann.

Scossi la testa, sistemandomi i vestiti. «No, affatto. Non è il suo modo di fare.» Sorrisi a quel pensiero.

«Bene, vai allora. Vai ad augurare in bocca al lupo al tuo uomo!» disse Ann.

Trovai William nella radura al margine del nostro accampamento. Si stava scaldando i muscoli, con l'imbottita che portava sotto l'armatura. Continuò ad allungare i muscoli e a tirare colpi di prova anche quando ero piuttosto sicura che mi avesse visto arrivare. Immaginai che facesse parte della routine che aveva stabilito per il riscaldamento e che non l'avrebbe interrotta, nemmeno per me. Ero d'accordo.

Lo guardai lavorare, pazientemente, e circa dieci minuti dopo si fermò e aprì una bottiglietta d'acqua per bere un lungo sorso. Mi avvicinai. «Ciao.»

Mi guardò un attimo negli occhi prima di distogliere lo sguardo. «Buongiorno» disse con un piccolo sorriso che fece mancare un battito al mio cuore. Rivederlo dopo la notte prima e tutto ciò che era successo tra di noi era emozionante. Come se non riuscissi a incamerare abbastanza aria. Mi morsi il labbro, sperando che provasse le stesse cose.

Ma era altamente improbabile che qualcosa potesse essere cambiato dalla notte prima. Quindi, probabilmente, anche lui provava le stesse cose. Lui era costante, permanente. La sera prima mi aveva detto che mi amava e supponevo che non sentisse la necessità di ripeterlo. Avrei dovuto fargli capire che mi piaceva sentirlo comunque, anche se lui non riteneva che valesse la pena di ripeterlo.

Sorrisi e gli presi la mano libera, roteando il nastro rosso nell'altra. «Sai questo cos'è?» dissi senza preamboli.

Lui strinse gli occhi, osservandolo. Tolse la bottiglia dalla bocca e mi strinse la mano. Poi la liberò per rimettere il tappo. «È un nastro del palo di maggio» rispose.

«No. Non oggi.»

Lui aggrottò la fronte, chiaramente confuso. «È sempre un nastro del palo di maggio.»

«Oggi è molto più di quello. È il mio pegno. Ed ho scelto di donarlo al cavaliere più degno che conosca.»

Il suo sguardo andò nuovamente al nastro e la sua espressione era così seria che quasi mi misi a ridere. Senza un'altra parola, William prese la spada e me la presentò, porgendomi l'elsa. Altrettanto solennemente, legai il nastro intorno all'impugnatura, appena sotto la guardia. Lui riprese la spada e sistemò il nastro. Poi l'alzò per provarla.

In tono quasi reverenziale mormorò: «Grazie».

«Prenderlo a calci in culo sarà il miglior ringraziamento» dissi sorridendo.

«Non ci sono calci in questo torneo. È difficile dare calci a qualcuno quando s'indossano gli schinieri.»

Scoppiai a ridere. «Parlavo in senso figurato. Mi ringrazierai vincendo.»

Gli tremarono le sopracciglia. «Ma se perdessi...»

«Non perderai. Ora vieni qua e dammi un bacio prima che ti lasci andare a metterti l'armatura.»

Non dovetti dirglielo due volte. Appoggiò sia la spada sia la bottiglia d'acqua e poi mi mise le mani intorno alla vita, tirandomi contro di lui. Le nostre bocche s'incontrarono per un bacio lungo e appassionato e un gruppo dei nostri amici più intimi ci trovò esattamente nel bel mezzo di quel bacio ardente, quando gli avevo messo le braccia intorno per tenere le sue labbra contro le mie.

William continuò a baciarmi, anche se loro restavano lì, e anche dopo che qualcuno si era schiarito forte la voce. Finalmente ci separammo quando ci interruppe un forte fischio. Alzai gli occhi e vidi i nostri amici tutti intorno.

«Chi potrebbe dire "no" a un bacio benaugurante come *quello*» disse Jordan con un sorriso impudente. William non sembrò divertito e Jordan colse la sua evidente irritazione. «Se non fosse stato per il mio consiglio...»

«I tuoi consigli sono merdosi» dissero William e Adam, quasi nello stesso identico momento. April si piegò in due, ridendo come una pazza mentre il sorriso spariva dal volto di Jordan.

Tutti gli occhi si voltarono gradualmente verso di me e Mia mi fece una domanda con gli occhi. Evitai studiatamente il suo sguardo. Alex mi porse un caffè in una tazza termica e la ringraziai.

Poi tutti si voltarono a guardare l'uomo del momento.

E se tutto fosse andato bene, l'uomo del giorno, della settimana. Del mio futuro...

Capitolo Trentadue
William

ERAVAMO ALLA RESA DEI CONTI.

Mesi di allenamento, attività di fitness ed esercizi finalizzati a migliorare la resistenza. Raffinare lo stile di combattimento e personalizzare la mia armatura. Settimane a lavorare con Jenna, non che *quello* mi sia dispiaciuto.

Ma nonostante la concentrazione pre-duello, sono contrariato che sia venuta a vedere il riscaldamento. Perché adesso tutto ciò a cui riesco a pensare è lei e tutto ciò che voglio fare è guardarla. I nostri amici sono tutti intorno adesso e mi augurano buona fortuna. Mi distraggono dal combattimento e la cosa m'irrita.

Mio cugino si mette di fianco a me e mi mette una mano sulla spalla. Mi volto a guardarlo mentre parla. «Ehi, amico. Va tutto bene? Mi sembri un po'… teso.»

Mi guardo intorno di nuovo, cercando di tenere gli occhi lontani da Jenna, anche se sono attirati dalla sua testa bionda come da un magnete. «Non è come faccio normalmente il riscaldamento, con tutta questa gente intorno.»

Lui annuisce. «Giusto, vedo se riesco a liberare il campo» dice sottovoce.

Qualche minuto dopo, suggerisce di andare a occupare una sezione delle gradinate e riservare i posti per gli altri che verranno a fare il tifo per me, incluso mio padre e Kim. Jenna va con loro, non prima però di avermi dato un altro bacio sulla guancia. «Ti direi buona fortuna, ma non ne hai bisogno. Ci riuscirai.»

Sorrido e la guardo andar via, senza rendermi conto che Adam e Mia sono rimasti indietro. Mia si avvicina e mi abbraccia. «Volevo solo abbracciarti anch'io in fretta. Lascerò qui Adam per aiutarti a scaldare i muscoli.» Adam si è offerto di farmi da scudiero e ho accettato la sua offerta.

«Okay, grazie.» L'abbraccio anch'io per un attimo. Mentre lei si volta per andarsene, dico ad Adam, a voce alta. «Adam, più tardi puoi comunicare a Mia la data che hai deciso per il vostro matrimonio.»

Mia si ferma di colpo e si volta a guardarmi, con gli occhi e la bocca spalancati. Le sopracciglia scure di Adam arrivano quasi all'attaccatura dei capelli. «È… mhmm… una bella notizia» dice e poi sul volto gli appare uno dei suoi sorrisi maliziosi. Lui e Mia si scambiano un'occhiata, ma non ho idea di che cosa significhi.

«Mi piace vincere» borbotta. Mia alza gli occhi al cielo e sospira. Poi si volta e se ne va pestando i piedi mentre Adam la guarda, ridendo forte.

Sto sorridendo quando Adam mi guarda. «Sono *io* quello che ha vinto, testa di cazzo. Tu ti sei limitato ad approfittarne.»

Adam stringe gli occhi e prende una delle mie spade. «Sono qui per aiutarti a riscaldarti. Non farmela usare per davvero.»

Alzo la spada per parare la sua e il nastro rosso di Jenna fluttua nella brezza, sotto la guardia crociata. «Solo non fare l'idiota e non sprecare quest'occasione» gli dico. «Devi sposarla appena possibile.»

Adam ha di nuovo quell'espressione sorniona. «Quindi ti sei sacrificato per me?»

Colpisco e le nostre spade si scontrano. Il sole del mattino si riflette sulla sua lama. «Non è stato un sacrificio.»

Un altro colpo, un altro rumore. «Volevo essere sarcastico.»

«Assolutamente sprecato con me. Non capisco il sarcasmo.» Faccio una serie di movimenti per riuscire a sorprenderlo.

«Piano, tigre» dice dopo il mio assalto. «Io non indosso un'armatura.»

«Non ho intenzione di rovinare la tua bella faccia. Deve restare così per le foto delle nozze.»

Adam si mette a ridere. «È importante per te che ci sposiamo, eh?»

«Vi siete quasi persi una volta. Non deve succedere di nuovo. Quindi non sprecare quest'opportunità.»

«Ma avevi detto che era stupido decidere la data delle nostre nozze in base a una scommessa.»

«È stupido, ma tanto vale che te ne avvantaggi, visto che hai vinto.»

Continuiamo con il riscaldamento senza dire altro sul matrimonio. Venti minuti dopo, mi aiuta a mettermi la corazza, infilandomi la cotta d'arme nera e argento sopra il pettorale. Poi porta nell'arena le mie spade, lo scudo e il brocchiero.

Quando arriviamo, le gradinate sono piene di gente del nostro clan ma anche proveniente da altri clan che partecipano al festival dell'estate. Ci sono anche quelli che sono venuti in anticipo con la Fiera del Rinascimento, che comincerà appena finito il festival di Beltane. Inoltre ce ne sono molti vestiti con abiti moderni, e significa che sono visitatori, alcuni dei quali sono seduti nella zona dei miei "sostenitori".

Appena vedo la folla, il mio cuore comincia a battere forte e mi si gela il sangue nelle vene. La mia mente comincia a seguire la stessa strada spinosa che percorre sempre in situazioni come questa.

Tento uno dei piccoli trucchi Jedi di Jenna, un po' di respirazione controllata. Ma respirare in quel modo fa aumentare il calore dentro l'elmo, anche con la visiera alzata. La folla grida e acclama e batte i piedi e Doug è là a incoraggiarli, alzando la spada e camminando avanti a indietro davanti a loro.

Si ferma davanti a Jenna, che è seduta in prima fila, ed io mi blocco. Sta evidentemente cercando di attirare la sua attenzione, ma lei incrocia le braccia e guarda da un'altra parte.

Faccio un respiro profondo e di colpo mi dispiace che lei non abbia accettato la proposta di Doug della sera prima. In quel modo avrebbe avuto la certezza di recuperare la tiara.

Ed io non sono sicuro di me. Per niente. So che le mie capacità sono allo stesso livello delle sue. So di non essere mai stato così in forma. So anche che sarei in grado di sconfiggerlo, in circostanze ideali.

Ma non sono sicuro.

L'arbitro agita una bandierina gialla triangolare montata su un corto paletto a strisce, chiamandoci al primo incontro. I nostri scudieri ci consegnano il nostro equipaggiamento e poi Adam mette una mano sulla mia spalla rivestita di metallo. Guardandomi attraverso la griglia dell'elmo, dice solennemente. «Buona fortuna. Liam.»

Annuisco e alzo i pollici e poi mi volto a guardare Doug. Con gli occhi stretti, mi dice: «Questa volta ti batterò in modo pulito. Sei finito, Drake, mi hai capito?»

«Ti ho sentito, ma ti sbagli. Hai già perso la ragazza e ora perderai il duello.»

Diventa rosso come un pomodoro e poi abbassa di colpo la visiera, borbottando tra sé e sé. So che probabilmente ci sono delle oscenità in mezzo a quella litania, ma non può dirle a voce troppo alta. Se l'arbitro lo sentisse, Doug potrebbe essere penalizzato per linguaggio poco cavalleresco.

Non è quello che voglio, comunque. Ha fatto tanto per ferire Jenna che voglio veramente fargli male. Voglio batterlo e lo farò sotto gli occhi attenti dei giudici del torneo. Non perderò o vincerò per un cavillo tecnico... non oggi.

Il primo incontro è fatto solo con le spade lunghe, che entrambi usiamo a due mani. Com'è tradizione con le arti marziali europee, teniamo entrambi la spada in alto, con le due mani sull'elsa, per sferrare i colpi verso il basso. Dobbiamo colpire con quella che sarebbe la parte affilata della lama, il lato più vicino all'avversario, per poter ottenere il punto. Ogni incontro va avanti finché uno dei due avversari ottiene tre punti.

Nel nostro precedente duello, avevo vinto io quel particolare incontro. Ma questa volta, appena alzano la bandierina gialla, Doug si lancia su di me come un toro inferocito. Abbasso la spada appena in tempo per bloccare il suo primo attacco.

La folla è rumorosa e mi distrae, e non posso fare a meno di dare un'occhiata. Decido di andare all'attacco, pur sapendo che è troppo presto. Conosco lo stile di combattimento di Doug abbastanza da sapere che se la cava bene con le tattiche aggressive, in brevi esplosioni, ma non ha resistenza. L'ultima volta l'ho semplicemente sfiancato durante il primo scontro, bloccando i suoi attacchi e lasciando che si scatenasse finché gli era mancato il fiato. Il mio piano era di fare la stessa cosa in questo incontro, ma non sarò in grado di tenere a freno l'ansia per molto tempo.

Continuo a dare occhiate alla folla, cercando di vedere Jenna. Lei è china in avanti e stringe con forza la ringhiera davanti a lei. Ed è il momento in cui Doug mi carica e tocca lo spalletto in alto con la parte esterna della lama.

La bandierina scende in mezzo a noi. L'arbitro che controlla i colpi alza la mano e punta il dito verso Doug, indicando che il punto è suo.

Stringendo i denti, aggrotto le sopracciglia e sferro un colpo forte appena la bandiera si rialza. Prima che Doug possa reagire, lo tocco in alto sul parabraccio, appena sotto il gomito. Lui urla una parolaccia con comincia con C e suona il fischietto. Registrano il mio colpo e Doug riceve un'ammonizione per il suo linguaggio.

Intanto noto che l'ho colpito sul braccio sinistro. Non è un problema in questo primo incontro, dove entrambi teniamo la spada con due mani, ma mi chiedo se non l'ho colpito abbastanza forte da causargli dolore per il prossimo incontro. Ha imprecato, e questo mi dice che gli ho fatto male. Altrimenti non avrebbe mai rischiato un'ammonizione, nonostante la rabbia. Quindi probabilmente era dovuto al dolore.

Lo userò a mio vantaggio.

Ma mentre sto riflettendo, Doug si scaglia nuovamente contro di me, spingendomi indietro. Sto ribattendo i suoi colpi, ma lui non diminuisce la pressione. E mi colpisce di nuovo, questa volta sul cosciale. Noto che ha lasciato una lieve ammaccatura, anche se l'imbottitura che c'è sotto mi ha protetto.

Quando la bandierina si alza di nuovo, Doug comincia con una finta bassa, puntando l'estremità della lama direttamente verso la mia brachetta, come se volesse tagliarmi il cazzo. *Coglione.* Lo penso senza effettivamente dirlo, per fortuna.

Abbasso la spada per spingerla via dal mio inguine e lui comincia a ridere forte sotto l'elmo. Mi arrabbio e colpisco con un arco largo verso il suo braccio preferito, ma lui devia in tempo.

Ho studiato lo stile di Doug. Data la mia capacità di ricordare le cose nei più minuti dettagli, posso rallentare le azioni nella mia mente e analizzarle. Quindi ho una buona idea dei suoi punti di forza e delle sue debolezze. A suo vantaggio ha la velocità e brevi esplosioni di energia, mentre io posso contare sulla resistenza e la costanza. Inoltre i miei colpi sono più forti dei suoi, quindi lo batto anche dal punto di vista della forza.

Ma la mia analisi troppo dettagliata mi si ritorce contro. Ho anticipato una mossa e lui fa una finta molto convincente, solo per cambiare in fretta e colpire verso l'alto, colpendomi direttamente in mezzo al pettorale. È il suo terzo colpo e ora questo incontro è finito.

Doug ha vinto. *Per ora.*

Inspiro e chiudo gli occhi, prendendomi un momento mentre Adam sostituisce la spada lunga con il brocchiero e la spada a una sola mano. Non voglio guardare Jenna adesso. So com'è la sua faccia quando è preoccupata e non la voglio vedere. Sta pensando che potrebbe perdere la tiara, che non avrebbe dovuto fidarsi di me per recuperarla per lei.

Doug sta nuovamente cercando di fomentare la folla con la pretesa di prendere la sua bottiglia d'acqua, come l'ultima volta. Adam, d'altro canto, mi sta mormorando incoraggiamenti. Nessuno dei due mi sta aiutando.

Vorrei poter cancellare la folla, non voglio nemmeno vederla. Poi ricordo quand'ero al centro commerciale la settimana prima e avevo immaginato la gente come l'acqua di un fiume impetuoso. E avevo immaginato la gente in sala mensa come un branco di animali, che ruminava popcorn come le zebre e le gazzelle che ruminavano l'erba secca della savana.

Mi viene in mente che *ho* il potere di cancellare la folla. Posso escluderli e visualizzare qualcosa di diverso al loro posto. Così, invece di una folla urlante, diventano di colpo un drago ruggente. Una bestia malvagia che minaccia di distruggere la campagna. Doug è il difensore del drago, un cavaliere nero. Ed io devo superarlo per sconfiggere il drago e salvare tutti. In effetti, è quasi come giocare a D&D, solo che ho una spada in mano invece dei dadi e la scheda di un personaggio.

Con tutta la concentrazione e l'immaginazione che ho, visualizzo quel drago, con il vapore che gli esce dalle narici, gli artigli che raschiano l'aria, le ali che generano un vento fortissimo che minaccia di ricacciarmi indietro se non fossi il più forte, il più coraggioso cavaliere sulla terra.

Fare finta non è un gioco solo per bambini. Posso farlo anch'io e devo. Perché *lei* crede in me e non la deluderò.

Tocco il nastro rosso legato appena sotto la guardia crociata e concentro tutta la mia attenzione su Doug mentre aspetto che l'arbitro dia inizio al secondo round.

E vincerò.

Quando comincia il combattimento, Doug comincia ad avere il fiatone e quando lo colpisco per la prima volta sta praticamente ansimando dentro l'elmo. Ho lasciato che mi danzasse attorno e sferrasse selvaggiamente colpi per quasi due minuti, restando appena fuori della sua portata. Gli giro attorno come un boxeur e paro i suoi colpi; sono diventato un muro impenetrabile.

Quando finalmente sferro la stoccata, di nuovo sul suo gomito sinistro, capisco dal modo in cui risucchia il fiato che gli ha fatto male. Questa volta ha almeno abbastanza controllo da frenare la lingua. Ma ho colpito due volte duramente il braccio che tiene la spada e lo indebolirà. Mi chiedo se riuscirò a vincere questo round. Mi servono solo due altri colpi...

La spada di Doug si abbatte sul mio brocchiere appena la bandierina gialla si alza. Io lo spingo indietro verso di lui, forzando il suo braccio a un angolo scomodo e lui grugnisce forte per un millisecondo prima che lo colga sul lato del pettorale. *Un'altra stoccata per me.*

Doug riesce a colpirmi una volta poco prima che io gli dia la terza stoccata. Io maneggio il brocchiere con facilità e noto che lui lascia cadere immediatamente il braccio sinistro appena lo scontro finisce e consegna la spada al suo scudiero mentre ci equipaggiamo per l'ultimo scontro.

Io uso uno scudo ovale grande, più difficile da maneggiare a causa del suo peso ma che fornisce una migliore protezione. Doug usa il suo scudo rotondo che assomiglia molto al suo brocchiere, solo un po' più grande, completo di blasone mal dipinto di un leone nero rampante in campo rosso.

Noto anche che per questo round ha scelto la sua spada più leggera. Sarà più facile per lui manovrare, ma quella spada non ha un grande allungo. Quindi calcolo che se lo tengo a distanza farà fatica a raggiungermi per colpirmi. Quindi, non solo la mia spada è più lunga, ma la protezione del mio scudo è superiore. Insieme al fatto che ovviamente ha qualche difficoltà a usare il braccio dominante, stimo che il mio vantaggio sia almeno tre a uno nei suoi confronti. Forse di più, se me la gioco in modo intelligente.

Doug non sta più cercando di fomentare la folla mentre ci affrontiamo per l'ultima volta. Ci fissiamo attraverso le visiere, eppure non possiamo guardarci negli occhi. Rimugino per un istante che sarebbe splendido se indossassimo elmi e visiere nella vita reale; in quel modo il contatto visivo non sarebbe così importante per i neurotipici com'è ora.

La bandierina sale e Doug mi carica con un ruggito. Si avvicina abbastanza da opprimermi, quindi uso il mio grande scudo contro di lui, dandogli un potente spintone. Perde l'equilibrio e non riesce a ritrovare l'appoggio, quindi cade su un ginocchio. È consentito dare una stoccata in un caso come questo, quando l'altro cavaliere è caduto. Quindi colgo l'opportunità e gli colpisco la spalla con una stoccata più forte del necessario. Lui mi ricompensa con un grugnito.

Questo per averla fatta piangere, coglione.

E ce ne sono ancora molti da dove è venuto questo. Per averla fatta preoccupare per la sua tiara. Per averla fatta dubitare di se stessa e credere alle cose orribili che le hai detto.

Questa terza manche sarà la mia vendetta: Doug se l'è cercata.

Abbassano nuovamente la bandierina gialla tra di noi ed io faccio un passo indietro mentre Doug si rimette in piedi. Ha lasciato cadere lo scudo e il suo scudiero si affretta a toglierlo dalla polvere e a rimetterglielo sul braccio destro. Poi mi accorgo di una cosa... dato che siamo speculari, lui mancino ed io destrorso, posso spingere il mio scudo contro il suo per sbilanciarlo di nuovo.

Nell'attimo in cui la bandierina si alza, metto alla prova questa manovra. Lui è visibilmente scosso e fa un passo indietro, abbassando appena un po' il braccio che tiene l'arma. Poi esita, come se stesse cercando di capirmi. Quindi uso la sua incertezza a mio vantaggio, spingendomi in avanti a una velocità che non mi ha mai visto usare. Gli do un'altra spinta e questa volta, prima che riesca a riprendere l'equilibrio, ottengo l'altro punto.

Doug getta a terra la sua arma e la bandierina si abbassa di nuovo, un'altra stoccata e lo avrò sconfitto nel terzo scontro. E, cosa più importante, avrò vinto il duello.

Il suo scudiero gli sta rimettendo la spada nella manopola, cercando di incoraggiarlo. Non sento ciò che stanno dicendo, ma la voce di Doug sembra tesa, come se stesse parlando a denti stretti. Non gli interessa più eccitare la folla.

Ah, già, la folla. C'è ancora, ma l'ho completamente dimenticata. Sono in trance, in un posto che non avrei mai pensato, il posto della concentrazione assoluta, come quando sto dipingendo nel mio studio o lavorando nella mia fucina.

Quando la bandierina si alza di nuovo, è ovvio che la rabbia di Doug ha avuto la meglio su di lui. Sferra colpi violenti, in tutte le direzioni, tagliando l'aria, probabilmente sperando di sopraffarmi. Nel mio stato di concentrazione, blocco ogni colpo con lo scudo o la spada e dopo qualche secondo vedo un'apertura e ne approfitto, sbattendo la spada vicino a dove ci sarebbe la clavicola sotto l'armatura. Il mio terzo colpo.

L'ho sconfitto nel round finale, ma all'improvviso il sottogola dell'elmo mi sembra molto stretto. Quando la bandierina scende e mi dichiarano vincitore, mi libero del sottogola per alleviare quella sensazione. Sto uscendo dalla "zona" e son fin troppo conscio che la folla è ancora lì.

Tutti stanno acclamando a voce alta, agitando le mani e battendo i piedi. Urlano "Urrà!" e la terra comincia a vacillare sotto i miei piedi. Mi volto verso Jenna per trovare il suo sguardo e i nostri occhi s'incontrano attraverso la mia visiera, poi lei sposta di colpo la testa di lato. Sta guardando alla mia destra e spalanca gli occhi. Prima di riuscire perfino a immaginare che cosa sta succedendo, un peso sbatte contro di me da dietro, facendomi cadere in ginocchio. «*Stupido fottuto ritardato*» sento che urla Doug proprio mentre mi sferra un colpo sulla testa, che mi fa cadere completamente l'elmo.

Mi volto per vedere che cos'è successo e ora gli arbitri e mio cugino sono sopra Doug e lo tengono a terra mentre lui continua a urlare oscenità. Faccio un tentativo barcollante di rimettermi in piedi, ma all'improvviso il mondo diventa nebbioso e mi sembra che il terreno stia cedendo.

Ho la fronte appiccicosa e qualcosa di umido che mi cola negli occhi, facendoli bruciare. Ho veramente caldo, ma è troppo per essere solo sudore.

E prima di poter pensare a qualcos'altro, tutto diventa nero.

Capitolo Trentatré
Jenna

LA FOLLA TRATTENNE COLLETTIVAMENTE IL FIATO guardando William crollare a terra. Invece di stringere la mano e andarsene da gentiluomo, Doug aveva caricato William nell'attimo in cui gli aveva voltato le spalle... per cercare me.

Mi si fermò il cuore quando William cadde, senza vita, come un sacco di sabbia. Il sangue gli scorreva sulla fronte e negli occhi. *Tanto sangue...*

E non si muoveva. Era immobile come quel sacco di sabbia.

Con un'imprecazione, Mia balzò in piedi dal suo posto accanto a me e saltò la bassa recinzione per correre da lui.

Ma io non riuscivo a muovermi. Era impietrita, conscia solo del cuore che mi batteva forte in gola, del ghiaccio che stava invadendo le mie gambe e le braccia, del fiato che mancava.

Assurdo. Quella parola mi aveva invaso nuovamente i pensieri e quasi mi misi a ridere, *ridere*, per allontanare il panico gelido.

Cercai di alzarmi e seguire Mia, perché da qualche parte, in mezzo a quella strana sensazione di essere fuori dal mio corpo, sapevo che era ciò che avrei dovuto fare. Ma le mie gambe non volevano obbedirmi e le braccia erano come legno morto. Il suono di tutti gli altri intorno a me echeggiava come da un'enorme distanza.

Stavo sognando, no, stavo avendo un *incubo,* e volevo a tutti costi svegliarmi. Ogni cellula del mio corpo pesava almeno cento volte il normale, forse perfino mille volte.

Mia e Adam erano accucciati accanto alla figura incosciente di William. La gente del pubblico era in piedi, guardava e discuteva su ciò che era appena successo. Mia mise una mano intorno al collo di William e lo fece lentamente rotolare sulla schiena, controllando i suoi segni vitali. Adam prese il cellulare, presumibilmente per chiamare i soccorsi.

E tutto ciò che riuscivo a fare era restare seduta lì e fissare, come se stessi guardando le notizie in TV.

«Santo cielo, che cosa diavolo è successo?» disse Alex di fianco a me mentre due arbitri trascinavano Doug fuori dal ring. Parecchi membri del consiglio del clan si raggrupparono intorno a lui appena fuori dall'arena.

Qualcuno corse da Mia con quella che sembrava una cassetta di pronto soccorso, e lei controllò in fretta il contenuto, estraendo un pacchetto di garze. Mentre la guardavo occuparsi di William, vidi il sangue che cominciava a inzuppare le bende bianche, e avevo i pugni stretti così forte che sentivo i crampi alle dita.

Chiusi gli occhi quando un brivido fortissimo mi scosse il corpo. La gola si strinse al ricordo di quell'orribile notte in cui Helena mi aveva svegliato, singhiozzando, per dirmi che c'era stato un incidente. Che Brock era rimasto ucciso.

Volevo piangere, ma le lacrime non arrivavano. Tutto dentro di me era senza vita e freddo come la luna.

Stava succedendo di nuovo? Il fato poteva essere così crudele?

Quando avevo sei anni, zia Beti aveva fatto sedere mia sorella e me sul divano, una accanto all'altra, nel piccolo appartamento in cui vivevamo appena arrivati negli Stati Uniti. La mamma e il papà sarebbero dovuti arrivare il mese dopo, quindi non riuscivo a immaginare perché zia Beti avesse le lacrime agli occhi. Ricordai che stringeva le mani così forte che la pelle era diventata bianca e che mi ero concentrata su quello mentre ci diceva che aveva delle notizie.

Papà non sarebbe venuto. Era stato colpito dal proiettile di un cecchino mentre tornava a casa dopo essere andato a prendere l'acqua per la settimana. Beti ci disse che stava trascinando i grossi contenitori in un carro dietro di lui, come faceva tutte le settimane dall'inizio dell'assedio. Erano mesi... *anni*, che non c'erano acqua corrente ed elettricità a Sarajevo.

Ma io avevo sei anni e non lo capivo. Ciò che *capivo* era che non avrei più rivisto mio padre. Che non lo avrei più abbracciato né sentito la sua barba che mi faceva il solletico quando mi baciava. Non lo avrei più ascoltato raccontarmi una delle sue folli e strampalate favole della buonanotte. Non mi avrebbe mai dato di nascosto un altro pezzo di *halva* mentre la mamma non guardava. Non lo avrei più potuto guardare negli occhi.

E non potevo nemmeno tornare là per il suo funerale.

Quella sera prima di andare a letto, mentre dicevo le mie preghiere, nel modo in cui zia Beti ci diceva sempre di fare, dissi a Dio che non gli avrei mai più parlato dopo quel giorno. Che sarei sempre stata furiosa con lui per avermi portato via il mio papà.

Ma non ero solo arrabbiata con Dio. Avevo lucidato quella tiara e pianto mentre pensavo alle parole di mio padre, alla sua promessa che saremmo vissuti tutti insieme in America e saremmo stati nuovamente una famiglia.

Bugie.

Ed eccomi nel presente, a guardare il mio futuro nuovamente minacciato. Come sempre, ero una spettatrice impotente della mia stessa vita.

Non riuscivo a respirare. Non riuscivo a piangere. Potevo solo restare seduta a fissare, cercando di tenere traccia dei fili dei pensieri alla deriva mentre mi scivolavano dalla mente.

William non si stava riprendendo, nonostante gli sforzi di Mia. In lontananza, sentii il suono indistinto di una sirena. *L'ambulanza.*

Intorno alla testa di William si era raccolta una pozza di sangue. Mia applicava pressione alla ferita e sembrava dare istruzioni ad Adam.

Alex mi diede una gomitata. «Ti lasceranno salire sull'ambulanza per accompagnarlo in ospedale, ne sono sicura.»

Ficcai le unghie nel palmo delle mani, fino a farlo sanguinare. Adam era in piedi e stava chiamando Jordan, che saltò la recinzione e gli fu accanto in pochi secondi.

A quel punto, l'ambulanza stava già entrando nel parcheggio con i lampeggianti accesi.

«Wow, sono arrivati alla svelta» disse Alex. «Ci deve essere una caserma dei vigili del fuoco vicina. L'ospedale più vicino è a Bakersfield, a circa trenta minuti di distanza. Ho appena controllato sul telefono. Possiamo seguirli là.»

Io non mi mossi, non le risposi.

Non riuscivo a staccare gli occhi dalla figura immobile sul terreno. Dopo aver parlato con Adam, Jordan partì di corsa per andare dal personale dell'ambulanza mentre Mia e Adam restavano con William.

«Jenna, stai bene?» chiese Alex, con la voce ridotta a uno squittio.

Scossi la testa, con le mani strette intorno al sedile sotto di me. I soccorritori portarono una barella e circondarono la figura sdraiata nella polvere. Tutti si erano affollati verso la recinzione, guardando a bocca aperta mentre lavoravano su William. Qualche minuto dopo, gli avevano legato la testa e il collo sulla tavola spinale prima di caricarlo sulla barella.

«Sta rinvenendo... penso che sia cosciente!» esclamò Alex. Si alzò sulla punta dei piedi per guardare oltre il resto della folla. Io nascosi il volto tra le mani, senza riuscire a guardare.

Sentivo Mia accanto alla recinzione, che chiamava sua madre, per informarla che lei e Adam sarebbero saliti sull'ambulanza per accompagnarlo in ospedale. Alzai gli occhi mentre Adam gettava le sue chiavi a Jordan. E poi se ne andarono, seguendo la barella verso il parcheggio e l'ambulanza in attesa.

Le gradinate intorno a noi cominciarono a svuotarsi, con tutti intorno a noi che parlavano eccitati di ciò che era accaduto. Per quanto ne sapevo, c'erano altri eventi in programma, ma erano stati cancellati o rimandati per via dell'emergenza di William. Sentii perfino qualcuno menzionare un consiglio di clan non programmato, probabilmente per parlare della mossa da vigliacco di Doug. Forse avrei dovuto partecipare... o forse avrei dovuto prendere la mia roba per...

«Jenna!» disse Alex a voce alta. Mi alzai, spazzolai la gonna e cominciai a camminare verso la mia tenda. Lei mi chiamò ancora, ma invece di voltarmi per guardarla, continuai a camminare nella direzione opposta al parcheggio.

Si alzò la brezza e sentii le guance fredde e bagnate. Mi stupì. Stavo veramente piangendo? Le lacrime gocciolavano dai miei occhi ma non mi sembrava che stessi piangendo. Mi sentivo solo gelata. *Intorpidita.*

Alex mi mise un braccio sulla spalla, tentando di indirizzarmi verso il parcheggio. «William vorrà vederti. Vieni, possiamo seguirli.»

Scossi la testa, e le gambe instabili mi tirarono verso il percorso che mi ero prefissata. «Puoi aspettarmi? Vado a raccogliere la mia roba e vorrei andare a casa.»

Lei mi guardò sorpresa. «Uh, voi due avete litigato o cosa?»

Io tremavo, dalla testa alle dita dei piedi. Ma restai in silenzio, senza riuscire a parlarne con lei... o con nessun altro, se era per quello. Questo puro, gelido terrore che mi pulsava nelle vene stava facendo tacere tutto. Era tutto ciò a cui riuscivo a pensare, tutto ciò che riuscivo a sentire.

Questo potente senso di perdita. Questo dolore. Questo *panico*.

Brock non può essere morto. Non ha ancora diciott'anni! Non è giusto. No!

Ricordavo il giorno in cui lo avevano messo nella terra fredda a dura al cimitero. Ero caduta in ginocchio accanto alla sua tomba e avevo pianto, desiderando che avessero sepolto anche me. Era stata colpa mia. Colpa *mia*. Non lo avevo accompagnato a casa dalla festa. Lo aveva fatto Josh. E Josh aveva bevuto troppo.

E ora c'era William, ferito e forse menomato per sempre per causa *mia*. Non avrebbe mai combattuto quel secondo duello se non fosse stato per me...

E se avesse avuto una commozione cerebrale, o, peggio ancora, una lesione al cervello? E se avesse avuto un'emorragia? E se...

Ma William aveva vinto il duello. Non era giusto. No!

Risucchiai il fiato, allarmata per quelle similitudini. Ero distrutta dal pensiero di essere altrettanto impotente ora di quel giorno.

Era tutta colpa mia. Era vero. Sii un uomo e amami, e morirai. Ero *veramente* maledetta.

Mi sfuggì un singhiozzo. «Non ci riesco.» La mia voce era tesa, soffocata.

Alex mi mise esitando un braccio sulle spalle. «*Dios mio*, stai tremando come se fossimo sotto zero.»

«Per favore, Alex... voglio tornare a casa.»

Lei rimase in silenzio mentre andavamo alla mia tenda, poi restò vicino, guardandomi mentre infilavo la mia roba nella sacca e la chiudevo, passandomi ogni tanto il dorso della mano o la manica sulla faccia per asciugare le lacrime. Ma appena lo facevo, altre lacrime gocciolavano per rimpiazzarle.

Appena la sacca fu piena, fui pronta ad andare. Cercavo di respirare, ma non ci riuscivo. Il mio petto non voleva collaborare... non si espandeva per inalare di nuovo.

Mi piegai in due, cadendo sulle ginocchia.

«Jenna!» gridò Alex, accucciandosi accanto a me. «Okay, adesso mi stai *veramente* spaventando, ragazza.»

Scossi la testa, singhiozzando così forte che non riuscivo a tirare il fiato.

«William si rimetterà!» Mi massaggiava la schiena. «Ne sono sicura. Andremo in ospedale. Vedrai. Le ferite alla testa sanguinano sempre molto.»

Ma io non la stavo ascoltando. Continuavo semplicemente a scuotere la testa, e poi mi raggomitolai su me stessa, premendo la faccia fredda e bagnata sulla sacca.

«Portami a casa, per favore» riuscii finalmente a dire.

Alex spalancò gli occhi. Senza dubbio stava pensando che fossi pazza. O senza cuore. O entrambe le cose. Forse era così. Forse non meritavo di essere felice. Avevo già sciupato la mia chance.

Non potevo farlo di nuovo. Non per la terza volta. Il fato aveva parlato.

Con le gambe che tremavano, la seguii alla sua auto. Spinsi le mie cose nel bagagliaio e poi facemmo in silenzio il viaggio di un'ora e mezza verso Orange County.

Il mio telefono continuò a ricevere messaggi per tutto il viaggio.

Mia: Ehi, dove sei? Stai bene?

Qualche minuto dopo...

Mia: W sta chiedendo di te. Stai arrivando? Che cosa gli dico?

Deglutii forte prima di spegnere il telefono. Le lacrime cominciarono ad accumularsi e il terrore tornò ancora più forte. Ricordai quando avevo allungato la mano e avevo toccato la faccia di Brock prima del funerale. La sua pelle era di ghiaccio. Come mi sentivo dentro.

Forse era quello? Forse ero *morta* dentro.

Capitolo
Trentaquattro
William

«CHIAMALA ANCORA» dico a Mia. Capisco che c'è qualcosa che vorrebbe dire ma non dice.

«La chiamerò. Sto solo aspettando qualche minuto. Sdraiati, William, non hanno ancora finito.»

Fisso i fori sul soffitto fonoassorbente. Sono in questa piccola stanza del pronto soccorso da *ore* e i cellulari qui non prendono. Tutte le volte che Mia deve fare una telefonata, deve uscire dall'ospedale. Tanto varrebbe essere tornati nel Medioevo vista la nostra mancanza di capacità di comunicare. In effetti, è addirittura peggio perché non abbiamo nemmeno i piccioni viaggiatori.

Sto morendo di fame e mi fa male la testa, ma a parte quello, sto bene. Mi hanno già ricucito. E adesso tutto ciò che voglio è vedere Jenna.

«Forse l'auto di Alex si è rotta e Jenna ha il telefono scarico» dico. «Potrebbero essere in pericolo.»

Mia guarda Adam dall'altra parte della stanza e lui si massaggia la mascella e mi guarda. «Sono sicuro che sta bene.» Poi si rivolge a Mia. «Magari potresti provare a mandare un messaggio ad Alex.»

Mia spalanca gli occhi e poi mi guarda prima di voltare la testa verso Adam. Non ho né la forza né il desiderio di capire che cosa significa. La testa mi fa *veramente* male.

«Uh. Buona idea» borbotta.

Sta fissando Adam e poi guarda la porta e poi di nuovo Adam. Chiudo gli occhi e li strofino. Mi fa male dappertutto, e lo stupido camice ospedaliero che indosso prude e mi lascia la schiena completamente scoperta. Odio gli ospedali. Li *odio*.

Apro gli occhi quando sia Adam sia Mia si alzano. «Devo andare in bagno» dice Adam.

«Ti mostrerò dov'è. È piuttosto difficile da trovare.» Mia gli prende il braccio e vanno verso la porta.

Aggrotto la fronte, ricordando di essere passati proprio davanti a un bagno mentre mi portavano in questa saletta visite.

«È appena fuori...»

«Torno subito, amico» dice Adam, tenendo la porta aperta per Mia. Stanno via per cinque minuti circa e poi la porta si apre di nuovo ed entra solo Mia.

«Adam andrà a parlare con tuo padre e mia madre in sala d'attesa, appena avrà finito in bagno.»

«Avreste semplicemente potuto mandar loro un messaggio per dire che sto bene. Vorrei avere il mio telefono. Non ho *niente* con me.»

«Alcuni dei tuoi amici del clan sono venuti mentre ti mettevano i punti. Si sono offerti di imballare la tua tenda e le tue cose e caricarle sul tuo pick-up. Tuo padre andrà all'accampamento e te lo riporterà a casa. Penso che sperino che tu abbia già finito con la RM.»

La guardo storto. «Non voglio fare la RM.»

«Non importa quello che vuoi tu. I medici non ti dimetteranno finché non sapranno che va tutto bene. Hai perso i sensi, William. È scontato che vogliano fare una RM. Sono sicura che succederà presto... okay?»

La fisso, incrociando le braccia sul petto. «Alex ha già risposto al tuo messaggio? Sono molto preoccupato per Jenna.»

Mia esita e guarda verso la porta, ma non mi risponde.

«Stai aspettando che torni Adam perché ti dia il permesso di dirmi qualsiasi cosa mi debba dire?»

Lei mi rivolge la sua occhiata da pazza. «Non ho bisogno del permesso di Adam. Sì, Alex mi ha risposto. Stanno bene. Sono... mhmm... tornate in Orange County.»

Mi metto seduto, con un mucchio di domande che si affollano nella mia testa. Perché Jenna non è venuta a vedere se sto bene? Perché non ha nemmeno risposto al suo maledetto telefono?

Apro la bocca per chiederlo quando torna Adam con diverse cose che non aveva prima. Mia, però, mi sta guardando con attenzione. «Stai bene?»

«No» rispondo.

Adam si avvicina al letto. «Tuo padre e Kim sono appena andati a prendere il tuo pick-up, ma mi hanno dato un po' di roba che hanno portato i tuoi amici dall'accampamento. Il tuo telefono...» Lo brandisce ed io glielo strappo di mano. Controllo i messaggi.

Niente. Niente da Jenna.

Mette una scatola laccata dall'aspetto strano sul vassoio davanti a me. «Quella non è mia» dico.

Adam la indica con dito. «Certo che è tua. È il tuo premio, Sir William. Hanno costretto Doug a sputarla.»

Immagino Doug che sputa e cose che gli escono dalla bocca, e per quanto quell'immagine sia disgustosa, non riesco a immaginarlo a sputare una scatola.

Do un'occhiata ad Adam e lui ride. «È la tiara. Il consiglio ha chiesto a Doug di consegnarla secondo i termini precedentemente concordati. Una volta fatto, hanno votato per esiliarlo sulla base del suo attacco da vigliacco. Tu puoi anche decidere di denunciarlo per aggressione.»

Guardo di nuovo il telefono. «L'unica cosa che voglio adesso è parlare con Jenna.» Faccio per alzarmi dal lettino ma Mia si mette di fronte a me, mettendomi una mano sulla spalla.

«No, niente da fare, bellezza. Non ti puoi alzare. Il medico non ti ha ancora dimesso. In effetti, penso che vorranno tenerti per questa notte.»

Spingo via la sua mano e mi alzo. «No, assolutamente *no*» dico.

Ma c'è anche Adam che mi spinge di nuovo sul lettino. «Giù, ragazzo» dice. «E sii gentile con Mia per favore. Si è presa cura di te mentre eri incosciente.»

Borbotto i miei ringraziamenti e faccio per alzarmi di nuovo. «Voglio solo uscire per chiamare...»

Esattamente in quel momento, entra il medico per controllare la ferita alla testa. Devo fare cose stupide come stringergli il dito e poi seguirlo con gli occhi mentre me lo agita davanti. Poi mi guarda negli occhi con una piccola torcia, cosa che *odio*.

«Non ho intenzione di restare qui» dico prima che possa parlare. Sta registrando qualcosa su un tablet... la mia cartella.

«Dobbiamo fare una RM e dovremmo anche tenerla qui in osservazione. Rimandiamo la discussione a quando avrò il risultato della RM. Va bene?»

«Devo fare una telefonata importante!» dico, cercando di alzarmi.

«Signor Drake, non può alzarsi e andare in giro. È un paziente e resterà qui finché sarà dimesso.»

«Allora firmerò per uscire. Voglio solo…»

Adam torna accanto a me e mi appoggia una mano pesante sulla spalla. «Tu *non* firmerai per uscire. Resterai esattamente qui finché avrai finito i test.»

Gli spingo via la mano. «Smettila di toccarmi, maledizione. Voglio sapere dov'è Jenna e perché non è qui.»

Il medico guarda Adam e poi me. Si fa avanti Mia. «Penso che sia il caso di fare in fretta quella RM.»

Il medico annuisce. «Vedo che cosa posso fare per metterlo in cima alla lista.» Esce poco dopo ed io cerco ancora una volta di alzarmi. Adam me lo impedisce ed io cerco di colpirlo.

«Gesù, Liam. Cerca di calmarti, cazzo!» Mi schiaffeggia via il pugno prima che lo colpisca.

«No, smettetela con queste stronzate. Devo parlare con Jenna. Devo sapere perché non è qui. Probabilmente è molto preoccupata per me.»

«Lei sta bene» dice Mia. «È… beh, è con Alex che mi ha detto che Jenna è veramente scossa dalla tua ferita. Che potrebbe sentirsi in colpa. Non so esattamente che cosa sta succedendo, ma ha insistito che Alex la portasse direttamente a casa invece di venire qua.»

Silenzio.

Nessuno di noi dice niente per parecchio tempo. «Ma perché non è venuta? Perché non vuole essere qui per me? Io le sono stato accanto… per *tutta* questa faccenda.»

Mia scuote la testa e la conosco abbastanza bene da capire che l'espressione sul suo volto è di tristezza. «Mi dispiace, William. Non so che cosa le sta passando per la testa in questo momento. Ma è al sicuro e non è in pericolo. Sono certa che sia preoccupata per quello che ti sta succedendo e che vorrebbe che facessi i test.»

«Fanculo i test» brontolo.

«Ti prometto che ti porterò direttamente a casa sua appena uscirai da qui, okay?» dice Adam. Io lo guardo storto, con una palla di rabbia che comincia a bruciare in fondo allo stomaco. «Potresti portarle la tiara» continua.

«In questo momento vorrei metterti la tiara nel…»

«Ragazzi!» Mia alza una mano. «Adam, perché non vai a prenderci qualcosa da mangiare? Penso che William abbia *molta* fame. Io gli terrò compagnia e forse si calmerà un po'.»

Adam esce ma io *non* mi calmo. Tutto ciò a cui riesco a pensare è che Jenna è tranquilla a casa sua, e che non ha nemmeno pensato che avrei voluto che fosse qui con me.

Nascondo la faccia tra le mani, conscio che il mal di testa c'è ancora, ma che si sta attenuando.

«Sono sicura che sarebbe qui se potesse.»

Questa frase mi suona familiare. Ho sentito papà e Britt ripeterlo un mucchio di volte quando stavo crescendo. Quasi parola per parola.

E mi ricordo… ricordo quelle volte in cui mia madre aveva organizzato di venire a prendermi e poi succedeva qualcosa, a volte con giorni d'anticipo, a volte all'ultimo minuto. I nostri programmi per una cena, il parco o il museo…

Non aveva mai fatto niente per me. Cambiare un programma, che per me era già un problema, creava un muro di frustrazione e rabbia, solido come una barriera di mattoni, c'erano volute settimane e mesi e anni prima di superare quella rabbia e il risentimento. E ancora oggi non sono sicuro di esserci riuscito.

La delusione mi pesa nello stomaco come l'incudine di un fabbro, che tira tutto in basso. Mi fa sentire di essere *io* il problema. Io il motivo.

Non valgo abbastanza.

È sempre la stessa cosa. *Sempre* la stessa.

Avevo stupidamente sperato che questo momento unico, questa vittoria mi avrebbe reso degno di ammirazione, di rispetto…

D'amore.

Jenna mi ha detto che mi amava, ma non è qui al mio fianco a dimostrarmelo quando ne ho più bisogno. Chiudo gli occhi, cercando di immaginarla in piedi accanto a me in questo freddo, orribile ospedale al posto di Mia.

Ma non ci riesco. Invece, brucio sempre di più per il dolore e la rabbia. Cerco di respirare per sopportare le prossime ore prima di poter uscire da qui.

Mia si siede e sta parlando, ma io non ascolto. E quando Adam torna, l'unica cosa che posso fare e restare lì seduto e desiderare che Adam e Mia siano invece Jenna, e che sia seduta accanto a me e mi tenga la mano. Ma la realtà è freddamente e duramente lontana da quella fantasia, fredda e dura come questa stanza d'ospedale, dove la sola cosa che ho che mi riscalda è la rabbia che mi brucia dentro.

CAPITOLO TRENTACINQUE
Jenna

ERA APPENA PASSATA L'ORA DI PRANZO QUANDO arrivammo a casa, ma invece di mangiare qualcosa, mi versai un bicchiere della tequila che era avanzata dalla serata di bevute e la mandai giù con un po' di succo di frutta.

«Jenna…»

Alzai bruscamente la mano per impedire ad Alex di dire quello che stava per dire.

«No, Alejandra. Non voglio sentirlo.»

Presi la bottiglia di Cuervo e la portai nella mia stanza. Poi, separandomi completamente dalle emozioni, da ogni pensiero logico, cominciai con calma a impacchettare la mia roba.

Tutto finì nelle scatole. Le due valige sarebbero venute con me e avrei chiesto ad Alex di immagazzinare qualche cartone in casa di sua madre. Il resto lo avrei regalato… agli amici, a qualche ente di beneficenza, non importava. Purché potessi liberarmi di tutto.

Le vecchie cose riportavano alla mente vecchi ricordi, ed io non ne volevo.   Facevano troppo male. Il polso accelerava per la paura e la tristezza a ogni cartone che chiudevo, quindi bevvi ancora un po' e continuai, con le mani che lavoravano come se fossero indipendenti dai miei sentimenti.

Il fato mi stava chiamando. Era ora di muovermi. Ma ogni volta che avevo quel pensiero, il cuore mi faceva male come se fosse stato graffiato da un pezzo di vetro.

Sentivo la voce di papà nella mia testa… *Budi hraba, kci.* Devi essere coraggiosa…

Faceva freddo quella mattina d'aprile mentre mi caricava sul camion dei rifugiati alla periferia di Sarajevo, insieme a mia sorella e a mia zia. Avevamo finalmente avuto l'opportunità di passare in sicurezza attraverso la zona di guerra per andare a Zagabria. Quel giorno mi aveva messo in mano la tiara, assicurandomi che sarebbe stata al sicuro nella bella custodia laccata. Spiegandomi come mia nonna l'avesse portata il giorno del suo matrimonio, come aveva fatto sua madre prima di lei. «Sei una principessa e devi restare al sicuro. Ti rivedrò presto. *Obecavam.*» Te lo prometto.

Non aveva mantenuto la promessa. La mamma mi aveva detto che era morto in pochi minuti, dissanguandosi nel canaletto di scolo di una strada che avevamo percorso quasi ogni giorno della mia giovane vita laggiù.

Papà… non ce la faccio più. Fa troppo male. Per favore, porta via il dolore.

Perfino nel mio stupore alcolico tutto era troppo stretto, i vestiti, il petto, i pugni. Suonò il campanello e guardai fuori dalla finestra della mia stanza, sorpresa di vedere che era buio. L'intera giornata era passata in una nebbia indotta dal dolore.

«Buonasera» sentii dire da una voce familiare. *Helena.*

Avevo usato ogni fazzolettino di carta nella mia stanza, quindi mi precipitai verso il bagno, ma lei era in corridoio e mi bloccava la strada.

«Oh, Janjica!» disse, prendendomi il volto nelle sue mani eleganti, dalle dita lunghe. «Che cosa dobbiamo fare con te?»

Invece di rispondere, tirai su col naso e mi venne il singhiozzo, con il labbro che tremava. Pensai alla tragedia che univa entrambe e come fosse giusto che fosse lì, proprio in quel momento. Helena mi scostò i capelli dalla faccia, mettendomeli dietro le orecchie. Da sopra la sua spalla vedevo Alex che ci osservava, e capii che era stata lei a chiamarla.

«Non arrabbiarti con Alex» disse Helena, leggendomi nei pensieri, come sempre. «È preoccupata per te. E lo sono anch'io.»

Rabbrividii e le lacrime tornarono. Helena mi abbracciò ed io premetti la faccia contro la sua spalla, singhiozzando. «Non riesco a dimenticare quella notte, Helena. Non ci riesco.»

Sapeva a che cosa mi stavo riferendo, senza bisogno di chiederlo. «Non la dimenticherai mai... e nemmeno io» disse, passando al bosniaco. «Quella notte ci ha cambiati tutti per sempre.»

Mi diede una lieve spinta verso la mia stanza. Appena entrate, Alex mi passò una scatola di fazzolettini e poi chiuse la porta dietro di noi.

Helena si sedette sul letto accanto a me mentre io dondolavo avanti e indietro, con i pugni stretti. Diede una lunga occhiata alla stanza vuota, posando lo sguardo sui cartoni lungo la parete. In poche ore, la mia vita si era ridotta a quelle scatole ed io ero pronta a voltar pagina.

«Dimmi che cos'è successo.»

Inspirai tremando e poi espirai piano. «C'è un ragazzo... e...» mi tremò la voce e le diedi una breve occhiata prima di distogliere lo sguardo. «È un uomo, in effetti, ma...»

Helena mi mise un braccio sulle spalle, osservandomi attentamente il volto. «Vai avanti, Janjica. Parlami di lui.»

Sentii le guance calde e la guardai con la coda dell'occhio, sentendomi stranamente in colpa. Come se stessi tradendo lei... e Brock.

«Ieri notte io... uh... gli ho detto che l'amavo.»

Helena annuì. «Ed è vero? Lo ami?»

Quella scheggia di vetro mi graffiò nuovamente il cuore e l'aria uscì sibilando dai miei polmoni. «*Sì*. Lo amo. Lo amo tantissimo, tanto da far male. Oh Dio, Helena. Mi dispiace.»

Lei strinse il braccio, tirandomi seduta. «L'amore non è una cosa per cui ci si deve scusare. E non siamo destinati ad amare una sola persona nella nostra vita. Tu amavi Braco. E adesso ami quest'uomo. Non è un tradimento.»

I miei patetici singhiozzi ricominciarono, cancellando il suo nobile discorso. «Morirà, Helena, morirà proprio come gli altri. Come papà. Come Brock.»

Lei inspirò bruscamente e mi tolse i capelli dal volto. «Smettila. Subito. Hai il diritto di amare un uomo e hai il diritto di essere amata. Smettila di farti del male perché sei viva e Braco è morto.»

«Come fai a essere così gentile con me? Non l'ho accompagnato a casa quella notte...»

«Non ricominciamo, Jenna» disse, passando all'inglese con un tono di voce severo. «Hai passato due anni completamente depressa, totalmente paralizzata dal senso di colpa. Io non incolpo te perché non è stata colpa tua. È successo. Sei andata a casa presto. Lui ha chiesto un altro passaggio...»

La sua voce finì in un singhiozzo. Quel singhiozzo mi colpì diritto al cuore. Strinsi forte gli occhi e mi nascosi la faccia tra le mani ma Helena me le tolse altrettanto in fretta.

«Smettila di nasconderti. Smettila di scappare. Ascoltami!» Mi strinse le mani. «Tu per me sei come una figlia. Lo sai. Te lo ripeto tutte le volte. L'unica cosa peggiore di perdere Braco sarebbe perdere anche te.»

«Ma...»

«Niente *ma*. Alzati. Lavati la faccia e vai dal tuo uomo. Digli come ti senti, va bene? Digli che lo ami e che vuoi stare con lui. Sii coraggiosa Janja. Ci vuole coraggio per andare avanti con la propria vita, perché se non sei coraggiosa, allora la vita e le circostanze ti ridurranno in polvere.»

Sii coraggiosa, Janja.

Mi bruciavano i polmoni quando respiravo e la gola era soffocata dalle lacrime. Mi facevano male gli occhi, eppure le lacrime continuavano a scendere. Non avevo idea da dove venissero.

Scossi la testa. «Ho tanta paura.»

Helena mi accarezzò i capelli. «Tutti abbiamo paura. Ogni giorno in cui viviamo, senza sapere che cosa succederà. Ma la vita dev'essere vissuta. Pensi che se potessi scegliere deciderei di tornare indietro nel tempo e non avere un figlio, per risparmiarmi il dolore di perderlo? No. *Mai*. Ho portato quel bambino dentro di me e l'ho cresciuto e l'ho tenuto tra le braccia e baciato e amato. E ricordo che ragazzo meraviglioso fosse. Sì, penso all'uomo meraviglioso che sarebbe potuto diventare, ma sono grata per ogni giorno che è stato sulla terra. Non lo rimpiangerò mai. E non dovresti farlo nemmeno tu.»

Mi strofinai gli occhi, sentendo la verità nelle sue parole e, di colpo, una calma inspiegabile scese su di me. Il dolore e la tristezza erano ancora lì, ma c'era anche il conforto. C'era l'amore. L'amore che provavo per Helena. La gratitudine perché faceva parte della mia vita.

E aveva ragione. Se avessi potuto scegliere, sarei tornata indietro e avrei rifatto tutto. Sarei stata più grata per il tempo avuto con Brock. I ricordi. Il mio rapporto con i suoi meravigliosi genitori. Tutto. Niente rimpianti.

Niente rimpianti.

Helena doveva aver sentito il cambiamento in me perché mi accarezzò i capelli, dicendo parole di conforto nella nostra lingua natia. Posai la testa sulla sua spalla e lei mi cantò una vecchia canzone popolare che mia madre mi cantava quando ero piccola.

Ero esausta ma anche piena di preoccupazione per William. Dopo dieci minuti di silenzio, mi alzai lentamente dal letto e andai alla cassettiera a prendere il telefono.

Quando tornò in vita, c'era una pila di messaggio e notifiche di chiamate perse. *Merda.* Probabilmente erano tutti preoccupati a morte per me mentre io mi stavo crogiolando nella mia tristezza. Quando avrei dovuto essere là per William...

Proprio quando stavo per aprire i messaggi, suonò il campanello. Feci un respiro profondo e Helena si alzò dal letto, mi prese la mano e disse: «Andiamo a vedere chi è, okay? E dopo parlerai con il tuo ragazzo. Spero di conoscerlo presto. In effetti, mi aspetto di conoscerlo presto.»

Annuendo, mi asciugai la faccia un'ultima volta con un fazzolettino. Helena aprì la porta e insieme andammo nell'ingresso. Lì c'era Alex che parlava con Adam, Mia e William, con la testa avvolta da bende e che sembrava serio e inebetito.

Sentii la gioia pervadere il sangue che pompava nelle vene nell'attimo in cui posai gli occhi su di lui. Non riuscii a nascondere un sorriso idiota né il sollievo prepotente che sentii quando vidi che stava bene.

Corsi da William, fermandomi appena prima di abbracciarlo quando notai che si era visibilmente irrigidito. «Wil» mormorai.

Lui strinse le labbra e fece un passo indietro, poi mi tese una scatola laccata che conoscevo bene. *La mia tiara.* Ma l'espressione sul suo volto era glaciale. Mi sorprese e lo fissai sopra la scatola invece di prendere ciò che mi stava offrendo. Abbassò gli occhi sul pavimento.

E la tensione... non si sarebbe riusciti a spezzarla con un martello pneumatico. Adam e Mia si scambiarono una lunga occhiata. Poi lei si rivolse a William, mettendogli una mano sulla spalla, che lui scrollò via in fretta. «Uh, Adam ed io ti aspetteremo sulla scala.» Diede un'occhiata carica di significato ad Alex.

«Già, sì... Mia, devo parlarvi di una cosa. Vengo anch'io.»

I tre uscirono. Accanto a me, Helena mi mise una mano sulla spalla e la strinse, prima di seguire gli altri, chiudendo gentilmente la porta alle sue spalle.

Appena fu chiusa, William parlò in un tono monotono, ancora più freddo del solito. «Sono venuto a consegnarti questa. Ho vinto il duello e ti do la tiara, come promesso.» Tese la scatola verso di me. Questa volta la presi, aprendola per assicurarmi che ci fosse la tiara e poi la appoggiai sul tavolo lì vicino.

«Grazie. Sono così...»

Ma lui si era già voltato e andava verso la porta.

«Wil, aspetta!» dissi, afferrandogli un braccio. Lui si staccò come se l'avessi bruciato.

Sentii lo stomaco che si annodava, spaventata. «William! *Per favore*. Permettimi di spiegarti. Mi dispiace.»

Lui esitò, poi si voltò lentamente verso di me. «Ti ho aspettato. Mia ti ha mandato dei messaggi. Non hai risposto. Sono rimasto là seduto, tutto il giorno a preoccuparmi per *te*. Ero in ospedale. Io *odio* gli ospedali. È una cosa che non sai perché non ti sei mai preoccupata da conoscermi abbastanza bene da saperlo. Ho dovuto restare là e sottopormi a tutti quegli stupidi test senza di te. Hanno dovuto sedarmi per farmi entrare in quella fottuta macchina per farmi la RM alla testa.»

Mi mancò il fiato quando mi resi conto della profondità della sua rabbia, solo perché aveva usato quel linguaggio. Non l'avevo mai sentito parlare in quel modo, e sembrava più velenoso, venendo da lui.

Mi sentii una merda. Meno di una merda. Eppure tutto ciò che riuscii a dire fu: «Sono così contenta che stia bene.»

«Non eri là per me» ripeté.

«Lo so, mi dispiace. Io...» La mia voce si spense prima che potessi completare la frase. *Stavo egoisticamente uscendo di testa e pensando a me invece che a te.*

«Per favore, William. Possiamo parlare?»

Lui sbatté le palpebre. «*Stiamo* parlando.»

«Sei arrabbiato con me. E ne hai il diritto. Ma, per favore, posso spiegarti che cos'è successo? Io... io mi sono spaventata quando sei caduto. C'era tanto sangue. Ho pensato che ti avrei perso e ho cominciato a rivivere la perdita di Brock...»

Lui si allontanò dalla porta e si mise a camminare avanti e indietro nella piccola stanza, strofinandosi le mani sulle cosce. «Tu ami ancora Brock.»

«Sì, te l'ho già detto. Ma amo anche te.»

Lui camminò più in fretta, scuotendo la testa. «Ma non eri là per me.»

«Wil, ho fatto una cazzata. Mi dispiace.»

«Non posso contare su di te. Come faccio a sapere che non te ne andrai, semplicemente, così?»

Deglutii. «Non voglio partire. Voglio stare con te.»

William tirò il fiato con difficoltà. «Quindi ieri sera mi hai detto che volevi stare con me. Poi abbiamo fatto sesso. E una volta finito il duello, tu sei sparita. È stata una coincidenza?»

Aggrottai la fronte, cercando di capire che cosa stava insinuando. Scossi la testa.

Poi lui smise di camminare così bruscamente che sembrò sul punto di cadere. Avevo lasciato aperta la porta e William stava guardando direttamente nella mia stanza. Le pareti nude, le scatole ammonticchiate, i cassetti aperti e vuoti.

Deglutii il duro groppo che avevo in gola.

«Te ne stavi veramente andando» disse a denti stretti, stringendo i pugni lungo i fianchi.

Se avessi potuto sciogliermi e sprofondare nel pavimento lo avrei fatto. Mentre lui era in ospedale, ferito e comunque preoccupato per *me*, io avevo ingurgitato tequila e impacchettato tutto ciò che avevo.

E William pensava per assoluti: tutto era bianco o nero per lui. Come sarei riuscita a tradurlo per lui?

«Ero spaventata…» cominciai, ma lui si voltò mentre parlavo, ispezionando con gli occhi il resto dell'appartamento, probabilmente cercando altri indizi che confermassero la mia imminente partenza. *Quella ero io, Jenna Kovac, a rischio permanente di fuga.*

William non ne voleva sapere. Si voltò verso di me, con i pugni stretti. «Avevo paura anch'io. Paura di quel duello, di combattere ancora con Doug. Paura di essere sconfitto e perdere tutti i miei amici *e* la tua tiara. Avevo paura, ma l'ho fatto comunque. Ti ho dimostrato cosa provavo con le mie azioni, non solo con le parole.»

Chiusi gli occhi e le lacrime ricominciarono.

«Io non sono perfetta, William. Sono solo umana e ho dei difetti.»

«Sì, è vero.»

Mi fece male. In effetti, sentii come se un altro pezzo di vetro avesse graffiato quel tenero organo in mezzo al mio petto. Feci un respiro profondo e cercai di non mettermi sulla difensiva. Aveva ragione a sentirsi ferito. D'altra parte, avevo anch'io le mie ragioni. E le sue parole mi avevano fatto male.

«Possiamo parlarne quando non sarai più così furioso?»

Lui strinse la mascella, gonfiando le guance. «Non sono furioso. Sono deluso. Ho bisogno di qualcuno su cui poter contare e tu non sei quella persona. Ho bisogno di qualcuno che confermi le sue parole con i fatti e che non dica semplicemente qualcosa per ottenere ciò che vuole. Tu non c'eri per me.» S'infilò le mani in tasca. «Proprio come non c'eri con Brock.»

Mi mancò il fiato, sentendomi come se mi avesse sbattuto il suo scudo nello stomaco. Mi si piegarono le ginocchia e atterrai sul divano, coprendomi la faccia con le mani. Le sue parole mi avevano ferito fino in fondo al cuore, confermando ogni dubbio che avevo su me stessa, e sul mio ruolo la notte in cui Brock era morto.

«Come hai potuto?» gli dissi con la voce soffocata dai singhiozzi e il dolore che mi travolgeva. Mi sentii come se mille aghi mi stessero bucando.

William non disse niente. Non si mosse nemmeno per lunghi minuti mentre tentavo, senza riuscirci, di riprendere il controllo.

«È stato un errore» disse alla fine con la voce tremante. Mi tolsi le mani dalla faccia per guardarlo. Qualche battito di cuore dopo, si voltò verso la porta.

Mi alzai in fretta dal divano e corsi verso la porta, bloccandola in modo che non potesse aprirla. «Non farlo» dissi tra i singhiozzi. «Sai maledettamente bene che non ti ho usato. Lo sai...» La mia voce finì in uno squittio.

La sua espressione era assente, come quando era entrato. Sembrava indifferente come il robot a cui era stato spesso paragonato. «Io *non* lo so.»

Cercai in tutti i modi di guardarlo negli occhi, ma riuscì abilmente a evitarmi. «Sai che ti amo, Wil. Ti *amo*.»

Strinse le labbra. «Sono le parole che hai usato, ma non rispecchiano le tue azioni. Mi hai abbandonato nell'attimo in cui le cose sono diventate difficili. Tu non hai intenzione di impegnarti in niente. Troverai un motivo per scappare ancora.»

Mi morsi le labbra e nuove lacrime brucianti come acido colarono dai miei occhi lungo le guance. «E tu non perdonerai mai gli errori che faccio.»

William chiuse gli occhi a lungo, fece un respiro profondo e quanto li riaprì, mi guardò negli occhi. Ma invece di rispondermi, abbassò la maniglia. «Per favore spostati.»

Scossi la testa, rifiutandomi di accettare ciò che stava dicendo. «Wil» singhiozzai. E per una frazione di secondo, lo vidi perché mi stava guardando. Il dolore nei suoi occhi. Poi batté le palpebre e voltò la testa.

Decisi di tentare. Che cosa avevo da perdere? Allungai una mano e gliela misi sul volto, sfiorando il volto ruvido con la punta delle dita.

Lui allontanò bruscamente la testa dal mio tocco. «Addio, Jenna» ripeté con la voce bassa, tremante.

Lentamente, in silenzio, feci ciò che mi chiedeva e lui non perse tempo prima di abbassare del tutto la maniglia. Poi aprì la porta e se ne andò appena mi spostai.

Scivolai lungo la parete accanto allo stipite, raggomitolandomi, con la faccia sulle ginocchia. Avevo pensato di non avere più lacrime da piangere. Mi sbagliavo.

Perché anche prima se ero stata pronta a buttar via tutto, presa dal panico e dalla paura, non ero pronta a perderlo.

Ma stava succedendo, che fossi pronta o no. E non c'era nient'altro che potessi fare.

Capitolo Trentasei
William

ANDARMENE DAL SUO APPARTAMENTO È LA COSA PIÙ difficile che abbia mai fatto. È un dolore penetrante che comincia in mezzo al petto e mi rende difficile respirare. Mi sembra di essere stato punzecchiato e pungolato dall'interno da un oggetto appuntito. Fa male… ma quel dolore, insieme alla rabbia, brucia come un fuoco.

E non posso più guardarla.

I miei amici sono raggruppati accanto alla scala, ma non voglio parlare con nessuno di loro. Voglio andare a casa, alla mia casa ordinata e alla mia confortante routine, dove niente può sorprendermi e tutto accade come dovrebbe. Lì non devo mai dipendere da qualcun altro e non vengo *mai* deluso.

Non posso sopportare di essere nuovamente deluso. Non così. Fa troppo male.

Do un'occhiata al gruppo e noto che sono tutti vicini e parlano sottovoce. Eccetto la donna più anziana che era con Jenna quando siamo arrivati. Non ho idea di chi sia e non voglio saperlo.

Voglio andare a casa e dimenticare tutto… dimenticare *lei*. Userò le tecniche di visualizzazione che mi ha insegnato per visualizzarla fuori dai miei pensieri. Dal mio cuore. Dalla mia vita.

Superandoli, scendo le scale senza fermarmi e senza nemmeno salutare nessuno. Il mio cuore batte forte e a ogni battito mi fa un po' più male. Mi chiedo se sia un sintomo della ferita alla testa. Mi sento ancora un po' stranito per i farmaci e mi afferro alla ringhiera per essere sicuro di non cadere.

Adam e Mia mi seguono da vicino. Mi hanno fatto sapere che non vogliono che passi la notte da solo, ma quando mi sono rifiutato di andare a casa loro, si sono autoinvitati a passare la notte da me. Peggio ancora, domani mattina mi accompagneranno all'ospedale locale per un'altra RM.

Proprio ciò di cui ho bisogno… come se questa situazione di merda non bastasse.

Sono stanco e dolorante e voglio solo andare a dormire e dimenticare questa giornata.

Sì, ho vinto… ma ho anche perso. *Tanto, tantissimo.*

***

Sono stato obbligato ad assentarmi dal lavoro per i primi tre giorni della settimana. A volte è veramente uno svantaggio lavorare per un cugino irritante, iperprotettivo e prepotente.

Passo il tempo libero a casa rivoluzionando il mio studio e riparando gli attrezzi della fucina. È l'occasione perfetta per migliorare le mie capacità lavorando sulla corazza d'addestramento danneggiata.

Torno a lavorare giovedì, ma non vado alla cena di famiglia domenica. E ignorare il telefono è facile, perché l'ho spento completamente. Jordan e Adam vengono entrambi a trovarmi al lavoro, ma non m'incontro con Mia per la solita colazione il mercoledì successivo, specialmente perché lei ha un mucchio di roba da studiare.

La routine mi è di nuovo di conforto. Ma non mi aiuta a dimenticare. E anche se continuo con la mia vita abituale pre-Jenna, mi fa troppo male cercare di dimenticarla adesso.

Fa troppo male tentare di fare qualunque cosa.

Voglio parlare con lei. Voglio sentire la sua voce. Voglio sentire il tuo tocco, il suo profumo. Voglio sdraiarmi accanto a lei, pelle a pelle, mentre la sento respirare.

E mi sta facendo impazzire. Perché non *voglio* volerla fino a questo punto. Voglio che questi sentimenti spariscano. Voglio che le cose tornino com'erano prima che facesse così male.

Quindi mi tengo occupato con tutte le attività banali che devono essere svolte. Aderisco strettamente al mio programma, mi tengo così occupato che quasi non ho il tempo per lasciare che la mente vaghi verso pensieri che non posso controllare.

Il fine settimana successivo passo l'intera giornata nella mia officina. Non posso creare opere d'arte quando la mia mente è così, ma posso sicuramente colpire le cose con un martello. In qualche modo, stranamente, mi fa sentire meglio.

La forgia funziona a pieno regime e fa più caldo che in un forno. Sto consumando la mia scorta di legna a una velocità allarmante mentre continuo a usare i mantici. Sento il campanello quando suona, avendo installato un ripetitore in modo che suoni anche qui. Ciò nonostante, decido di ignorarlo.

Qualche minuto dopo, però, mio padre appare sull'uscio dell'officina, mantenendo la distanza che impongo mentre mi guarda lavorare. Io continuo, ignorando la sua presenza per un quarto d'ora prima di lasciar cadere il pezzo nella tinozza. Il metallo caldo sibila al contatto con l'acqua.

«Ehi» dice quando finalmente mi volto a guardarlo.

Mi tolgo gli occhiali di protezione e il grembiule di cuoio, poi mi asciugo la faccia sudata con un asciugamano pulito. «Ciao. Come mai sei qui?»

Lui inarca le sopracciglia. «Mi serve una scusa per vedere mio figlio? Ci sei mancato alla cena della settimana scorsa.»

«Non me la sentivo di socializzare.» Non che mi piaccia in genere, ma adesso meno del solito.

Lui si acciglia. «Okay, ma posso comunque venire a vedere come stai, no?»

«Sono un adulto, papà» gli ricordo mentre abbasso la temperatura della forgia. Dovrò tornare a pulire una volta che sarà fredda, ma non è pericoloso lasciarla così per un po'.

«Hai qualcosa da bere? Fa caldo qui dentro» mi chiede.

«In frigorifero ci sono birra, acqua e succo.»

«Bene, allora fai una pausa e andiamo a sederci per un minuto.»

Cerco di non sospirare troppo forte mentre usciamo dall'officina e attraversiamo il cortile per andare in cucina. È ovvio che papà vuole parlare. Non abbiamo avuto molti di questi discorsi tra uomini ultimamente, ma ne riconosco uno quando sta arrivando.

E non voglio respingerlo. So che è preoccupato per me, lo sono tutti. È meglio che faccia di tutto per alleviare la preoccupazione e poi le cose torneranno normali. In fretta.

La normalità è la chiave di tutto. Ho bisogno che tutto torni alla normalità.

Prendo due bottiglie di birra dal frigo perché so che è quello che gli piace. Taglio un lime e gliene offro una fetta perché la sprema nella birra. È il modo migliore di bere la birra messicana.

Papà mi ringrazia e spreme la sua fetta di lime nella bottiglia prima di infilare tutta la fetta nel collo della bottiglia in modo che galleggi nella birra, un'abitudine che mi fa impazzire. Sbuffo e lui sorride.

«Non ho intenzione di cambiare alla mia età, Liam. Dovresti saperlo.»

Bevo un sorso di birra senza rispondere. Beviamo entrambi in silenzio per qualche minuto finché lui finalmente si schiarisce la voce. «Adam mi ha detto che sei già tornato al lavoro. Mi chiedo se sia stata una buona idea. Come va la ferita?»

Istintivamente alzo la mano verso l'attaccatura dei capelli, senza veramente toccare l'area ferita. È ancora dolorante ma sopportabile. «Sto bene. È una ferita leggera. Mi toglieranno i punti lunedì ed è la parte più fastidiosa. Stanno cominciando a prudere.»

«Quindi sarai sano come un pesce, fisicamente. Ed emotivamente?»

Non rispondo. Continuo a sorseggiare la birra pensando a com'è strana quell'espressione. Papà la usa spesso, ma non ho idea di quanto possa essere sano un pesce.

«Liam... vuoi parlarne?»

«Ne stiamo parlando.»

«Di Jenna.» Mi sta guardando la sua espressione seria.

Bevo ancora un po' di birra. Non so che cosa dire. Non so descrivere come mi sento. Sto vivendo la stessa vita che ho sempre vissuto, ma ora sembra che ci sia un buco gigantesco. Come se mancasse una grossa parte di me. Nella settimana prima del festival, quando avevo scelto di non vederla, mi era mancata profondamente. Ma ora...

È un po' come credo mi mancherebbe una parte fisica di me che non posso più vedere, sentire o toccare. Come se mi avessero amputato un arto. È così.

«Perché avete divorziato tu e mia madre?» gli chiedo all'improvviso, sorprendendo me stesso forse più di mio padre. Ed è dire molto perché con le sopracciglia alzate e la bocca aperta lui appare veramente sbalordito.

«Uhm...» Si china all'indietro e appoggia la bottiglia di birra, strofinandosi la barba corta sul mento. La gente dice che gli assomiglio e lo prendo come un complimento, anche se sarei più orgoglioso di essere una brava persona come lui. «Non comunicavamo... ed io passavo un mucchio di tempo cercando di far funzionare lo studio. Lei aveva due bambini a casa. Era molto stressante, con me che non c'ero mai.»

Anche ora non dà la colpa a lei, come fanno di solito le coppie che si separano. Ma non lui. Questo è mio padre.

«E avere me. Sono sicuro che sia stato uno stress in più.»

Lui abbassa bruscamente le sopracciglia. «Non più di qualunque altro bambino.»

«Le statistiche dicono che i genitori dei figli autistici...»

Lui fa un gesto secco con la mano. «Non mi interessa che cosa dicono le statistiche. Non è stata colpa tua, Liam. Ci sono tanti fattori diversi che decidono se un matrimonio funzionerà o no. Semplicemente non eravamo giusti l'uno per l'altro come avevamo pensato all'inizio. Le cose cambiano quando si comincia la vita da adulti. Eravamo giovani e ambiziosi. Ci siamo caricati di troppe responsabilità: essere genitori e una nuova impresa, tra le altre cose. Non è stata colpa tua, Liam. Oppure, se è stata colpa di qualcuno, è stata colpa mia e di tua madre. Tu eri molto piccolo quando ci siamo separati.»

«Ma…»

«È quello che hai sempre pensato? Che lei se ne sia andata a causa tua?»

Alzo le spalle e bevo un sorso di birra.

Ha le spalle rigide mentre si dondola sulla sedia. «Il rapporto di tua madre con te, o meglio, la mancanza di rapporti, non aveva niente a che vedere con il divorzio» dichiara. Poi si alza e comincia a girare intorno alla stanza. Grazie a Dio sa che non deve prendere le mie cose e rimetterle a posto. È una cosa che mi dà veramente fastidio.

Si ficca le mani in tasca e dice. «Vorrei aver potuto fare di più per migliorare le cose tra di voi. Pensavo di proteggerti.»

Ci penso per un minuto. «Non c'è niente che avresti potuto fare.»

«Avrei potuto evitare di interferire.» Abbassa la testa un momento prima di raddrizzarsi e guardarmi. «Ho visto che cosa ti faceva le poche volte che organizzava qualcosa e poi le cose non andavano in porto, quindi l'ho… dissuasa dal continuare a fare programmi.»

Resto in silenzio per un po', cercando di riprendermi dallo shock prima che lo noti. Ma lui mi sta guardando in faccia ed è bravo quasi quanto Adam nel percepire i sentimenti degli altri. Comincia a parlare prima che io riesca a pensare a qualcosa da dire. «Ho fatto un casino e il danno oramai era fatto quando sei stato abbastanza grande da capire. Penso che sperassi che le cose sarebbero migliorate tra voi due una volta che fossi cresciuto, ma…»

«Ma non sapevi che sarebbe morta.»

Lui sta studiando un quadro sulla parete, la stampa firmata e numerata di Meyers che avevo comprato l'anno prima. «Non era tutta colpa sua, Liam. Ho anch'io la mia parte di colpa.»

«Non biasimare te stesso per le sue manchevolezze come persona.»

Lui si volta di nuovo verso di me. «Tutti abbiamo dei difetti, Liam. Siamo umani. Sì lei aveva i suoi, ma anch'io ho i miei.»

Sbatto le palpebre, pensando a quando assomiglino quelle parole a ciò che mi ha detto Jenna. *E tu non perdonerai mai gli errori che faccio, ogni difetto umano che posso avere.* M'infastidisce e non so perché. Alzo la bottiglia e finisco la birra.

Mezz'ora dopo, accompagno mio padre alla porta. Lui si ferma e mi chiede un abbraccio, che gli concedo. «Ti voglio bene, figliolo» dice, afferrandomi le spalle.

«Ti voglio bene anch'io.»

«Liam» dice, tirandosi indietro e guardandomi negli occhi. Io abbasso i miei sulla sua spalla. «Cerca di perdonare tua madre. Ti aiuterà molto. So che lei non c'è più, ma… è tua madre. Merita il tuo perdono. E per quanto riguarda la tua vita… beh, dovresti parlare con Jenna. Cercare di chiarire le cose. Sembra una ragazza molto dolce.»

«È una donna.»

Lui si mette a ridere. «Sì, sai che cosa intendo dire.»

È così, ma è più facile correggerlo che affrontare il resto di quello che ha detto. È vero, potrei parlarle… ma non avrebbe finito per ferirmi di nuovo?

***

Passa un'altra settimana. Un'altra settimana di routine confortante, regolare. È durante la nostra solita colazione del mercoledì che trovo finalmente il coraggio di affrontare l'argomento con Mia.

«Come sta Jenna?» dico piano e nel modo più indifferente possibile. Come se il mio prossimo respiro non dipendesse dalla sua risposta. Ma la mia voce sembra comunque strozzata.

Lei fissa a lungo il piatto della colazione, tagliando tutto a bocconi più piccoli del solito. Poi si tira indietro, nascondendo uno sbadiglio dietro la mano. «Scusa, è stata una notte lunga. Sono rimasta alzata fino a tardi a studiare.»

Prendo un pezzetto di salsiccia e la metto in bocca, aspettando la sua risposta.

«Allora, mhmm, Jenna è partita.»

Di colpo, la salsiccia sa di cenere. Smetto di masticare mentre tutto dentro di me si stringe. Eppure... lo sapevo. *Sapevo* che se ne sarebbe andata. Ma mi colpisce comunque come una tonnellata di mattoni.

«La fiera non si sposta fino alla fine di giungo, però» dico quando riesco a ingoiare quel grumo asciutto di segatura.

Mia distoglie gli occhi con un sospiro. «Volevo dire che ha lasciato il paese, William. È andata in Bosnia in anticipo per passare un po' di tempo con sua madre e sua sorella prima del matrimonio.»

«Ha detto quando sarebbe tornata?»

«No, William. Mi dispiace. Ha detto che... c'è la possibilità che resti là per sempre con la sua famiglia.»

Di colpo ne ho abbastanza della colazione. Mi tiro indietro e spingo via il piatto, poi mi congedo in fretta. Ho parecchio lavoro da fare, ma non riesco a pensare ad altro per il resto della giornata. Non che Jenna fosse di solito lontana dai miei pensieri, ma ora è a mezzo mondo di distanza ed io non riesco a smettere di pensare a com'è definitivo. L'ho persa per sempre.

Non riesco a spiegare perché, ma quella notte, quando arrivo a casa, apro il cassetto che contiene i contanti e i cartoncini di auguri di mia madre. Dopo averli aperti a casa di mio padre, li avevo portati a casa mia. Sono ancora sistemati in ordine, dal mio sesto compleanno fino al ventunesimo. Li leggo in quell'ordine finché arrivo all'ultimo, quello che non ho letto la sera in cui ero con Jenna.

Quello che mia madre mi aveva mandato solo qualche mese prima di morire.

Liam,

È troppo tardi. Lo so. Vorrei poter tornare indietro e cambiare tutto tra di noi, ma quando sono finalmente stata pronta a provare, tu eri troppo grande e troppo ferito da tutto quello che era successo quando eri un bambino. Mi dispiace di non essere stata una buona madre per te. Lo rimpiango ogni giorno. Ma ero giovane e umana e imperfetta. Tuo padre si occupava di te molto meglio di quanto fossi mai riuscita io. Ha fatto un buon lavoro nel crescerti ed io sono fiera di tutto ciò che hai realizzato, anche se non ne ho il diritto.

Spero che un giorno mi perdonerai, forse quando non ci sarò più.

Ti voglio bene. Ti ho sempre voluto bene.

Mamma.

Ed eccolo, quello che avevo sempre cercato. Il messaggio che dubitavo avrebbe mai scritto. E se l'avessi aperto il giorno in cui l'avevo ricevuto, ci sarebbe stato tempo, tempo per prendere il telefono e chiamarla, incontrarla, perdonarla.

Ma dato che avevo lasciato che prevalessero la rabbia e il risentimento avevo perso quell'occasione. *Per sempre.*

E mentre sono nella mia stanza, ho la faccia bagnata. Sto piangendo mentre penso a quanto desiderassi il suo amore quando ero giovane. A come non mi amasse perché ero rotto… diverso. Tutte le parole che mi avevano scaraventato addosso durante l'infanzia: *spastico, tarato, ritardato, Liam il tonto.*

Sono in mezzo alla stanza e piango come un bambino per quasi un'ora. Perché mi sono reso conto che la mia testardaggine mi ha fatto perdere l'opportunità di perdonare mia madre mentre era ancora viva.

Il Buddha una volta disse che aggrapparsi alla collera è come bere veleno e aspettarsi che muoia l'altra persona.

Mi ricordai le parole di Jenna la sera in cui avevamo letto i cartoncini d'auguri e capisco di aver giudicato Jenna basandomi su ciò che aveva fatto mia madre. Che mi aspettavo che lei mi abbandonasse e, così facendo, l'avevo allontanata.

Con la faccia tra le mani, ricordo Jenna l'ultima volta l'ho vista, premuta contro la porta, con il volto bagnato, gli occhi rossi e gonfi dal pianto.

E le mie parole… così crudeli. Così spietate. *Proprio come un robot.*

Ma che cosa posso fare?

Jenna è partita e potrebbe non tornare più.

L'ho persa per sempre. E se la ritrovassi, mi rivorrebbe indietro?

L'unica cosa che posso fare è tentare.

Capitolo Trentasette
Jenna

AVEVO LO STOMACO SOTTOSOPRA MENTRE L'AUTOBUS percorreva le tortuose strade di montagna. Mancavano solo due ore alla fine del lungo viaggio da Belgrado a Sarajevo.

Cinque ore prima, avevo salutato Helena e Vuk alla stazione degli autobus. Erano stati due brevi e stancanti giornate in Serbia, a salutare la loro famiglia e a visitare la città. E ora ero qui, da sola, ancora una volta, con solo i miei pensieri e nessuna possibilità di sfuggirli.

Le settimane precedenti erano nebulose: prima dolorose e poi anestetizzanti. Helena era preoccupata per me e mi controllava come una chioccia parecchie volte al giorno. Si era tenuta lontana finché Alex non aveva vuotato il sacco quando un giorno non mi ero alzata dal letto. Era stato a quel punto che Helena aveva deciso che dovevamo partire tutti con una settimana d'anticipo.

Eppure, nonostante tutto il trambusto che aveva circondato il viaggio oltremare, William mi mancava terribilmente. Mi svegliavo al mattino dopo averlo sognato, sentendo i suoi baci effimeri sulle labbra. E quando il sogno svaniva e subentrava la realtà, morivo un po' rendendomi conto che mi odiava ancora. Che non avrei mai potuto cancellare l'immagine del suo volto quando aveva lasciato il mio appartamento settimane prima. Dolore, delusione. *Disgusto.*

Scossi la testa, fissando gli occhi sulla campagna bella, verde e collinosa della mia terra natia. La Bosnia Erzegovina era un paese di una bellezza verde e aspra. E finché non scese l'oscurità, mi persi nei panorami meravigliosi, cercando di dimenticare il crepacuore che si attenuava lentamente.

Avevo deciso che era ora di trovare qualche forma di stabilità e c'era la forte possibilità che la mia vera casa non fosse mai stata nel sud della California. Forse il mio destino era qui, dopotutto. Avevo comunque deciso di dare una possibilità al mio paese natio. Forse era il motivo per cui non avevo mai messo radici negli Stati Uniti, perché *ero* veramente bosniaca. Dopo tutto avevo una famiglia qui che mi voleva veramente bene.

Forse la Bosnia era il mio futuro.

Sette lunghe ore dopo essere salita sull'autobus a Belgrado, finalmente arrivai alla periferia di Sarajevo. Erano passati nove anni dall'ultima volta in cui era stata lì e avevo lasciato che si occupasse di tutto mia sorella. Ma ora c'ero solo io… da sola.

Avevo cambiato un po' di soldi prima di lasciare Belgrado e quindi fui in grado di negoziare un viaggio in taxi. L'autista flirtò con me, chiamandomi "ragazza americana", nonostante il fatto che parlassi perfettamente il bosniaco.

Immaginai di avere un accento, oramai.

Riuscì solo a sottolineare quella sensazione di non appartenere completamente a nessuno dei due posti. Forse perché non me lo ero mai permessa? Forse era ora di permettere a me stessa di farlo.

Tu meriti la stabilità e voglio essere l'uomo che te la dà.

Forse era così, ma a quanto pareva non meritavo *lui.*

Venti minuti dopo, pagai l'autista e scesi dal taxi. Lui scaricò la mia valigia e la mise accanto a me sul marciapiede. «*Hvala*» dissi, ringraziandolo.

«Parli veramente bene il bosniaco, ragazza americana.»

Sospirando, presi la valigia, entrai nel palazzo e salii le scale fino all'appartamento di mia madre.

Mamma e Maja erano a casa. Avevano preso entrambe un giorno di ferie per aspettarmi. Quando arrivai alla porta, la mamma e Maja mi saltarono immediatamente addosso, gridando, piangendo e baciandomi. La mamma, con le lacrime agli occhi, mi strinse le guance dicendo che ero bella ma troppo magra.

Maja mi presentò il suo fidanzato, un uomo alto, magro, dai capelli scuri, con i denti storti e una voce dolce, gentile. Mi dissero che Sanjin era un bravissimo cantante nel coro della chiesa, e mi ricordai che probabilmente sarei dovuto andare in chiesa mentre ero lì. Erano passati secoli.

«Janjica, non riesco a crederci. Non ci riesco. Sei finalmente tornata da noi» disse la mamma.

Maja mi sorrise, tirandomi scherzosamente una ciocca di capelli. «Sanjin ha quattro fratelli. Dovremmo presentarteli. Forse ti troveremo un fidanzato bosniaco, Janja, così non tornerai in America.»

Quell'acuta fitta nel mezzo del petto mi rese un po' difficile respirare. Sospirai. «Niente fidanzati per me. Ma voglio restare qui per un po'.» Sanjin prese la mia valigia e la portò al piano di sopra nella stanza di Maja, dove avrei dormito nel letto extra che avevano preso in prestito per me.

Quella notte restammo sveglie fin troppo tardi a bere vino, mangiare cibo meraviglioso, *cevapi* e *somun,* spiedini e piatto pane bosniaco, parlando e ridendo. Era così bello essere lì.

Passai le mie giornate esplorando Stari Grad, il distretto più vecchio della città, che risaliva al quindicesimo secolo, insieme alla *Bašćaršija,* uno dei bazar più antichi d'Europa. Feci anche le commissioni pre-matrimonio per mia sorella, mentre lei era al lavoro. Facendole, scoprii che il mio vocabolario di bosniaco era piuttosto carente, quindi tentai di reimparare la mia stessa lingua e cultura.

Una sera, mentre Maja si preparava ad andare a dormire, ero a letto e sfogliavo uno dei suoi libri che avevo preso dallo scaffale. Era un libro per bambini, scritto completamente in bosniaco-serbo-croato, e facevo fatica a leggerlo. Dopo dieci minuti lo schiusi di scatto.

«Hai qualcosa da leggere in inglese?»

«Qualche vecchio libro. Non leggo più in inglese.»

Sorrisi. Maja adesso aveva un accento quando parlava in inglese. Probabilmente come me quando parlavo bosniaco. E sì, tutti nel vicinato si riferivano a me o come la sorella americana di Maja o come alla figlia americana di Silvija.

Sorrisi guardando Maja che si metteva la crema idratante sulla faccia. «Sarai una bella sposa.»

Lei s'illuminò. «E tu sarai la mia bella damigella. Aspetta di vedere il tuo vestito.»

Sentendo menzionare il vestito, ricordai il bellissimo abito azzurro che mi aveva regalato William. Sbattei gli occhi, frustrata perché, per quanto tentassi, non riuscivo a togliermelo dalla mente.

Maja mi osservava. «Hai nostalgia di casa?» mi chiese improvvisamente.

Immaginai che l'avrei avuta, se avessi *effettivamente* avuto una casa.

Ma stavo cominciando a chiedermi che cosa significasse "casa" per me. La gente o un posto? La mia gente era sparpagliata ai lati opposti della terra. In Bosnia, in California...

«Non proprio. Sono contenta di essere qui» le risposi, evasiva.

«Non c'era qualcuno di speciale che hai lasciato in California?»

Rotolai sulla schiena per guardarla. «Sei così innamorata che vedi tutto con gli occhiali rosa.»

Mi diede una strana occhiata. «Sei una sciocchina come sempre, Janja.»

Alzai gli occhi al soffitto. «Sono effettivamente... sciocca.»

«Ma sei anche triste.»

Aggrottai la fronte. «Sì.»

«Se non è nostalgia di casa, allora che cos'è?»

Sospirai. «*C'era* qualcuno. Ma è finita adesso. E... fa ancora male.»

Lei venne da me e si sedette sulla sponda del letto. «Oh, *draga moja.*» mi scostò i capelli dalla faccia. «Mi dispiace. Non è finita bene?»

Scossi la testa, improvvisamente e inesplicabilmente vicina alle lacrime. Mi tremò il labbro e lo morsi. Il dolore era tornato, più forte di prima.

«Vieni qua» disse, indicandomi di sedermi, cosa che feci. Poi mi abbracciò mi tenne stretta. «Vuoi parlarne?»

Ora stavo singhiozzando, per la prima volta dal giorno in cui William era uscito da quella porta, dichiarando che eravamo "un errore". Sospirai profondamente, lasciando che le lacrime scendessero questa volta, invece di trattenerle. Ero con mia sorella ed era una bella sensazione. Mi sentivo sicura.

«Maja, lo amo tanto. Voglio solo che il dolore sparisca. Non posso fare altro che chiedermi se passerà mai.»

«Starai meglio, col tempo. Adesso è ancora nuovo e fresco. So che è difficile da credere.»

Come con Brock. Lo amavo ancora, ma quel dolore paralizzante che avevo provato alla sua morte si era attenuato man mano che passavano gli anni, finché era diventato un ricordo dolce, anche se doloroso.

Sarebbe stato lo stesso con William, un giorno? E, soprattutto, era ciò che volevo? Desiderare che il dolore sparisse era un'arma a doppio taglio, perché avrebbe significato desiderare che anche i sentimenti svanissero. E quei sentimenti, anche se facevano male, anche se erano come *pugnalate*, erano ciò che mi faceva sentire viva.

Le settimane passarono e il matrimonio si avvicinava. Maja e Sanjin si sarebbero sposati in una graziosa chiesetta del sedicesimo secolo non lontano dal quartiere dove risiedeva la mia famiglia. Il loro umile appartamento era situato in una zona della classe media di Sarajevo, tra una popolazione mista di Serbi, Croati e Bosniaci. Quindi c'erano una chiesa cattolica, una ortodossa e una moschea, tutte nelle vicinanze.

La sera prima del matrimonio, visitai la chiesa dove si sarebbe sposata Maja. Era silenziosa, serena e illuminata dal bagliore tremolante delle candele. Odorava di vecchio incenso, preghiere disperate, pietre fatiscenti e polvere antica che senza dubbio restava intatta nei posti in alto dove nessuno poteva arrivare a pulire.

Mentre ero seduta in un banco a fissare l'altare scintillante, mi posi delle domande su ciò che credevo delle anime gemelle. Sanjin era l'anima gemella di Maja? Io avevo perso la mia nove anni prima in un incidente d'auto?

Ero destinata a passare tutta la vita da sola?

Forse William aveva ragione. Forse il nostro incontro *era stato* un errore. Ma se era così, era l'errore più dolce che avessi mai commesso. E anche se soffrivo ogni volta che pensavo a lui, non avrei mai rimpianto il tempo passato insieme.

Speravo solo che ci fosse un modo per ricominciare da capo. Perché adesso la situazione sembrava veramente desolante.

La nostra relazione era esplosa e aveva bruciato luminosa e ardente per un breve periodo. Ci aveva accecati. Aveva tolto *a me* il senso della realtà. E ora ero lì, in una chiesa fredda a mezzo mondo di distanza, a chiedermi se lo avrei mai rivisto.

Mia sorella era una sposa bellissima. La mattina del gran giorno, nostra zia le acconciò i capelli e la truccò e poi aiutammo Maja a mettersi il suo bel vestito. Quando la mettemmo sulla testa di Maja, sotto il velo, la tiara scintillò sui suoi capelli scuri.

Ma accidenti se potevo guardare la tiara e non pensare a William e a tutto ciò che aveva fatto per recuperarla per me. L'emozione mi strinse la gola, soffocandomi mentre mi mettevo il bel vestito per fare da damigella a mia sorella.

Indossavo un abito rosa pallidissimo ed ero l'unica damigella, con la nostra cuginetta, in un abito rosa appena più scuro, come ragazza dei fiori. Mentre andavamo verso la chiesa, una breve passeggiata lungo la strada, i vicini gridavano i loro auguri ed io le tenevo alzato lo strascico perché non si sporcasse.

Parecchie ore, e una lunghissima messa nuziale dopo, Maja e Sanjin erano marito e moglie. Ed io ero esausta. Consegnai il bouquet a Maja e lei e Sanjin percorsero la navata mentre tutti battevano le mani e acclamavano.

Mi lasciai cadere sul banco più vicino per dare un po' di sollievo ai piedi. Gli ospiti erano rimasti tutti seduti durante la messa, mentre io avevo dovuto restare in piedi e inginocchiarmi ripetutamente.

Dal banco, alzai la testa per fissare gli affreschi sul soffitto della chiesa mentre si svuotava degli invitati. Li avrei raggiunti tra pochi minuti, dopo aver ripreso il fiato.

«Janjica? Non vieni?» mi chiese la mamma.

Continuai a fissare il soffitto. «Sì, vi raggiungo subito. Vai, divertiti! E assicurati di entrare in qualche fotografia, mamma!»

Lei borbottò qualcosa sul non volere che le facessero fotografie e poi si voltò e seguì gli ultimi ritardatari. Proprio quando la sentii arrivare all'uscita, ricordai di aver lasciato il mio regalo nella borsa, a casa.

Mi voltai. «Mamma, potresti...»

Rimasi impietrita, certa che gli occhi mi stessero giocando uno scherzo. C'era un uomo alto, bello, in piedi dietro a mia madre che era il sosia perfetto di William. Anche se sapevo che si trattava di un'illusione, il mio cuore cominciò comunque a palpitare.

Mia madre si voltò per seguire la direzione del mio sguardo e poi tornò a guardarmi con un'espressione interrogativa. «Lo conosci?» mi chiese.

«Penso di sì...» dissi strizzando gli occhi nella speranza di vederci più chiaramente. «Verrò subito... te lo prometto.»

L'uomo… William, *doveva* essere William, guardò mia madre uscire dalla chiesa prima di spostare lo sguardo su di me. Quando cominciò a strofinare le mani sulle cosce sentii la gola che si stringeva.

Mi mossi verso di lui nello stesso momento in cui si avvicinò. I nostri passi echeggiavano sul pavimento di pietra e non si sentiva nessun altro suono, eccetto le felicitazioni e le congratulazioni per la coppia appena fuori dalla porta.

Ci incontrammo a metà della navata. Non riuscivo a respirare, a deglutire e di certo non riuscivo a parlare. William mi osservava con la sua espressione solenne, forse cercando di indovinare che cosa stessi pensando. Gli augurai silenziosamente buona fortuna, perché non avevo la minima idea di come mi sentivo.

Era particolarmente attraente in quel completo, palesemente nuovo, anche se non sembrava a suo agio indossandolo. E, per qualche strano miracolo, era riuscito ad abbinare la camicia e la cravatta.

William studiò ogni centimetro della mia faccia, senza guardarmi negli occhi, mentre io esaminavo le sue fattezze cesellate, mascoline e la curva della sua bocca, che mi ricordava i nostri baci appassionati.

E quei *sentimenti*. Passare da quel posto oscuro che avevo esplorato nelle ultime settimane all'euforia che provavo vedendolo era come mettere il piede su una giostra in movimento.

Finalmente William si schiarì la voce. "*Zdravo*," mi salutò in perfetto bosniaco.

Sbattei le palpebre, quasi incapace di rispondere. «Cosa? Come? *Quando?*» Scossi la testa, desiderando di riuscire a dare un senso a *qualcosa*.

«Ho scoperto che eri partita. Ho deciso di venire a prenderti.»

Ho deciso di venire a prenderti. Ondeggiai, rischiando di venir meno come qualche donnetta con il corsetto del diciannovesimo secolo.

«Come hai fatto a trovarmi?»

Mi guardò come se la risposta fosse ovvia. «Mi hai visto leggere l'invito in camera tua.»

Sbattei gli occhi. «Hai dato un'occhiata all'invito per un minuto, due mesi fa…»

Lui alzò le spalle. «Ricordavo la data, l'ora e il posto del matrimonio, quindi sapevo esattamente dove saresti stata oggi a quest'ora.»

Ovvio. Scossi la testa. «Ma perché fare tutta questa strada? Avevi detto…»

Mi sorprese mettendomi un dito sulle labbra. *«Volim te»* disse.

Ti amo.

Il mio cuore fece un balzo, ma il resto di me non riusciva a dimenticare la ferita ancora fresca. Era strana, questa sensazione di volare e di essere ancorata a terra allo stesso tempo. «Wil, eri così furioso con me, io…»

«Non sono più arrabbiato. Avevo dimenticato di ricordare che tutti abbiamo i nostri difetti. Ne ho un mucchio anch'io.»

Sorrisi. Un sorriso tremulo, traballante, come un cucciolo appena nato. «Hai dimenticato di ricordare?»

Sorrise anche lui. «Sì.» Aggrottò la fronte. «Il mio difetto è che non li perdono negli altri. Ed è altrettanto brutto, se non peggiore.»

Ci pensai per un momento. Non ero arrabbiata con lui, ma *ero* incredibilmente ferita e stavo ancora leccandomi quelle ferite.

I suoi occhi m'ispezionarono dalla testa ai piedi, notando il mio vestito, i capelli intrecciati, il trucco elegante. «Sei bella, Jenna. La donna più bella che abbia mai visto.» Mi studiò nuovamente il viso, e il suo atteggiamento cambiò come se fosse di colpo imbarazzato. «Ma per quanto meravigliosi io trovi il tuo volto e il tuo corpo, non sono niente a paragone del tuo cuore... il tuo cuore gentile, amorevole. Mi sbagliavo ed è stato poco cavalleresco ferire quel tuo cuore puro.»

Mi morsi il labbro. «Wil...»

«Non ho finito» disse. Sembrava avesse provato quel discorso molte volte, e probabilmente era così. «Sono un cavaliere e tu sei la donna che spero possa diventare la mia dama. E un uomo saggio una volta ti disse che eri una principessa e che un giorno saresti diventata regina. Aveva ragione. Sei la mia regina. La regina del mio cuore.» Mi prese la mano e s'inchinò profondamente, proprio come un cavaliere medievale che si prostrasse davanti ai reali. Poi mi baciò gentilmente la mano. «Sono il vostro umile servitore. Per favore, potete concedermi il perdono?»

Sospirai mentre lui manteneva la stessa posizione, piegato sulla mia mano. Poi gli accarezzai i suoi folti capelli morbidi.

«Certo che vi perdono. Alzatevi, sir William. Siete il mio nobile protettore ed io vi ringrazio per tutto ciò che avete fatto per me. *Volim i ja tebe.* Ti amo anch'io.»

Si raddrizzò, con un sorriso radioso sul suo bel viso. «Jenna, io…»

«Frena, William» dissi. Il suo volto si oscurò ed io mi affrettai a chiarire in modo che capisse. «Volevo dire, ho bisogno che aspetti un minuto mentre ti dico ciò che ho in mente.»

Lui sbatté gli occhi come se lo avessi schiaffeggiato, ma non disse niente.

«Devo restare qui per un po'… passare del tempo con la mia famiglia. Scoprire dov'è la mia casa.»

Lui scosse la testa. «Non capisco. La tua casa è dove hai vissuto per gli ultimi vent'anni…»

Per una volta ero *io* a evitare i *suoi* occhi. «Non è così facile, William. Mi hai aiutato a capire che dovevo smettere di vagabondare. Che dovevo mettere radici, trovare la stabilità. Ho bisogno di sapere dov'è veramente la mia casa.» William strinse gli occhi fissando un punto sopra la mia spalla con la precisione di un laser. «Lo capisci?»

Annuì. «Penso che la tua casa sia il posto dove ti senti a tuo agio. Il posto dove ti senti sicura. Dove sai che sei amata.»

«Sì.» Annuii. «E ho bisogno di scoprire a che cosa assomiglia per me.»

Mi guardò improvvisamente negli occhi. «Ho ricevuto alcune lezioni di visualizzazione da un'ottima insegnante, quindi ti posso aiutare.»

Alzai le sopracciglia. «Ah, davvero?»

Fece un deciso cenno affermativo con la testa. «Chiudete gli occhi, Vostra Altezza.» Risi. «No, non potete ridere. Dovete prenderlo molto sul serio.»

Strinsi le labbra. «Okay, spara.» mi schiarii la voce, ricordando che dovevo parlare in modo lineare. «Volevo dire… procedi.»

«Prendimi le mani e chiudi gli occhi. Comincia a respirare profondamente e a rilassarti.» Feci quello che mi chiedeva. «Ora ascolta chiaramente e immagina ciò che descrivo. Sei arrivata a casa dopo una lunga giornata di lavoro, un lavoro che ami dove la gente è gentile con te e apprezza il tuo contributo. Scendi dall'auto, che hai comprato con i soldi che hai risparmiato. E vivi in un appartamento che hai arredato tu. Un posto dove ti senti sicura e calma e felice. Sei davanti alla porta d'ingresso adesso. La vedi?»

Ero sorpresa di come fosse facile visualizzare una porta fatta di legno scuro con una maniglia di lucido ottone. «Ora prendi la chiave dalla borsa e la infili nella serratura. Dopo aver aperto la porta, abbassi la maniglia. Vedi l'ingresso. Vedi i tuoi quadri e le opere d'arte appese alle pareti, il tuo tappeto sul pavimento, i mobili nel soggiorno. Entri, proprio come fai da settimane, mesi, *anni*. E la tua casa è un posto che ami.»

Rimase in silenzio per un lungo momento, quindi lo seguii… immaginando ciò che aveva descritto e andando oltre. Camminai in quello spazio immaginario, sentendomi rilassata, permettendo allo stress della giornata di scivolarmi di dosso.

«Noti che c'è un profumo diverso dal solito» continuò. «Viene dalla cucina. Un profumo delizioso di verdure e carne e spezie.»

Una cucina che funzionava da sola? Non male. O forse una governante? Mi morsi la lingua e non lo chiesi perché volevo che continuasse.

Fortunatamente continuò. «Quando entri in cucina vedi che c'è della zuppa nel crockpot.»

«Chi ce l'ha messa?» Questa volta non potei fare a meno di chiederlo.

«Io. Ho preparato la zuppa per te. Sono bravissimo a fare le zuppe.»

Aprii un occhio e lo guardai. «Come mai non lo sapevo?»

Lui sorrise. «Non l'hai chiesto. Chiudi gli occhi» mormorò ed io obbedii.

Cominciai a sperare che da qualche parte in questa casa immaginaria, il mio chef personale si sarebbe fatto vivo indossando solo un grembiule. Dato che era vicino a me e il *suo* profumo mi titillava il naso, stavo cominciando ad avere molta voglia di avere le sue braccia intorno a me.

«Senti il profumo della zuppa?» mi chiese William.

«Sì, ho lo stomaco che brontola.»

«Bene, perché quando vengo in cucina, la prima cosa che faccio è baciarti e chiederti com'è andata la tua giornata. Poi ti servo una ciotola di zuppa e taglio una fetta del pane che ho comprato in panetteria.»

«Vivi qui anche tu?»

Ci fu una lunga pausa. «Sta a te deciderlo. Questo è il tuo esercizio, non il mio.»

«Mhmm. Forse... forse se mi abbracciassi mentre sto visualizzando? Potrebbe aiutarmi.»

Un attimo e William si avvicinò e poi le sue braccia forti mi avvolsero. Deglutii, sopraffatta dall'emozione mentre mi teneva abbracciata.

La mia visione domestica fu sostituita di colpo dalle braccia protettive e forti che mi tenevano stretta quando i fuochi d'artificio del parco mi avevano terrorizzata. Una voce dolce che mi sussurrava all'orecchio che sarebbe andato tutto bene. Che non mi avrebbe mai lasciato. Occhi penetranti che notavano tutto, perfino la mia unghia rotta. Lunghe, abili dita che mi asciugavano le lacrime, dicendomi che il mio cuore era bello come la mia faccia e il mio corpo. Labbra che accarezzavano le mie lentamente ma che potevano possedermi ferocemente. Un uomo che mi aveva difeso contro un bullo, più di una volta, assoggettandosi al ridicolo e rischiando una perdita potenzialmente devastante.

Premetti il volto nella giacca di William e respirai il suo odore. E sentii quella fitta, seguita da una profonda e calda sensazione nel mio petto: di benessere, di sicurezza, di amore incondizionato. *Casa mia.*

Perché ci sono molte cose che si fanno per quelli che ami, si sopportano sacrifici, si corrono rischi, si superano ostacoli. Ma per quello che è diventato l'aria che respiri e la casa che brami, perdonerai ogni difetto, affronterai ogni sfida e comincerai perfino a programmare il futuro.

Ed ero pronta... così pronta... a programmare un futuro con lui.

«Wil, voglio baciarti.»

Lui esitò per un momento, poi piegò la testa verso di me. «Sulla guancia o sulla bocca? Con la lingua?»

Ringhiai, gli afferrai la testa e dopo lo shock iniziale, lui si arrese in fretta. E ci stavamo baciando... così. Come se non avessimo mai smesso.

La sua lingua scivolò nella mia bocca, facendomi ardere. Le sue mani sulle scapole mi tirarono vicino a lui. Sentivo il calore espandersi in me e il desiderio potente che bruciava come un incendio lungo la mia spina dorsale.

Sentii di colpo molto caldo in quella chiesetta, e non era ancora estate. Sentii dei passi vicino all'altare, probabilmente un chierichetto o perfino il prete. William doveva averli sentiti anche lui, perché si fermò e staccò lentamente la bocca.

Appoggiò la fronte umida contro la mia. «Jenna.»

«William» replicai.

«Di' che non te non andrai più via. A meno che mi porti con te.»

«Non andrò da nessuna parte senza di te se mi fa sentire triste come sono stata in queste ultime settimane.»

Mi strinse le braccia intorno. «Cerchiamo di non essere più così stupidi» disse. «Siamo fatti per stare insieme.»

«Vieni… dobbiamo mettere alla prova la tua capacità di sopportare la folla, almeno per un po'. Dobbiamo andare al ricevimento nuziale. E devo mostrare a tutti il mio bell'americano.»

Si mise a ridere. «Ho ascoltato delle registrazioni per imparare come dire alcune frasi chiave in bosniaco.»

«Beh, quelle che ho sentito finora…»

«*Želim te.*»

Inspirai bruscamente, con il desiderio che fioriva dentro di me. «Mhmm. Ti desidero anch'io. Stanotte, dopo la festa.»

Gli presi la mano e uscimmo sulla piazzetta. Non vedevo l'ora di mostrarlo in giro ed esplorare posti nuovi con lui accanto a me.

Ma prima volevo presentarlo alla mia famiglia. Ero sicura che gli avrebbero voluto bene. Forse non quanto me, ma andava bene così.

Perché adesso capivo che cosa significasse veramente "casa".

Con l'aiuto di William, l'avevo veramente trovata.

Ed era una sensazione incredibile.

CAPITOLO TRENTOTTO
Mia

AEROPORTO INTERNAZIONALE DI LOS ANGELES.

Jenna: *Siamo alla dogana. Ci vediamo sul marciapiede fuori dal ritiro bagagli?*

Io: *Sì. Arriviamo tra poco. Non vedo l'ora di vedervi!*

Chiesi all'autista di uscire dall'area del parcheggio di attesa vicino all'aeroporto LAX e di dirigersi verso il marciapiede del terminal internazionale Tom Bradley. Avevamo parecchio tempo dato che William e Jenna avrebbero dovuto superare la dogana e poi ritirare i bagagli. Quindi decisi di passare un po' di tempo cercando ancora una volta di blandire Adam.

Erano passati quasi due mesi dal duello e non voleva ancora dirmi quando ci saremmo sposati. E si stava godendo ogni minuto in cui mi faceva aspettare. All'inizio avevo riso con lui, poi, man mano che passava il tempo, avevo sempre più voglia di inscenare una rivolta.

Eravamo seduti in una limousine, parte del servizio che usavamo qualche volta. Anche se Adam di solito preferiva guidare lui, a *nessuno*, nemmeno a lui, piaceva continuare a girare intorno a un aeroporto. Ero pronta ad approfittare dell'occasione di averlo prigioniero, senza distrazioni, per ottenere ciò che volevo.

«Vediamo… che ne dici dei giorni di Guerre Stellari?»

«Cosa?» disse inarcando le sopracciglia

«Il quattro maggio?»

Vedendo l'espressione vacua, spiegai. «May. The. Fourth, come a dire "May the fourth be with you", che vorrebbe dire "Che la forza sia con te" se parli con la lisca.»

«È il gioco di parole più stupido che abbia mai sentito. E poi quella data è già passata.»

Io alzai le spalle.

«Quella data tornerà il prossimo anno…»

Il suo sorriso divenne malizioso. «Oh no, proprio no. Te l'ho già detto, ci sposeremo *quest'*anno.»

«Ma non hai intenzione di dirmi la data.»

Lui alzò le spalle. «Le feste a sorpresa sono sempre divertenti. Perché non un matrimonio a sorpresa?»

Gli diedi un'occhiataccia. «Le feste a sorpresa sono sempre divertenti? Hai dato una festa per me una volta che *decisamente* non è stata divertente. E mi hai avvertito di non darne mai una per te. Non che ci proverei. Il tuo cervello presciente di genio fiuterebbe il segreto molto prima che potesse avvenire.»

Un lento, compiaciuto sorriso gli apparve sul bel viso. «Giusto. Sono *io* quello che fa le sorprese.»

Feci una smorfia fingendo frustrazione. «Hai mancato la tua vocazione, Adam. Avresti dovuto lavorare per la CIA.»

Mi afferrò per la vita e mi tirò contro di sé. «Forse è già così.»

Scossi la testa. «Se lo farai diventare un matrimonio a sorpresa, ti prometto che non andrà meglio di quella festa a sorpresa.»

Era un bene che fossimo arrivati a un punto in cui potevamo scherzare su uno dei momenti più bui della nostra vita: la sera in cui Adam mi aveva chiesto la prima volta di sposarlo, per tutte le ragioni sbagliate. La sera in cui lo avevo rifiutato e poi ero finita nella festa a sorpresa più imbarazzante che ci fosse mai stata. Sì, eravamo anni luce da quella sera. E quando si arriva al punto in cui si riesce a ridere o a sorridere dei ricordi dolorosi, allora si capisce di essere arrivati alla felicità, almeno per il momento.

Il sorriso gli sparì dal volto e lui distolse lo sguardo, strofinandosi melodrammaticamente il mento con la mano libera, come se fosse un malvagio dei cartoni animati.

«Dai, Adam. Ho bisogno di una data» piagnucolai.

Si chinò verso di me e mi baciò la tempia. «Ti ho promesso una data. Ti darò una data. Solo non ho detto *quando* te la darò.»

Mi alzai e mi sedetti sul sedile di fronte per evitare le sue mani vaganti. «Non vuoi almeno dire a William che abbiamo fissato una data? Ti ha aiutato a vincere quella scommessa.»

«Oh, potrei dirglielo. Lui manterrebbe il segreto.»

Arricciai le labbra. «Assicurati che il segreto non sia poi così tale, altrimenti la sposa potrebbe non sapere quando presentarsi.»

Il suo sorriso si allargò e lui batté il sedile accanto a sé. Scossi la testa, rifiutandomi di avvicinarmi alle sue mani fin troppo convincenti. Gli mostrai la lingua prima di dire. «Ti stai divertendo troppo. Potrei dover diventare violenta. *Oppure*, farti ubriacare.»

«*Oppure*» si portò la mano alla bocca mimando un pompino.

Incrociai le mani sul petto e poi mi venne un'idea brillante. Adam mi guardava con un'espressione diffidente sul volto. *Giusto.* «Che c'è?»

Alzai le spalle con un gesto esagerato. «Purtroppo non sono nemmeno sicura che riuscirò a lasciarmi andare sessualmente con te.» Sospirai in modo melodrammatico, per aumentare l'effetto. «Almeno finché la mia mente non sarà di nuovo sgombra, senza la preoccupazione di sapere quando mi sposerò.»

Adam strinse gli occhi. «Stai dicendo quello che penso che tu stia dicendo?»

Il mio sorriso perverso si allargò. «Probabilmente.»

«Sento la necessità di dirti che ho una forza di volontà leggendaria.»

Scoppiai a ridere. E risi. E grugnii. E poi risi ancora un po'. Forse, una volta, poteva essere, ma era parecchio che non *era* più così per lui. Ultimamente aveva la forza di volontà di uno studentello che prendesse il Viagra.

Mi guardò storto. «Non era *così* divertente.»

L'auto si fermò nella zona di carico fuori dal terminal. Vidi subito William e Jenna sul marciapiede accanto ai loro bagagli, che si tenevano per mano e aspettavano. Sembravano entrambi esausti. Dopo un viaggio di quindici ore, nessuno poteva biasimarli.

Mi rivolsi ad Adam. «Non vedo l'ora di mettere alla prova quella leggendaria forza di volontà.» E, detto quello, misi la mano sotto la gonna e mi tolsi le mutandine. Poi le appallottolai e, chinandomi in avanti, gliele misi nella tasca davanti dei pantaloni.

«Ecco, tienile tu, per favore.»

Vidi i suoi occhi che si spalancavano proprio mentre scendevo dalla limousine. Abbracciai immediatamente William, dopo averlo avvertito, notando che Adam ci metteva un po' a scendere dall'auto. «Ecco i nostri viaggiatori!»

«Come stai?» Adam diede un colpetto sul braccio a suo cugino quando io mi spostai per abbracciare Jenna.

«Affamati e stanchi» rispose lei. «Nessuno dei due è riuscito a dormire in aereo.»

«Abbiamo la cena pronta per voi a casa nostra e abbiamo una stanza degli ospiti pronta, se volete restare. Oppure l'autista può portarvi a casa dopo aver mangiato. Non sapevamo che cosa avreste voluto fare.»

«Mangiare sarebbe *favoloso*» disse Jenna.

«William, com'era Sarajevo?» gli chiesi.

«Indaffarata» disse. «Bella, antica e affollata.»

Una volta che l'autista ebbe caricato i loro bagagli, salimmo tutti sulla limousine. Mi strinsi contro Adam, anche se non era assolutamente necessario. C'era un mucchio di spazio lì dietro, ma avevo messo in moto il mio piano di seduzione. Avrei dovuto incollarmi a lui il più possibile. Non che fosse veramente una faticaccia. Adam era troppo sexy per il suo stesso bene.

William si sedette davanti a noi, con il braccio intorno a Jenna. Ero entusiasta di vederli così felici dopo averli visti entrambi completamente depressi quando erano separati. E non potevo evitare di essere fiera di William per aver corso il rischio di viaggiare per mezzo mondo quando non era nemmeno sicuro di come sarebbe stato ricevuto. C'erano volute delle palle d'acciaio. *Buon per lui.*

Comunque i miei sforzi per sedurre Adam mentre andavamo a casa erano ostacolati dal fatto che quei due potevano vedere ogni mia mossa. Le mutandine erano state solo la salva iniziale. Ma mentre parlavamo durante il viaggio di un'ora da LAX alla nostra casa di Newport Beach, gli presi la mano, intrecciando le dita e appoggiai le mani unite molto vicino a dove avrebbero dovuto esserci le mutandine. Stavo anche cercando di trovare un modo di fargli vedere un po' di tette mentre gli altri non stavano guardando.

Adam, ovviamente, non mi lasciò fare senza reagire. Mentre avevo la sua mano in grembo, cominciò a tracciare subdolamente dei piccoli cerchi sulla mia coscia, in alto e, come sempre, le sue dita mi provocarono dei brividi e rialzarono la temperatura percepita all'interno dell'auto. Sapeva bene che c'era solo un sottile strato di tessuto tra la sua mano e il bersaglio. Era la guerra.

Sfida accettata.

«Vi abbiamo portato il *Licitar*» stava dicendo Jenna.

Adam ed io ci guardammo in faccia. «Che cos'è?»

«Pan di zenzero» rispose William «E non del tipo che si mangia veramente. È troppo bello per mangiarlo.»

Qualche giorno dopo essere arrivato a Sarajevo, William aveva chiamato Adam informandolo che aveva trovato Jenna e che sarebbe rimasto lì un mese. Adam, che era il suo capo oltre che suo cugino, aveva dovuto ricordargli del progetto che aveva in corso. Ma date le circostanze e il fatto che William non aveva quasi mai preso un giorno di malattia o di vacanza, non poteva dirgli molto, progetto o non progetto. Invece, Adam gli aveva mandato per corriere un computer speciale da usare e William aveva potuto lavorare un po' tra i tour della città e il tempo che passava con Jenna.

Ma immaginavo che un mese lontano dalle cose familiari e dalla routine sarebbe stato difficile per chiunque, e ancora di più per William. Mi concentrai sul modo in cui la teneva, le accarezzava dolcemente la spalla. E il modo in cui la guardava. Come se lei fosse il suo universo.

Jenna cercò nel bagaglio a mano e ne estrasse una scatola. «Non volevo che si schiacciassero nella valigia. Ma guardate! Ci ho fatto scrivere i vostri nomi.»

«Ma abbiamo dovuto lasciare in bianco la data del matrimonio, perché non avevo idea di quale fosse.» William diede un'occhiata accusatoria a suo cugino. «Adam non me l'ha detta prima che partissi.»

«Siamo in due, William» gli disse sogghignando. «Non ha detto la data *nemmeno* a me.»

Jenna ci mostrò due magnifici dolci a forma di cuore che, come aveva detto William, erano decorati splendidamente con disegni dai colori brillanti. Erano decisamente troppo belli per mangiarli. «È una forma d'arte croata» spiegò William. «Li abbiamo comprati durante il nostro viaggio a Zagabria.»

E ci regalò una descrizione dettagliata e la storia dell'arte del Licitar in Croazia. E mentre parlava, io cercai di far scivolare la mano sempre più in alto sulla coscia di Adam senza che lo notassero. Non era una cosa facile, quella seduzione nascosta. Adam avrebbe forse potuto lavorare per la CIA. Io certamente no.

Fortunatamente, indossavo il mio miglior reggiseno push-up e mi accertai di chinarmi in avanti tutte le volte che potevo, fingendo di ammirare il suo pan di zenzero. «Ad Adam piacciono le cosine dolci» dissi, annuendo. «Un *sacco*.»

Lui rise e guardò fuori dal finestrino. Jenna stava frugando nel bagaglio a mano cercando qualcosa e non stava ascoltando. William continuò a parlare, senza minimamente capire l'allusione.

La limousine ci fece scendere alla fine del ponte che portava all'isoletta sulla Back Bay dove vivevamo. Adam chiese all'autista di aspettare finché William e Jenna fossero pronti ad andare a casa dopo cena. William aveva detto che era ansioso di dormire di nuovo nel proprio letto. Apparentemente, Jenna non aveva ancora deciso se si sarebbe trasferita da lui, ma avevano concordato di provare a vivere insieme per i prossimi giorni a casa di William.

Attraversando la Bay Island verso casa nostra, camminammo dietro a William e Jenna. Io mi rannicchiai contro la mia preda, pronta ad assumere un nuovo ruolo: Emilia la cacciatrice. «Se giochi bene le tue carte, potrai mangiare qualcosa di dolce per dessert.»

Adam mi mise immediatamente la mano sul sedere, palpandomi. «Sembri molto sicura di te. Forse devo dimostrarti che posso resistere più di te.»

Ah! Gli passai velocemente la mano sull'inguine, accarezzandolo e lui risucchiò il fiato prima di spostarsi fuori dalla mia portata. «Azione evasiva» disse quando arrivammo alla porta e lui l'aprì per entrare.

Fu una cena piacevole. La cuoca era rimasta per servirci gli antipasti e il piatto principale, andandosene mentre stavamo mangiando. Ci aveva già dato istruzioni per il dessert, che aveva messo in frigorifero.

Adam ed io continuammo a fare da padroni di casa, andando in cucina a prendere altro vino o per sparecchiare. Ogni volta che ci incrociavamo, coglievamo l'opportunità per torturarci ancora un po'. Io gli afferrai il sedere, con la bottiglia di vino nell'altra mano. Lui mi passò la mano sul seno mentre andava al lavandino con i piatti sporchi.

Versai la mousse alla vaniglia in eleganti coppette da dessert e le allineai sul ripiano, aspettando che Adam tornasse in cucina.

Ancora in modalità "seduzione segreta" slacciai la camicetta e abbassai il reggiseno per esporre e alzare il seno, fornendogli una visione perfetta. Poi mi appoggiai al ripiano, posando come una modella erotica mentre aspettavo che svoltasse l'angolo.

Sfortunatamente, la persona che entrò in cucina *non* era Adam, e, grazie al cielo nemmeno William. Jenna si fermò di colpo mentre io, mortificata, mi affrettavo ad allacciare la camicetta e a coprirmi.

Jenna si mise francamente a ridere. «Non sapevo di piacerti tanto, Mia.»

«Taci...» sbottai, finendo di allacciarmi la camicetta.

Lei si avvicinò. «Mi sono offerta di aiutarti con il dessert e Adam ha accettato. Immagino che sarà deluso quando scoprirà che cosa si è perso.»

«Accidenti! Sto cercando di farmi dire la data del matrimonio. Voglio farlo arrapare e poi dirgli che non gliela do finché lui non mi dà la data.»

Jenna sogghignò e prese due delle coppette. «Prova ad andare in giro senza mutandine» disse, tornando in sala da pranzo.

Presi le altre due coppe e diedi un'occhiataccia alla sua schiena. «Uh, grazie. Buona idea.» *Che avevo già avuto due ore fa.*

Una volta seduta accanto ad Adam, comunque, mi venne un'altra idea brillante. Mentre non guardava, lasciai cadere un cucchiaio di mousse sulla gamba dei suoi pantaloni. Jenna mi vide e dovette coprirsi la bocca per evitare di rivelare il mio piano malvagio.

«Oops, scusa. Ho versato un po' di...» Afferrai la mano di Adam e usai le sue dita per raccogliere la crema. Lui mi guardò come se fossi folle, apparentemente troppo sorpreso dalla mia azione per capire che cosa sarebbe venuto dopo. Portandomi la sua mano alla bocca, succhiai la mousse direttamente dalle sue dita, senza esitare a far entrare in funzione la lingua.

Poi, come pièce de résistance, lo guardai lungamente nei suoi begli occhi mentre finivo con una leccata. Fui ricompensata dall'inconfondibile bagliore di eccitazione in fondo a quei brillanti occhi neri.

Grazie al cielo. Cominciavo a pensare di essere arrugginita nell'arte della seduzione.

Jenna stava ridendo come una pazza dall'altra parte del tavolo. Le diedi un calcio sotto il tavolo mentre lasciavo andare le dita di Adam.

«Ehi!» si lamentò.

William si limitava a guardare la scena mentre ingurgitava con entusiasmo la mousse di vaniglia, come se potesse sparire se non la mangiava abbastanza in fretta.

Un quarto d'ora dopo, Adam riaccompagnò al ponte la coppia con una piccola auto elettrica. La limousine li stava aspettando per portarli a casa di William. Quando Adam rientrò in casa, io stavo sciacquando i piatti, rimuginando sul mio prossimo piano d'attacco.

Avevo le mani bagnate, l'acqua scorreva nel lavello quando Adam mi arrivò alle spalle, mi afferrò i fianchi, tirandomi il sedere contro la sua evidente erezione.

«Streghetta senza vergogna» mi borbottò contro il collo, mentre io rabbrividivo.

«Mhmm. Hai una spada laser in tasca o sei felice di vedermi?»

Adam mi divorò con le labbra, i denti, la lingua. Mi sentii fremere fino alla punta dei piedi. A quella velocità, sarebbe riuscito a farmi arrendere senza sputare le informazioni, quel bastardo. Non potevo lasciarlo vincere, anche se era un demonio irresistibile.

Chinai la testa all'indietro, appoggiandogliela sulla spalla e allo stesso tempo sentii le sue mani che scivolavano sotto la gonna e mi accarezzavano dietro le cosce. «Non vale. Sei troppo bravo» riuscii a dire con voce soffocata.

«Non ti sei mai lamentata che fossi "troppo bravo" prima d'ora. Lo prendo come un complimento.»

Chiusi il rubinetto, ma non riuscivo ad arrivare a prendere lo strofinaccio per asciugarmi le mani e non c'era verso che mi spostassi fuori dalla sua portata. Facendo un ultimo, debole tentativo di vincere prima di ammettere la sconfitta, dimenai il sedere contro il suo inguine. Adam mi ricompensò con un grugnito, afferrandomi il lobo dell'orecchio con quella bocca da sogno. Le mani passarono davanti, e mi tennero stretta a lui.

Io gli leccai il collo. «Mi desideri abbastanza da dirmi quando ci sposeremo?»

«Potrei. Ma oramai dovresti saperlo. A me non piace perdere, *mai.*»

Le sue dita scivolarono in basso ed io cominciai a respirare in modo irregolare. M'inarcai contro il suo torace solido. «Oh, te lo garantisco, signor Drake, stiamo vincendo tutti e due.»

«Mhmm» mormorò contro il mio orecchio, togliendo una mano per un attimo. Poi sentii la cerniera che si abbassava e il crepitio della confezione di un preservativo. Mi morsi il labbro. Si era preparato.

«Tieniti, miss Strong, o, dovrei dire, futura signora Drake?»

Sentii una botta di euforia invece della solita fitta di paura. «Mi piace come suona. Se solo sapessi *quando.*» Voltai la testa per baciarlo e la sua bocca reclamò la mia con le labbra forti, possessive, seguite da carezze selvagge con la lingua.

Dio, come amavo quell'uomo.

Anche quando mi stava facendo impazzire. E non solo con quella lingua.

«Allora? Quando sarà? Domani? La settimana prossima? Ho bisogno almeno di un vestito.»

«Potresti indossare degli stracci ed essere comunque la sposa più bella del pianeta. Perché sarai la *mia* sposa.»

«Mhmm. Stai migliorando in fatto di adulazione.» Le sue mani adesso stavano strofinando in tutti i punti giusti. Mi spostai contro di lui. «E sei ancora piuttosto bravo con le tue mani.»

«Allora, possiamo dire che siamo pari?» Lo sentivo premere contro la mia apertura e strinsi le mani sul bordo del bancone.

«Penso di sì.»

Proprio prima di penetrarmi, si chinò in avanti e mi sussurrò una data all'orecchio. Poi fu una scena sfuocata di pazzo, appassionato sesso in cucina. Era un po' che non lo facevamo così. E, quando finì, non ero sicura di ricordare la data giusta, quindi gli chiesi di ripeterla.

Ehi, avevo dovuto sedurlo per farmela dire, ma, accidenti se non era stato bello.

Era così che funzionavamo Adam ed io... vincevamo tutti e due.

Ma ovviamente, essendo un uomo... ed essendo Adam... doveva rovinare il momento proprio mentre io mi stavo gloriando di avergli estorto l'informazione.

«Certo, ti ho detto quando, ma non ti ho detto dove, vero?»

Gli uomini...

BIOGRAFIA

Brenna Aubrey è un'autrice bestseller di USA TODAY di romanzi contemporanei centrati sulla cultura geek.

Ha sempre cercato conforto in un buon libro e nelle storie lunghe e convolute che intesse nella sua testa. Brenna è una ragazza di città con un grande amore per la natura nel cuore. Quindi, appena può, cerca i grandi spazi verdi e aperti. È anche una mamma, un'insegnante e una geek, una francofila, un'indomita dipendente dai videogiochi, nonché un'accumulatrice compulsiva di libri.

Attualmente risiede sulla costa occidentale degli Stati Uniti con suo marito, due bambini e due adorabili golden retriever.

Ulteriori informazioni sul sito www.BrennaAubrey.it.

www.ingramcontent.com/pod-product-compliance
Lightning Source LLC
Chambersburg PA
CBHW031606180726

48284CB00005B/1426